周策縱歷史哲學論文集

周策縱　著

王潤華、黎漢傑　編

民國時期周教授投稿的刊物

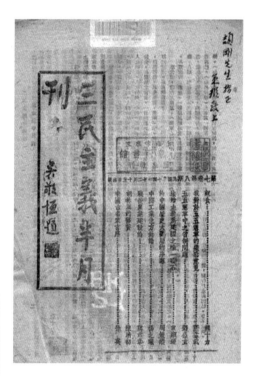

《三民主義半月刊》第七卷第八期

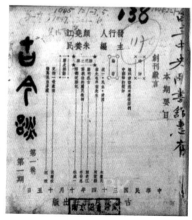

《古今談月刊》第一卷第一期

《服務》第二卷第六期

《婦女月刊》第一卷第四期

《學術世界》第二卷第三期

《新認識》月刊第二卷第一期

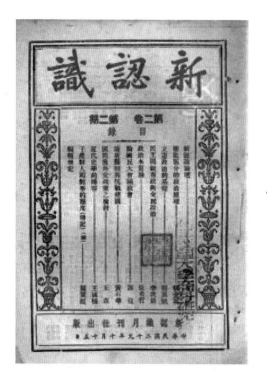

《新認識》月刊第二卷第二期

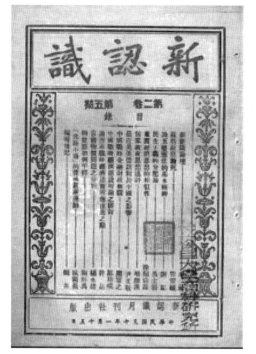

《新認識》月刊第二卷第五期

目 錄

輯一：五四前後

輯二：近代中國的徘徊

輯三：子產評傳

輯四：儒學初探與中西哲學

第五輯：國家與人民

序《周策縱歷史哲學論文集》

王潤華

初文出版人黎漢傑在舊刊物中，千辛萬苦的整理出周策縱多篇未曾結集的文章，尤其是那些他離開中國赴美國留學之前的論述，這是一項文化考古的艱辛研究工作，我萬分佩服他的學術使命精神，鼓勵由初文出版社出版成書。這個出版計劃，啟發了我另一個值得研究的題目，周老師在一九四二年中央政治學校畢業到一九四八後赴美深造，這期間他擔任過多項國民政府相關的公職：

重慶《新認識》月刊總編輯（1942-1943）

重慶市政府專員秘書兼編審室主任（1943-1944）

《市政月刊》總編輯（1943-1944）

重慶行政學院教育長（1944）

《新評論》雜誌主編（1945）

國民政府主席侍從編審（1945-1947）

這段時間，他個人因公職而寫的文章，尤其他為國民政府，甚至代蔣委員長寫的「公文」，如果能搜集整理出版，對周老師的才華與學識，會有更深度廣闊的認識。

我在一九六八到一九七二年跟周老師讀碩士與博士學位，經常聽他說起這個時期的工作與寫作，很多重要政府首長公告也是由他執筆，希望不久以後有人研究並搜集這些文獻出版，讓我們能看到周老師的貢獻與成就的多元性。

我與淡瑩在威斯康辛大學東亞語文研究所讀書，有幸在周公門下，

由於我們都是文藝青年，老師常常興奮的跟我們分享他的文學創作與翻譯，給我們閱讀他的新舊詩與外國詩歌翻譯，這種文學因緣，使我們與周公超越學術研究以外的關係，當時還有盧飛白（李經）教授，正在威斯康辛大學擔任訪問教授，他是西南聯大受奧登啟發的現代主義詩人，加上比較文學系的鍾玲也是我們的星座詩社詩人，一時威大的作家氣氛濃厚，也因此引發後來很多台灣作家如瘂弦、古蒙仁、楊澤、高信疆等作家也來了威大讀學位。周老師年輕時候翻譯的泰戈爾的《失群的鳥》與《螢》（台北：晨鐘出版社，1971），就是我們推薦給白先勇出版的。周老師七十五歲那年，我們為他祝壽，他建議出版一本《創作與回憶》（香港：中文大學出版社，1993），收集了約四十位學生與朋友的創作集，我約了何文匯、瘂弦聯名主編。由於文學的因緣，後來老師的新詩全集《胡說集》（台北：文史哲，2008），他自己編輯了幾十年的代表五四新詩在海外的繼承與新蛻變《海外新詩鈔》也是我編輯完整出版的。老師也是考證古文字專家與古漢語言學者，他的《棄園古今語言文字考論集》（台北：萬卷樓，2006）。他要我負責編輯與出版。周教授於二○○七年逝世，生前自己已開始編輯的《周策縱文集》還未完成，後又由師母吳南華醫生繼續，最後我聯合周老師的學生共二十一人（王晉光、王萬象、王潤華、王曉薇、何文匯、吳瑞卿、呂宗力、周建渝、洪銘水、高辛勇、張雙英、張雙慶、梁鳳儀、陳永明、陳致、陳博文、黃嫣梨、劉寶珍、蔡振念、鍾玲、嚴志雄）共同完成。

想不到香港的年輕學者與詩人黎漢傑，他對周教授尊敬又佩服，他聽說周策縱的翻譯西方古今詩選集《風媒集》（心笛、王潤華、瘂弦、黎漢傑編輯，台北：秀威資訊 2017），拖延多年，馬上就安排出版。接著他自己在香港創辦了初文出版社，出版了一系列周教授從未出版成集的論文：《周策縱訪談集：修辭立其誠》（2018），這是周教授在世界各地接

受文化界訪談，發表在報刊與雜誌上，今天不容易找來閱讀與參考了。另一本《周策縱序文集》是周教授為曹紅學，文學經典、近代思潮、古今詩學的專家學者的專書所作寫的序文，這是周策縱在這個領域研究的再思考，研究周教授這些有關課題非讀不可的論述。第三部《周策縱論詩書》（2021）的文論是周教授文學批評的典範，全方位的展現他的見解與方法。在二〇一九年紀念五四一百年時，黎漢傑的初文出版社再版了周策縱的《五四運動史》。

我與黎漢傑是周教授永遠的超級粉絲。其實還有很多學者也是，像香港浸會大學的陳致教授也是令我佩服，他編輯周教授的《周策縱舊詩存》（香港匯智出版，2006）及香港浸會大學圖書館藏《周策縱捐贈書畫集》等。我自己在與漢傑合作之前，曾寫過一系列研究周公的論文，主要收集在已出版的《周策縱之漢學研究新典範》（台北：文史哲，2010）與《華裔漢學家周策縱的漢學研究》（北京：學苑出版社，2011）二書裡。另外我也編輯《棄園內外》（廣州：廣東人民出版社，2017）是一部周策縱學術論文與新舊詩詞的代表作選集。現在我又驚喜萬分的知道，黎漢傑正計劃繼續出版周公的其他作品，同時更具雄心的計劃出版一系列，廣邀學術界研究周公各領域的論文，包括以下暫定的課題：

五四與史學

曹雪芹與紅樓夢

中國文學與世界文學

中外哲學與文化源流

訓詁與詩詞

新詩、舊詩詞與書畫

追記與回憶

　　我在此預祝黎漢傑的巨大的研究計劃與出版，會在不久將來一一實現。

二〇二三年一月六日南方大學

回望青年周策縱

黎漢傑

翻看名人傳記，不少大學者、大思想家在青年時期已經有非常突出的表現，而且已經在日後成功的學術領域、範圍早就培養了濃厚的興趣。這次收錄的文章，大部分都是周策縱教授去國赴美之前所寫，筆者最先是在香港浸會大學特藏部找到部分文章，裡面夾附了幾封他與內地友人的通訊便條，內容大致是周教授當年特意請人複印這一批散失多年苦苦尋覓不得的文章，也許是希望之後出版文集的時候可以一起將之收錄付印。不過，正如王潤華老師所說，周教授在整理文集的期間去世，不能親自完成整個編輯出版過程，也許正是如此，所以他年少時的文章，一直封存未能面世，直至今天。筆者將特藏部的文章複印之後，詢問王老師，大致得到周教授去過之前發表的刊物名稱，加上當年出版《周策縱文集》所附錄，由嚴志雄教授編訂的〈周策縱教授著述目錄〉，按圖索驥，逐一翻找，最終成為這本分量不小的文集。這一批文字，讓後輩學人了解到周教授在青年時期究竟關注一些怎樣的具體學術問題，從而更能明白他後來研究的重心與關懷的由來。

這本書時間上最早發表的文章是〈荀子禮樂論發微〉，刊於一九三七年，雖然當時周公僅僅二十一歲左右，但已經對荀子展現了深厚的學養，例如他明確立論：

> 荀子和孟子的大不同點，固然不能不說是「性惡說」和「性善說」，不過這兩種主張從另一方面觀，並不見得如何不同。……荀

子在〈解蔽篇〉論心，與孟子：「惻隱之心，人皆有之……」的說法並不相反。荀子以情慾為惡性，孟子的所謂善性，是指「我固有之」的良心，用詞本來不同。但我們可以說的是孟荀在性的善惡上所用的範疇不同。孟子所說性善的性，確實是善；而荀子所說性惡的性，也確實是惡。實不能強異強同。所以我們想要明瞭儒家的政治思想，不可不同時研究兩家的學說，使互相發明。

這其實就是關係到兩家所說的「性」，其內涵與性質是否相同的問題。一般人，以至傳統中國哲學家，都不習慣對所論述的特有哲學概念作清晰的說明，也忽略了同一個字詞，在不同時代，不同地域，都會有不同的意義。因此，正如周教授所說，孟子與荀子所提的「性惡說」和「性善說」，其實是站在不同的層面立論。

　　另一方面，周教授在這篇文章提了另一個論點，就是荀子重視禮樂，正是可以從積極的方面去了解儒家的政治思想：

　　　　荀子生於戰國之世，當時政治大亂，民胥泯棼，邪說橫行天下，而儒學不彰，所以荀子的思想，多半是針對時弊而發，同時也在謀發揚儒術，禮樂論一方就是根據這點而來。更因周朝從成王周公以降，一切政教，都離不開禮樂，禮治和樂治的呼聲，充滿在當時，孔子以儒家之宗，而祖述周公，自然於禮樂不能不重視了。

關注儒家怎樣處理政治問題，正是周公從年輕的時候就研究的課題。儒家除了抽象的道德修為理念，還需要具體的從政府層面考慮，怎樣從眾人的角度，去成就道德。因此，我們可以看到周教授在晚年所寫的文章〈孟子「義利之辨」別解〉（刊於一九九四年，距離〈荀子禮樂論發微〉相

隔足足超過半世紀），通過研究孟子的「利」字作何解，延伸到：

> 「王何必曰利，亦有仁義而已矣。」不是以「仁義」來否定「利」，而是有了「仁義」即包括「利」。「仁義之政」的首要工作就是要為人民謀「利」，尤其是貨財經濟之利。

可見，周公研究儒家，從來不避開經濟財政問題，而這些經濟財政的分配、安排，正是古今政府的主要功能之一。

從上文可以看到青年周策縱對研究政治的興趣。及後，他就讀中央政治學校，自然對政治理論有更深的認識，而這一點，在他介紹關係國家與人民這個課題的外國思潮就可以看得更清楚了。例如在〈進化的人性論與革命民權說──革命民權說的理論根據及其特質〉，他就概述了中西政治思想的源流與特點，將中國未來的政治劃入一個理想的政治藍圖。另外，在〈布丹的主權論〉，青年周策縱則介紹了這位政治思想家與他的政治學著作的《國家六論》（*Six Books Concerning the State*），也指出了布丹的貢獻與弊端，同時節譯了《國家六論》的段落，作為對西方政治思想的引介。至於在中國傳統政治思想方面，則與其師張金鑒合著了〈政治離亂與集權主義的誤用〉與〈水到渠成的均權主義〉。前者討論了中國傳統政治中央與地方的集權與分權問題，文章認為，錯誤的集權主義，是導致中國政治總由中央集權演變到地方專權，最後朝代更替，自取滅亡：

> 歷史所昭承給我們的事實，則是集權的結果總是一個失敗。當開國之初，雄才大略的君主，常能建立起種種中央集權的辦法，對地方做到了有效的控制。可是到了後來，弄來弄去，終於弄到地

方權力臨駕於中央之上，造成尾大不掉，分裂滅亡的結果。

　　至於原因，文章認為：「中國過去的政治，統一與集權混為一談，以集權為統一的唯一手段，而又誤認專制便是集權」；「統治權與管理權未能加以辨明而妥適劃分」；「法治精神未能確立，個人與機關混淆不清，政府集權則流為個人專制」；「政權與軍權合一」；「中央與地方的財政權未能適當劃分」；「地方行政區劃的多少與大小未能劃分恰當」，簡單而言，就是對中央與地方的權限與職能認知錯誤，這當然就出現了中國傳統政治上辦事效率低，然後總是分裂滅亡的歷史。至於〈水到渠成的均權主義〉則是對上述傳統中國政治毛病，提出現代的解決之道。這種從人事、行政的角度研究中國政治思想史，當然和師承脫不開關係。按張金鑒是美國史丹福大學行政學碩士，早年著作《行政學之理論與實際》，即成中國行政學研究的經典。他一生寫了超過三百篇文章探討行政學，著作亦超過四十部，例如《中國政治制度史》、《中國文官制度史》與《西洋政治思想史》等。因此，青年周策縱在研究中國政治問題，難免有他老師的影子，更何況這兩篇文章，都是署名與老師合著呢？

　　研究中國政治，除了梳理歷史上中國政治出現過的理論問題，周教授也關注具體的政治家。因此，我們可以看到本書第三輯有關子產的文章。這一批文章，正是周教授後來屢次提到人生第一部書稿，寫於大學時代，約二十萬字的《子產評傳》，可惜後來逸失。現存收錄的四篇文章，分別從對內與對外，探討子產的政治措施。他認為子產的政治貢獻體現了一種二元性：

　　　　子產出身於貴族之門，具有縉紳的高貴身份，加以廣於接納，博物多文（《左傳‧昭公元年》晉平公語），無疑是當時一種理想的

「賢人君子」的典型。他爛熟典故（如襄公二十年答晉徵朝，二十五年獻捷於晉，三十一年論壞晉館垣，昭公元年論晉侯疾，七年與韓宣子論夢黃熊等），熟習禮儀（《左傳·昭公四年》，楚靈王問禮於子產），即是這種秉性所表現的。在另一面，他又是一個開明的政治家，代表著大部分平民的利益。他常處處顧慮到平民的痛苦，而加以體貼撫慰（如以乘輿濟冬涉者）。所以從他做人的態度上看，我們可稱他做一個平民的貴族，宗教性的政治家。

子產是貴族的，因他上承中國周公制禮作樂的傳統文化遺產，自身的道德與文化修為達到高標準，是「賢人君子」的代表，但子產同時也是平民的，因他在制定政策的時候總會優先考慮平民的利益，而不是站在貴族的角度，單純籌謀貴族自身階層的利益。這種跨越階級的思維，可以說是劃時代的。

另一方面，周教授花費了不少筆墨去研究子產的外交政策，也是一種特殊的關懷，請看這一段文字：

「弱國無外交」，現在如此，古代也如此，但愈是弱國卻愈是需要外交。如果弱國又缺乏善良的外交政策，和靈活的外交技術，結果將不堪設想。春秋末年，強凌弱，眾欺寡，多少國家，皆在這種局面下犧牲，而鄭國介於晉楚之間，國小力弱，要是永久像於子駟、子孔、子展時一樣，沒有正確的外交政策，哪能僥倖存在？子產當政後，深知外交關係之重大，因而大加興革。但是子產的外交政策究竟怎樣呢。分析起來，共有四端：（一）敦睦四鄰邦交，（二）嚴守自主立場，（三）利用國際形勢，（四）武裝自衛政策。第一項是消極方面的外交，其餘是積極方面的外交。

他說「弱國無外交」，但更說「但愈是弱國卻愈是需要外交。」這既是對子產而發，但又何嘗不是對自己身處的時代而發？因此他研究子產的外交，其實不單純是為了學術研究，更是希望借此能夠找到一條對當時中國有用的外交良方。所以，他才苦口婆心地說：

> 古今中外任何國家的外交，無不以武力為後盾，自身沒有生存的能力，絕不能僥倖圖存。況且強大的國家，挾著侵略野心，也往往是以外交為侵略的手段和稱霸的法門的。齊末林（Zimmern）說過：「列強全在劍上運用外交，弱小國家便在劍下成為他們的犧牲品。」所以偉大的政治家決不單從外交本身上去謀解決外交問題，卻是從內政上，從軍事上，從國民的團結上及其他根本問題上去謀解決。

青年周策縱已經看的很清楚，外交，是需要以自身國家實力為後盾，而這正是子產所作的積極外交之重要一環，也應該是現代中國政府所需要致力的重心。

於是，筆者希望讀者能抱著同情的理解，明白何以這一批早年的文章，尤其〈進化的人性論與革命民權說——革命民權說的理論根據及其特質〉與〈水到渠成的均權主義〉這兩篇，總是在引用現在已經沒人聞問的孫中山學說。正如孟子所說：「讀其書，不知其人可乎？是以論其世也。」我們不能忽略青年周策縱身處的時代與學術環境。當時，他就讀的中央政治學校是中國國民黨在訓政時期培育政治及管理人才的主要機構，這所學校更是培訓公務人員高等考試及公務人員普通考試初試及格人員。因此，青年周策縱畢業之後，就擔任過多項國民政府相關的公職，蔣介石在臺灣二二八事件後的發表的《告臺灣同胞書》就是由他執

筆。因此，他引用孫文的學說，與其說是他在知識上的不期然流露，不如說是他在時局之中不得的選擇。可是，在談到具體的中國歷史，我們可以感受到他對中國那種超越黨派的真切愛護。在寫於一九四二年的〈中國政治一百年〉，他用列表方式記載了自一八四二年到一九三七年所有中國的戰事，他要表達的不是對某個黨派戰爭勝利的頌歌，而是可憐我們祖國土地上的人民百姓：

> 上表僅舉出極重要的戰役，其餘零星兵亂，不止千百，無煩細數。單是從這個表裡，也就可以看出中國政治的厄運。從鴉片戰爭到八國聯軍之役，中國政治的獨立，即大受破壞。到了辛亥，國人感於在這種支離破碎的政治之下，想要外求獨立，絕不可能，於是來一次革命，「一齊打爛，重新做起」。政治經過這次「打爛」之後，的確澄清了許多，但是統一卻又成了問題，二十年間，不知經過了多少戰爭才勉強完成一個統一的局面。

而他的感慨，正是寫這一篇文章的時候，剛好是一九四二年十一月。不到一個月前，英美兩國才宣佈放棄在華特權，廢除不平等條約。中國走了千山萬水，在抗日戰爭的第五個年頭，才迎來列國的平等待遇：

> 百年來的政治制度，初則有君主立憲與民主之爭，繼又是總統制與內閣的交相更迭，東塗西抹，往往畫虎不成反類狗。經過多少難關，才成立五權政制，現代民族國家才略具模型。
>
> 中國政治積累這許多統一運動（軍事的、經濟的、思想的、制度的等）的成就，正在飛速發展的時候，日本帝國主義深恐中國

在國際社會取得平等地位，隨即製造蘆變，積極侵略這幼稚的民族國家。這時中國政治統一已經初步實現，也就不得不毅然接受這次對外獨立的戰爭。由是，安內建國的國策，轉而為攘外國建國的國策。

建國歷程走到一九四二年的時候，英美開始放棄了在華的特權，這只是建國期間的一線曙光。未來的艱難只有更為增加，民族國家內求統一外求獨立的任務，須要更大的努力才能完成。

回望青年周策縱，他最關心的，仍然是中國的政治，由古今經典學說到中西前衛思潮，這才有了赴美之後撰寫《五四運動史》，為中國現代政治運動留下實錄的周教授。

二〇二三年一月十二日

輯一：五四前後

五四前後的孔教與反孔教運動

蔡振念　譯

　　在中國近代史裡，政治與思想上主要的爭論之一，關涉到民主和科學這些新觀念，以及它們與孔教的關係。對西方了解日增，中國知識分子看待民主和科學的態度也因而改變。清末大多數學者猶頑固地排斥民主和科學，理由是中國先聖先賢從來沒有說到它們（至少可以肯定孔子沒有說到過）；它們是洋玩意兒，並且中國古來沒有它們不也一樣天威遠播；他們率以為傳統的儒家生活方式已足夠適應新世界的局勢。孟子不是說過嗎？「吾聞用夏變夷者，未聞變於夷者也。」[1] 但是由於一連串的戰敗和愈來愈多的國恥，十九世紀中葉以後的中國知識分子，不得不重新檢討他們對西方思潮的態度了。他們的初步表現是先進改革者宣稱：科學和工業技術觀念在中國古典著作中早已有之，只是在公元前二一三年被秦始皇一把火燒了，西方不過是把從中國學得的觀念改進推演而已。[2] 這一批人如馮桂芬、鄭觀應、陳澧、陳熾、湯震、薛福成、王仁俊、張之洞等，無不以此來為中國學習西方科技辯護。

　　甲午之戰（一八九四──一八九五），中國被日本打敗，這些學者中有些人連同少數初出茅廬的年輕作家，開始覺得中國不僅要學洋槍洋砲，

---

[1]　見理雅各譯《孟子》滕文公上，Bk. III, part I，Chap. 4，Sec. 12。又全漢昇〈清末反對西化的言論〉，《嶺南學報》，V. 3-4（1936 年 12 月），頁 122-166；陳登元〈西學來華時國人之武斷態度〉，《東方雜誌》二七卷八期（1930 年 4 月），頁 61-76。

[2]　陳熾《庸書》外篇及自序。又見全漢昇〈清末的西學源出中國說〉，《嶺南學報》四卷二期（1935 年 6 月），頁 57-102。

人家的法律和政治制度也不可不學。可是，半是相信半是自慰慰人，他們仍認為現代西方社會科學的學理，早已存在於儒家經典中。陳熾、康有為、梁啟超等都認為孟子和古經中曾倡導議會制度。康有為甚至説《春秋》是孔子所作的憲法。[3] 陳熾則認為《禮記》和《尚書》中已包含有類似西方法學的原理。而照張之洞看來，現代經濟學理論也可在《禮記》和《大學》中發現。有些學者更認定西方某些宗教，語言、和音樂形式也都源於古代中國。[4] 這些理論都在十九、二十世紀之交出現，以為學習西方社會科學作辯護，並為政治改革提供儒家的理論根據。如王之春所説的：「西學者非僅西人之學也，名為西學則儒者以非類為恥，知其出於中國之學，則儒者當以不知為恥。」[5] 這話多少鼓勵了西學，中國保守分子聽起來也受用，因為這些無疑提高了孔學的令譽。

早期這種調和東西鼎鼎的努力和經今古文學派之爭有密切關係。古文學家以為六經皆史、孔子是至聖先師、史家，述而不作，中國大部分制度皆是周公而非孔子所創；今文學家則以為六經皆孔子所作或修定，它們主要的並非史料，而是孔子用想像描述古代，用以表達其個人政治思想，和促進他所相信的制度改革。今文學家的口號是「托古改制」，這不僅不是貶損孔子，相反的，更使孔子成了偉大的哲學家、政治家、教育家，甚至是受有天命的「素王」。

此時清初的乾嘉之學盛況不再，今文學派逐漸復興，他們強調「微

---

[3]　康有為〈刊布筆削大義微言考題詞〉（1913 年寫於日本），載《不忍雜誌》第八期「教說」頁 1-14。參見下註 39。

[4]　全漢昇〈清末的西學源出中國説〉，上引書，頁 86-89。

[5]　見王之春〈廣學校〉一文。

言大義」，關心政治民主，在十九世紀末吸引了改革者，而其時的古文學派卻只流於版本校勘之學。今文學派在康有為於一八九一年出版《新學偽經考》、一八九七年出版《孔子改制考》之後，聲譽鵲起。稱孔子為改革者和教主，以西方法律政制孔學中古已有之，在在讓康有為及其黨人逐步攻下對手的思想城堡。

康有為不僅以孔教來作政治改革，也以之為中國的一種拯救信念，早在一八九八年，他就上書光緒帝，倡議以孔教為國教，中央政府中宜設孔教部，全國通用教堂，官民每週上教堂拜孔，教堂總主教掌全國教育，並循基督教之例，以孔子生年為準改曆法，[6] 這是流產的百日維新變法中的一部分計劃。

因為改革的範疇不出孔學的基架，在很多重要問題上，改革派與守舊派倒能協同一致，兩者都意在鞏固王權，都訴諸孔學第一要義──「尊王攘夷」。為對抗這些人，民族主義革命黨人如章炳麟之屬也以孔教來為革命辯護，但他們訴諸這句話的後半，以滿清為在攘之列的蠻夷！

改革派被逐後，守舊派對這句話的利用在朝廷政策中便昭然可見，一九〇六年慈禧太后頒訂的五項教育原則中，首兩項即忠君和尊孔，同時，孔子也被提昇到享用帝王才有的祭祀──太牢。

一九一一年滿清覆滅後，革命黨人也有意繼續利用孔教，但事實上他們卻有多年未再強調孔教。民國政府建立後，許多地方停止了祭孔，孔廟被權充為學校，這種反孔的根由一方面可能因為其時的保皇派更善

---

[6]　康有為〈奏請尊孔聖為國教立教部教會以孔子紀年而廢淫祀褶〉，《不忍雜誌》第七期「文」，頁1-8。

於利用孔教，另方面是由於民族主義中的無政府主義和破舊思潮的影響。

革命黨之外，有些黨派則屬頑固的孔教徒，[7] 尊孔之爭從民國肇建之日已引燃！一九一二年七月十三日在北平舉行的地方會議中，革命黨否決了恢復祀孔的提案，此後，孔教擁護者藉著孔教會、孔道會、孔社之類的組織在全國各地點起戰火，這些組織大都由康有為黨所發起。一九一二年，康的學生陳煥章夥同沈曾植、朱祖謨、梁鼎芬等人組織了上海孔教會。一九一三年二月，康有為在上海獨力創立了《不忍》雜誌，倡議以孔教為國教，同月，孔教會也在北平發行《孔教會雜誌》。

為了贏得（特別是守舊派）的支持，袁世凱儼然成了孔教運動的大護法，一九一三年六月二十二日，他下令恢復祭孔，六月十五日，陳煥章藉梁啟超支持之名向國會提議在未來的憲法中明訂孔教為國教；八月，包括陳煥章、王式通、嚴復、梁啟超在內的孔教會代表，向袁世凱提出類似的提案，[8] 國會提出此一議案時，國民黨籍議員表示反對，但袁黨及少數進步黨議員則同聲擁護。經過冗長的激辯後，暫時達成折衷協議，在中華民國憲法草案，即所謂《天壇憲草》的第十九條明定：「國民教育以孔子之道為修身之大本。」[9]

一九一四年初，袁世凱的政治協商會決心恢復祭孔，袁本人在三月

---

[7]　本文中「孔教徒」（Confucianist）用以指宣揚孔教運動或孔教主義者，而「儒者」（Confucian）則僅指相信孔子的教義者，因此，並非每一儒者皆為孔教徒，而像康有為這樣的孔教徒可能要被質問到他自身的思想言行是否為真正的儒者。

[8]　馬振東《袁氏當國史》（上海：中華印書局，1930 年）第一篇第十四章第三節，頁392-395。有關孔教運動，見石榮暲編《尊孔史》；又 Joseph R. Levenson, *Confucian China and Its Modern Fate, the Problem of Intellectual Continuity*（加州柏克萊，1958 年）。

[9]　國憲起草委員會編《草憲便覽》第三篇，頁 214；第四篇，頁 218。

六日親臨祭孔盛典，這是袁世凱皇帝夢的第一步，一年後袁世凱野心暴露，其利用孔教的詭計也就昭然若揭了。一九一六年，袁世凱死後，孔教徒的地位大大削弱了。又明年，康有為任張勳參謀，惜張勳擁戴兒皇帝的復辟只如曇花一現，孔教徒想藉此推行孔教的夢想也落空了。

反孔教風潮的興起

如我們所看到的，孔教徒對西學的回應是從全然排斥，經歷以儒家傳統為體的接受，到利用西學將孔教現代化。這種西學和孔教互動的結果，使科學和以孔教為國教的運動都立下了更強固的基礎。就在國人談論民主、法律、現代政治制度的同時，新的保皇運動也正發展並支持著孔教。但它卻有一層反面意義，蓋由國家衰微及西方思潮衝擊所挑起的孔教運動，自身已埋下了毀滅的種子。這是由於它是一種改革運動，其擁護者大都浸淫於西學之故。只有反對改革的守舊派是對現代化採取死硬的態度，但他們已因王朝及舊秩序的崩潰而失勢了。

以西學來認同孔學或後來的以孔學去印證西學，都不堪一擊。以孔教為國教首先遭到反對，一八九八年，嚴復以為孔教二千年來雖被視同國教，但它其實只是一種人文哲學，[10] 章炳麟也反對視孔子為教主及以孔教為一種宗教，[11] 梁啟超向昨日之我挑戰，改變他一九〇二年的立場，認為以孔教為國教有妨獨立的思想，「吾愛孔子，吾更愛真理」，他也不

---

[10]　嚴復〈保教餘議〉，見《嚴几道詩文鈔》（上海，1922）卷二，頁 8-10。
[11]　章炳麟〈駁建立孔教議〉，見《章太炎文鈔》卷三，頁 43-45。

認為西方思想早存在於儒家經典中。[12]

　　這些都是有限度的批評，從西方觀點對孔教作全面的批評要在一九一七年到一九二一年五四運動期間才登場。[13] 但這種抨擊至少可追溯到一九一五年秋，此時西方思想的外貌已為中國知識分子所熟知。十九世紀末，西方哲學及社會，政治理論已被介紹到中國並為學者翻譯家所推廣。嚴復介紹了社會達爾文主義及功利主義，法國自由主義則在梁啟超常帶感情的筆尖下無遠弗屆。

　　對孔教全面攻擊始於袁世凱竊位前夕，陳獨秀的《新青年》自第一期（一九一五年九月）起，從民主、科學、人權立論，不斷攻擊中國傳統的倫理、風俗、制度。一九一六年二月的一期，易白沙（一八八六—一九二一）的一篇〈孔子平議〉探溯孔教為帝王統治工具的歷史，並指出孔教中此種被濫用的成份，他進一步說，被官方定為一尊的孔教，並非真正的孔教。孔子和他的一些學生都帶有革命色彩，且孔教也不是中國人思想的全部。[14]

　　同期中，陳獨秀的批評更加尖銳，這也是以後數年思想論戰的關鍵。陳獨秀相信，隨著一九一一年革命的政治覺醒，中國人倫理覺醒的

[12]　見梁啟超於一九〇二—一四年間所發表的文章，及其《清代學術概論》第二十六章，存飲冰室合集第二五冊，英譯見 Immanuel C. Y. Hsü（徐中約）*Intellectual Trends in the Ching Period*（麻州劍橋，1953 年）第三、四、五、六章；丁文江《梁任公先生年譜長編》（台北：世界書局）。又實滕蕙秀《新中國の儒學批判》（東京，1948 年）冊五，頁 61-67。

[13]　五四運動的定義見《大英百科全書》（*Encyclopedia Britannica*）周策縱撰「五四運動」（May Fourth Movement）條下。

[14]　〈孔子平議〉一文的分析及反孔教運動的有關問題見拙作《五四運動史》（麻州劍橋，1960 年）頁 300-317。

時候到了；這意味著對孔教倫理的再評價與排斥。[15]

對孔教倫理的批評和排斥在一九一六年秋引起廣大的迴響，其時，憲草中以孔教為國教的條款再度引起國會的爭論，由於袁氏之敗，國會和政府部門均傾向於廢除第十九條。為抗議這種措施，康有為寫了封信給大總統黎元洪及內閣總理段祺瑞，重申立孔教為國教的舊議；而陳獨秀在一九一六年十月以後則有一系列的批駁文章。[16]

反孔教運動也受到吳虞（一八七一─一九四九）的支持，吳曾在東京習法政，一九一七年初，他寄給《新青年》很多評論文章，這些文章早已寫好，只因時機未成熟未能發表。他不僅在抽象上批評孔子的哲學，也在道德、法律、制度、風俗、歷史等實用方面作批評。他將儒家的律例拿來和老莊的以及西方的孟德斯鳩（Montesquieu）、甄克思（Jenks）、穆勒約翰（John Stuart Mill）、史賓塞爾（Herbert Spencer）、遠藤隆吉、久保天隨等人的作比較，因此其批評也更具煽動力，胡適後來稱他為「四川省隻手打孔家店」的老英雄，[17]「打倒孔家店」一詞自此成了反孔教的口號。

同時，文學革命的論爭也大大的刺激反孔教運動。一九一六年十月一日的《新青年》中，刊載了陳獨秀批駁康有為的〈致總統總理書〉，也登了胡適致陳獨秀鼓吹打倒舊文學的信。陳對胡大表支持，《新青年》連番從人道主義、自然主義、浪漫主義的立場對舊文學大肆攻擊。因為傳統

---

[15] 《新青年》一卷六期，頁 1-4，陳獨秀〈吾人之最後覺悟〉一文。

[16] 《新青年》卷二第二期─卷三第六期。

[17] 胡適〈吳虞文錄序〉，寫於一九二一年六月十六日，見吳虞《吳虞文錄》（上海，1921年）。

文學大多提倡文以載道，成了孔教的工具，故這些攻擊確能深中要害。

　　白話文學之外，緊接著是對傳統倫理風俗作更致命攻擊的魯迅隨之登場。魯迅攻擊整個儒家傳統社會、生活以及中國人的性格。以優異的文章風格、機智、和隨手而來的諷刺，他的小說和雜文贏得了廣大的讀者、也給傳統道德觀致命的一擊。第一本小說《狂人日記》出版於一九一八年五月，藉著狂人之口，他說中國人有了四千年的吃人履歷，這無疑是向整個中國的倫理挑戰。吳虞後來說他這日記把吃人的內容和道德仁義表面看得很清楚，那些戴假面具吃人的滑頭技倆，都被他把黑幕揭破了。[18]

　　陳獨秀、吳虞、魯迅等人批孔已甚，年青一輩則尤有過之。反孔教事實上只是當時「新思潮」流風的一面。二十世紀初十年間，西方思潮受到空前的歡迎和尊重，國民黨人如章炳麟、孫中山、汪精衛、朱執信等大力提倡民族主義和社會主義，李石曾、吳稚暉、蔡元培、劉師復等則為無政府主義和虛無主義張説，文學批評上王國維採用了尼采（Nietzsche）和叔本華（Schopenhauer）的觀點，而經由胡適的介紹，杜威（John Dewey）的實證主義以及羅素（Bertrand Russell）的新寫實主義、邏輯學也大為流行。一九一七年蘇俄的十月革命激起了中國社會的狂熱，大戰之後，歐洲的民族獨立及民主思潮攫取了年青一代中國知識分子的心，這些因素都造成了新青年對傳統再評價的思想狂潮。如此環境下，無怪乎孔教要成為思想洪水（蔡元培語）的主要障礙了。

---

[18]　魯迅〈狂人日記〉，《新青年》四卷五期，頁 414-424；收入《吶喊》頁 13-22。吳虞〈吃人與禮教〉載《新青年》六卷六期，收入《吳虞文錄》中。

　　從一九一七年到一九一九年春，新思想新文學運動中反孔熱潮以北京大學為中心，其時北大校長為蔡元培，陳獨秀為文學院長，胡適及許多自由派學者都是該校教授。這樣一群人自然吸引了大量的學生及年青知識分子追隨，一九一九年北大學生刊行《新潮》雜誌，反對大家庭和孝道的聲浪也隨之傳向各大城鎮的大學及中學。

　　對儒家倫理的猛烈攻擊，激起了守舊派的反擊，一九一九年三月，名翻譯家林紓致函蔡元培，控訴北大教授「覆孔孟、鏟倫常」，蔡元培也以教授立場回了封信。陳獨秀將「淫為萬惡首，孝為百善先」改為「孝為萬惡首，淫為百善先」的笑話盛傳一時，守舊派至此不得不藉政府部門之力去干涉校政了。在強大的政治、社會壓力之下，陳獨秀乃在三月份辭去文學院長之職。[19]

　　如果不是五四事件暴發，反孔教運動或許得以暫時止息，一九一九年五月四日，三千名大學生在北京遊行示威，抗議列強在巴黎和會對山東問題的決議，及北洋政府對日本無理要求的退讓，並燒毀了交通總長曹汝霖的住宅，由於群眾前所未有的強烈支持，這次事件導致了安福系所支持的內閣倒台。

　　就反孔教運動而言，學生運動壓倒北洋政府的意義還在於：學生及支持學生的教授大都是熱心於新思潮新文學運動的提倡者，而孔教的擁護者則大都和北洋政府掛鉤。隨後幾個月，各大城市掀起了學生反對政府外交政策的風潮，以學生刊物及白話文為主的四百多種雜誌，助長了

[19]　林紓及蔡元培書信之英譯見拙著《五四運動史》頁 61-72。

愛國主義及對中國傳統和其主要思想基礎——儒家倫理——的批判。這種新文化運動最初尚高舉民主和科學的大纛，最後卻漸漸趨向於學習民族主義和社會主義。

五四事件後思潮一時的混亂導致了對儒家倫理更致命的抨擊，同時，富於懷疑精神的知識分子又主張以西方的方法學來整理國故，孔教的爭議因此日甚一日。

孔教為國教的爭議

在反孔教者眼中，孔教徒中提倡以孔教為國教的那批人是思想革新的最大障礙，因此，反孔教運動一開始就把箭頭指向國教問題。

康有為是以孔教為國教運動的靈魂人物，康受教於理學家的祖父，少年立志希賢希聖，後來則受到今文學家及翻譯書籍的影響。

康有為雖是最早力促作實質和經濟改革的人物之一，但像大多數孔教徒一樣，他認為道德是拯救中國的不二法門，滿清覆滅後，傳統道德也崩潰了，新制度尚未建立，孔教徒和反孔教者都覺得國家日益衰微。康有為認為，既然哲學和法律都無法有效管理人的行為，重整道德最有效的方法也許就在於建立一種國教，對超自然力量的敬畏和對倫常的無條件服從，可以有道德的約束力。[20] 因此，立孔教為國教的出發點看來仍是功利的。

---

[20]　康有為〈中華救國論〉，《不忍雜誌》第一號「政論」，頁 15-16。

康有為進一步認為，宗教是現代文明的必要條件，他說：「今萬國之人，莫不有教，惟生蕃野人無教，今中國不拜教主，豈非自認為無教之人乎？則甘認與生蕃野人等乎？」。[21] 這樣說來，康等於毫無理由地否認了中國及原始部落的宗教，反孔教者輕易就把他駁倒了。此後也仍有黨派作宗教之爭，不過，結論是相反的，他們認為西方歷史中天主教一變為耶穌新教及唯一神教（Unitarianism），主要是由於舊教教律宗法，以次替廢。[22]

這些爭論的重點在於儒家是否是種宗教，或至少曾具有宗教功能而在現代中國仍具有此種功能。康有為的答案是肯定的，他引《禮記》、《易經》為證，認為孔子的敬天和確認有鬼神，使儒家二千年來成為中國的一種宗教，[23] 但古文學派的章炳麟舉《論語》、《孟子》為證，認為孔子不論天、鬼二端，僅視神「如在」而已。[24] 陳獨秀則以為宗教的神髓在於靈魂的救贖，而儒家並不牽涉此一問題，故僅是一種關心當世的生命哲學，[25] 持這種看法的尚有許多著名知識分子。但也有些人認為自漢以降，儒家已被視為一種宗教。即使我們認為儒家具有宗教功能，但若孔子的教義本身並不是種宗教，二十世紀的孔教運動便無法發展。孔子教義是否構成一種宗教，尚是個有得吵的問題。

---

[21]　康有為〈致總統總理書〉，陳獨秀〈駁康有為致總統總理書〉，《新青年》二卷二期，頁 1 引。

[22]　同上註。

[23]　見康有為之奏摺，註 6 引，頁 5。又〈孔教會序〉，寫於蒙藏一九一二年九月，載一九一三年二月《不忍雜誌》第一號「教說」，頁 1-10。

[24]　章炳麟《國學概論》（上海，1922 年，香港，1953）卷第一章第一節，頁 6-7。

[25]　陳獨秀〈駁康有為致總統總理書〉，上引書，頁 2。

　　這個問題的答案關係到另兩個問題的答案：誰作六經？甚麼是宗教？新的研究結果對向來被視為當然的六經作者提出了質疑，康有為和某些人又對宗教下了廣義的定義。他認為宗教一詞來自日本，不僅是超自然力量和神道思想而已，對現代的和先進的宗教而言，尤其是種人道和理想生活的追求，[26] 附和康有為者因此認為，在此一定義下，自五世紀來即被稱為「孔教」的儒家思想，顯然是種宗教。由於「教」字可解釋為「宗教」或「教化」，陳獨秀力持後一種解釋，以孔教為孔子的教化而非孔子的宗教。[27] 我們如接受康有為廣義的定義，雖可視孔教為一種宗教，[28] 但宗教和倫理或生命哲學的界線卻無由劃分了。

　　孔教是否為宗教仍是個沒有答案的問題，但卻是個尖銳的爭議的一部分；中國是否需要國教？我們已說過，孔教徒認為一個國教可為民眾建立起道德標準，孔教之為國教歷史悠久並具現於中國人的每一生活層面，放棄國教等於拔除整個中華文化，[29] 政府鄙視人民的宗教信仰等於侵害人民信仰的自由與權利。[30]

　　但在反孔教者看來，儒家的道德標準已成昨日黃花，無法適用於

[26]　康有為〈孔教會序〉，見《康南海文鈔》卷一，頁 20-21；又〈中國救國論〉、上引書，頁 15。

[27]　陳獨秀〈駁康有為致總統總理書〉，上引書；又見《新青年》三卷一期〈致編者書〉，頁 20-24；三卷三期〈致編者書〉，頁 11-13。

[28]　近來的研究證明孔子多少接受某些流行的宗教思想：誠然，孔子在許多地方不語怪力亂神，他的立論大多以人事為考慮基礎，而不涉及超自然力量。我們雖可找到孔子的之中書一些宗教思想，但是否能如蘇格拉底之多呢？蘇素有「Maker of new Gods」之稱。此一問題可參見楊慶堃（C. K. Yang）"The Functional Relationship between Confucian thonght and Chinese Religion" 載費正清（John king Fairbank）編 Chinese Thought and Institutions（芝加哥，1957 年），頁 266-269。

[29]　康有為〈中國學會報題詞〉，《不忍雜誌》第二號「教說」，頁 2-3。

[30]　康有為〈議院政府無干預民俗說〉，同上註「政論」，頁 1-14。

二十世紀的今天，儒家不是中華文化的全部，排斥孔教作為國教正是肯定它過去的貢獻並給它在歷史中適當的地位。

反孔教者也看出民權和信仰自由對他們的論證更有利，陳獨秀説：以孔教為國教無異剝奪其他宗教如佛教與基督教的信仰自由，如果説這兩種宗教來自外國而孔教才是中國本土的精華，那麼源於古中國的道教，墨教及其他諸子百家又怎麼説呢？孔學會有權利宣揚宗教，卻不能要求政府逼迫百姓信教。[31] 陳獨秀又責怪康有為説：如果孔教成為國教，則非孔教徒勢不能選總統及任公職了。[32] 因此之故，反孔教者受到了基督教、回教及其他宗教教徒的支持，一九一六年冬，北平成立了一個「信徒自由會」。和他後來擁護統一政治意識大相逕庭的是：這時的陳獨秀批評政府若是在教育上支持孔教，則是干涉了思想與學習的自由，因為世上沒有唯一的真理，如此做將阻礙思想和文明的自由發展。[33]

康有為的答辯著眼於信仰自由，指出他並無意提倡專制的神治，各種宗教應在中國並存，建立國教並不意味排除其他宗教的自由發展。孔教之為國教已有二千年歷史，其間道佛乃得各宣其教，孔教一直是最有包容力的宗教；其他宗教之不能成為國教正因它們不具此種包容。事實上，憲草雖明訂國教但也允許信仰自由，建立國教並不意味每位民眾皆得接受它，而只是政府承認「大多數民眾」認定孔教為最有價值的思想體系的事實而已。英國和其他國家皆證明建立國教並不

---

[31]　陳獨秀〈憲法與孔教〉，《新青年》二卷三期，頁 2。

[32]　同上註。

[33]　陳獨秀〈答吳虞書〉，《新青年》二卷五期，頁 4。亦見《吳虞文錄》卷一，頁 13。

限制宗教自由。[34]

　　康的辯解讓陳獨秀一幫反對派及最崇拜孔教的張東蓀都感到滿意。張東蓀認為，孔教既已是國教，再以政治手段來支持它並無好處，[35] 最重要的是如陳獨秀所說的，百姓不論宗教信仰同等繳稅完糧，因此儘管政府支助國教並不等於排除宗教自由，但在財政上對其他宗教卻是種不平等，所以他建議廢除孔廟和祭孔祀典。[36]

　　廢除所有孔教象徵的激烈提議吸引了大批年青知識分子，許多人像陳獨秀一樣，採取現實主義的立場，認為科學終將取代各種宗教，人類所有的問題將被科學所解決。[37] 另有些人則抱著不可知論的觀點，有的則較實際些，積極找尋可以取代宗教的東西。廣泛地說，一九一二年到一九一七年間，當孔教備受爭議時，知識分子反孔教的氣候也正在成型。一九一七年夏，復辟失敗後，孔教運動隨之被人淡忘。其後，一九一九年到一九二〇年初，主要經由「少年中國學會」的努力，反孔教情緒又瀰漫於年青人間。

　　孔教的爭議對中國的青年並非全是負面的影響，雙方對民權和信仰自由的辯論孕育了五四運動的自由思潮。

---

[34]　康有為〈中華救國論〉上引書，頁 49-51；亦見〈以孔教為國教配天議〉，《不忍雜誌》第三號「教說」，頁 8-11。所謂「大多數民眾」見 Joseph R. Levenson "The Suggestiveness of Vestiges：Confucianism and Monarchy at the last" 載 David S. Nivison and Arthur F. Wright , *Confucianism in Action*（加州史坦福，1959），頁 247-251。

[35]　陳獨秀〈再論孔教問題〉，新青年二卷五期，頁 3；張東蓀〈余之孔教觀〉，《庸言》一卷十五號，「通論二」，頁 1-12。

[36]　陳獨秀〈再論孔教問題〉，上引書，頁 4。

[37]　同上註，頁 1。

孔教與民主生活方式

　　當晚清政治改革者試圖用孔教來證明其政策合理時，他們需得將孔教重新解釋，在傳統儒家教義裡，廢君是不能想像的事。但假如要對立憲制的君主有所約束，則大膽地重新解釋是必要的，無怪乎破舊和反君主制的譚嗣同要等到接觸了康有為的新解釋後，才對儒學受用起來。[38]

　　康有為從今文經中找到線索發展為一套理論，進而影響了此後數十年的孔教運動，這套理論我們也許可解之為孔教分期理論，也即是「通三統，張三世」，根據此一理論，孔子將人類歷史分為三世：一為據亂世，即孔子時代；二為昇平世，或小康世，即夏商周三代，三為太平世或稱大同世，是一民主共和、經濟共產的無政府烏托邦。每一世又分為三小世，各小世和三大世同名，九小世再分成八十一世代。而春秋經為亂世之憲法，為防統治者的迫害，其他兩世的憲法隱藏於對經典的神秘解釋，這種解釋由孔子口授學生，再傳給孟子，最後及於今文學家，一世的典章原則不可誤用於他世。[39]

　　不管內在價值如何，這套理論使儒家原理可以變通應用。一八九八年，改革派堅持需在君主制度而非共和下改革，因為他們生當日趨衰微

---

[38]　梁啟超〈戊戌政變記〉及其〈譚嗣同生平事略〉，載譚著《仁學》中。

[39]　三統之說源於董仲舒（春秋繁露卷七第二三章），三世說源於何休（春秋公羊解詁隱公元年），康有為對三統三世之解釋見其〈刊布筆削大義微言考題詞〉，上引書；〈孟子微〉，《不忍雜誌》第六號，頁 1-18。又 Derk Bodde "Harmony and Conflict in Chinese Philosophy"，載 Arthur F. Wrightson 編 *Studies in Chinese Thought*（芝加哥，1953 年），頁 32-36。

的昇平世，共和則有待於大同世的到來。民國建立後，孔教徒以同樣的
理論將一切亂象歸咎於革命黨人，認為共和制度太過於早熟了。也因
此，一九一六年的復辟運動自然得到孔教徒的支持，復辟雖失敗，他們
仍以孔教為歷世不變的萬能藥。就理想的吸引力來說，他們可能要勝過
共和黨人、社會主義、無政府主義和較後的共產主義，因為他們所揭櫫
的孔子理想，不僅是個無階級的民主社會，也是個長生不死的世界，[40]
至於那些不合時宜的儒家理論，可逕被解釋為僅適用於亂世，或逕稱之
為偽經。[41]

　　反孔教者自有一套社會發展的分期法，當然不會接受孔教徒的這種
分期。陳獨秀和吳虞均視孔教為封建和專制社會的產物，和民主共和的
生活是無法相容的，孔子一直是支持君主專制並強調臣民無條件忠於君
主的，在一個廢除君主的時代裡，這樣的理論怎能適用？吳虞指出，孟
子雖曾說：「民為貴，社稷次之，君為輕」，但他也說：「無父無君，是禽
獸也！」[42] 在陳獨秀看來，孔教和君主是密不可分的。[43] 一九一六年康
有為〈致總理總統書〉中稱黎元洪為好賢憂勞的大總統，並請其拜孔尊
教，陳獨秀藉此大加攻擊孔教徒的理論，他說：「夫《春秋》之所口誅筆
伐者，亂臣賊子也，今有獄於此，首舉判旗，傾覆清室者，即原書所稱

---

[40]　康有為在其《大同書》中將人類之痛苦歸因於九界，即國界、級界、種界、形界、
　　家界、業界、亂界、類界、苦早於界，在其理想的大同世界中，人類「解其纏縛，超然飛
　　度……悠然至樂，太平大同、長生永覺。」
[41]　此點見錢穆《中國近三百年學術史》(上海，1937)，頁 704-709。
[42]　見吳虞〈消極革命之老莊〉，《新青年》三卷二期，頁 1-3。
[43]　同上註，又陳獨秀〈舊思想與國體問題〉，《新青年》三卷三期；〈復辟與尊孔〉，《新
　　青年》三卷六期，頁 14。

『緇衣好賢，宵肝憂勞』之今大總統，不知先生將何以折之。」[44]

答辯陳獨秀的質疑，孔教徒大可引許多例證來證明孔孟認為革命是正當的，早期的儒者甚至親身從事。據康的解釋，孔子的大同世是沒有君主的，但從康有為黨的保皇運動看來，證明陳獨秀所質疑的是對的。孔教的辯護者如顧實、常乃悳又說：漢宋學者所支持的專制君主曲解濫用了孔子的教義。陳獨秀很機巧的反問：為甚麼君主唯獨挑了孔教而不是其他學派來支持其專制呢？[45]

在反孔教者看來，孔教許多原理都不能適存於現代的民主生活，例如在憲政體制下（不論君主或共和立憲），政治結社是自由的，妻子兒女可參加和丈夫父母不同的政黨。但在孔教裡，子女必須追隨父母的信仰，父母死後三年內依然如是，女子則須從父命、夫命、子命。[46]

　　更基本的問題在孔教的最終理想是否和現代民主的原則相容，孔子在《禮記·禮運篇》中反對政治權力的繼承及私有財產制，但〈禮運篇〉是否孔子所作，數百年來爭論不休，早期儒者否認它為孔子之作，斥之為異端，認為應屬道家墨家者流的作品。[47]陳獨秀認為〈禮運篇〉誰作並不重要，重要的是即使理想的大同世也不合現代民主原則，因為儘管大同世中君主選擇賢能來繼位，但權力的轉移仍是由統治者到統治者而

---

[44]　陳獨秀〈駁康有為致總統總理書〉，上引書，頁 3。
[45]　顧實〈社會教育及國魂之孔教論〉，《民意雜誌》第二號（一九一六）；陳獨秀〈憲法與孔教〉，上引書，頁 3-5；常乃悳致陳獨秀書及陳元覆信見《新青年》二卷四期，頁 4-7。
[46]　陳獨秀〈孔子之道與現代生活〉，《新青年》二卷四期，頁 1-7。
[47]　吳虞〈儒家大同之義本於老子說〉，《新青年》三卷五期，頁 1-3，又同期吳虞致編者及陳獨秀之覆信，頁 4-5。

未訴諸民選。[48]

　　反孔教者將中國歷史上的專制統治歸咎於孔子，認為孔子是專制政權的工具，孔子自身居官時也以嚴酷手段來對付反對者，這種控訴和對孔子過分讚頌都有失真實，[49] 基本問題在：中國政治哲學、制度、法律中哪些是孔子的？哪些不是？它們各有何影響？孔子的「仁政」思想是對君權的制衡嗎？如果是，制衡到甚麼程度？這些在國教問題及君主制的正反雙方都曾激辯過，意見很不一致。如康有為在提議立孔教為國教的〈致總統總理書〉中，修正了他先前的觀點，而認為政府應該將孔教中那些「不與民國相抵觸者，皆照舊奉行」，[50] 這種矛盾的提議透露了為甚麼三世理論是不得已而用之的辦法。另方面，反孔教者最有力的論點還在於：如果孔教成為官方的教義，中國二千年來思想遲滯不進的現象將持續下去。他們有時雖全然排斥孔教，但有時卻也承認孔教的貢獻。[51]

對舊倫理的攻擊

　　儒家的社會理論和倫理，即民初的舊禮教，從一九一八年後即成為年青知識分子攻擊的主要目標，自君主專制中解放出來，並受西潮的衝擊及都市、經濟擴展的影響，中國知識分子開始覺得急需個人自由。另

[48]　見上註，又陳獨秀覆常乃悳書，《新青年》二卷六期，頁 10。
[49]　梁啟超〈古書真偽及其年代〉，《飲冰室合集》，第二四冊，第一〇四篇，頁 516。
[50]　陳獨秀〈駁康有為致總統總理書〉，上引書，頁 4。
[51]　陳獨秀覆常乃悳信，《新青年》二卷六期，頁 9-10；又陳獨秀覆俞頌華書，《新青年》三卷一期，頁 23-24。

方面，外交上的失敗增長了民族意識，建立一個民族國家以抵抗列強侵略已刻不容緩，但一個以家族制及孔教倫理為基礎的社會無疑是邁向此一目標的絆腳石。個人自由與民族國家的需要雖全然是兩回事，但卻目標一致地向傳統社會組織和社會倫理發炮。

現代儒教支持者喜歡強調孔子仁義之教，但仁義的理想成分遠超過實際作用，歷來真正看重的是禮、漢儒釋禮及後學的將禮系統化，為一個穩定的階級社會（hierarchical society）劃分了個人的角色及責任，規定了社會各群體中老幼、貴賤、親疏的規範及行為模式。[52]

這些傳統的社會及倫理原則受到陳獨秀、吳虞等人猛烈的攻擊，認為這些規範等於是階級制度（Caste System），在一個民主共和的社會中不容存在。[53] 只要家族制中這些原則存在一天，個人的獨立和經濟自主勢將如緣木求魚，依儒家倫理，只要父母在，成長了的子女也不能有私有財產，女子更無經濟權利。[54] 尤有甚者，禮教片面要求女子貞潔，又給兩性關係加上了些惱人的禁忌。[55]

如吳虞指出的，舊禮教以父權高漲的家族制為基礎，從其中的孝而衍生出絕對的忠君，為君主獨裁制度張本。孔子的原意其實是：父親的權威來自對子女的慈愛，子女的孝則是出於天生的感情。然而，後世「禮」被繁複化、制度化了，孝成了責任而非情愛，道德又不足以制衡父

---

[52]　儒家禮論初探見拙著〈荀子禮樂論發微〉，《學術世界》二卷三期（上海，1937），頁69-71；二卷四期，頁61-66.

[53]　吳虞〈禮論〉，《新青年》三卷三期，頁1-8，又其〈儒家主張階級制度之害〉，《新青年》三卷四期，頁1-4；陳獨秀〈憲法與孔教〉，上引書，頁3-5。

[54]　陳獨秀〈孔子之道與現代生活〉，上引書，頁3-4。

[55]　見上註，頁4-5。

母的權威。同樣的，孔子的忠是忠於他人，君臣相互之間、朋友之際皆然，[56] 但孔子以後，忠成了臣民對君主單向的忠心。漢世以下，孝親與忠君相提並論，國即家，君即父，這種解釋底定於周末漢初作者不明的《孝經》中。宋初之際又有模仿《孝經》的《忠經》出現，宣稱是漢末儒者之作，依照後來這些解釋，臣民絕對忠於君主是無可爭議的責任，[57] 進一步，荀子藉「禮三本」之說，更將君親師與天地並稱。[58] 這些理論若確實遵行，則個人無所逃於朝廷與家庭之間矣！最後，吳虞批評說：「把中國弄成一個『製造順民的大工廠』孝字的大作用，便是如此！」[59]

這些法律與倫理原則在五四期間整體受到知識青年的挑戰，胡適、羅家倫及若干學者，大力煽動青年爭取個人自由與婦女解放。一九一九年五月四日遊行示威以後，男女青年開始一起集會、工作，這原是不見容於傳統禮教的，接著男女合校也出現了，知識青年大都捨棄父母之命的婚姻而追求戀愛結婚。家庭衝突有時甚至導致婚姻悲劇，不僅激起年青人更加反抗儒家倫理，也使老一輩覺得年青一輩道德敗壞，非恢復儒

---

[56]　如《論語》Bk. I, Chap.IV；見理雅各譯 The Chinese Classics（香港、倫敦，1861-1872），又韋理（Arthur Waley）譯《論語》（倫敦，1938）頁 84；左傳桓公六年，法譯見 Fr. S. Couvreur, *Tch'ouen T'siouet Tso Tchouan*（1914 年在中國出版）冊一，頁 87；英譯見理雅各 *The Chun Tsew with the Tso Chuen*, Vol. V, Part 2，頁 47-48；又常乃惪〈我之孔道觀〉，《新青年》三卷一期，頁 9。

[57]　《史記》載《孝經》為曾參作，漢書以為孔子作，司馬光及晁公武以為孔子或曾子學生作，朱熹以降，學者多以為漢儒所作，又有《古文孝經》，當是漢代今文孝經出現後的偽作，《忠經》在宋代初見時作者題為馬融。

[58]　荀子《理論篇》；吳虞〈讀荀子後書〉，《新青年》三卷一期，頁一；周策縱〈荀子禮樂論發微〉上引書，二卷四期，頁 61-63；吳虞以荀子贊同絕對君權，但我們應知道，荀子如孟子一般主張民重君輕，君為民服務，革命是正當的，見荀子〈大略〉、〈富國〉、〈正論〉、〈王制〉、〈王霸〉；英譯見 Homer H. Dubs, *The Works of Hsüntze*（倫敦，1928 年）及其 Hsümtze, *The Moulder of Ancient Confucianism*（倫敦，1927 年），頁 257-258。

[59]　吳虞〈說孝〉，《吳虞文錄》卷一，頁 15。

家權威不可。[60]

五四運動並非第一次對孔教孝道的反動，它的代表人物且徵引了古代的道家、法家、墨家對孝道的抨擊。反孔教者徵引這些分歧、相反的觀點來支持其對孔教的批評，顯見民初反孔教者本身在意識上的異質性（ideological heterogeneity）。傾向於自由與無政府主義，並追求個人解放的知識青年發覺道家比現有傳統更具吸引力。列強侵略所激起的民族主義、使他們擁抱富國強兵的法家學說，[61] 墨家的理想在他們看來頗近於對中國影響日深的社會主義。[62]

相反地，先儒主張的中庸之道對民初的知識青年來說，面對國際強權政治及列強軍事威脅下是太過被動了。吳虞諷刺地說：即以孔孟及十三經之精髓，亦無法把二聖的故鄉山東從日本手中拯救出來，孔學會的成員們又如何能以其舊倫理和日本對抗。[63]

道德問題爭辯的重心在個人與群體之關係。和個人主義者或極權主義者都不相同的是：可能來自被征服的部落的早期儒者，試圖以為弱則強的中庸之道去解決問題，也即是以相對的和人道的方式解決問題。這種階級思想支配著儒家的教育原則，也適用於個人對家庭及國家對人民的關係，很少有公益（public good）的觀念。[64] 雖然儒者強調天生感情來

---

[60] 《孟子》（理雅各譯）Bk. IV, Part I, Chap. 26，舊家庭制度遭到許多學生刊物的攻擊，如顧誠吾〈對於舊家庭的感想〉，《新潮》一卷二期，頁155-168，及其以下各期。

[61] 《道德經》一卷十八章，英譯見韋理 *The Way and Its Power*，頁165；又見《論語》Bk. XII, Chap. 18,（Giles）*Confucianism and Its Rivals*（倫敦，1915年），頁86；吳虞〈道家法家均反對舊道德說〉，《吳虞文錄》卷一，頁23-46。

[62] 同上註，又吳虞〈孟子的份農主義〉，《吳虞文錄》卷二，頁66-85。

[63] 吳虞〈道家法家均反對舊道德說法〉，上引書，頁45。

[64] 雅各譯《論語》Bk. XIII, Chap. 18.

緩和其教義中的責任意味，但其父權制卻每被極端地曲解，傳說有人曾因兒子事母至孝，竟欲將兒子陪葬，[65] 這也許是為甚麼民初青年人將家庭和倫理視為「萬惡之源」的原因了。[66]

　　為維護儒家的倫理，舊派學者也如年青知識分子一樣情緒激昂，固執的道學家林紓在一九一九年給蔡元培的信中列舉他維護儒家倫理的理由，他引孟子的話說孔子是聖之時者，[67] 將中國現在的積弱歸咎於孔子或傳統倫理正如「因童子之羸困，不求良醫，乃追責其二親之有隱瘵逐之」又說外國不知有孔孟而五常之道未嘗悖也，但近來「有所謂新道德者、斥父母為自感情慾、於己無恩」，此語蓋出於人頭畜鳴者，辯不屑辯，置之可也。[68]

　　林紓的論點亦如當時的孔教徒，似乎沒有抓住重點：問題不在孔子是否是聖之時者，能適應時代而改變自己，而在現代人是否能適應孔子的教義及後學者所偽造的孔教。

孔教問題再定義

　　為支持孔子托古改制之說，康有為認為中國開國之始，方略缺如，

---

[65]　見干寶《搜神記》。

[66]　傅斯年〈萬惡之源〉，《新潮》一卷一期；又見《自由錄》(無政府主義者之組織「實社」編) 中類似的文章。

[67]　見註 19，又理雅各譯《孟子》Bk. V, part II, chap. 1。

[68]　見註 19，兒女出於父母情慾說可能由於吳虞論孝的文章及胡適新詩〈我的兒子〉所挑起。

不可得考。[69] 這麼說來，則古籍中的古史純屬虛構，孔子所記載的古史也無事實根據了。反孔教運動一得勢，康有為的理論反而得到與預期相反的結果。

其後，北大教授崔適也對康有為表示支持，一九一七年後崔的學生錢玄同也在北大任教，錢同時受到康有為和崔適的影響，是今文學派的支持者。胡適則將實證方法引入，以研究中國哲學。一九二〇年，崔適的另一學生顧頡剛自今文學派及實證主義得到靈感，並受到新思潮和新文學運動的啟發，著手研究中國經典與古史。錢和顧都以懷疑態度從事研究，故被稱為疑古派，由於他們的研究，國人對孔子與六經之關係的觀點有了很大的改變。

經書作者的複雜題並未全部解決，我們這裡所關心的是對問題態度的改變，不是其答案。自宋以降，學者對六經某些作者已有懷疑，但一般相信孔子曾親作或編定六經，一九二〇年以後，疑古派對此的觀點全然不同，他們認為六經一詞是孔子之後，可能在戰國末期所創，六經之名原是孔子授徒的六項科目；《詩》、《書》、《禮》、《易》、《春秋》是五本互不相關的書，被認為遺失的樂經則根本不存在。孔子以此五書為教本，時或稍作解釋，並未曾親作或修訂過它們。[70] 雖然也有學者表示異議，但二、三十年代的學者卻大都接受這種說法，概略說來，從清末到民初，孔子的地位自素王、教主、一貶至於「教授老儒」，如顧頡剛所言：「春秋時的孔子是君子，戰國的孔子是聖人，西漢時的孔子是教主，

---

[69]　康有為《孔子改制考》第一章即「上古茫昧無稽考」。

[70]　顧頡剛編《古史辨》第一冊，頁 7,56,76-78。

東漢後的孔子又成了聖人了，到現在又快成君子了。」[71] 這種轉變也許還更受孔子歡迎，揭去了神秘的面紗，孔子才得以恢復本來面目。許多學者因之稱孔子為東方的蘇格拉底，中國的平民教育家和大哲學家。[72]

在一九二〇年伴隨以新方法整理國故俱來的，是一群孔教的新擁護者，其中有些人和康有為淵源頗深。梁啟超、嚴復等人有感於大戰的悲慘，開始覺得西方物質文明僅能導致世界的慘禍，以孔教為中心的東方文化應該風行世界才是！梁漱溟在一九二一年出版的《東方文化及其哲學》雖然受到西化派如胡適等的批評，卻加強了這種觀點，同時梁啟超在大戰後對科學的悲觀，在一九二三年張君勱的演講中得到了迴應，從此引發了著名的「科學與人生觀論戰」。論戰雖非全然針對孔教，但向西方文明與科學挑戰大都多少服膺為儒家或理學，很多時候，儒家思想被拿來和西方思想作比較。

在理論層面上，二十年代以後孔教的爭論和以前不同，這時已少有學者為孔子全部倫理和政治觀作辯護，他們所關心的只是孔教中的大問題。許多經書原本被拿來作為批評或維護孔教的憑藉，此時由於激烈疑古的結果，若沒有確證，也不能亂加引用了。

孔教與反孔教所激起的情緒在此後二十年間仍存在於政府與民間，導致了三、四十年代兩派人士的衝突，「尊孔讀經」與「打倒孔家店」仍是通行的口號，唯其已不像三十年前一般是種思想之爭了。

---

[71]　顧詰剛〈春秋時代的孔子和漢代的孔子〉，《古史辨》冊二，頁 139。
[72]　馮友蘭〈孔子在中國歷史中之地位〉，《燕京學報》第二期，（1927 年），頁 233-247。

結論

　　從歷史觀點看來，民初的反孔教運動，一方面可視為受到西潮影響，思想尋求從強制的國家意識或國教（imposed state ideology or religion）中解放的一種表示。另方面，它是中國知識分子試圖捨棄以文化古老為榮的意識型態和生活方式，以把中國從十九世紀來在國際地位上的低落拯救出來，這兩種反應明白表現於對個人自由和強盛的民族國家之需求上。

　　對個人自由的要求自始就很微弱，五四運動期間由一些自由派人提出的說法：國民自由後，則強盛的國家指日可待。由於缺乏強大中產階級的支持，並沒有在國人中引起廣泛的回應、年青知識分子在攻擊孔教倫理和社會、政治學說之時，也將自由、平等、獨立視為努力的要目標。五四時期，學生作家甚至提議，以自利為前提的個人主義該取代傳統倫理，[73] 許多人也引集體主義來強調以孔教強國的無望。事實上，希望中國強大以抵抗列強的慾望太過強烈了，以致救國需先有個人自由之說也就淹沒無聞了。

　　反孔教運動早期曾有攻擊獨裁主義的趨勢，但並未繼續發展，晚清孔教被用來為多元化政治作辯護時，正統之說也正流行。民初對獨裁主義的挑戰，雖常藉自由主義之名以行，但實際上也受到無政府主義的影響。二十年代自由主義與無政府主義消沉，反極權運動也就殞滅了。

---

[73]　吳康〈論吾國今日道德之根本問題〉，《新潮》一卷二期，頁 327-333；常乃惪〈記陳獨秀君演說詞〉，頁 1-3。

　　另方面，孔教和反孔教雙方都被民族情感所扭曲，而對傳統不加分別的態度使形勢益加複雜。「傳統有之」成了一種權宜方便的說法，孔教徒對中國西化的態度最足說明這一事實，魯迅曾苛刻地說：「學舊學的文人最喜歡用這種技倆：當新思想引進時，他們視之為異端，竭盡所能去摧毀它，如果這一新思想贏得了一席地，他們會說孔子早以之教學生了，他們反對所有外來的東西，說這是變華夏為夷狄，但當夷狄成了中國的統治者時，他們發現夷狄原也是黃帝子孫。」[74] 魯迅只說了故事的一面，我們也看到了其實這種技倆改革派也常用，後來的民族主義革命黨和左派用的程度較少些。藉這種技倆，康有為和其他改革派輕易獲得了年青知識分子的同情，打敗了張之洞、辜鴻銘等一批反對派。一九一九年，胡漢民宣稱社會主義的理想可在孔教中發現，[75] 稍後的左派作家郭沫若也沿用民族主義者的先例，以孔子為革命家。[76]

　　然而，民初的反孔教者卻都同出一轍，強調孔教和西方科學、民主思想的基本差異，堅持揚棄孔教。如此一來，在極守舊者如張之洞、辜鴻銘眼中，他們成了極端。五四期間，林紓和嚴復幾乎也成了極守舊派，和康有為不同的是：極守舊派認為和西方文明大不相同的中國傳統，本身自有其盡善盡美處；如果不是西學可再造中國之說已廣被接受，這些人可能成了年青知識分子的一股強大反對勢力。除了那些具有類似西方文明的價值者外，中國知識分子大都已對這些傳統沒有信心。

[74]　魯迅〈老調子已經唱光〉，一九二七年二月十九日在香港演講，林語堂英譯「Chinese Wit and Wisdom」（紐約，1942）頁 1089。

[75]　胡漢民〈孟子與社會主義〉載於一九一九年之《建設雜誌》，又收入《唯物史觀與倫理之研究》一書（上海，1927 年），頁 155-178。

[76]　郭沫若〈孔孟的批判〉，載《十批判書》（上海，1945 年），頁 76-129。

　　至於孔子及其學生的思想中是否已有現代的觀念、關鍵仍在於孔子真正的思想是甚麼。在康有為看來，知識青年所看重的西方思想孔子早已有之，民主共和本身是儒家理想（但卻有兒皇帝復辟），在儒家理想社會中，家庭和私有財產制都完全消除（但知識青年攻擊這些制度卻被認為不成熟和不道德）。所以依康有為之見，於憲法中訂孔教為國教是很適當的！如此看來，反孔教運動的趨向極端已在預料中了，反孔教者甚至把經典中與現代思想衝突的觀點都列了清單。結果，民初十年間，孔子成了雙方的撒旦或上帝。

　　我們也許要問，這一問題為甚麼常有如此濃厚的感情色彩？為甚麼改革派和革命黨不能拿孔教中某些優點來鞏固團結一個現代國家？這是清末一直努力的方向呀！未能這樣做並不證明孔教不合時宜，這是由於中國缺乏政治、社會和經濟各種條件的配合，日本明治維新極成功，但孔教在現代日本和中國的了解及應用不用，且中國對孔教的感情依附較日本深。更重要的是，中國反孔教年青人的教育、社會背景和他們對自由主義、無政府主義及社會主義的認同，使他們和老一輩格格不入，也使他們和明治時代日本的秀異分子（elite）大不相同。

　　最後，我們要問的是：反孔教運動對中國傳統和社會影響如何？不用説，「憤怒的年青人」之破舊對孔教教條有破壞性的影響，經過這一番反抗與評擊，孔教整體上和先前已大不相同。廣大的文盲使對舊價值舊方法的批評無法擴散到群眾，但五四運動多少是個群眾運動，年青人的新文化運動和愛國主義轉瞬間傳到各大城市，至少遍及二十二省二百多個城鎮。反傳統社會及反家庭的鬥爭也擴及全國，且眾多的文盲給了

知識分子特殊的力量和特權，使他們的觀念在群眾中因此更有份量，這些新觀念要制度化當然是條漫長的路，但一開始它們即已影響了群眾生活。從此，孔教的權威遭到空前的打擊，它所支配的社會也經歷了很大的轉變。

這些意識和隨後生活方式的轉變並不表示孔教已毫無影響力，也不意味經此攻擊，孔子的學說不再被重新解釋以適應時代之需。舊倫理的解體固使人從家族的枷鎖中解放，但顯然又將人推向國家、政黨和其他社會、經濟組織的枷鎖中。

（原載 Arthur F. Wright 編 *The Confucian Persuasion*，本文之翻釋經周策縱教授授權並親校，一九八七春譯者於威斯康辛大學。）

五四：一個「百依百順」還是「不屈不染」的女孩子？

　　從前胡適之先生往往對我們說：歷史像一個百依百順的女孩子，你要怎樣打扮她就怎樣打扮她。這並不是說歷史紀錄不應尊重事實；相反的，史須求信，歷史記載應該盡最大可能符合客觀的事實。評判歷史紀錄的好壞，仍然要以它符合多少事實來做標準。只是我們也要了解，歷史也時常被人打扮粉飾，事實紀錄極難逼真，絕對客觀幾乎是不可能的。所以讀史者最好總須有點存疑的態度。

　　近代史同我們的利害關係太密切了，更容易引起人們來有意或無意地打扮她、歪曲她。還有，愈複雜愈重要的歷史事件，也就愈會容易引誘人，讓人來打扮她、歪曲她。五四運動正是這樣的一椿歷史大事。

　　五四當時抗議北洋軍閥政府對日本侵略的妥協政策，五四青年學生激揚愛國熱潮，五四提倡白話文，這些雖然在當時引起過震動和衝突，但現在已沒甚麼可爭論的了。五四提倡科學，雖然後來引起過科玄論戰，但這問題太深奧，對大眾來說頗不關痛癢，究竟弘揚科技，已成不爭之論。五四思潮引起最大和最長期爭論的是兩個問題：一個是大力廣泛介紹傳播西洋思想制度、來批判中國傳統的社會、政治制度、倫理、哲學、思想，尤其是在不全真的「打倒孔家店」、「全盤西化」等通俗流行的口號下，引起了無窮的爭辯。另一個問題就是五四運動積極提倡了

民主，究竟甚麼是真正的民主，這位德謨克拉西先生到底是甚麼人，卻成了嚴重的問題。這也就牽涉到對五四運動的解釋和看法。前一個問題若只關連到倫理、哲學、思想和社會制度，也許儘可把它當成東西文化問題來看待，可是事實上也牽涉到政治和政黨的政策；至於民主和對於五四的解釋，那就更和政治、黨爭糾纏不清。於是五四這女孩子也就難免被打扮得花枝招展，不復像「貧賤溪頭自浣紗」的西施了。

　　我曾一再提醒大家，我們必須把五四當成一個複雜的歷史「階段」來看，決不能只著眼於一天或一兩個月的遊行示威活動。不然，就無法認清這一歷史事件的真面目和真精神，也無法了解這個時代。明白了這點，就可看到五四的演變過程，在它的前期和高潮時期，西方的自由民主思想，在青年知識分子當中佔著極重要的地位。五四遊行時絕大多數的學生都是傾向民主自由思想方面的，極少數思想行動最激烈的學生也多只是無政府主義者或工團主義者，更溫和而較多的則是基爾特社會主義者，而不是馬克思主義者。那時中國還沒有馬克思主義者的存在，更談不到馬列主義的共產主義者了。一九一九年五月正是遊行高潮時期，李大釗還在《新青年》月刊上說，馬克思主義有缺點，應該修正，人們不可全部永遠接受它。北大學生像羅家倫、傅斯年當時倒頗傾心於俄國式的革命，卻又從來不信奉馬列主義。五四事件以後的七八個月裡，粗淺介紹馬列思想的只有國民黨和進步黨的幾個報刊，胡漢民、戴季陶、邵力子、張東蓀比陳獨秀、李大釗貢獻的力氣還要大，他們自然也不是真正的馬列主義者。共產主義在中國的有效傳播，應該是一九二〇年三月底蘇聯的「加拉罕宣言」在中國公開後才開始。

可是五四遊行後不久,極端保守分子就散佈謠言,捕風捉影,「相驚伯有」,説五四是布爾薛維克黨鼓動起來的。當時的青年學生和一般知識分子都認為這是一種栽誣,比較公正的中外言論也指出這是無稽之談。這該是早期對五四的打扮和歪曲。不料事隔二十年後,五四在中國聲望日隆,革命黨急於攀上列車,就説:五四運動是十月革命和列寧召喚起來的,五四是共產主義知識分子領導的,五四運動是個反帝國主義、反封建主義的運動,五四使資產階級的「舊民主」轉變到無產階級專政的「新民主」。於是四、五十年來,無數的報刊書文、官私文獻,都把五四妝飾成一個「紅色娘子軍」。甚至反對派也懾於這種聲威,索性不敢,或禁止來討論五四運動了。這種局面,到近年來好像才略有改善。

我相信,凡是竭盡心力來寫五四運動史的人,存心都是誠懇的。他們熱愛真理與忠於事實之心,誰不如我。然而我又不能不説,他們有許多人首先要從忠於一個主義出發,只好削足適履,把五四裝扮起來,好去迎合上面的結論。結果,就我看來,卻有點像是在打著五四的旗子反五四;也有點像專制時代,打點宮裝,替皇上選秀女了。

他們打扮歪曲五四的方式,以前大都不外兩種:一種最乾淨俐落,我管它叫「金屋藏嬌法」,就是把所有重要的有關五四的原始資料都封鎖起來,甚至毀滅掉,不讓人看到。眼不見為淨。起初我還沒注意有此一招,直到一九五六年鳴放運動時,才看到大陸上有人在報上埋怨説:《新青年》雜誌一直成為禁書,被封鎖了起來,只有高幹們才准許看到,其他出版品更不許流通。台灣當時好像也有點當仁不讓,直到一九八二年有些,我還發現,北京圖書館所藏有些五四資料,包括北京大學學生在

一九四七年編印的小冊子《五四在北大》，書目卡上還蓋有圖記，非經特許，不能借閱。至於我的《五四運動史》，那就更不消說了，連書目卡都沒有。我倒並不單怪他們，別的地方也往往如此，還有甚麼可說呢！

記得一九五三年秋天我在美國國會圖書館做研究，搜集五四資料，一天袁同禮先生興致沖沖地拿了一張廣告來告訴我，說：「好消息，你該高興了！」原來大陸宣佈，中國史學會主編的「中國近代史資料叢刊」已出版了《義和團》和《戊戌變法》，每種都有好幾大冊，也計劃要出《五四運動》。我見了當然很高興，可是後來等了五六年，只見別的題目都出版齊了，只有「五四」一項不見下落。我終於恍然大悟，他們怎能把五四資料全部印出來呢？

另外一種打扮歪曲的方式更是正規又乾脆，我管它叫「戴假面具或化粧整容法」。編者作者任憑己意修改或偽造原始資料，使讀者迷亂信從。例如一九六〇年上海社會科學院編輯，上海人民出版社出版的《五四運動在上海史料選輯》，資料的取捨固然只好聽他們作主，他們卻還要在許多原始資料上加上不合事實的大小標題，如「人民反帝愛國運動」、「日美帝國主義加緊對中國的侵略」等等。誰也知道，五四時期美國和日本頗有利害衝突，美國多少是同情中國學生和知識分子，反對日本對中國侵略的。當時中國人只反日，怎麼能說是反日、美帝國主義呢？巴黎和會後中國固然對英、美、法、意等西方國家大感失望，但當時還不見有反美的活動。再說，那時中國也沒提出甚麼「反帝國主義」的口號。這口號的提出乃是以後的事。有一位中國留美學生在六十年代寫了一篇〈五四運動在上海〉的博士論文，不小心，竟把這種後加上去

的標題當作五四時期的原文引用了。我在一次應出版者的要求審查這英文原稿時曾指出這點和別的問題,希望作者能修正,後來好像也沒有修改過來。另外的例子就是許多人都一口咬定五四青年都在「反封建」,好像他們都這樣說過,使用過這個口號,其實這也是後來加上去的。此外還有個大麻煩,就是五四時代的當事人,後來或因自己思想改變,或因過分誇大自我,或因環境所誘所迫,或因誤記,回憶起來,往往失真。像這樣戴了假面具或經過整容手術的著作,大小冊子和文章,數不勝數。

　　以上這兩種辦法,其實只能說是「笨法」。近些年來,由於海外對五四的史實和研究發表的逐漸多了,有些人覺悟到掩藏和化妝有點不大靈了,到底比較聰明合理了些,便使出一些稍為高明的「妙法」來。一個最重要的方式,不妨叫做「濃抹脂粉,眾女掩蛾眉法」罷。那就是把已無法掩禁的有關資料也大加引用,但同時把與自己主義思想或黨派有半絲關連的材料,卻更大量堆砌突出起來,不顧當時實際的比例如何,著意造成壓倒之勢。表面上看來,沒有完全抹殺反對面,所說又顯得有憑有據。其實呢,任意擴大塞進了片面的材料,同樣歪曲了當時實際的情況,目的只在製造假象來證明那既定的結論和解釋。這真有點像「道高一尺,魔高一丈。」令人只見釵影繽紛,「越女如花滿春殿,」彩袖羅褶的細隙裡已找不到西施了,還用得著甚麼金屋來閉藏呢!前幾年大陸有人寫了六七百頁的五四歷史,本來應該鼓掌歡迎,可是仔細一看,又不免覺得這是上述妙法的典型產品。作者在〈前言〉裡說:「六十年代初,我看到了美國哈佛大學出版的一本長達數十萬字的《五四運動史》(周策縱著,一九六〇年英文版)。這本書激起了我也想寫一本《五四運

動史》的願望：外國都有了，中國為甚麼沒有？」他這話倒很誠懇坦白，居然敢把我的名字和書都指出來。可是細想一下，他怎麼能說中國沒有《五四運動史》？從五十年代初起，中共就出版了十來種，有些還一再增版，幾十頁的小冊子固然很多，兩百頁以上的也有兩三種，倘若計算有五四兩字在書名上的，更可找出百多種。他決不會不知道，也許他認為那些用笨法寫成的東西，有等於無罷，這就可見作者有說不出的苦衷了。他這書引用了許多資料，可是照他自己說，他的目的是要依照下面這一教條辦事：「詳細地佔有材料，在馬克思列寧主義一般原理的指導下，從這些材料引出正確的結論。」他自己又說：「馬克思列寧主義是我們治學的指導思想。」這樣一來，這書的結論也就不看可知了，原來他是先有了結論才去找材料，「佔有材料」來疏證這結論的。事實上，六十年代初他就能被特許看到我那「禁書」，已是不簡單的事，所以二十年來能得到許多機關、圖書館，和十來個人的協助，目的只是要把五四打扮成領導所解釋成的那個模樣。

這一辦法，倒的確有個學術的外表，也透露當局已比較開明。無論如何，辛勤收集的材料是可貴的。只可惜一般讀者無法看到全部資料，如何能自己用別的被摒棄了的資料來平衡這書所徵引的，以便找出當時史實的真相，倒成為更困難的問題了。

上面這種用「詳細佔有材料」來打扮歪曲歷史，法雖巧妙，到底還有痕跡可尋。另外有一種方式，可能做到不著一字，盡得風流，無以名之，名之曰：「纏頭捧角法」。例如你只要著書為文立論，把五四說得正合於教條，把五四時代某人大罵或大捧一番，便可得到某權威方面的優

惠或排斥。這種現象自然不限於解說五四，也不能偏責某一方。這已是當代中國人，尤其是知識分子、史家和作家，所必須勇於面對的悲劇局面。不過五四在這方面的確是個比較敏感的歷史事例。

我把打扮歪曲五四說這麼多，難道我自己的研究就不落入這些窠臼裡嗎？真的，我必然也有我的偏見，我一定已戴著自己的眼鏡在看五四，我也許已把五四特別打扮過了。我在中譯本的自序裡說過，我是想用說真話的態度來寫五四，然而想說真話的說的也不一定是真話。我總希望讀者多用幾分存疑的態度來讀我或別人所寫的。除此之外，我只能說，我在寫作的當時，總是有意識地做過一番自我努力和自我問難，想掙扎不遠違於事實，想跟隨證據說話，想促使把全部資料公開。固然這種努力也決不能保證成功，這就只好受自己的「向度」（dimension）所限了。不過我相信這種努力，總也不能算白費。

五四這女孩子本來已快要變成七十歲的龍鍾老太婆了，但她的精神永遠是個不肯屈服，不甘污染的妙齡少女，多少有正義感有理想的知識分子、青年學生，還時時受她的感召而奮發起來。在適可而止的限度內，人們要把她打扮一下原也是不可避免和不可厚非的；只是希望不要過分掩藏粉飾，不要歪曲她的全部體態和人格。讓大家認識五四是自由民主正義思想號召起來的，讓五四呈露她本身不屈不染的自然美罷！

——一九八八、四、二八，於史丹佛大學客次

懷人量史論五四文學

五四永遠是我們的，

五四在我們家裡。……

要衡量「五四」一代作家和在中國文學史上的地位，首先就得承認，那個時代可算是現代中國新文學的開創時期。雖然個別主張用白話寫作可以追溯到滿清末年，雖然用章回小說來批評社會黑幕，五四以前也早已存在，但只有經過五四知識分子學生和青年作家的熱烈提倡，實踐創作和推動，然後形式和內容都和以前有別的白話新文學才很快地普遍了起來。那一代的作家，草創普及了白話新詩、話劇、新小說和新散文，這已是不爭的事實，無須多辯了。

除了這個新文學開創的歷史地位之外，那一代的作家和作品，對現在和將來，還有甚麼特殊重大的意義嗎？我認為有一點最值得指出，這不妨從本文前所引我在九年前發表的〈五四〉一詩的頭兩句說起，當時有人讀了就在一個刊物上評說：好罷，「五四永遠是我們的」，可是「我們又是誰的」呢？其實我的答覆最簡單不過，五四精神正是要「我們是我們自己的」。五四主要思潮底背後，都有一個基本觀念，就是自我意識的認同和發揚，個人人格的覺醒和重視。當時青年學生和作家錚錚抗議，批判傳統和現狀，正是要爭取自己做主人。七十年來，受了五四洗禮的中國知識分子和作家，凡是能堅持這種精神的，多表現得風骨嶙

峋,無論壓力如何,寧願以身殉志,或遠避而遁。

　　當然,在另一方面,我們不能不追問:「五四」一代起來的知識分子和作家,以後不是多以成為中國的風雲人物或意識形態塑造者嗎;到頭來中國社會、政治、學術、思想都弄得烏煙瘴氣,遠遠落後於許多國家,難道這些知識分子和作家不負極大的責任麼?造成思想壟斷,人身迫害,打擊知識分子和作家的,起因造孽、推波助瀾,往往就是同時代的知識分子和作家;回頭自己又遭別人同樣來清算,真是搬起石頭打自己的腳。這些年來,我對好些五四時代作家都當面提到了這一點,他們也往往不勝感嘆!五四激盪了作家的感時憂國意識,但早期的作品還大多只診探社會病情,少開藥方,即使開出批判的藥方,功用也只在救治傳統保守落後的偏枯之病;可是到了後來,作家本身愈來愈偏,愈來愈左,以為一面倒的偏枯之藥可以救整個中國。把「文學革命」革成「革命文學」的宣傳品。真是:「左!陷大澤中。」弄到「墮河而死,其奈公何!」二〇年代後半期起,到三〇年代及以後,可說違背了五四所突出的另外兩個特點:批判精神和多方競賽的作風,而要以偏救全。正如《呂氏春秋》說的:「魯人有公孫綽者,告人曰:我能起死人。人問其故,對曰:我固能治偏枯,今吾倍所以為偏枯之藥,則可以起死人矣。」作者接著指出,世上有些東西卻是「可以為半,不可以為全」的。自然,五四以後的中國國病,還不到垂死的地步,可是許多黨性極強的作家,卻的確有點像公孫綽,以為倍其偏枯之藥便可以起死回生。在相反的一面,又有人以為五四以後的作品既然大部分太偏執,就不如一概禁絕。於是中國新文學失去了一大段歷史。這又有點像章學誠說的:「天下有可其全為,

而不可為其半者。樵夫擔薪兩鈞，捷步以趨，去其半而不能行。」直到今天，我們恐怕還有些人在「倍偏枯之藥」或「擔薪去半」。

　　更進一步說，要衡量五四文學，就得看看當時有甚麼優秀作品。記得四〇年代初，我們一批青年朋友在重慶成立了一個「中國青年寫作協會」，邀請一些作家來講演，有一次請來講演的有張道藩和田漢幾位先生。張先生一開頭就說，自從新文學運動以來，還沒有產生一部優秀偉大的作品，可是作家們卻往往驕傲自大，派性極濃，不肯埋頭踏實去創作。田漢那時穿著一身草綠色軍服，佩了斜皮帶和上校領章，腳蹬長統馬靴，咯咯地跨到講桌後說，並不是沒有好作品，只是人們不識貨；再說，環境不好，政府限制也多；時間又太短，還不能急於苛求云云。張先生回到座上一邊聽一邊用手掌在鼻孔前左右亂搖，鼻孔一縮一皺，表演臭不可聞的姿態。他們——尤其是張先生——都是口才頂好，演技出色的人。這場面給我留下了深刻印象。尤其是他們所爭論的問題，使我長期以來想著，想著，又想著，「不能喻之於懷！」

　　「五四」一代自然已有不少好的短篇作品，單算一下已去世了的作家如胡適的論說文，魯迅的短篇小說、散文詩，周作人和朱自清的某些散文，徐志摩和聞一多的有些詩篇等等，都自有它不可及的成就。不過若說偉大的鉅著，倒是一直還找不出來。胡適之先生嘗對我說：「我們提倡有心，創作無力。」這固然有點自謙，但也說出了那一代的普遍現象。沒有偉大的鉅著，其實不能只怪環境不好，歷史上偉大的著作往往是在十分拂逆艱難的境遇下創作成功的。也許一種新文體在初期總不易產生主要的作家罷。試拿詞和章回小說來說，也只能經過像敦煌曲子詞

和《花間集》中那種比較粗淺的階段以後，才有李煜、蘇、辛、清真、白石，和夢窗。只能經過變文和平話階段以後，才會有《三國演義》、《水滸傳》、《西遊記》和《紅樓夢》。

　　不過五四和以後的作品之流於偏頗和膚淺，除了草創階段的因素之外，也還有些別的內在與外在的特殊原因，不能不計較。就外在環境說，五四前後中國由於與東西洋接觸所引起的外患內亂，乃史無前例，文化社會所受到的震盪之深廣與迫切，都異乎往常。就「五四」一代作家看來，他們的文化和文學傳統幾乎都發生了動搖，因此文學創作差不多沒有深厚的既成傳統可資依靠和發揮。這種情勢使有深度、有份量的鉅製不易產生。加上富於使命感的作家往往為時代的召喚而捲入當前的政治漩渦，或是要趕任務，於是寫出來的作品往往只有暫時的用處，缺少永久的價值。二〇年代中葉以後，出版機構和文學批評，幾乎全受這篇無所不在的政治操控、利用、或擁有。作者屈伸於這種獎懲鞭笞之下，有意識地或無意識地相激相盪，就逐漸喪失了自覺、自省、自主，和獨立思考的能力。稍有覺悟的幼苗，立刻就會被政治的巨掌拔除掉。社會風氣、文風、詩風、劇運等等一造成，便九牛莫挽，連許多語言文字的合理性都可能被摧毀了。（像「封建」一詞的被濫用，就是個好例。）作者如此，讀者也如此，要能掙脫這種無窮無盡的，有形無形的束縛，創作出出類拔萃的鉅著，那真是難而又難了。

　　然而更重要的還是作者內在的修養。瑰麗偉大的作品只能產生於淵博深沉而敏感的心靈，加以對語言文字的警練。這絕不能只憑偶然的感觸和小巧，而需要長期的自我修持和沉思；也需要博學審問，省識古今

中外偉大心靈所已呈現隱示的智慧與觀感。固然文學創作和文學並非一事，但必須積學而增加知識方能陶治深契的性靈。可是「五四」以後數十年來的作者，大多數在學問上沒有下過真功夫，在哲學思想上沒有徹底審察。結果對人生、社會、世界，和宇宙往往缺乏深刻的體認，對時間、空間、生命、內心、和外物，也沒有透切的感悟。外未能審核名實，以致對歷史事實和社會認識便缺少真知灼見，隨時可以迷離塗改。內未能深自省察，以致觀物論人評事往往流於膚淺。當然，這樣說也許有點傷於苛刻，不過仔細檢討「五四」以後的新文學成就，略採《春秋》責備賢者的作法，或者並無損於過去而可能有助於將來吧？

　　　　　　　　　　──一九八八年三月二十三日，於陌地生

北大精神與「五四運動」
——兼論蔡元培校長的貢獻

北京大學香港校友會為了慶祝校友會的成立和母校建校九十一周年，出版特刊，來函要我撰寫紀念文字，我當然很願乘此機會說幾句話，因為多年來我就在鼓吹北大精神。所以現在就簡略談一下北大精神與「五四運動」的關係，和蔡元培校長的感召罷。

甚麼是北大精神呢？我認為北大精神和「五四運動」是分不開的，也就是說，由於北大師生倡導了新文化運動和青年知識分子，尤其是學生的愛國與改革運動，北大精神才迅速成長發揚光大起來。所以我們很可以說：北大精神的要素也就是北京大學的「五四」精神。

把北京大學的「五四」精神分析一下，似乎包括三個重要因素：一個因素是關心國是和社會問題的使命感，一個是對學術思想自由和獨立思考的要求，另一個是見義勇為的抗議精神。北京大學的前身是清朝末年的京師大學堂，它的地位很像古代的上庠、太（或稱「大」，仍讀作「太」）學、或國子監，是造就士大夫階級的最高學府。儒家教育宗旨是要士必須弘毅，以治國平天下為終極目標，所以傳統的士多有關心國是和社會問題的強烈使命感，現代知識分子本來就多已繼承了這種精神，北大師生在民初處於最高學府的地位，自然對這種感覺也特別強烈。再

說，自春秋時代鄭國鄉校議政，以至漢、宋以來，太學生有干政的傳統，對政府政策和人事任免，往往敢於抗議，北京大學繼承了太學的地位，學生也比較富於抗議精神，同時，這也是過去士或知識分子忠於自己良知的優良傳統。

唯有第二項，就是對學術思想自由和獨立思考的要求，在以前學校裡似乎並不太強調，可是自從蔡元培於民國五年（一九一六年）底受任北大校長以後，對這點就多有鼓勵發揚，各派思潮都在學校裡兼容並包，自由競賽。一時間使學生和教師的思想都活躍了起來。所以我在《五四運動史》第三章裡說：蔡元培是「現代中國最偉大的教育家和自由主義者之一」。甚至學生和教授的使命感與抗議精神，過去，也由於專制和軍閥政府的控制，已減縮到微弱不足道，自蔡元培長校以後才更為發揮起來。

北大把這種精神發揚起來，本來就會有影響力，不過當時若沒有那種國內外的特殊背景，影響力絕不會如此的大。這牽涉到當時政治、經濟、社會、文化、思想、文學等各種因素，這裡不能細說。不過不妨指出重要的兩點，一點就是自鴉片戰爭以來中國受盡列強的侵略欺侮，尤其是第二次世界大戰期間及以後日本的侵略，激起普遍高漲的愛國救國熱忱，或民族主義思潮。北大精神與這種愛國愛民族的熱忱和國恥感結合起來，就發生更巨大的群眾性力量。其次，當時國內外的政治形勢有多元化競爭的趨向，美英各國並不樂於見到日本獨佔中國，國內又是南北對峙，和談長期沒有結果，北洋政府內部權力分散互制，軍閥各佔地盤，黨派各有打算，頗能收互相制衡的效果。尤其

是段祺瑞政府企圖向日本得到軍事援助，以便用武力統一中國，更引起各反對派的攻擊。凡此種種，都幫助了救回青島的愛國運動和推進改革的新文化運動。

蔡元培校長對北大的主要貢獻之一就是上面所說的學術思想自由和獨立思考。北大能兼容並包，各種學派思想自由競爭，師生研討，各自作良知判斷，這是一個非常重要的成就。

其次，蔡校長個人的人格感召，也是十分重要的。這一點分析起來成分很多，但最重要的也許是「有所不為」的精神，不降志不喪志的精神。這點本來還只算有點像相當消極，不過由於他當時在學術思想界和教育界地位與聲望很高，即使是一種消極的「不為」，也能產生積極的號召力。這點我們今天必須考察當時實情才能了解。

上面所說的北大精神，時常和專斷壓制的政權發生矛盾衝突，過去史實斑斑。然而中國人的幸福和前途，尤其是民主、自由、人權、和科學的進展，也就是現代化的目標，都大部分要有知識分子來積極推動，才可完成。而北大師生和校友，在這方面更會起十分重要的作用。北大不應該容許外力壓制破壞它的優越傳統。北大香港校友會在特殊環境下更應該責無旁貸，不斷的發揚北大精神。

現當慶祝北大建校建會之前，特寫此短文相勉勵，並題下面四句為祝：

見義尤貴敢抗議，

獨立思考需自由，

北大之風浩然氣，

五四千載匯巨流。

一九八九年四月二十日，於美國威斯康辛

胡適對中國文化的批判與貢獻
——胡適先生百歲誕辰紀念講稿

　　最近幾年來，認真研究胡適一生和他的學術思想的人愈來愈多了，這是個好現象。正因為如此，現在《中國時報》要我來講述胡先生對中國文化的批判和貢獻，或評論他對傳統中國文化的功過，真是談何容易，何況我近來忙於別的事情，只能趕著在飛機上來寫這篇講演稿，不周到不準確的地方自然難免。不過仔細說來，如果要做詳盡的分析和檢討，總也不是幾個鐘頭，甚至幾天所能講得完備的。所以我就只檢出我認為比較重要和我自己認為稍有新意思的幾點來來談談。

　　現在且先從胡適之先生對中國文化批判而最有貢獻的一件談起，這自然也就是他所提倡的白話文學運動。提倡用白話來寫作當然不是胡適最先開始的，大家都知道，用白話寫講演、寫小說、寫戲劇中的對白，從變文、平話、傳奇，到語錄，早已有一千多年的歷史了，元朝有時用白話寫政府或皇帝的文告；更不消提到漢史記載宮人的口供，偶然也保存著白話；《詩經》裡有些詩也用了口頭俗語，那是兩千年以上寫的白話詩。到了清朝光緒末年，也就是十九世紀末二十世紀初，好些傳教士、青年作者和學生，早就在提倡用白話譯西書，辦《白話報》，提倡「國語」，胡適在學生時代，陳獨秀在青年時代，都曾參加過這種辦白話報的舉動。

　　至於「詩界革命」、「文學革命」的口號，本來也不是陳獨秀和胡適兩人最先提出來的，清末時到民國初年也有人早已說起。在陳、胡二人之間，胡適卻比陳獨秀更先注意到「文學革命」這一觀念，他在一九一五年夏天和九月早已注意到這點，一九一六年十月他發表在《新青年》月刊上給陳的信裡又說到過，只是到一九一七年發表〈文學改良芻議〉時，才改寫作「改良」。在那信裡他並且把他所提出的八件原則歸納成「形式上之革命」和「精神上之革命」。後來有許多人只注意到陳獨秀在《新青年》一九一七年二月號發表的〈論文學革命〉一文，便以為「文學革命」最先或最主要是由陳所提倡，這卻不完全正確。不過陳獨秀在文章裡特別提倡「寫實的」、「社會的」、「平民的」文學，給文學革命的確加了些新的內涵，而且給予新文學運動以後六七十年間十分巨大的影響，倒是不可否認的事實。

　　不過就提倡白話文學來說，胡適的努力和貢獻，自然超過了任何別的人。在這方面，他有兩件最重要的貢獻：一件當然是他提倡並實地用白話寫新詩，「新詩的老祖宗」這頭銜大致上是可以肯定的。第二件則是他宣稱白話文學才是中國文學的正宗。這就把文言文從正統的高位上拉了下來，白話文和文言文翻了個筋斗。從五四時代起，白話不但在文學上成了正宗，在一切寫作文件上都成了正宗。這件事在中國文化、思想、學術、社會和政治等各方面都有絕大的重要性，對中國人的思想言行都有巨大的影響。就某些方面看來，也可說是中國歷史的一個分水嶺。這個重要性，恐怕一般人還不曾意識到，恐怕連胡適自己也不曾充分認識到。語言表達的方式可以影響到人們的思路、思考和行為。白話

文的成功推展，可能已促使中國文化變色和變質了。這無疑的是胡適對中國文化的最大貢獻。自然，這是五四運動以來，無數作家和知識分子分別和共同努力的結果，但胡適初期催生之功是不可磨滅的。

胡適在中國文學的研究和創作方面，當然還有許多別的貢獻，如他看出中國傳統文學兩條平行發展的路線，對傳統小說的考證分析，「新紅學」的建立，對詞的探索等等，有些早為世所周知，本來不想在這裡多說。

至於他對中國傳統文學的某些批判，有些卻只是因襲前人，並無新意，或過於籠統，有些卻不見得正確公平。像信中和「芻議」文中所提到而後來改稱作「八不主義」的、「須言之有物」、「不用濫調套語」、「不作無病呻吟」、「不模仿古人，語語須有個我在」、「不講對仗」、「不用典」等，都是前人已主張過的。不過他在當時一併提出，當然不無救藥時弊的功用。其實「不模仿古人，語語須有我在」恐怕也只有後半句正確，民國二十三年（一九三四）他在〈信心與反省〉一文裡就說：「一切所謂創造都從模仿出來。」又說：「凡不肯模仿，就是不肯學人的長處。不肯學如何能創造？」「一切進步都是如此；沒有一件創造不是先從模仿下手的。」關於「不講求對仗，文當廢駢，詩當廢律。」這只能說，因為過去駢、律弄得太過火、太呆板，卻不能否定駢、律在過去的優越成就，誰能否認庾信〈哀江南賦序〉和杜甫〈秋興八首〉的美之價值？所以後來梁啟超就起來反對說：駢儷對偶之文，雖為近人所反對，卻自有其美。唐德剛教授在所記《胡適口述自傳》的註裡就引《今古奇觀》裡「喬太守亂點鴛鴦譜」那段妙文來反駁胡先生，我看也還有點道理。當然，

我並不特別提倡作駢四儷六之文，可是中國的對聯，我素來就認為還值得提倡改良，因為那可能已是世界文學作品中最為大眾所見的，最簡短而最普遍的文體，正用不著廢棄它。至於不用典，齊梁時代的鍾嶸在《詩品》自序裡早就說過，但後來用典的作品，好的不但很多，而且若改用「直陳」，也決不能達到那種繁富深沉的境界，像李商隱的詩就是個很好的例子。其實胡先生自己很喜歡用典。古今中外好的用典太多了。中國過去把它分成兩種：一是「用事」，一是「用詞」，我看也許還可加一種「用意」，就是既無事可據，又不用原詞而只襲其意者或可歸入此類。適之先生最有名的一些詞語往往都是用典，例如他提出的「四川隻手打孔家店的老英雄」，就自認是受了讀《水滸傳》的影響，從這小說裡「景陽岡隻手打虎的英雄武松」，和「三打祝家莊」等種種故事和詞彙，自可看出胡適是在用了詞彙之典。「打倒孔家店」這句口號正可說是「模仿古人」的成果。又如他的〈逼上梁山〉一文，更是用了《水滸傳》的事、詞之典。至於他那開創性的《嘗試集》，取名用了陸游詩句「嘗試成功自古無」的詞彙之典，意思則是用了美國當時詩歌美術的「嘗試主義」（Experimentalism）的意典。用典的好處，乃是因為由過去的神話、史實、意境、詞語可得到包含豐富的蘊義，多重的意境，和歷史源遠流長的感覺，決非別法可得。西洋現代許多優秀詩人如艾略特等都在這樣做。雖然有時頗覺晦澀，但好處也是顯然的。以上大略檢討胡適早期的文學主張，德剛已另有長文發表，我可不多說了。不過我早就指出過，胡適當時這些偏失並非主要，主要的乃是他極力提倡白話文學。偏失決不能掩沒他的主要貢獻。

　　其次，不妨來看看胡適對中國歷史和經典研究所開啟的道路。這牽涉到大家所熟知的「整理國故」和「疑古」兩大問題。本來整理國故在他之前也早有人做過一些，章炳麟、王國維等都有不少成就。不過胡適在他留學時代卻更有自覺，更有系統，更注重方法論，更注重邏輯與舉證。他特別提倡「實驗主義」，固已為眾所周知，不過近些年常有學者批評說他對這種哲學思想並無專書詳細述介，這固然也是事實，但我認為要點並不在此，若他當時只去著些專書，翻譯些專著，可能並沒有多少人看得懂或注意，他用淺近實用的方式傳播開來，正是他的特長和特殊貢獻。他注重歷史方法，也就是他有時叫做「祖孫的方法」，結合西洋經典考證方法、漢學家考證方法，和中國傳統的，尤其是乾嘉時代發展起來的考證方法，給整理國故開了個新的局面，這當中最重要，最有影響力的，自然是對《水滸傳》、《紅樓夢》等傳統章回小說的考證研究。正由於通俗小說人人喜歡看，所以影響才那麼大，與鑽研甲骨文、金文等就有不同。可是胡適在另一方面，著作《先秦名學史》、《中國哲學史大綱》、《白話文學史》等，都有開山的作用或特殊貢獻。這雖已是大家都知道的，不過我所要強調的乃是他在這些不同方面的啟發作用，絕非別人所曾做到；並且他之介紹西洋思想學說，往往與整理國故相融會貫通；還有，那個「國故」範圍較廣，包括古典和通俗文學。（當然，像俞越、王國維等也算是一部分的先行者，但傳播和影響，遠不及胡適。）這兒我還須一提，有人以為胡適把 Pragmatism 譯成「實驗主義」，並不準當，左派作者都譯做「實用主義」。（最近又有人要把它譯作「實效主義」。）有一次他和我談起，他用「實驗」一詞是一方面要強調杜威等人

特別重視方法論，一方面是他覺得一般中國人太不注意方法和實證。從這件事可看出，無論他介紹西洋文化思想也好，整理批判傳統中國文化思想也好，往往考慮到救時弊的作用。即令如此，他大致上還不肯過於歪曲事實，比起許多別人來還算要好些。

關於「疑古」問題，本來是他的同事錢玄同（「疑古玄同」）和學生顧頡剛在早期主張最力。胡先生當然也提倡過「於不疑處有疑」。不過我看他還是盡力想去做到信其所當信，疑其所當疑。他只是教人不可「輕信」。我有一次對他說：「輕信」這個觀念在傳統中國很不發達，不像西洋成為專門名詞。他非常同意，並指出他過去時常要人不可輕信。事實上，胡適先生決不是個一面倒的「疑古派」，這從他堅持對老子其人和《老子》一書年代早於孔子的看法就可以知道。我多年來就認為，他這個看法，比梁啟超、錢穆、顧頡剛、馮友蘭，以及當代許多西洋漢學家把老子拉到孔子以後的說法要合理得多。有些人甚至把「老子」放在「韓非子」和「莊子」之後，真是亂翻筋斗，無理取鬧了。我的理由很多，這裡不能細說。

顧頡剛先生在抗戰時期和戰後與我有好些年交往，他早年對古史傳說固然深深存疑，可是他幾次對我自辯說絕不像一般人說的那麼厲害和走極端。他相信《逸周書》有些篇章是周初的作品，和我的看法很相近。只是我相信的更多，我在幾篇文章裡都曾提到過。考證工作本來不易有定論，不過就我個人淺薄的判斷，在「無微不信」這方面，胡適比他同時的許多優秀學者也許還要小心謹慎些。只有牽涉到較廣泛的問題時，由於他要救時弊，或要稍稍去「適之」一下，才有時也難免言過其實。

　　最後，我想談談那最引起人爭論和責難的問題，就是胡適提出過「打倒孔家店」口號的問題，以及他對中西文化或東西文明的看法，和所謂「全盤西化」問題。大家都知道，「打倒孔家店」這個口號是他替《吳虞文錄》寫的〈序文〉裡提出的。這大約可表明他在「五四」早期很贊同吳虞的某些看法；不過也不能說就是完全同意。我過去三十多年來時常對朋友和學生替他辯解說：「孔家店」和「孔家」並不全同，和「孔丘」更不全同。打倒孔家店並不等於打倒孔子，也不等於打倒儒家。五十年代時我對他這樣說時，他不覺莞爾。那時他根本認為他從來就沒有要打倒孔子和真正的儒家。這在唐德剛教授記錄的《胡適口述自傳》裡說得很明白，我相信他對別的好多朋友和後輩也曾多次說過。在他晚年，好幾次在文章和講演裡說到他很敬重孔子、孟子和朱熹；可是在早期他也說過「讓馬克思牽著鼻子走固然算不得英雄，給朱熹牽著鼻子走也算不得好漢。」這只能了解作他只是反對盲目信從罷了。其實，在三四十年代我讀胡先生的著作時，從來就不曾覺得他是完全反孔反儒；不過覺得他到了晚年，有時是更偏向儒家而較少批駁罷了。

　　關於「全盤西化」論問題，我從來就不認為胡適真正主張過「全盤西化」，我也不認為陳獨秀、魯迅、錢玄同等五四時期的重要知識分子真正主張要「全盤西化」，蔡元培當然更不是如此。我固然在五十年代曾說過，五四時期許多知識分子好像是在反對整個中國傳統，但那也只能說表面好像如此，若仔細檢查一下他們的言行，就知道並不如此。若是魯迅整個反傳統，他不是在《中國小說史略》裡明明指出傳統中國小說有不少是很好的嗎？若是胡適反整個中國傳統，那還有甚麼「白話文學

史」可寫？五十年代中我在哈佛大學的一個值得敬重的同事史華慈教授嘗對我說，他覺得五四時代中國知識分子不脫中國傳統中「全體主義」（Totalism）思想習慣的影響，總想全盤處理，全盤解決問題。他所說的也許可適用到許多人；不過我提醒他，也有許多人不完全如此，尤其是胡適，他就有意識地認為，中國問題不可能找到一個簡單的萬靈丹來「全盤解決」，他認定文明是「一點一滴」建設起來的。

　　當然，即使文明或文化只能一點一滴來建設，從理論上說，依然可以把中國一點一滴來全盤西化。可是胡適到底是不是真正主張過一點一滴的把中國「全般西化」呢？我的判斷是他從來就沒有真正這樣主張過。一九六九年五月，哈佛大學東亞研究所為了紀念五四運動五十週年，召開了一個討論會，也要我回去參加。史華慈的一個學生在論文裡認定胡適是個「全盤西化」論者。我當時指出，至多只能說他在極短的時間裡說過這句話，不過他很快就改過了，而且自認只是一時用字不妥當，本意並不如此。我在《五四運動史》的一個註解裡雖然指出過這點，但說得不夠詳細。這位作者好像稍為修正了一下，不過基本上沒有改變。去年大陸上研究胡適的學者耿雲志先生寄贈我他著的一部《胡適研究論稿》，所記事實不少，可是仍完全站在馬列主義和中共的立場來批判胡適。說胡適原先主張「全盤西化」，很快又草率改變，實在有「不老實處」。其實這個問題也並不太難解決，在一九二九年他那篇英文文章裡雖然用過一個英文詞彙可譯做「全盤西化」，而且主張如此，可是他同時也用了另一個英文詞彙，可譯做「一心一意的現代化」，或「全力的現代化」，或「充分的現代化」。這篇英文文章本來中國人就很少讀到，在中

國沒甚麼影響，一直要到一九三五年因陳序經、吳景超等人的討論，由胡適自己提起他那篇英文來才受人注意。（潘光旦當初的評論也是用英文寫的，所以也沒引起人們留意。）而這時胡適在自己署名寫的〈充分世界化與全盤西化〉一文裡就老老實實承認自己那英文詞彙是「用字不小心」，並解釋說：「我贊成『全盤西化』，原意只是因為這個口號最近於我十幾年來『充分』世界化的主張。」並且說：「況且西洋文化確有不少的歷史因襲的成份，我們不但理智上不願採取，事實上也決不會全盤採取。」至於他所說的「世界化」一詞，雖然欠缺明確的界說，可是在他引到「中國本位文化」論者主張的「充實人民的生活、發展國民的生計、爭取民族的生存」三個標準時，就說：「這三件事又恰恰都是必須充分採用世界文化的最新工具和方法的」，所以可把他們認為同志了。從這句話看來，可見他所說的「充分世界化」，主要地，或至少一部分是意味著「充分採用世界文化的最新工具和方法。」我們若把這句子裡的「最新」字樣解釋成或改成「最好的」或「最進步的」，那就非常合理了。我想他的本意也不外如此。仔細說來，用「世界化」或「現代化」都比用「西化」好，現在日本在高科技方面、企業管理方面和教育方面往往有超過西洋的了，那就只能要「東化」了。中國人自己如果爭氣，建設出中國文化中許多優異的特質來，當然西方也就要來「中化」，中國烹調便是西洋「中化」的一部分。我去年在台北宣讀一篇論文，題作〈中西為體，中西為用論〉，其實不如改作「中外為體，中外為用論」。這倒也不是題外的話，正是批判中國文化應有之義。總之，說胡適是主張「全盤西化」，其實只落入了孟子說的「以詞害意」，落入了胡適自己說的徒然無謂的「名

詞上的爭論」。

可是胡適最受人責難的還是他在某些場合對中國文化的嚴厲貶斥。胡適素來自認是一個樂觀主義者，可是在二三十年代有時一提到中國傳統和現狀時卻顯得非常失望和悲觀。例如他在一九二〇、一九二一年左右對孫伏園說過「中國不亡無天理。」（前些時我看看台灣和大陸的情形，就對朋友說：「中國不亂無天理。」亡是不會亡的）。不過這還只算一時的憤慨話。到民國二十三年（一九四三四），有個名叫壽生的人向《獨立評論》投稿說：「我們的固有文化太豐富了」，就引發他寫出〈信心與反省〉一文，其中有下面這一番話：

……我們的固有文化實在是很貧乏的，談不到「太豐富」的夢話。近代的科學文化、工業文化，我們可以撇開不談，因為在那些方面，我們的貧乏未免太丟人了。我們且談談老遠的過去時代吧。我們的周秦時代當然可以和希臘、羅馬相提並論，然而我們如果平心研究希臘羅馬的文學、雕刻、科學、政治，單是這四項就不能不使我們感覺我們的文化的貧乏了。尤其是造型美術與算學的兩方面，我們真不能不低頭愧汗。我們試想想，《幾何原本》的作者歐幾里得（Euclid）正和孟子先後同時；在那麼早的時代，在二千多年前，我們在科學上早已太落後了！（少年愛國的人何不試拿《墨子・經上篇》裡的三五條幾何學界說來比較《幾何原本》？）從此以後，我們所有的，歐洲也都有；我們所沒有的，人家所獨有的，人家都比我們強。試舉一個例子：歐洲有三

個一千年的大學，有許多個五百年以上的大學，至今繼續存在，繼續發展；我們有沒有？至於我們所獨有的寶貝：駢文、律詩、八股、小腳、太監、姨太太、五世同居的大家庭、貞節牌坊、地獄活現的監獄、廷杖、板子夾棍的法庭，……雖然「豐富」，雖然「在這世界無不足以單獨成一系統」，究竟都是使我們抬不起頭來的文物制度。即如壽生先生指出的「那更光輝萬丈」的宋明理學，說起來也真正可憐！講了七八百年的理學，沒有一個理學聖賢起來指出裹小腳是不人道的野蠻行為，只見大家崇信「餓死事極小，失節事極大」的吃人禮教：

　　請問那萬丈光輝究竟照耀到哪裡去了？

接著他又說：

　　可靠的民族信心，必須建築在一個堅固的基礎之上，祖宗的光榮自是祖宗之光榮，不能救我們的痛苦羞辱。何況祖宗所建的基業不全是光榮呢？我們要指出：我們的民族信心必須站在「反省」的唯一基礎之上。反省就是要閉門思過，要誠心誠意地想，我們祖宗的罪孽深重，我們自己的罪孽深重；要認清了罪孽所在，然後我們可以用全副精力去消災滅罪。

今天正是胡適之先生百歲的冥誕，我帶了他兩本《文存》在由美國到台北的飛機上，特別把這兩大段抄了下來，想請大家來重讀一遍。胡先生早就說過，這些話是「不合時宜的，是犯忌諱的，是至少要引起嚴

屬的抗議的。」可是他又說:「我心裡要說的話,不能因為人不愛聽就不說了。正因為人不愛聽,所以我更覺得有不能不說的責任。」今天我來重引這兩段話,當然也會感到可能有「人不愛聽」的壓力。可是我們今天的心情,比三十年代的胡適是應該要冷靜些了。我們首先就要檢查一下,他這樣一件一件列舉中國文化不如西方,是樣樣合於事實嗎?樣樣經得起考驗嗎?他說的有許多我可以同意,像歐幾里得的《幾何原理》,我這對數學本是門外漢,卻有興趣的人,一九四八年一到美國趕著就去買了「多務」(Dover)版的詳註本去翻看,也把柏拉圖的對話全集和亞里斯多德的選集買來,和中國的先秦經典對比,發覺西洋早期的論辯,就偏向於邏輯分析和有系統的處理。因此我深服愛因斯坦批評說中國傳統思想方式不重「三段論法」,是個最大的損失。胡適提到科學時,李約瑟的《中國科技史》還未問世,歷史上中國人對科學技術的發明,至少可以舉出五六十件走在世界各國前。即使三十年代時還缺乏好好的研究,但從常識上說,所謂中國的四大發明,就是造紙、印刷術、羅盤和火藥,應該算得上世界文明的重大貢獻。可是胡先生卻一點也不提到。我想為甚麼呢?也許正因為祖宗雖有光榮,我們後世子孫卻不肖得很,連這四件祖宗的光輝發明,我們都做得比別人差得遠。又如藝術雕刻,我們古代的確沒有希臘羅馬那美好的大理石刻,可是他們又哪裡找得出我們古代那麼典雅的鐘鼎彝器,和精美絕巧的玉雕呢?我們的水墨畫也另成一家,總不好只拿西洋的油畫和水彩來代替了事。至於駢文、律詩,前面已經說過,我們如欣賞到「無可奈何花落去,似曾相識燕歸來」這種律詩句子,欣賞到石濤的水墨畫,正用不著「低頭愧汗」。可是胡先生所提

到的八股、小腳、太監等等，總是事實，決不可隱諱，也不必用「西洋也有臭蟲」的辦法來搪塞。

　　胡適對中國文化的貶責，我固然有同意有不同意之處，但他用心良苦，我是十分同情的。民國十九年（一九三〇）他發表〈我們走那條路〉一文之後，有答覆梁漱溟的一封信，在裡面說了這樣兩句話：「我的主張只是責己而不責人，要自覺的改革而不要盲目的革命。」這說得很好，前面這半句正可說明他嚴厲批判中國文化的用心。正如韓愈說的：「古之君子，其責己也重以周，其責人也輕以約：今之君子，其責己也輕以約，其責人也重以周。」胡先生在這中西文化問題上倒頗有「古之君子」的風度。只是我以為，對於我們的祖宗，似乎也不必重責，還只宜多責備今天自己做子孫的不好。一九八四年大陸上中國作家協會在上海開會，我對他們痛切講到這點。一九八〇年詩人卞之琳先生住在我家，有一天晚上我們兩人檢討三十年來大陸上政治的大災禍，他起初採取大陸上流行的解釋，說文革種種都是由於中國的封建遺毒，我指出傳統中國也找不出文革這種事，而且三十年間，台灣保存中國傳統更多，海外唐人街的華僑更是突出，反而沒有發生過像文革種種惡劣的事蹟；為甚麼他們不把大部分責任推到蘇聯傳入中國的馬、列、斯大林作風呢？我們反覆論難到半夜後四點鐘，才得到個共同的結論，就是蘇聯共黨的影響和中國專制政治社會風習兩者的遺害都有。可是我個人仍然認為當代中國人本身還是負有最大的責任，既不好推給祖宗，也不好推給外力。記得五十年代中，胡適之先生到哈佛大學時，他對楊聯陞教授（我這位好友一個月前竟也去世了，這裡提及他，不勝悲悼！）與我兩人鄭重地

說：近來美國許多左派的中國通和漢學家常常說：中國傳統，尤其是儒家傳統思想與作風，正合於共產主義和共產黨的辦法。這完全是誣衊中國傳統，替共產黨找藉口。我們必須抗拒這種說法。聯陞兄比我圓通，他只點頭微笑，我一面表示大致同意，可是又補充說了一句：「這個問題很複雜？」胡先生聽了就把話題轉到別的方面去了。其實我要說的乃是中國傳統政治社會制度也有缺失，該負一部分責任。因為胡先生知道聯陞兄和我在哈佛的同事中，就有他要批評警惕的人，他恐怕我們不方便直說，所以點到就算了。總之，胡適先生嚴厲批評中國文化，它有許多方面本該批評，有些不該抨擊。攻擊一部分時，本可同時承認別方面一些貢獻，才好平衡。胡先生不這樣做，是不願助長民族自滿、民族自大狂，阻礙向外人學習的熱忱。他竭力替日本善於學習外國的長處辯護鼓吹，目的在希望中國快快模仿別人的長處。我認為這是正確的。假使中國人心理健康，本來不會喪失民族自信心；無奈百多年來，中國事事不如人，才使自信心過於容易喪失。正由於這樣，胡適在這方面就大受攻擊。真是中國的不幸，也是胡適之先生的不幸。

　　在上面所引的一長段話裡，胡適承認我們古代的政治也不如西方，可是二十年後他卻轉而強調中國上古以來政治思想和歷史演進中不少值得推崇的地方了。這方面有兩篇很值得注意的講演。一篇是民國四十三年（一九五四）在台灣大學講的〈中國古代政治思想史的一個看法〉。在這篇講演裡，他介紹了同年替哥倫比亞大學二百週年紀念廣播演說中講的中國古代權威與自由衝突的觀念。這兒他說中國古代發生過四件大事：（一）老子所提倡的無政府主義的抗議。他說：「中國政治思想

在世界上有一個最大的、最有創見的，恐怕就是我們的第一位政治思想家——老子——的主張無政府主義。他對政府抗議，認為政府應該學『天道』。『天道』是甚麼呢？『天道』就是無為而無不為。」（二）第二件大事，是孔子、孟子一班人提倡的一種自由主義的教育哲學。他說：「後來的莊子、楊朱，都是承襲這種學說的。這種所謂個人主義、自由主義的教育哲學，是由於他們把人看得特別重，認為個人有個人的尊嚴。（三）秦帝國極權政治，也就是集體主義的起來和成功。（四）第四件大事是這個極權國家的打倒，漢朝初期七十年採用了老子無為的政治哲學，建立了一個四百二十年的大漢帝國，「安定幾千年來中國的政治」。他把漢朝無為而治的建立看得很理想，說：「這可說是兩千多年前祖先留下來的無窮恩惠。這個大帝國，沒有軍備，沒有治安警察，也沒有特務，租稅很輕。」他這種說法，與他二十年前在〈信心與反省〉一文裡說的「地獄活現的監獄、廷杖、板子夾棍的法庭」，顯然大有差別。

　　另一篇是民國四十九年（一九六〇）七月十日在美國西雅圖華盛頓大學「中美學術會議」開幕儀式中的英文講詞，後來由徐高阮譯成了中文，題作〈中國傳統與將來〉。在這篇講詞裡，他提出把「傳統當作一長串重大的歷史變動進化的最高結果看。」並且從歷史演變看，中國文化，不像日本由中央統制，而是漸漸受外來文化的傳播滲透而變化。他說：「我決不擔憂站在受方的中國文明因為拋棄了許多東西，又採納了許多東西，而蝕壞、毀滅。」他引用自己在一九三三年給所著英文《文藝復興》一書的〈自序〉裡說的一句話，中國文藝復興的結果仍然會得出那個「中國根底」（The Chinese bedrock）——「正是那個因為接觸新世界的科

學民主文明而復活起來的人本主義與理智主義的中國。」這也許可說是胡適建設中國文明的最高理想。

抗戰勝利後，尤其是一九四九年以後，胡適對中國傳統文化中不合理的成份，雖然間或也有所批評，但已逐漸轉向提倡其中自由主義、民本主義和尊重個人尊嚴的因素。中共方面研究胡適的人，如耿雲志等，認為胡適這後期一生，是在「利用傳統文化反共」。這也許只說中了一部分。在另一方面，也許那是由於胡先生晚年見事較多，考慮略周，逐漸想對中西文化問題作個更能平衡的判斷吧。不過說漢初黃老無為而治的政制，對後代影響很大固係高見，可是兩千年來陽儒陰法的專制帝制，有時仍有它專暴的一面，像明朝就有時不免於此。再說，傳統中國的個人，大多束縛於家族制度，很少尊重獨立的個人。中國傳統中實在缺乏「權利」（Right）的觀念，所以很不容易建立保障人權和民權的法制。中國也沒有憲法、選舉（Election）和多數決的傳統（只有「三佔從二」）的觀念，卻未見運用到政制上去。這些我在近三、四十年已多次提到過。沒有這種種具體法律制度的保障，若只拿抽象的自由、民本思想說成民主政制，終會只落入一廂情願的自我安慰。為了要救時弊而從歷史中予取予捨，總未免有失於尊重事實。這本來是胡先生要我們避免的。

　　　　　　　　　　——一九九〇年十二月十七日於美台機上

辑二：近代中国的迷惘

論「中國本位的再版」

（一）

　　民國二十四年一月十日，薩孟武、何炳松等十教授發表〈中國本位的文化建設宣言〉，主張「不守舊；不盲從：根據中國本位，採取批評態度，應用科學方法檢討過去，把握現在，創造將來。」並指出「此時此地的需要，就是中國本位的基礎。」對中國固有文化，則「吸收其所當吸收」，而「吸收的標準，當決定現代中國的需要。」這次的宣言，在文化界曾引起一場廣大的筆戰，參加討論的文章，達百餘萬言，自曾李洋務、康梁維新、辛亥革命、五四運動、科玄論戰和國民革命以來，中國本位文化建設的討論，可說是中國文化運動史上劃時代的一頁。

　　文化圈內經過了這場惡戰後，雖然並未得到一個堅定的公共信條，但大致上多數人是同意「中國本位」原則的。以後的問題，不在乎原理原則之爭，而應當研究如何建設中國本位的文化，並用實際的行為去建設、完成。

　　正當中國文化運動由原則走向方法、由理論走向實踐的時候，有一部分人復提出了「學術中國化」的新口號，這個口號起源於二十七年十月十二日〈論新階段〉一文。原文說：

共產黨員是國際主義的馬克思主義者，但馬克思主義必須通過民族形式才能實現。沒有抽象的馬克思主義，只有具體的馬克思主義。所為具體的馬克思主義，就是通過民族形式的馬克思主義，就是把馬克思主義應用到中國具體環境的具體爭鬥中去，而不是抽象地應用它，成為偉大中華民族之一部分而與這個民族血肉相聯的共產黨員，離開中國特點來談馬克思主義，只是抽象的空洞的馬克思主義。因此，馬克思主義的中國化，使之在某一表現中帶著中國的特性，即是說，按照中國的特點去應用它，成為全黨亟待瞭解並亟須解決的問題。洋八股必須廢止，空洞抽象的調頭必須少唱，教條主義必須休息，而代替之以新鮮活潑的，為中國老百姓所喜聞樂見的中國作風與中國氣派。把國際主義的內容與民族形式分離起來，是一點也不懂國際主義的人們的幹法，我們則要把二者緊密地結合起來。

這個上市已兩年的文化口號，在文化界竟引起了怎樣的反應呢？正如胡秋原先生所說，大概因為它有點類似於「吃飯必須入口」，「人類生活化」，「電影藝術化」，以致不能引起人們的興趣，很少有人去加以討論或批評。一年多以來，據我所看到的，僅《理論與現實》、《讀書月報》、《戰時文化》、《時代精神》、《國民公論》等刊物上，共有十來篇文章討論過這個口號。它在文化界可說是冷落凄涼之至！

幾個高唱「學術中國化」者，對「中國化」的內容，曾有所解釋，並一再指出，「中國化」不是「中國本位」論，不是「國粹主義」，不是「全盤西化」論；在另一方面，則有人說：「中國化與中國本位相同，而且是

它的再版。」

　　國粹主義把現代的中國看成古代的中國，緊緊地抓住中國的空間性，而忽略了她的時間性，中國化則否定了中國的本身，它自然與國粹主義不同。全盤西化論主張毫無變更的把西洋文化搬到中國來，從男女同學到穿高跟鞋燙髮跳舞，一切都摹倣西洋，中國化雖然也主張把西洋文化生吞活剝地拿到中國來，形成一種日本式的「文化搬場」，但形式上究竟要中國化一下，從這一點看來，它當然也不是過去的全盤西化論。

　　所成問題的是，中國化究竟是不是中國本位，或中國本位的再版？

　　中國化論者說中國化與中國本位不同，但他們所指出的不同之點，並是真正的不同之點，中國本位論是否正確，我們暫且不論，可是中國化論者對它有意加以歪曲和誣蔑，則是很明顯的事實。例如照潘菽先生所說，本位論者「心目中的中國是一種固定的，不變化，不進步，不生長的東西。」把中國的將來「完全切斷了」。這大概是潘先生忘記了〈一十宣言〉中說過：「古代的中國已成歷史，歷史不能重演，也不需要重演」；也不曾看到十教授的〈總答覆〉中說過：「文化和時地的需要既應合為一致，文化的形態就應隨著時地的需要而變動，而進展。」難道這種主張文化應該合理地「變動」、「進展」的態度，就是「心目中」把中國看成「一種固定的，不變化，不進步，不成長的東西」麼？十教授說：

　　　　中國本位的文化建設，是創造的，是迎頭趕上去的創造；其

　　　創造目的是使在文化領域中因失去特徵而沒落的中國和中國人，

　　　不僅能與別國和別國人並駕齊驅於文化的領域，並且對於世界的

文化能有最正規的貢獻。

難道這種「並不是拋棄大同的理想」的,「積極創造」的主張,就已把中國的「將來完全切斷了」麼?難道主張「用批評的態度,科學的方法,檢閱過去的中國,把握現在的中國,建設將來的中國」的本位論者,就「只想替古舊的中國穿上一件新文化的外衣」麼?建設一種文化,應注意其時間性,本來早已經本位論者再三鄭重提出,現在中國文化論者既已剽竊了這個說話,卻又怕露出馬腳,只得把過去的中國本位論曲解成一種死板的形式的主張,以使從無可擊中造出攻擊的目標,從無可軒輊中找出區別來,這和庸醫無病可醫,故意把好人當作病人醫,企圖顯示自己「妙手回春」的本事,是同樣愚蠢可笑的!

中國化既不如潘菽先生所說與本位論由那樣的不同,難道它就真的像葉青先生所說,是「中國本位的再版」嗎?這又不然,中國化雖然是中國本位論中的一部分,卻不能說是「相同」,也算不得「再版」,它們的內含意義固然有別,就是它們的根本精神也是相去十萬八千里的。

(二)

中國化與中國本位究竟有甚麼不同呢?

第一,中國本位論具有整個的體系,學術中國化則毫無邏輯體系可言。在幾個高唱中國化者的言論當中,包含著許多矛盾的意見,和不貫通的理論,他們雖然都異口同聲地叫著「中國化」,可是潘梓年所叫的中

國化，並不是〈論新階段〉所倡導的中國化，潘菽所鼓吹的中國化，並不是潘梓年的中國化，張申府的中國化和伯韓的中國化也貌合神離，稽文甫的中國化和柳湜的中國化亦有別。依〈論新階段〉一文的原意，中國化只是把馬克思主義中國化，「使之在某一表現中帶著中國的特性」，這明明是表示那些埋葬在教條主義和洋八股墳墓中的辯證法唯物論者，發生了一種覺悟懺悔。這其中，對於中國文化問題，並沒有精密的分析，也沒有具體的主張。但這口號一到了柳湜口裡，卻牽強附會，說它「也是對於中國文化全面活動有效的」，這樣像煞有介事地推波助瀾，張大其辭，簡直是「牽著黃牛當馬騎」，毫無意義。〈論新階段〉一文只知把外國的文化中國化，而忘卻了中國文化的重要性，文章雖然也主張「要承繼這一份珍貴的遺產」，但接著就說「承繼遺產，轉過來就變為方法，對於指導當前的偉大運動，是有著重要的幫助的」。這明明是說，中國固有的文化，不管它是具有偉大的價值，只不過是一種方法，是他們所幻想的新中國文化的「幫助」品，而不是組合的一個元素。但是《讀書月報》的〈讀書筆談〉上卻說：「中國化不單是接受外國的學術理想文化，而且要發揚中國固有的優秀的學術思想文化，把它們溶合統一起來」。而稽文甫更明顯地承認中國固有的文化有許多值得我們「接受」，而「從神秘的外衣中，剝取其合理的核心」，那末，這又似乎並不是主張把「這一份珍貴的遺產」，「轉過來變為方法」了。這樣把一個簡單貧弱的口號，你來一個解釋，我來一個推論，既無整個體系，又無全盤計劃，只是一堆矛盾，一團糟，怎麼算得一個文化運動的提出？又怎麼能擔負起所謂「新階段學術運動的任務」？至於中國本位文化建設運動，不管它完美到

滿意與否,至少它的提醒要完整些,認識要精到些,它對當前的中國文化問題,有過明確的建議,這是一個鐵的事實,用不著多說。

第二、中國本位能夠把世界學術真正中國化,中國化卻不能,只是「形式」的化,「氣派」的化,甚至談不上化。論新階段上的所謂中國化,只不過使馬克思主義「通過民族形式」,「把國際主義的內容與民族形式」,「緊密地結合起來」,以便於「應用」。這種形式的改變,充其量只能替外國的學術、思想、文化,穿上一件中國的外衣,這是「化裝」,怎麼能稱為「化」呢?進一步說,他們所謂「代替之以新鮮活潑的,為中國老百姓所喜聞樂見的中國作風與中國氣派」,也不過是改變外國學術一點味道兒,至於這一味藥的性質是否適合於「中國老百姓」的體質和病根,就可不聞不問了。這種偽裝的手段只能欺騙一般無知無識的老百姓,稍微具有常識的人們便不會盲從附合的。至於潘梓年所謂:

> 甚麼叫中國化的學術?就是把目前世界上最進步的科學方法,用來研究中華民族自己歷史上,自己所具有的各種現實環境上所有的一切具體問題,使我們得到最正確的方法來解決這一切問題。

這樣僅僅採用了外國的「科學方法」,難道就算已經把世界學術中國化了嗎?外國的科學方法,固然是我們應該盡量學習的一個部門,就是其他的東西,只要它適合於現在中國的需要,何者不可學習?如果所謂學術中國化也者,只有這一點點內容,那比胡適之先生及一般人用科學方法「整理國故」,從事於「紅學考據」,恐怕不會高得多少吧!中國本位論者

對於如何吸收融化外國學術的具體辦法，雖然並未提出，但他們主張採擇外來長處，專以「此時此地的需要」為標準，用科學方法來檢討過去，把握現在，創造將來，卻並不限於研究「自己」的「具體問題」。他們主張「外來文化果足為我們營養的資料，自當盡量吸收」，決不是形式的改裝，或氣味的厭世，這一點，和中國化的論調自然有很大的差別。

第三、中國本位論對外來文化的吸收，採取批判態度，中國化則缺乏這種精神。尼采説：現時代是一個重新估定一切價值的時代，五四以來，國人頗能努力提倡這種批判估價的工作，不過這種評價工夫，僅用在中國固有文化方面。當一度破壞狂過去之後，便漸漸知道「存其所當存，去其所當去」的道理，雖然高叫「打倒孔家店」，也還說出「救出孔夫子」，這自然是一種可喜的現象。但對於舶來的文化，就沒有這種態度了，一般人凡是看外國的東西，便只有五體投地去接受，幾乎沒有選擇的餘地。在那些人的心目中，只有遠來的和尚才會唸經，只有外國的傢伙才貨真價實，如果已經學了外國的精確治學方法，而「不再去學他們見了女人脱帽子」，也要期期以為不可。於是二十多年來，中國文化無形中成為了西洋文化的附庸，中國人無形中變成了外國人精神上的奴隸。本位論者鑒於這種潛伏的危險，倡導以批判的態度，吸收外來文化的精英，而拋棄它的糟粕。雖然他們並未明白指出外國文化哪些是菁華，哪些是糟粕，但那種批判估價的精神，無論如何是值得我們同情的。中國文化論者的態度則與此大不相同，他們口口聲聲要學習「世界的學術」，可是對那些學術的優劣高下，卻全不加以虛心的估量，尤其是那些學術是否件件可拿來中國實行，絲毫不去精細研究。他們只是用

先入之見，硬把某些東西搬到中國來。至於中國是否需要，能否消化，都在所不問。這無疑的又是掉在過去那種盲從外國的深淵裡去。

中國本位和中國文化不同之點，當然不止於上面所述，但即從這幾點比較起來，亦已足夠證明中國化決不能説是中國本位的再版了。它只是一種毫無系統的宣傳論調，背著中國化的幌子，忘卻中國化的真義，只是盲從，不知選擇。它要摹做中國本位的文化建設論，卻又畫虎不成反類犬，這只可稱做一知半解的抄襲，怎麼好稱做「再版」呢？

（三）

近十年來，討論中國文化建設的意見，錯綜複雜，萬派紛歧。我們若勉強加以歸納，似乎可分為兩大類，一類主張就文化本身的價值和正確性來決定建設中國文化的途徑，如賀麟先生最近在《今日評論》上的意見便可作為代表。一類主張，就文化的功用來決定建設中國文化的途徑。主張這一類的人很多，又約可以分為四派：（1）全盤守舊（包括復古派與國粹派），這派無完整的理論，在現在青年界及學術界占極少數。（2）全盤西化（包括胡適之先生的充分世界化和張佛泉先生的根本西化），這一派以陳序經先生的思想最走極端。（3）中國本位，這種意見大概可以一十宣言為代表，（4）外國本位，以相信經濟史觀的人們最為明顯。這四派也可簡括為三派，第一派可稱為復古派，第三派可稱為折衷派，第二四派可稱為全盤西化派，不過實際上外國本位和全盤西化是絕對不同的兩種主張，不可混為一談。

上面應指出學術中國化不是復古派或全盤西化，也不是中國本位，那末它究竟是哪一種性質呢？

我們曾說中國化缺乏批判的態度，這是指客觀的批判態度而言，至於純主觀的批判則並不缺乏（嚴格來說這不能叫做批判的態度），例如〈論新階段〉提到：「學習我們的歷史遺產，用馬克思主義的方法給以批判的總結，是我們學習的另一任務」。所謂「用馬克思主義的方法給以批判的總結」，意思當然是用馬克思主義來做批判的標準或尺度，「從孔夫子到孫中山」的一切「歷史遺產」，凡不合於馬克思主義的尺度的，都在否定之列。這很明顯的是以馬克思主義為本位。再就「學術中國化」口號本身的含義說，既然是把學術來中國化，而中國學術決不會再要甚麼中國化，則此處的所謂學術，無疑是指外國學術，學術中國化即是把外國學術改變形式和氣味，使成為中國文化的主體，以取代中國特有的文化。即潘菽也曾說過：中國化的「正當辦法是要把新文化輸送入中國的本身」，至於中國的固有文化，則不過是「轉過來就變為方法」。這樣看來，所謂學術中國化，自然就是一種「外國本位論」的異名同實體了。

外國本位論，也就是學術中國化，它的根本錯誤在忽略了文化的空間性或國別性。例如潘梓年說：

　　學術，是決不會有甚麼國界的……但是學術雖然無國界，卻不能沒有一個民族所特有的色彩與風光。學術中國化……是要使我們的學術帶著中國的味道、中國的光彩而發展生長起來。

　　潘菽雖然承認學術「有中外的區別」，卻又說中國的學術和世界上其他進步國家的學術並沒有「甚麼根本的不同」。總括他們的意思，只是承認各國的學術有形式與風味的不同，而無根本的差別。這種我們要問，中國人過去的中庸態度，和西洋人的趨向極端主義，難道沒有根本的差異嗎？蘇聯與德義同為獨裁，與一黨專政的形式，難道她們政治制度的根本性質毫無軒輊嗎？這其間的差別，豈能僅以形式和風光等名詞加以解釋？一國學術自有它的特殊性，要不然，全世界各個民族各個國家中的文化豈不變成了一種文化？要知道，在各個民族各個國家還存在對立而尚未實現大同之世時，文化的國別性的存在，乃是無法可消除的。所以德國科學家說：「德國無科學則已，若有科學，則科學必須是德國的」。

　　再就文化本身的性質而論，文化與文明不同，文明（Civilization）是偏向物質的產物，大體上來說，多屬於物顯心隱的實在，如自然科學，交通，工業，醫藥等，大半是含有世界性的「發明」。文化（Culture）則是偏於精神的產物，大體上來說，多屬於心顯物隱的實在，如社會科學、政治制度、教育設施、風俗習慣等，大半是含有國別性的「創造」。近代社會學家如麥其維（編者按：即馬基維利 Niccolò di Bernardo dei Machiavelli）、亞富魏勒伯（編者按：即馬克斯‧韋伯 Maximilian Karl Emil Weber）都持此見解。我們如果明白了這點，便會知道把外國學術拿到中國來做中國的本位，匪但將鑿柄不入，而且不可能。

　　退一步說，就算採取外國本位是可能的，我們又應不應該放棄自己的而去採取人家的文化做本位呢？關於這，我們可引孫伏園先生的一個

比喻來作答，孫先生說：

> 　　近東的日本，遠東的美國，這就是一種中國本位的看法。歐
> 洲西部有幾個國家，如英國，如法國，常把巴爾幹一帶地方稱做
> 近東，把中國一帶地方稱作遠東，這是根據英法本位的看法的。
> 有許多中國人，以英法人的看法為看法，以英法本位為中國本
> 位，竟也自稱住在遠東，這就未免令人奇怪了。比如甲住在五十
> 號門牌，乙住在四十九號門牌，有人問甲：「乙住何處」？甲答
> 道：「住在間壁」，這是不錯的。但倘若有人問乙：「尊寓何處」？
> 乙卻答道：「住在間壁」，那便大錯了。中國人自稱所居之處曰
> 「遠東」，那荒唐簡直比乙自稱「住在間壁」還要厲害。無論五十
> 號門牌是一座高堂大廈，五十號門牌的住客是一些達官貴人，
> 四十九號門牌是一間茅蓬草舍，四十九號門牌的住客是一些苦工
> 小販，……但是四十九號到底還是四十九號，……房屋的目的
> 只在住戶的安寧舒適，一切須以四十九號的住戶為本位，五十號
> 房屋以五十號住戶為本位而建造成功的，四十九號住戶住了也未
> 必安寧舒適。

同樣的，中國人若拿馬克思主義做文化的本位，也「未必安寧舒適」，那
我們又何以應採取外國的馬克思主義來做我們的本位呢？

　　再退一步說，就算我們應該採取外國本位，但外國本位除了馬克思
主義外，還有德謨克拉西主義，還有法西斯主義，還有國社主義，我們

究應採取哪一種來做本位？如果不用現在中國的需要為衡量的標準，則〈論新階段〉可採用馬克思主義，別人又何嘗不可採用法西斯主義？在這種情形下，豈不會莫知所從？

在這裡，我們對學術中國化這一口號感覺無限的失望，不過我們並未立刻接受中國本位論的全盤意見，中國本位論固然是對的，但過於平凡。因為他們所倡導的，在十餘年前，中山先生早已實踐過了，他的結晶就是作為中國今日抗建最高準繩的三民主義。它確會繼承了中國的寶貴遺產，它確曾捨西洋文化之短而取其長，它確曾把馬克思主義中國「化」了。

目前的中國，所需要的是如何發動全國民眾來建設三民主義的文化，這是一個實行的問題，我們再也不需要甚麼新的名詞和空間的口號了。胡適之先生曾説過一個故事：「二十年前，美國「展望週報」（*The Outlook*）總編輯阿博特（Abbott）發表了一部自傳，其第一篇裡記他父親的話説：

> 「自古以來，凡哲學上和神學上的爭論，十分之九都是名詞上的爭論」，阿博特在這句話的後面加上一句評論：「我父親的話是不錯的，但我年紀愈大，愈感到他老人家的算學還有點小錯，其實剩十分之一，也還只是名詞上的爭論。」

近年來，中國文化問題的爭論，又何莫非名詞之爭，如果是有意義的名詞之爭，還覺可慰，至於空虛浮淺的口號如中國化者，這才值不得

一爭！

　　中國化這一口號，本來已成明日黃花，用不著浪費筆墨，但我們恐有些人誤會它真的是「中國本位的再版」，才加以辯正，不要再粗製濫造甚麼像中國化一樣的口號了。

中國政治一百年

我們根本就生活在一個悲劇的時代，因此，我們不願驚惶自擾。大災難已經來臨了，我們在廢墟之中了。這是一種艱難的工作：現在是沒有一條康莊大道通到將來去的了；但是我們卻迂迴前進，或攀援障礙而過；不管天翻地覆，我們卻不得不生活。

——D. H. 勞倫斯：《查泰萊夫人的情人》開端語

（一）

中國近百年來的政治史，是一部通過險阻艱難，迂迴前進的建國史。從一八四二年江寧條約簽訂時起，到一九四二年英美放棄在華特權時止這一百年間，中國政治經過的事故，和前此數千年的歷史迥不相同。

凡是研究中國歷史的人都知道，兩千餘年來中國政治一直是在一種「一治一亂」的週期律裡打圈子。這個治亂的原動力，一方面由於政治本身是否澄清，而主要的還在於人口與食物能否調適。在這生產落後的中國，如果人口超過農產品所能供給的限度，便要造成饑荒，饑荒即成為政治變亂的本原。如此經過大亂之後，人口減少，政治方能安定。但是「休養生息」的結果，人口又復增加，一旦超出限度，又不免於變亂。一

部廿四史，幾乎都是記載著這個治亂的「走馬燈」。

所以過去政治上一到山窮水盡，變亂紛呈時候，只要經過相當的時間，人口減少，恐慌消失，自然便會柳暗花明，趨於安定。陳勝、吳廣、黃巾、赤眉、黃巢、王仙芝、陳友諒、朱元璋、張獻忠、李自成等，雖然是亂的始徵，卻也是治的預兆。

可是自清末西方勢力內侵以來，這個政治的舊法則便不再像過去的有力量，一百年來政治的總癥結已不復是人口與食物問題，而是另外一個因素了。

原來在鴉片戰爭前後，中國社會也正演進到人口與食物失調的時期。一八五〇年，即鴉片戰爭後十年，有洪楊之役。這以前，中國的人口於一百年之內（一七四一年至一八四一年）增加了三倍左右，而耕地則幾乎沒有增加（參見《皇朝文獻通考》）。一六六一年每人平均約可佔有耕地二十六畝，到了一八二一年以後，則每人平均幾乎不足二畝之數。這個統計數字固然不盡可靠，但再加土地分配的失均，當時饑民的增多則可想而知。所以當時洪亮吉說：

> 人未有不樂為治平之民者也，人未有不樂為治平既久之民者也。
>
> 然言其戶口，則視三十年以前增五倍焉，視六十年以前增十倍焉，視百年、百數十年以前不啻增二十倍焉。
>
> 有田一頃，身一人，娶婦後不過二人。以二人居屋十間，食田一頃，寬然有餘矣。以一人生三計之，至子之世而父子四人，各娶婦即有八人，八人即不能無傭作之助，是不下十人矣。

以十人而居屋十間，食田一頃，吾知其居僅僅足，食亦僅僅足也。子又生孫，孫又娶婦，其間衰老者或有代謝，然已不下二十餘人。以二十餘人而居屋十間，食田一頃，即量腹而食，度足而居，吾以知其必不敷矣。又自此而曾焉，自此而元焉，視高、曾時口已不下五六十倍，是高、曾時為一戶者，至曾、元時不分至十戶不止。其間有戶口消落之家，即有丁男繁衍之族，勢亦足以相敵。

洪亮吉這番「人口論」，正足以反映當時人口與食物失調的問題已頗形嚴重，再加上種種政治與社會的原因，和外力的侵略，故終於不免有洪楊的兵亂。

這次變亂的結果，太平天國勢力雖曾延長十五年，蔓延十六行省，攻破六百餘城，卻並不能收拾天下，把動亂的政治安定下來。其後十九世紀末年（一九〇〇年）又有義和團之亂。但是「朱紅燈」諸人的引魂幡、混天大旗、雷火扇、陰陽瓶、九連環、如意鉤、火牌、飛劍、八寶法物，對於政治社會也並無甚補益。而「大毛子」和「二毛子」之類的聲勢卻反而與時俱增。這是為甚麼呢？原來這時候，數千年來閉關自大，處於農業社會的中國已遭遇到工業社會的資本主義國家的侵略。舉凡國內的廣泛貧窮，衰弱混亂等病根，都大半為外力所引起，不是僅僅用一次大屠殺減少人口所能救藥。政治上的祖傳藥方，至此已不靈驗了。

此時的貧，一面由於人與自然關係的失調，和生產技術的落後，而大部的原因還在於帝國主義的吸血蟲已蛀入了我們的心臟。江寧條約訂立協定關稅的條款，使外國商品大量傾銷於我國市場，造成列強在中

國的商業資本主義的侵略。一八九四年中日戰後，馬關條約允許外國在中國內地經營工業，從此外貨不須遠涉重洋，運銷於中國，只須在中國本地，利用豐富的原料，加工製造，便可暢銷獲利，因而形成第二階段的產業資本主義的侵略。滿清末年向外國大借款，民國元年五國銀行團成立，以從外國投資團，大小不下六十，外國資金控制了中國整個的經濟命脈，於是最後階段的金融資本主義的侵略亦告完成。在這種資本義經濟侵略下，中國人民所受的損失，無法作計，單以對外貿易而論，從一八六八年至一九三二年六十四年之間，入超的數目達 6,410,249,542 海關兩（據長野朗《中國資本主義發達史》中所列數字計算而成）其餘的資本與資源的損失，當不待言。照中山先生的估計，每年的損失共達十二萬萬元之多。加以中國本身生產落後，人民的貧窮更為驚人。這一點我們專注中國人購買力的薄弱，貿易額的低落，也可看出，以一九三三年左右而論，中國每一人的平均貿易額只及日本人的十分之一，只及英國人的八十分之一。就是說，日本人一人的購買力約與中國十人的購買力相當，英國人一人的購買力約與中國八十人的購買力相當！再看貧農的眾多，中國農民人數佔全國人口百分之八十，而無地的僱農、佃農、與游民兵匪等則佔農民總數的百分之五十五。近代中國人的貧窮竟達此程度！要拯救這種廣泛的貧窮，當然要從發展民族工業入手，但是在資本主義優勢的經濟侵略之下，新興的民族工業，很少發達的希望。即以絲的出產為例。在上海的中國製絲工場，光緒十六年只有五個廠，民國六年增為七十個廠，二十一年上半期已逐漸發展有一百一十二個廠。不料同年底便有四十九個廠倒閉，只剩了六十三個廠，次年更只剩了十

個廠，車數也減少了十來倍。這便是因為外國人造絲和日本絲在中國傾銷，致使中國自己的絲工業慘遭打擊的緣故。資本主義在中國挾其特殊的地位，雄厚的資本，優勢的機械與科學技術，和中國落後的幼稚的民族工業競爭，中國的民族工業自然無法生存。如果不驅逐資本主義的侵略於中國之外，中國人的貧窮實無法挽救。因此近百年來政治的癥結，已不復是單純的內政問題，也不再是單純的國內經濟問題，而是對外的政治經濟自由問題了。

再看此時的弱。中國的弱，一面由於人民的貧與愚，另一面則由於政治上的動亂不定，尤其是連年不已的軍閥內戰。民國以來的封建軍閥固自有其環境的背景，不過主要的支持者仍是國際的資本帝國主義。帝國主義利用紛擾局面中的軍閥，作為攫取在華利益的魔手。中山先生在第一次全國代表大會宣言中說得最為透闢。他說：

　　凡為軍閥者，莫不與列強之帝國主義發生關係。所謂民國政府已為軍閥所控制，軍閥則利用之結歡於列強，以求自固。而列強亦即利用之，資以大借款，充其軍費，使中國內亂糾纏不，以攫取利權，各佔勢力範圍。由此點觀測，可知中國內亂，實有造於列強。列強在中國利益相衝突，乃假手於軍閥，殺吾民以求逞。不特此也，內亂又足以阻滯中國實業之發展，使國內市場充斥外貨。坐是之故，中國之實業即在中國境內，猶不能與外國資本競爭。其為禍之酷，不止吾國人政治上之生命為之剝奪，即經濟上之生命亦為之剝奪無餘矣。環顧國內，自革命失敗以來，中

等階級頻經激變，尤為困苦；小企業家漸趨破產，小手工業者漸致失業，淪為遊民，流為兵匪；農民無力以營本業，至以其土地廉價售人，生活日以昂，租稅日以重。如此慘狀，觸目皆是，猶得不謂已瀕絕境乎？

這段話正說明民國以來中國政治混亂的總癥結。民國十九年胡適之先生發表〈我們走那條路〉一文於《新月》曾說：「我們的真正敵人是貧窮，是疾病，是愚昧，是貪污，是擾亂。」這「五鬼」實是百年來中國政治的病狀，但並不能說是病原，不能像胡先生所說「是我們革命的真正對象」。因為有了封建勢力的軍閥官僚，和帝國主義買辦階級，乃足以培育這「五大惡魔」，並且使我們無法擺脫這五大惡魔的掌握。假如在百年以前，我們也未嘗不可同意胡先生的說法。我們只要先除五大敵人，便可外抗強權；但是百年來政治的癥結已在對外的關係上，中國國際地位如不平等，要想自由和獨立，是很不容易辦到的了。所以中山先生說道：「我們中國革命十三年，每每被反革命的力量所阻止，所以不能進行，做到徹底的成功。這種反革命的勢力，就是軍閥。為甚麼軍閥有這個大力量呢？因為軍閥背後，有帝國主義者的援助。」又說：「要以後真是和平統一，還是要軍閥絕種。要軍閥絕種，便要打到串通軍閥來作惡的帝國主義。要打破帝國主義，必須廢除中外一切不平等條約。」從這話中，我們可以明白近百年來中國政治的出路和百年前是如何迥然不同。

（二）

　　上面說明近百年來中國政治的任務已轉變為反抗資本帝國主義的侵略，簡單的說即是「外求獨立」。近代國際社會上競爭的單位是國家，國家如不能獨立，民族便無法生存，而國家要外求獨立，又不能不先「內求統一」。統一獨立是近代民族國家的必要條件，也就是近百年來我們政治上建國的目標。

　　滿清末年，一般開明人士也曾先後提出救國的方案，鴉片戰後有曾李洋務，中日戰後有康梁維新，但對於這政治上的迫切需要──建設現代化的民族國家──都欠缺深切的認識或具體的辦法，所以洋務之後仍不免甲午的敗於日本，維新之後仍不免庚子的敗於八國聯軍。惟有中山先生領導革命，獨能看出近代中國的政治需要，他所創造的三民主義，就是一部「建國策」，一個建設現代民族國家的方案。

　　從一八四二年至一九一一年，中國政治還在建國的歷程上試驗摸索。辛亥革命以後才正式踏上建國的大道。不過從辛亥到北伐以前，軍閥混戰，建國工作大受阻礙，獨立既是空談，統一亦難期待。北伐後統一工作迅速開展，但這時的統一仍只是形式的統一，所以民十六年以後不免有許多軍事行動。武力統一行動，一直到七七事變以前才勉強完成。現在把近百年來中國對內對外的戰爭列成下表，以見統一運動與獨立運動的經過及其受阻力之大：

戰爭名稱	起迄時間	延長時間
鴉片戰爭	一八四〇年六月二十八日至一八四二年八月二十九日	二年二個月
洪楊戰爭	一八五〇年七月至一八六四年七月十九日	十四年餘
英法聯軍戰爭	一八五六年九月至一八六〇年十月二十四日	四年一個月餘
中法戰爭	一八八五年二月七日至同年六月九日	四個月另二日
甲午中日戰爭	一八九四年七月二十六日至一八九五年四月十七日	八個月二十二日
八國聯軍戰爭	一九〇〇年六月二十日至一九〇一年九月七日	一年二個月另十八日
辛亥革命戰爭	一九一一年十月十日至一九一二年二月十二日	四個月另二日
二次革命戰爭	一九一三年七月七日至同年九月一日	一個月二十五日
帝制戰爭	一九一五年十二月二十五日至一九一六年六月六日	五個月十一日
復辟戰爭	一九一七年七月一日至同年九月十二日	二個月十二日
護法戰爭	一九一七年八月十八日至一九一九年二月二十日	一年六個月零二日
直皖戰爭	一九二〇年七月一日至同年七月二十三日	二十三日
兩粵戰爭	一九二〇年九月十六日至一九二一年九月三十日	一年零十四日
湘鄂戰爭	一九二一年七月二十九日至同年八月十一日	十二日
湘直戰爭	一九二一年八月十日至同年九月一日	二十二日

蜀直戰爭	一九二一年九月七日至同年十月十一日	一個月四日
奉直第一次戰爭	一九二二年四月二十一日至同年五月十七日	二十六日
北伐討陳戰爭	一九二二年四月一日至同年十一月十四日	七個月十三日
江浙戰爭	一九二四年九月三日至同年十月十三日	一個月十日
奉直第二次戰爭	一九二四年九月十七日至同年十一月三日	一個月十六日
徐州戰爭	一九二五年一月一日至同年十一月七日	十一個月七日
郭張戰爭	一九二五年十一月二十二日至同年十一月二十五日	三日
國奉戰爭	一九二五年十一月十二日至一九二六年二月二十一日	三個月九日
國軍與直奉聯軍晉豫戰爭	一九二六年五月二十一日至一九二七年一月四日	七個月十三日
北伐戰爭	一九二六年七月九日至一九二八年六月四日	一年十一個月
寧漢戰爭	一九二七年十月二十日至同年十一月十一日	二十日
討桂戰爭	一九二九年二月二十一日至同年十二月末	一年二個月
討馮戰爭	一九二九年十一月中旬至同年十二月初	二十餘日
討唐戰爭	一九二九年十二月下旬至一九三〇年一月十五日	二十餘日
討馮閻戰爭	一九三〇年五月中旬至同年十月上旬	四個月二十日
討石戰爭	一九三一年七月十四日至同年八月一日	十五日

九一八戰爭	一九三一年九月十八日至一九三二年一月	約四月（我未抵抗）
一二八戰爭	一九三二年一月二十八日至同年五月五日	三個月七日
膠東戰爭	一九三二年九月十八日至同年十月下旬	一個月十日
四川戰爭	一九三二年十月三日至一九三三年九月五日	十一個月
長城諸口戰爭	一九三三年一月三日至同年五月三十一日	五個月
討閩戰爭	一九三三年十二月下旬至一九三四年一月二十一日	一個月
討孫戰爭	一九三四年一月下旬至同年四月初	二個月十五日
剿共戰爭	一九三〇年十二月至一九三六年十二月十二日	六年餘
綏東戰爭	一九三六年八月八日至同年十二月	四年餘
中日戰爭	一九三七年七月七日至現在	五年半

　　上表僅舉出極重要的戰役，其餘零星兵亂，不止千百，無煩細數。單是從這個表裡，也就可以看出中國政治的厄運。從鴉片戰爭到八國聯軍之役，中國政治的獨立，即大受破壞。到了辛亥，國人感於在這種支離破碎的政治之下，想要外求獨立，絕不可能，於是來一次革命，「一齊打爛，重新做起」。政治經過這次「打爛」之後，的確澄清了許多，但是統一卻又成了問題，二十年間，不知經過了多少戰爭才勉強完成一個統一的局面。

　　伴著軍事統一運動並行的有運用經濟力的統一運動。自海禁開後，

中國經濟的重心已逐漸移向東南沿海，尤其是上海，握著全國經濟的命脈。國府遷都南京，對於上海的控制日漸緊密。中央運用公債政策，發行鉅額的內債，這些公債，大半發行於上海金融界，以及多數資本家。上海金融界和資本家為了使這批債款能得到償還，便不能不設法維持公債的信用，要維持公債的信用，便不能不擁護政府，維持政府的威望。民國以來中央政府所發行的內債增進律極大。一九一二年（民元）的發行額尚不過六、二四八、〇〇〇元，一九三五年便增為六七五、〇〇〇、〇〇〇元，為一九一二年發行額的一百一十餘倍，截至一九三六年一月底止，歷年滾存的未還債額已達十四五萬萬元，上海的金融界為了這筆鉅額債款，自然不能不擁護政府推行統一建國的運動。

其次，政府更利用法幣政策以取得全國民眾的擁護。一九三五年十一月三日實施法幣制度，規定鈔票統一發行，白銀國有，於是全國民眾手中所有的現銀都換成了紙幣。紙幣的價值係以銀行的信用為基礎，銀行的信用又以政府的安定為基礎，全國民眾為了愛惜手中的紙幣，便不能不擁護政府，維持政府的威望。而且隨著農村的凋敝，地方財政的潰乏，封建軍閥的信用和力量與時俱滅，分崩離析的局面因而不能不逐漸消失。

至於政治思想和政治制度，百年來也有著極大的變化。中國人對於政治素來偏重具象的概念，缺乏純粹的抽象概念。對於近代西洋政治的所謂「主權」、「國家」、「官署」、「公法」等概念完全模糊不清。而大部政治理想也屬於具象的政治理想。嚴格說來，百年前中國只有「政治術」，沒有「政治學」。海通以後，西洋政治思潮湧入中國，知識分子才知侈談主義。這些思想既然全由外面輸入，於是形形色色，紛然雜陳，

如民主主義、社會主義、社會民主主義、共產主義、安那其主義、國社主義、國家主義、法西斯主義等，把個平靜如一池止水的中國政治思想界，攪得混亂不堪，莫宗一是。自清末以至民初，紛亂的政治思想，極端阻礙政治的統一。所幸中山先生於此時期完成了三民主義的思想體系。才把這紛亂的局面領到了一個正確的方向。

百年來的政治制度，初則有君主立憲與民主之爭，繼又是總統制與內閣的交相更迭，東塗西抹，往往畫虎不成反類狗。經過多少難關，才成立五權政制，現代民族國家才略具模型。

中國政治積累這許多統一運動（軍事的、經濟的、思想的、制度的等）的成就，正在飛速發展的時候，日本帝國主義深恐中國在國際社會取得平等地位，隨即製造蘆變，積極侵略這幼稚的民族國家。這時中國政治統一已經初步實現，也就不得不毅然接受這次對外獨立的戰爭。由是，安內建國的國策，轉而為攘外國建國的國策。

建國歷程走到一九四二年的時候，英美開始放棄了在華的特權，這只是建國期間的一線曙光。未來的艱難只有更為增加，民族國家內求統一外求獨立的任務，須要更大的努力才能完成。

一九四二、十一、於小溫泉

論中國歷史大變局的序幕

> 承百代之流，而會乎當今之變。
>
> ——莊子

一百年來中國歷史急劇的發展，在政治、經濟、文化諸端莫不顯示驚人的變化，大之於建國的最高原則，小之於衣食住行的風尚，皆層層翻新，花樣百出，真所謂極鏗鏘雜杳光怪陸離之熱致了。倘百年前抱殘守缺的士大夫復生今日，目睹這「大轉變」後形形色色的現象，不知將如何搖頭吐舌而期期以為不可置信。這一個歷史上的奇變，在鴉片戰爭後，李鴻章早領略到新時代歷史發展的邏輯，已不是一治一亂的改朝換代，整個中國社會正處在「窮則變」的轉形期，「三千餘年一大變局」，李氏這句名言，我們在今日看來，事實明若觀火，尤覺得現時代意義之豐富。

中國立國東亞，有史以來，即創造出燦爛馥郁的高級文化，四周的民族，莫不綏撫向化，悅慕來朝。所謂「萬國衣冠拜冕旒」，正寫出過去中國文化在東亞所處之尊榮地位，基於此種中國文化的優越性，因而有夷夏之防，因而有「天朝」「上國」與「蠻夷戎狄」之分。我們若細味當時情形，此種「宜若固然」的心理偏見，實有其客觀基礎，並無足怪。不過當鴉片戰爭中國失敗之餘，士大夫先生們坐井觀天仍斤斤地固持此

種傳統的眼光，來看二十世紀天之驕子的歐洲人，夷夏之防尤為一般士大夫所哦哦樂道。但是這驀地出現的驚人大現實——歐洲民族國家的東向侵略；終於以洋槍大炮粉碎了中國的舊社會舊觀念，使它尖刻地感覺到舊有的人生態度、政治體制和經濟機構，已不能應付這歷史上未有的奇變，欲從煙火迷漫的現世界中，尋找出民族的生路，非將舊的一切大大地改變不可。從清末到現在，這一脈文化運動的浪潮——無論其為主潮副潮，可以說都是中華民族應付環境致力生存自覺自救的表現。每次的文化運動，無論其意義為破壞的或建設的，也都是使中華民族完成「窮則變變則通」由腐殼蛻育生機的時代使命，所以這多少次的文化運動——如果是真能代表某階段時代意義的文化運動——悉為這曠古奇變下「大勢」之所必趨，歷史邏輯的發展之所必然。

中國向來是「文化無敵於天下」，何以鴉片戰爭中西社會接觸後，一敗再敗，不但在軍事上一蹶不振，政治上基礎動搖，而且在經濟上文化上也露骨地表現著「總崩潰」的亂象？這一個歷史之謎，我們在今天看來，當時中西勝敗之勢已是十分清楚，並非無原無因屬於歷史的氣運所致。以下我們且從文化、政治、經濟三方面來考察，這「歷史大變局」前後的犖犖形勢。

從文化方面看來，中西文化的異調，是鴉片戰後半世紀中國人不得應付西洋人要領的唯一根源。在中國文化的領域內，一般士大夫所口誦心維的都是「中庸聖教」，於「知足不辱」的普遍社會觀念下，哪裡能夢想到有向前進取誅求無已的西洋人，會來敲中國嚴扃之門。當林則徐赴粵禁煙的時候，清室上諭曾稱「夷人得尺進步，貪得無已。」已領略到

西洋的浮士德精神，使「中庸為教」的中國人，大大感覺應付的棘手。
不過當時一般中國人對西洋人的看法，彷彿近於《山海經》中的神話故
事，未能真正認識西洋人生、透視西洋社會，對於西洋文化有徹底的認
識只是以後的事。但歷來研究中西文化的人，對於中西文化之所不同的
地方也見仁見智所言不一，或以中國文化以安息為本位，西洋文化以戰
爭為本位；中國文化以家族為本位，西洋文化以個人為本位；中國文化
以感情虛文為本位，西洋文化以法治實利為本位。或以為中國文明為自
然的，西洋文明為人為的；中國文明為消極的，西洋文明為積極的；中
國文明為依賴的，西洋文明為獨立的；中國文明為苟安的，西洋文明為
突進的；中國文明為因襲的，西洋文明為創造的；中國文明為保守的，
西洋文明為進步的；中國文明為直覺的，西洋文明為理智的；中國文
明為空想的，西洋文明為體驗的；中國文明為藝術的，西洋文明為科學
的；中國文明為靈的，西洋文明為肉的；中國文明為向天的，西洋文明
為立地的；中國文明為自然支配人間的，西洋文明為人間征服自然的。
或以西方文化主動，中國文化主靜；西洋為動物性文化，中國為植物性
文化；西洋為物質文明，中國為精神文明。這一切的看法，雖不失為區
分中西文化某方面的標準，但如以之為中西文化的根本分際所在，則我
們頗難同意，因為動與靜只是一個對待的名詞，進取與保守也不過是一
個無內容的泛論。至於精神文明與物質文明之分尤屬勉強，蓋精神與物
質根本是一體之兩面，精神固然離不開物質，而物質又何嘗能脫離精神。
　　我們以為文化是整一的，有其全體的意義結構與獨立體系，在結構
上，文化中的各部門：哲學、科學、宗教、藝術、道德、政治、經濟、

法律……等，相互間都有不可分離的聯繫，近觀中國文化，道德與政治的合一，道德與宗教的混化，道德與藝術的融和，道德與哲學的聯繫，道德與經濟的互涉，這一切的一切，在在都剖示出文化全體意義機構的統一性。而且，中國的哲學與西洋的哲學不同，中國的藝術與西洋的藝術異趣，中國的法律與西洋的法律殊途，尤充分反映出文化的整一性與特殊性。在體系上，每一獨立的文化體系，都各有其「體」及由體所衍生孕含之系。中國文化以道德為體，由道德而推演類化了文化中的其他各部門，印度文化以宗教為體，由宗教而改變了一般生活樣法，西洋文化以經濟為體，由經濟而影響及於整個西洋文化之特色。至於此種文化體系之不同，窮源究委則又由於應付環境力求生存的人生態度而有異，中國文化旨在諧和人生調適環境，故形成梁漱溟先生所謂第二態度，即中國文化以意欲自為調和適中為其根本精神，其努力目標為「以人為本」的社會，其達成目的方法為「道德」。故道德在中國文化的位置，其高明也有如「泰嶽聳峙」，其廣大也有如「月印萬川」，所謂「理一分殊」，正是道德貫透中國整個文化的寫照。

　　我們倘再加分析，當不難更體會此中之奧秘，中國何以沒有西洋那樣精密的民法法典，這是道德代替了法律使然；中國何以沒有「為學術而學術」的科學與哲學出現，這是道德觀念支配了學術觀念使然；中國何以沒有「為藝術而藝術」的藝術發生，這是道德理念涵泳了藝術意趣使然。總之，「道德至上」是中國文化的無上信念，道德價值是中國文化的最高價值，《左傳》：「太上立德，其次立言，其次立功」這中國文化價值宣言，是何等的與今日西洋文化價值觀念殊科！現代西洋人崇拜探險

家、文學家、鋼鐵大王、煤油大王，甚至電影明星，而中國先哲過去所諄諄誨訓的卻是教人希賢希聖，這其間上下分際，一看可知了。

不過立德之事，就其性質言，只須盡倫盡職，日居月諸，即可希聖希賢，不受先天才力的影響，不受後天地位的限制，雖愚夫愚婦亦可期而效之，所謂「我欲仁斯仁至矣」，正是先聖先哲激勵後人立身行道的偉大真理。我國所以能造成諧和的康樂社會，在秦帝國以後，只有一治一亂的循環更迭，而沒有整個社會的大突變，未始非道德之涵化所致。羅素說：「平均之英國人雖比中國人富，但平均之英國人並不比中國人快樂。」此言此意，實值得我們善體思之。可是立德之事，不能離日常生活而單獨表現。我們用另一套用語說，「立德」是意向所好，「立德之事」是意向所好的好。過去數千年來的中國人，雖然不少鴻儒大哲，但他們的眼光都只集中在「意向所好」，而忽略「意向所好的好」，徒求正名，而不務覈實，僅知立德，而蔑視立功，繼繼繩繩，將天下之人盡造成徇謹之士。及魏晉清談之風蔚起，印度佛教東傳，更在中國文化中灌注入消極的血液，於是過去徇謹之士又一變為「好好先生」、「滑頭老板」。「各人自掃門前雪，休管他人瓦上霜」，成為了中國人一時處世的名言，「中庸之教」在一般人心理中也變成了調和折衷與敷衍塞實。本來過去儒家講「中庸」，是就道德而講中庸，並不是就事功而講「中庸」。所謂「中庸」，即一切行為做得恰合乎社會的道德標準之義，不過賢者非但能合乎社會標準，且往往超越過之，至不肖者又不能及乎社會的道德標準，所以說：「賢者過之，不肖者不及也」。如中國過去人民本無為君死節之義務，而民之死節者我們大可以「賢者過之」稱之，《後漢書》列趙苞於

〈獨行傳〉，稱其：「失於周全之道而取諸偏至之端」，可以説是對於賢者的責難。這本是一個十分健全的理論，想不到後來會變成一堆敷衍調和的代名詞。但這只是對於中庸的誤解，並不是中庸的本義，只是中國文化的流弊，並不是它的根本錯誤。

至於西洋文化的根本精神，其旨在奮勵人生征服環境，所謂「宇宙一戰場，人生一惡鬥」，正是要人向前奮鬥，發展凌勵天才。羅素在《中國問題》上説：「歐洲的人生是以競爭侵略變更不已不知足為要道」，這是西洋人的人生態度，也即斯賓格勒（Oswald Arnold Gottfried Spengler）所謂浮士德精神，它努力目標為「以物為本」的社會，它達成目的之方法為「經濟」，可是這裡我們要警敏地注意現代西洋人的經濟觀念。斯賓格勒在其所著《普魯士民族與社會主義》（編者按：今通譯：《普魯士和社會主義》，即 *Preussentum und Sozialismus*）一書中，對此有極深入的説明。他説：

　　西歐之關於財產的概念，與古代的印度的，中國的則有極大的鴻溝，財產是權力，所有一切財產沒有活動能力者都是死的財產，真正時代朝流之人物，罕有視「財產」為死物。……古人對纍纍財寶而為感官上之狂喜，在我們這代人，則鳳毛麟角。征服之驕矜，商人與賭徒之傲慢，古玩收藏家之自負，都是以搶奪而獲得權力。西班牙之黃金渴望，英國人之土地飢荒。則投向於能獲得厚利之財產去。

所以古代中國人的一般觀念，都是「德者本也，財者末也」，而現代西洋人則以經濟為社會聯繫之中心，以經濟為權力的唯一憑籍，在國內自文藝復興滋潤久涸的人類心靈後，由於浮士德精神的無限要求，揭穿了基督教的黑幕，打倒了封建貴族的專橫，求自由，爭民權。「人的發現」創造了歐洲近代史的新記錄，「人也非神之罪人尤非教會之奴隸」，這種新思潮的奔放湧現，真是炳若日星。在國外，世界之發現隨人之發現而繼續擴大歐洲文化之舞台，「適應經濟需要」是新時代西洋人向外發展的唯一目標。西葡的海上掠奪，荷蘭的搜刮東印度殖民地，英國的攫取印度，都是由經濟發展開其端，以經濟榨取收其果，更進而運用此種經濟力量，控制世界。雖然現代西洋有不少的人憧憬著「理」的世界，然而事實上存在的還是「力」的世界。總之，西洋文化的巨大膨脹威力，在歷史上確無先例，四百年來地球上的古老帝國與落後民族，都一一宣告屈服於西洋文化的兵鋒之下，我們真可說西洋文化是最適合戰爭的文化，然而也是最能製造戰爭醞釀戰機的文化。

由以上中西文化的明顯比照，可知當鴉片戰爭開始時，中西勝敗之勢已定，所欠的只有時間的因素來揭開這大變局的序幕，至演出此史劇的兩大要角──中國與西洋民族國家──一是老態龍鍾，衰頹無力，惟恃退守以自存；一是少年新進，英氣磅礡，力求進取以發展。所以勝敗之數早已不決於血肉戰場，而先判分於中西文化之戰鬥力了。

在政治方面，中西政治體制、政治精神之不同，是極端顯明的事實。中國人一開始與西洋人接觸，就茫茫無緒，處處吃虧。曾國藩李鴻章的外交，所以屢為西洋所扼制，雖然說是由於清政府的葸弱無能，但

我們今日重讀曾李遺集，他們對於西洋人剝奪殖民地的那一套觀念與方法仍有「莫明其妙」之感。所以，一貫的「我不惹人」的作風終不能禁止「人不惹我」，這是清末人未認清西洋人，以致吃虧的地方。但鴉片戰爭以前，西洋人也一樣未認清中國人，當乾隆時代（一七九二年），英國派遣馬戛尼（Macartney）伯爵來華，要求通商，清庭上下皆目之為「朝貢使」，並令其見皇帝行跪拜禮。結果除「大皇帝」頒下詔書兩封和若干賞賜物品外，大有「徒勞輶車空往返」的深慨，所以中西政治形態的殊異也是促進「大變局」行程的一大原因。

　　就政治體制言，中國的政治體制，由春秋戰國結束後，中國已鑄成大一統的「天下國家」體制之下，真有「中外一體」、「四海一家」的泱泱風度。對內，是以家族為社會的單位，以倫理為政治的基礎，社會的階級制度不嚴，宗教信仰的容忍極大。在皇帝之下，萬民之上，既無貴族階級為便，亦無宗教制度作祟，人民若無水泉之災，兵匪之禍，即可孝弟力田，布衣士子皆有擢升卿相的機會。對外方面，中國對域外民族向來是抱著「興滅國繼絕世」的一貫主張，雖然有一二好大喜功的君主，究屬鳳毛麟角，只要域外能謹守「朝貢」之禮，中國再沒有其他領土的野心、經濟的欲求，而且「王者之師」隨時可應緩急之援。這種寬鬆的諧和的政治體制，較之西洋狹隘的民族國家，階級森立，矛盾叢生，真不可同日而語。中等階級打倒了貴族，勞資糾紛，無產階級又要消滅中等階級的勢力，向之積極革命者轉眼又成為被革命的對象。所以西洋政治體制，可說是在革命中發生，也是在革命中成長，這種革命體制的政治，其「能戰性」與「應戰力」自非中國「天下國家」下寬鬆的政治體制

可及。

　　就政治精神而言，中國的政治精神，二千年即以「無為」為垂世之典則，黃老思想固崇尚「無為」，而儒家政治的終極目標也是「無為而治」。孔子說：「無為而治者其舜也歟」，舜是孔子所稱頌之人，舜的「無為而治」的政治，自是孔子所衷心響往的政治。「無為」，這一個中國政治上的秘術，普通多望文生義，易生誤解，以為「無為」與西洋有為的政治精神，根本上水火相容，冰炭不相投，實則未必盡然。我們論一國的政治精神，絕不能與其政治體制分開，中國過去的專制政治，其機構運用都是由上而下的，天子是綜理萬機為政令之所自出，故天子必須無為而臣下始可有為。設天子不明政務與事務之分，欲以個人精力，為天大巨細之事，則雖有過人之智，為之亦無以有為。故在上者惟有「無為」而後可以「有為」，蓋亦惟無為者而後可以有為。今日西洋各國政治，無論為內閣制之國務總理或總統制之總統，政治領袖，亦何嘗不守「無為」之則，而後可以選舉良好議員，罷免貪污官吏，創制完善法律。故中西之政治精神表面上是「無為」與「有為」的懸殊，而實質上則是民主與專制之別。此後中國傳統的政治精神日趨靡頹，「無為之治」變成了「多一事不如少一事」的官僚作風。所以中西接觸之初，中國外交家就處處放讓，雖說大勢所趨，然人謀亦何能辭其咎。

　　由上面看來，可知在這歷史大變局中，中國的「天下國家」（或者我們稱之為「王道型的國家」）所以不能敵西洋的民族國家（或者我們稱之為「霸道型的國家」），決非無故。西洋歷史家，每以為拿破崙時代的法國所以不能擊敗英國，是英國能以全民族的力量來敵部分的法國人。

我們也可以說清代對外戰爭，中國之所以失敗，是中國以部分人的力量來對敵西洋各國全民族的力量。

　　尤其值人注意，要算中西文化間經濟形態的差異，馮友蘭先生在《新事論》中，以為近代中西文化的接觸，是「鄉下人」和「城裡人」相見。只就經濟方面說，這是一個十分恰當的比喻。中國所以是鄉下人，由於中國是農業國家，西洋所以是城裡人，由於西洋是工業國家。鄉下人受城裡人的經濟盤剝，近百年來中國農業經濟的社會，也大受西洋工業社會的盤剝。不過中國之為鄉下人，只是近百年來的事。在鴉片戰爭以前，中國在東亞還是領袖四鄰居於城裡人的地位，所謂「上邦」、「下國」就是表明中國與四鄰恰為城裡人與鄉下人的關係，即距今三百年前，中國文化與西洋文化也無城鄉之分。中西之間之所以有城鄉之分，則由於英國的工業革命，這一歷史上的大革命，架起了農業社會到工業社會的橋樑。自此以後，機器代替了人工，汽力火力電力代替了人力，汽船征服了海洋的距離，鐵路征服了陸地的障礙，飛機翱翔在天空，電波傳達著書信和影像，社會進步一日千里，世界面目不斷改觀，在各種物質條件文化條件成熟之後，世界文化史上的大工業城市，遂驀然出現。同時，工業革命的種子也由英國的努力漸漸越過多維爾海峽由法比等國播殖於整個歐洲大陸，這種新工業生產力的急劇增加，在經濟上漸形成了現在資本主義的新經濟力量。當十九世紀中葉他們即開始運用著這些新生的偉大的經濟力量來從事征服全世界的勾當，多少落後的野蠻民族，多少文明的老大帝國，在西洋國家經濟攻勢之下，變成了被剝削的鄉下人，自然中國也是其中被剝削的一個。而首次以炮火轟開中國閉

關之門的,也就是「為保護鴉片貿易」的鴉片戰爭。這種不榮譽的行為,在清末人的眼光看來是「野蠻行動」,在我們今日看來也不能説是「文明作風」,但這不過是城裡人剝削鄉下人的一種方式而已。中國在這一次失敗之後,不但喪失了東亞大陸城裡人的資格而成為鄉下人,簡直江河日下而淪為西洋國家的次殖民地,淪為城裡人的莊稼佃户和農奴。西洋各國利用中國的原料,制成物品,只須轉運之勞,即榨去大量金錢,所以幾十年來中國農村破產,社會紊亂。戰前日本常高調中日經濟合作,此所謂經濟合作者,即以中國農業與日本工業合作,用日本的資本技術開發中國的資源。我們露骨地説,就是在東亞以日本為城裡,中國為鄉下,日本為城裡人,中國為鄉下人。如此,中日合作就是鄉下人與城裡人合作,鄉下人與城裡人合作之後,城裡人的日本便可在東亞長保其經濟上政治上的主人地位。

由於以上的比論,我們可知近百年來的「歷史大變局」雖鴉片戰爭開其端。但歷史的犖犖大勢,在中西文化正式接觸之時,已奏出這大變局的序曲。中國調和持中的人生態度,難應付無限進取的浮士德精神,中國寬鬆的政治體制,難抵抗西洋狹隘的嚴密的民族國家,中國的農業經濟更不能對敵強而有力的西洋資本主義的經濟力量。由於這許多中國應付西洋之「窮」,所以一瀉千里的洶湧思潮不能不逼著中國「變」,要使中國在火燒燄灼中,脱胎換骨,把鄉愿、官僚、阿Q,那些腐化的人生形式,根絕淨盡,鑄出一副新的民族人格型,建立一套新的人生觀來。要把寬鬆的政治體制,無為的政治精神,從轉舊為新出死入生的建國歷程中,增加把它的「能戰」的性能和「應戰」的力量,要將古老的農

業經濟社會，從「破產」、「崩潰」、「沒落」的深淵裡，改造成嶄新的現代工業社會，這是中國近代三大歷史任務，也是建設新中國的首要課題。

在這大轉變中，時代的巨輪是不斷地向前推進，而指導時代的文化運動，也隨著時代演進的激流，新陳代謝，推衍發皇。所謂洋務運動、維新運動、五四運動、鄉村建設運動、中國本位文化運動、三民主義文化建設運動等等，這一切的一切，都次第出現在中國歷史的新頁內，使中國加速它「變」的行程。現在漫漫長夜已快走到盡頭，不平等條約的廢除，百年國恥一筆勾消，重重枷鎖，委然委地，加以抗戰的勝利，國際地位提高，正象徵著中國歷史的黎明。《易》曰：「窮則變，變則通」。這個在昔姍姍來遲而今則呼之欲出的新時代，已不是清末人或民初人的理想，而是我們必須珍重接受的現實。

站在二十世紀五十年代的中國今日，我們近觀清末民初的情形，當時人的思想言論行動，到如今真有隔世之感。清末人談洋務，談維新，民初人講自由，反禮教，主張全盤西化，絕對復古，這些林林總總的思潮，在當時是不能不有的問題，而現在卻是不成問題的問題。今日時代大勢，已瞭如指掌，往者已矣，亦明若鏡鑒，在此抗建過程中，全國建立新中國文化體系的呼聲響徹雲霄，我們為檢查過去把握現在策勵將來，對這幾十年的中國文化運動，實有重新估定價值批判得失的必要。是否每一次的文化運動皆有它的時代意義，是否每一次的文化運動皆完成了它的特殊任務。至於虛立名目取巧投機的文化運動，我們尤其應該在無情的批判下揭開它的面目，洩露它的真相，指出新中國文化運動的正確途徑，這是今日學術界的歷史任務。一切文化的殘渣，都須受時代

洪流的淘汰，一切文化的價值，都須受歷史尺度的衡量，諸君若問：「今日何日」？我們乾脆而又肯定地答道：

　　歷史上的大轉變時代，

　　中華民族的復興時代，

　　文化運動的新批判時代！

略談汪孟鄒與陳獨秀

關於汪孟鄒的生平，我很歡迎子春先生把惠泉的文章交《明報月刊》發表了。我以前提到汪孟鄒和汪原放，注腳只舉出王森然的《近代二十家評傳》，此書現在不在手頭，無法覆查。我也許還根據過錢杏邨或其他資料。不論如何，那根據當然不必可靠。現在看來，汪孟鄒和陳獨秀的關係更清楚了一點。這裡不妨再舉出幾件相關的記載。陳、汪早期的往來，當時安徽人物清末翰林許承堯口述，鄭初民筆錄的〈民元前徽州革命黨人之活動〉中曾簡單提到：

> 光緒五年（一八九九），……謀國之士……後先加入工商勇進黨，潛事鼓吹，既又納汪鑒（號柳江）、黃質（號賓虹）、馮欲仁、許承堯（號際唐）等，毀貢院為學堂，……創「新安中學堂」於貢院。又闢「紫陽師範學堂」於紫陽書院，推新科翰林許承堯為監督。江暐、許承堯以蕪湖、皖之要衝，宜進拓與徽州成犄角之勢，乃舉李光炯（桐城人）、柏文蔚（號烈武）籌捌安徽公學，而盧仲農、劉光漢（號申叔）皆一時之彥也（按劉後變節事袁，輿論惜之）。舉洪澤臣、吳梾（號郁農）籌捌徽州公學，以維新派巨子汪夢鄒所設之科學圖書社為會議機關（按汪係皖、績人，性好客，陳獨秀亦會下榻焉）。後數年，奸民候補道汪雲浦（歙、

膽棋），告密於？【安徽巡撫】恩銘。恩奴大怒，欲窮治之。……
當道為沈曾植、馮煦力救，得暫緩衝。越二日【縱案：陽曆
一九○七年七月六日】，徐錫麟誅恩銘，案始得寢。……（《中華
民國開國五十年文獻》第十二冊，第一編第三十一章「同盟會在
國內之組織」據原稿排印，一九六四年台北，頁一八四）。

這裡值得注意的是黃賓虹（一八六四——一九五五）後來就是著名的
山水畫家，他也在安徽公學教過書，可能與汪、陳都相識。民國元年五
月初三（一九一二年六月十七日）柏文蔚（一八七六——一九四七）署任
安徽都督時，便任命陳獨秀為秘書長。劉光漢就是劉師培，他和陳曾於
一九○六年同在蕪湖的皖江中學教過書。陳和安徽公學是否有關，待
考。這裡所說汪夢鄒就是汪孟鄒。所謂「維新派巨子」就是指康梁派改
革者。陳獨秀曾下榻於汪的科學圖書社應該是光緒三十年（一九○四）
左右。據與陳、汪共事多年的高語罕說是光緒末年的事，這所謂「末年」
大約是籠統說法，不必指光緒三十四年。高氏說：

　　三十年前，獨秀先生一肩行李，一把雨傘，足跡遍江、淮南
北，到處去物色同志，以為推翻滿清，建立民國的準備。先生的
一位老朋友汪夢鄒先生在蕪湖開設「科學書局」，暗與革命黨人
交通，一天先生一手握著行李，一手拿著雨傘到了那裡，汪先生
說：「我這裡每天吃兩頓稀粥，清苦得很！」先生很平淡地答道：
「就吃兩頓稀粥好了！」於是就住下去，天天在書店樓上編輯《安

徽白話報》，宣傳革命，這是光緒末年的事。（高語罕：〈入蜀前
後〉，載《民主與統一》半月刊，第八期，一九四六年七月二十一
日。）

許承堯回憶錄中說的「科學圖書社」，高語罕說成「科學書局」，光
緒三十一年（一九〇五）有一家「科學書局」出版過沈友蓮的小說《忍不
住》，三十三年（一九〇七）又出版有沈伯新的《探險小說》，但不知是
否就是蕪湖的這一家書店。惠泉文中說成「科學圖書公司」。「圖書社」
這名字比較接近，但最可能的也許是「科學圖書館」，實際上，那時所謂
「圖書館」，就是書店和出版社，正與後來的「亞東圖書館」相似。早期
出版社多稱「館」或「書局」，稱「公司」的較少，如「同文館」、「廣方言
館」、「金陵書局」等。一八七五年基督教在中國辦的「清心書館」創刊
早期畫報《小孩月報》。一八九七年「商務印書館」成立。一九〇〇年「亞
泉書館」出版中國人自編最早的科學雜誌之一種。一九〇一年上海成立
有「科學儀器館」。這些都可說明當時何以稱做「科學圖書館」。據張靜
盧說：上海「亞東圖書館」本來是蕪湖「科學圖書館」的分支：

　　亞東圖書館創辦於一九一三年，原為蕪湖科學圖書館的分
　　支，主持人汪孟鄒。初期出版有爛柯山人（章士釗）編的《名家
　　小說》三卷十一種，蘇曼殊名作《絳紗記》、《焚劍記》即在其內。
　　「五四」運動後出版有胡適的《嘗試集》、《短篇小說》及康白情
　　等新詩集，並首先印行新式標點的《水滸》、《紅樓夢》、《三國演

義》、《西遊記》等古典小說名著，排校工作在當時較為認真，號
稱「亞東版」。蔣光赤早期作品《紀念碑》、《短褲黨》、《鴨綠江上》
等均由亞東出版；並代印行《建設》、《新潮》、《少年中國》等期
刊。惟編輯部始終在高語罕等之手，故第一次國內革命戰爭結束
後，托派著譯的書頗多該館發行。一九五三年冬，汪病死上海。
（張靜廬輯註：《中國現代出版史料》甲編，頁四四。）

這裡正叫做「科學圖書館」。不過這還需要實證才能判斷。

上面說到陳獨秀住在汪夢鄒的「科學圖書館」樓上編《安徽俗話報》
應在光緒三十年。這事還可參考孫傳瑗的《安徽革命紀略》：

　　其間接為革命文化運動者，其集團概為私立學校與學術團
體。如李德膏創辦之「旅湘安徽公學」。（於光緒三十年遷蕪湖，
改名曰「安徽公學」。主講席者如金少甫，劉光漢皆倡導種族革
命論者。）葛襄等主辦之安慶尚志學堂，皖北孫毓筠、李蘭齋
等之毀家興學，陳乾生【縱按：陳獨秀原名】主辦之《安徽俗話
報》及省會之藏書樓，（丁同宣等即其中組織學會，宣傳革命，
事發被緝，藏書樓連帶封閉。直至民元，始恢復而為省立圖書
館。）皆為革命文化運動團體，其收效亦迅速而宏大也。（《中華
民國開國五十年文獻》，四冊，二編十五章，一九六二年台北，
頁二五九。）

陳編《安徽俗話報》在光緒三十年（一九○四）出刊過無名氏編的地方戲

〈睡獅圖〉，用「利業陰」諧音李蓮英，主題在攻擊宮廷黑暗政治。高語罕說的《安徽白話報》似乎是在「安徽俗話報」之後，《安徽白話報》第一期出版於光緒戊申（三十四年，一九〇八），是否尚由陳獨秀編輯不得而知。有些記載說他一九〇七年曾去過法國，也有人不相信，但陳自己在一九一九年左右也可能說他是留法的。一九〇九年他應已在國內，這年秋天他曾去東北辦理他哥哥的喪事。這裡我不妨附帶提到，一般人常強調陳獨秀不能讀法文。我曾說過，一八九七年後，他進入著名的杭州求是書院，研讀用法文教的航海工程學。「求是書院」多用法國教習，這是大家都知道的事。陳獨秀的法文大約不太好，可是他確略懂一點。在二十世紀初期，蘇子穀和陳由己用文言合譯有法國囂俄（雨果）的《慘世界》十四回，係東大陸圖書譯印局刊行。蘇子穀就是蘇曼殊，陳由己就是陳獨秀。陳獨秀往往替蘇曼殊修改詩文。（後來泰東圖書局用蘇曼殊譯的名義印作「悲慘世界」）。

惠泉文中說：「汪孟鄒先生以一八七七年生，病逝於一九五四年，享年七十七。」而張靜廬卻說他一九五三年冬病死上海。張靜廬專攻中國近代出版史料，而且在上海出版界工作多年，也可能與汪相識。據郭沫若在《續創造十年》中說：「張（靜廬）沈（松泉）兩人和我的關係，說來也頗有一段淵源。在一九二一年我最初由日本回到上海的時候，他們兩人都在泰東圖書局的編輯部。……因而我們在馬霍路上也就有過半年同吃大鍋飯之誼。」這可見張在上海出版界活動之一斑。張的《中國現代出版史料甲編》係一九五四年五月十五日在北京編就作註，孫伏園、王重民、陰法魯等人曾協助搜集資料，章錫琛校勘，這些人和當代出版界

人物都有往來，書又是一九五四年十二月在上海印刷出版的。所記汪的卒年一九五三冬應該很可信。惠泉文中說「病逝於一九五四年」，而子春先生明說惠泉這短文「作於一九五四年」，若汪卒於同年，文中照通常行文之例，似應說於「今年」病逝；難道此文並非作於那年，而是以後麼？而且一八七七年生，一九五四年卒，若按中國計齡法便有七十八歲而不是七十七歲，除非已照西法計算。因此，一九五四年的說法恐怕不確。當然，希望有人查核一下。

　　還有，惠泉文中說：「孫中山見逐於陳炯明，到上海刊行《建國雜誌》，沒有一家書店替他出版，結果是汪先生擔任了下來。」這所謂《建國雜誌》，應該是《建設》雜誌之誤。《建設》是孫中山所創辦，由朱執信、胡漢民、和戴季陶編輯，亞東印行，不給編稿費。一九一九年八月一日創刊，共出了二十五期，三卷一期出後停刊。銷數初為三千份，後來逐漸增加到一萬三千份。李大釗在北京曾為代銷。《建國月刊》是另外一個雜誌，與這不相干。《建設》的出版者是建設社，所謂沒有書店肯出版，不知是甚麼意思，難道說是銷售麼？如果說是印刷，那時中華革命黨在上海早已辦有機關報《民國日報》，以他們的人力、財力、和聲望，決不會找不到承印人，只能說，亞東印刷得比較好罷。

　　陳獨秀於一九一五年秋天由日本回國，從安徽到上海創辦《青年雜誌》的情形，張靜廬有下列記載，我在《五四運動史》第三章裡（註62）已經部分引用，現在為了表明汪、陳二人的關係，不妨全引如下：

　　據汪孟鄒君述：「民國四年，陳獨秀從皖來滬，擬辦一雜誌，

自稱可以轟動一時，乃由汪【我？】介紹與群益書社負責人陳子
佩、子壽兄弟洽談，每期編稿費銀圓二百元。出版後，銷售甚
少，連贈送交換在內，期印一千份；至民國六年銷數漸增，最高
額達一萬五六千份。」（《中國近代出版史料二編》，一九五七年
北京，頁三一五─三一六。）

群益書局替《新青年》出版到一九二〇年五月一日這一期的「勞動節紀
念號」就被上海當局查禁。這時陳獨秀正開始籌組中國共產黨，不久就
改組「新青年社」，把刊物改成中共的機關報。為這事不僅使胡適、魯
迅、周作人、陶孟和、錢玄同等偏向自由主義的作者與《新青年》分了
手，還使群益書社的負責人和陳獨秀打過官司。汪孟鄒這時似乎還和
陳、胡雙方都保持相當密切的關係，以後還替他們陸續出了許多書。郭
沫若在《創造十年・發端》裡說：「新青年社由群益書社獨立時，書社的
老板提起過訴訟，這是人眾皆知的事體。」

　惠泉的文章並未交待他和汪孟鄒有甚麼私人關係。子春先生也只
說：「我們忝為汪孟鄒先生的忘年交，故所知『絕無所本』」。這非常簡
略。我覺得兩位都沒有隱沒真姓名的必要。而且惠泉的文章究係何時何
處所發表，或從未發表過與何故迄未發表過，都應該註明，《明報月刊》
更有標明的責任。說拙著的材料「均有所本」，原是子春先生的話，我
轉引他這話並無得意之處。把所據來源用注腳老老實實標明出來，可讓
後來研究的人進一步追索，超過我的成績，於是我的書也就可以不存在
了，這是老實人才肯做的笨事。要不然，不妨省去，自己成了權威。我

以為若求減少謠傳，使中國學術思想文化不斷在累積發展，也許還得提倡這種老實的笨人作風罷。我的朋友中本來也有好些和汪孟鄒熟識，可惜現在那些朋友們死的死了，別的別了，頗悔當時未向他們查問一下。汪孟鄒這個人在文化運動裡總應該有一席地位。我們的多數史家素來對於出版和書店商人太不重視了。我自己應該改正過來。也希望認識汪孟鄒或其他出版家的朋友們發表更多一點他們的傳記資料。

　　　　　　　　一九七二年二月十四日於陌地生之棄園

歷史事實、歷史分析與歷史判斷

剛才聽到李幼椿先生講，此次建國史討論會中所提出來的論文，屬於史論、史述的比較多，屬於史考和史辯方面的則很少。這是很有趣、很有意思的一個問題。

在海外有些學者現在時常有一種看法，認為當代西洋研究古代史或通史的趨向往往是史論多，史考少；研究近代史的卻史考比較多。在中國，我們覺得研究古代史或傳統歷史的是考據資料的相當多，史論較少。這種看法，對不對不知道。但是當前中國史家牽涉到現代史，就有一種相反的現象，作嚴肅史考工作的似乎相對的少。

為甚麼會有這種情形呢？這是一個很有意思的問題。我剛才思考了一下，認為下面這種想法也許不無道理。過去，我研究五四運動，在我所寫的書中就曾提到過；我曾說，從來沒有一件中國歷史上的事件像五四運動一樣，有那麼多的書和文章，有那麼多的專家，來記載過、討論過，卻很少有人將這件事實的經過詳細考證出來、敍述出來。有許多文章，部分的、直接的、間接的，都談到五四運動。這些人所寫的，都是他們的史論，全是他們對五四運動的看法，由對五四運動的判斷，引申出來的結論，或是加以解釋，可以說汗牛充棟，美不勝收。可是，我覺得就很少有人把這件事的詳細經過，把這段歷史的事實仔細建立起來。李先生今天提到這件事，其所以會發生，我想是因為近代史與作者

本身的利害關係太親切的原故。政治家、政治組織、各種政治團體，正
如剛才有人說到過的，他們似乎是要利用歷史、控制歷史。這些想要利
用歷史的人好像急於要得出一個結論，要給歷史一個解釋，想給予歷史
未來的方向一個推動力。於是史學家們，也就因此被牽涉到這種政治環
境裡，從事這種工作了。事實既如此，因而，我覺得我們史學家本身就
應該警惕了。黎東方教授剛才所講的，表面上雖然輕鬆，但其中也許含
有「微言大義」罷，實在了不起，背後很有供我們多多思考的地方。黎
先生引用了施樂伯先生的一句話，他說研究歷史的學者要客觀，但「客
觀不必要是中立」。這話自然不錯。從另一方面來看，我認為：不中立
者更首先要客觀。客觀態度對探討史實、從事史考有很大關係。雖然百
分之百的客觀永遠不可能做到，但我們仍舊不能不向這方向去努力。因
此，我將李幼椿先生與黎東方先生的話歸納到一起，然後提出我個人的
意見。

　　我的意見有三個方面。第一、我認為我們必須重視歷史事實的建
立。不管我們如何對待歷史，運用歷史，都不能不顧歷史事實，所以史
考還是最基本的工作。其次是歷史分析。我所謂歷史分析，乃是指歷史
事實建立起來以後，對這件事實的前因後果、發生的關鍵、它的意義，
還須予以分析，這是進一步的工作。這個工作，首先須將歷史的事實建
立起來，然後根據建立起來的事實，才能分析它的意義和因果。分析它
的演變如何，效果影響如何。第三件，單單分析還不夠，還要進一步去
加以判斷或批判。歷史判斷或批判往往比較主觀。根據主觀去判斷歷史
事實。也就是說歷史事實發生了，它的前因後果也分析過了，但它對我

們的教訓又如何呢？這件事究竟是對還是錯呢？這些卻往往牽涉到道德上、政治上、思想上、信仰上的問題。有時候我們再把它歸納起來，得出一套原理原則，甚至一種史觀或歷史哲學。這些就是我所說的歷史判斷或歷史批判。

　　剛才有幾位先生提到歷史資料應該公開。這件事當然最基本、最重要。我覺得研究現代史的人恐怕還不止是希望把史料公開。我們研究歷史的人應該要求，除了把歷史的事實公開之外，也要讓大家把歷史的分析，多面的、不同的分析公開，並且讓各人把自己對歷史的判斷也自由公開。大家有不同的意見，彼此可以批評。所謂公開，就是不要將原來的事實和看法加以掩飾。在中國，研究近代史的人說話時往往有許多顧忌。不一定能將不同的看法、不同的分析、不同的判斷，提出來公開討論，比較得失，得出結論。當然，並不是每個人得出的結論都一定正確，但是，能提出來公開討論，卻是非常重要的。要這樣比較，互相批評，摸索改進，才可有進步，才會認清歷史。所以我現在要求大家要盡量將歷史事實公開、將對歷史的分析和判斷也公開，大家可以將不同的意見，盡量提出來互相比較。我們要從歷史事實的建立做起，再進而做到歷史的分析、歷史的判斷。換句話說，就研究中國歷史而言，是要分析、判斷都要依據事實。我國漢學大師章太炎早就提到過類似的原理，譬如說，他要我們研究經典時「審名實」，「重左證」，「戒妄牽」，「斷情感」，若把這些運用在歷史研究方面，其實也就是說，首先必須建立和尊重歷史事實。現在我們大家說要實事求是，應該也就是這個意思。

　　一般人認為「是」就是指「是非」的「是」。表面看來，這似乎沒問

題。可是「是非」一詞，依中國過去傳統的看法，意義卻並不太明確。因為我們所講的「是非」，往往是道德上的善惡。說那個是「是」，那個是「非」，往往是指那個對，那個不對。不見得在指事實的存在與否。如果我們只要說事實的存在或發生過與否，若單用「是非」一詞，就很難說清楚。若用英文來說，"It is"和"It should be"就顯然要分開來說。譬如說某一件事是不是真是那樣發生的？是不是真是那樣的一件事？這問題便須和這件事在道德上是善還是惡，或應不應該那樣做，這類問題並不相同。按照中國傳統「是非」一詞的意義，往往已加了道德的判斷，例如孟子說的：「是非之心人皆有之。」就是明證。另一方面，「是非」當然也可能指合於事實與否，也就是問「是甚麼」。如今，我們提倡科學的研究方法，對「是非」的研究首先應該指「是甚麼」。這才是最基本的。至於「應該是甚麼」，要「甚麼才更好」等等，當然我們也有權利加以判斷。不過要知道，這與「是甚麼」是大有區別的。我希望在建立史實、分析歷史、研判歷史之先，要將上述這兩種「是非」的觀念弄清楚。研究歷史時首先要弄清楚「是甚麼」，然後再進而談「應該要是甚麼」。一般人認定「是甚麼」，可能真，也可能含有不真的成份。譬如說某一件事到底是如何發生的？是怎麼樣的一件事？實事與所敍述的往往不見得完全一樣。當代中國史，當然，古今中外史，都可以找到許多這種例子。因此，我希望我們研究當代史的人，不可輕信傳聞與記載，也不可輕率先加褒貶，必須要實事求是，先考定史實，再加分析與判斷。

　　再有一件事，順便提出來談一談。方才墨子刻先生談到容忍問題，他說為此胡適先生與殷海光先生當年曾經有過一次論辯。記憶所及，這

件事大約是發生在一九五八至一九五九年間。就我所知,好像殷先生並沒有反對胡先生。當時我們,包括在座的唐德剛教授在內,正在辦《海外論壇》月刊,我曾針對胡先生的〈容忍與自由〉一文發表過一篇短文來補充,故而還留有此印象。殷海光當時不但沒有反對胡先生,相反地,他還很讚譽胡先生。他贊成胡適說的容忍是自由的基礎,沒有容忍就沒有自由。殷海光認為這是一個大貢獻。為此我寫過一篇題為「自由、容忍與抗議」的文章,來進一步申論。我並不是否定胡先生的看法,不過當時我覺得容忍固然很重要,但,單單提倡容忍,說容忍乃是自由最基本的東西,我認為說的還不夠全面與透澈。在目前的中國,知識分子也好,平民也好,受的壓迫很不少,我們要求有實權的人不要隨便干涉我們。另一方面,一個人要保持他的特立獨行與人格尊嚴。假使有人壓迫他的思想、他的言論、限制他的自由時,他也應該抗議。但,我這裡所說的抗議不是單方面的,不是說我只能抗議別人,而別人卻不可以抗議我。因此,我在文章裡說容忍與抗議有如一輛車的兩個輪子,相輔為用,缺一不可。正如墨子刻先生剛才所說,我們要有注重理想的烏托邦觀點,也要有注重實際的傳統保守觀點一樣,可以相輔相成。因為我當時寫了這篇文章,盧飛白先生還寫了一封信給《海外論壇》,對我那篇文章又作了進一步解釋。他說我所說的自由的兩個輪子,容忍與抗議,很像儒家傳統的忠和恕。所謂「忠」,就是要忠於我們自己的理想、自己的看法。就是說,縱然我受到壓迫,我還是要忠於我的理想,忠於我自己的看法,甚至還要抗議。「恕」就是容忍別人不同的看法和行為。我主張:我們要抗議人家,也要容忍和尊重人家的抗議。這就是容忍與抗議

之間的調和。也就是忠和恕的並存。約翰・密勒（John Stuart Mill）在他的「自由論」（*On Liberty*）一書中也提到這一些要義。我們看看中國近幾十年的現狀，對文的政治集團也好，對武力集團也好，我們的歷史學家都應該堅持我們自己的理想，一旦遭到壓迫，就用董狐筆、太史簡，將事實真象揭露出來。所以我說我不是否定胡先生，我認為胡先生所講的容忍是非常重要的，只不過我又強調了抗議的重要性，要二者兼顧而已。因為墨子刻先生講到這件事，我順便提出來，我覺得今天我們的歷史家還十分需要這種容忍與抗議的精神。

體系與點滴：論新文化建設和梁漱溟的獨立思考

　　關於中西文化問題，近百年來，如大家所周知的，在中國已引起了無數的討論和爭執，尤其是對於五四以來的新文化運動，更有糾纏不清的論戰。我個人對這些問題本來也有好些看法，原想借這個機會作一番詳細的分析，現為時間所限，只能提出幾點膚淺的意見來請大家指教。

　　我初次見到梁漱溟先生是一九四五年底，抗戰才勝利後，在重慶的政治協商會議席上，聽到過他的高議讜論。以後多年就沒見到過了。但我也許是把梁先生對東西文化問題的看法，最早用批評的態度，忠實而比較全面地介紹到西洋的一人。一九六〇年哈佛大學出版英文拙著《五四運動史》，在第十三章「新思潮和後來的爭論」裡，我用了一專節來介紹評析梁啟超和梁漱溟先生對東西文化問題的看法。我曾肯定梁漱溟先生是「第一個在理論上有系統地捍衛儒家思想和中國傳統的人。」又說：

　　　　他的貢獻在於在某種程度上都用其個人有創造性的思考和分析，把世界文化分類而建立自己的理論體系。他不只是一個忠於自己原則的哲學家，而且堅決致力使他的見解傳播於大眾。

當然，我也曾提出懷疑，人類各主要文化體系，是否只宜用那樣簡單的三種模式來區分，以至於其發展是否會依照他所預測的那種順序。

最近十來年，海內外學術界對梁漱溟思想和精神，已有不少更進一步的分析和評論了。他們似乎多偏重在討論他對新儒學建立的開山作用；談到他對東西文化問題的看法時，也往往特別注重他心理上的反應；和他在中國的文化保守主義中的地位；或他在方法論的意義上的貢獻。這些我過去多少也曾指出過。

不過我個人還認為，梁先生在二十年代初探索文化的意義，從根源上說起，最有真知灼見。他說：

> 我以為我們去求一家文化的根本或泉源有個方法。你且看文化是甚麼東西呢？不過是那一民族生活的樣法罷了。生活又是甚麼呢？生活就是沒盡的意欲（Will）──此所謂「意欲」，與叔本華所謂「意欲」略相近，──和那不斷的滿足與不滿足罷了。通是個民族，通是個生活，何以他那表現出來的生活樣法成了兩異的彩色？不過是他那些生活樣法最初本因的意欲分出兩異的方向，所以發揮出來的便兩樣罷了。

> （《東西文化及其哲學》「緒論」，三版，頁二十四）

這個意見雖然看來也很平凡，但比起當時中國許多人討論文化問題的零星論點，卻是深刻扼要得多了。梁先生從這個根源出發來分析東西文化，自然就見得文化各有其體系。他的析論也就現得比較有條理。

可是梁先生在這裡只強調滿足意欲的「方向」，結果便導致了他對西方、中國、和印度三大文化取向上有差異那一看法。這就不免引起胡適之先生的批評，說那是把一個很複雜的問題，套入了一個很簡單而整齊的公式。今天平心靜氣來檢討這個問題，我以為梁先生用「意欲」來作為文化的根源，如果「意欲」能作極廣義的解釋，（我在一九四二年左右發表有〈論知、情、意〉一文，「意欲」應該包括這三方面才好。）原非常恰當。但梁先生當時如果注意到人群滿足意欲不僅有「方向」上的差異，更有在方法、方式、和手段（means）上的差異。換句話說，就是在對待和解決個別問題時，遠比趨避方向更為複雜，那他到解釋文化差異時，就不會陷入那種過於簡單化的困境了。

這兒我決不是忽略了梁先生所注重的是文化的主流。即使有人舉出許多例外，恐怕也還不能完全否認他所指出的主要趨向。

可是我總認為，文化即使在理論上可認定其具備有機的整體性，但從實事方面檢討起來，文化更有其不斷的零星演變性或分合性。近百年來中國的文化論者，甚至近代中外的不少歷史家和社會學家，似乎都過於強調文化的整體性和有機性。無論是中體西用論者、中國本位文化論者、全盤西化論者、民族形式論者，或文化有機論者，幾乎都在擔心某種文化的整個興衰，或全部存亡。

就我看來，文化只能有部分的遺存和持續。古今中外某一時期的文化，沒有一個是全部永遠遺留下來的。另一方面，自從世界各種文化大量交流以來，各主要文化，只要它有一部分還非常適合於人群的用處，也似乎沒有一個是全部消失了的。古代希臘文化，能說現在還全部存在

嗎？某些看來是已消失了多年的古代文化，像瑪雅（Maya）文化，經過考古發掘出來，其繪畫、雕塑、或建築等等，往往又復活應用到現代世界裡來了。我們根本用不著擔心中國文化會在世界文化中消失。當然更用不著擔心某一主義的文化不會發揚反之。中國烹調藝術不是中國文化的一部分麼？中國書法對西洋抽象畫派的影響，不能算是中國文化一部分的移植麼？一種文化中的某一部分能否生存，不妨就用梁漱溟先生的說法，只要看那一部分是否還能最好地幫助來滿足某些人群的「意欲」。

許多人，包括我自己，都指出過梁漱溟是個保守主義者或助長了保守的勢力。從某些方面說這可能是真的；但從另一方面說，卻也不盡然。試看他說：「中國問題根本不是對誰革命，而是改造文化，民族自救。」又說：「文化改造之任，不在一社會文化中心之知識分子而又在誰？」（《中國民族自救運動之最後覺悟》，頁二一二）一個提倡「改造文化」的人，能說完全是個保守主義者嗎？

談到改造文化或建設新文化，我個人還是認為胡適之先生說的不錯，文化建設是由一點一滴建設起來的。不論作抽象而高深的研究也好，處理宏觀政經國家大事也好，辦理日常種種牛毛的事也好，一切都須求一件一件地來解決具體的個別問題。這自然不是說只要頭痛醫頭，腳痛醫腳，但仍然須醫好頭痛腳痛才行，否則甚麼大道理也不中用。事實上，從習俗的演變看來，我們大家每天都在改造文化，建設新文化。改革家只多推動了一下罷了。恕我淺人說淺話，世上哪裡有個不變的文化呢？

對於梁漱溟先生的許多看法，我當然不一定都完全同意。但我覺得，他在思想方法和態度方面有個最值得稱讚的地方，就是他每作一主

張，每得一結論，都是經過自己獨立思考而得來的，是苦思而得的，決不是跟著別人或大家去呼呼口號。因此，我即使有時不同意他所説的，卻最樂意來拼命支持他説它的權利。

另一方面，梁先生有固執之處，這固執發揮在好的地方就是有骨氣，不肯隨便附和。數十年來，中國多少優秀的學者、思想家、和作家（平凡者且不足計），都是風吹草偃，看風轉舵，逢迎取寵，自毀自瀆。面對梁漱溟這種矻立不動的嶙峋風骨，那他們是不大容易交代的了。文革期間，有一年我經過香港，他的一個學生到旅館來找我，把梁先生寫給他的幾封信給我看，都充分表現他堅苦不屈的精神與痛苦，令人感動。後來又見他在一封信裡説：「我以拒不批孔，政治上受到孤立。但我的態度是獨立思考和表裡如一，無所畏懼，一切聽其自然發展。」我相信這的確是他合於事實的自我寫照。

在這裡，我願集儒家經典裡的兩句名言製成壽聯，來作為梁先生治學做人的紀念：

富貴不能淫，貧賤不能移，威武不能屈；
好學近乎智，力行近乎仁，知恥近乎勇。

——一九八七年十月二十七日晨兩時半
於新加坡攀旦谷（Pandan Valley）寓廬
（在紀念梁漱溟先生辦學研究七十周學術討論會上宣讀）

文史雜議（節錄）

我今天講的題目叫做〈文史雜議〉：文是文學、史是史學，雜議就是拉雜的一些提議的意思。

我講的第一件事，真正來說，是牽涉到歷史研究或內容方面的一些基本解釋問題。我們對於中國歷史通常有一種意識，譬如說，中國歷史在思想方面，我們很少人提倡消費的、提倡浪費的。過去有很多人注意到一種現象：比如說管子，他有〈侈靡篇〉，他說大家可以侈靡，但一般儒家都是不講侈靡的。關於這一點是沒有錯的，所以你在中國歷史中偶然可以找到一個例子，在一本書裡某一家裡常有一種意見：它通常在歷史中很少發生很大作用的。可是如果我們現在有人把這個發掘出來，寫成文章，說中國本來就有這東西，這樣一來，好像就寫得很重要了。換句話說，他假使寫在很緊要的篇幅來講的話，就好像把中國過去思想史、經濟思想史改觀了。

其實，我覺得這是過猶不及。意思是說，我們把歷史上沒有發生過很大影響的東西發掘出來是對的。可是如果我們不把整個來平衡一下，而只是一味強調這個東西，以為中國思想史已很重視這方面，那就不對了。我舉個例子：中國的知識分子、士大夫、儒家，他們是不大經商的，他們對於做生意的人，事實上看不起。不過，現在有朋友，假使在明朝或清朝之間找出幾個人來，他們是學者，可是居然也做生意。不錯，把這個發掘出來很好，但是，我們不能因為這個小例子，而要整個的推翻

說中國的儒家也在做生意，那就不對了。我們一定要把這件事情放在歷史上，看它在整個歷史長流裡發生過多大作用。我現在提醒大家，假使我們有點新的發現的話，不應該把新的發現突出得太厲害，使人有個印象——以為中國知識分子也在做生意，好像並不能避免做這些東西。

我不否認，他們把這些東西發掘出來是有貢獻的；但是，你要這個發掘的東西同整個歷史的大趨向安排在一起，看它到底佔多少的重要性，究竟有多少中國人作這種事情有這種想法；而且，這件事情在中國思想史、經濟史方面發生過多大的影響。關於這些，我們都應該有一種平衡的觀念在裡面，因為剛才說到的是很重要的事情，它可能影響到歷史的翻案，改變整個歷史趨向的事情。

現在我講幾件小事情。第一件就是：我們寫信通常不寫年代，只寫月和日子。這種事情已引起了大家的注意，因為沒寫年代，到了五年或十年以後，再翻開這封信來看，就不知道是哪一年寫的。這是小事情，不過，它牽涉到研究歷史、引用史料的麻煩。

胡適先生有個好習慣：他寫完一篇文章以後，通常就把那個年代、時間、年、月、日也寫下來，這是很好的作用。因為這個對於我們後來研究的，是很有用處的。首先，時間觀念對於研究歷史的人，是很重要的。同時，我覺得如果把地點也寫下來，那就更好了。另外，這樣做，可以節省很多考訂的功夫。現在，我寫完了一篇文章以後，就把年、月、日和地點寫下來。以前，我在餐館，就用那裡的餐紙做為紙，寫完以後，就會寫明在那一間餐館寫的。我的朋友瘂弦常常把我的新詩文章在《聯合報》發表。可是，他們有一次把我的時間和地點都刪掉。有幾次，我

特別在下面加上「請勿刪掉這個時間、地點」，他們搞新聞的人，覺得我給你發表的那一天就是那一天，他們也不管你寫是哪一天，覺得這是不必的。我是反對編輯把時間、地點都刪掉。我是對歷史的興趣比較多一點，也希望你們寫文章有這種習慣。

另外一件事，就是寫信的方式。寫信的方式現在就麻煩啦，我在康大差點要發牢騷了；因為有些學生寫信給我，他們的稱謂有時候寫得不對。我總覺得現在人們對於書信格式都不注意了。本來大學譬如是台灣、香港、新加坡這些地方，大學一二年級的國文老師、中學教國文的老師應該注意這點，可是現在也不管了。本來，這是很重要的，就是人與人之間的關係。譬如說，我寫信給我的老師，當然我應該先稱我的老師，你不想這樣寫，但不好。我寫信給我的學生，我可以寫「老弟」、「學妹」；假使是疏面學生，我就寫「同學」，這要看你跟那人的關係怎樣。我覺得這個中國的舊式傳統並不壞，就是說這種稱呼還是可以看出私人的關係來。可是，有些學生給我來信，他就不曉得了；我寫信給他稱「弟」、「老弟」他回信就寫自己是「弟」，其實這個就不對了。因為你寫信給老師，怎麼會寫「弟」呢？不過，我並不是要擺架子，我覺得我應該教他曉得人際關係，在某種關係下是怎樣，這還是要理解好。

西洋有西洋的習慣，他當然完全不寫老弟，也不寫老師，他就寫Professor XX，然後在底下簽個名字就算了。這是西洋的習慣。我覺得有些中國的傳統習慣是好的，用不著完全跟西洋的作風。這些都算是小事情，最多表示他不曉得人與人間牽涉的關係程度是怎麼樣。但另外一件事情我就覺得很糟，這是因為完全受了西洋的影響。本來，中國人

過去的傳統習慣是不寫姓，只寫名字的。現在在大陸，我們發現寫三個就可以了，就連名帶姓——周策縱先生，這是可以的，我不反對這個。可是，現在有很多人寫給我的信，包括我的學生在內，我們就只寫我的姓，這個為甚麼呢？我覺得他們是跟隨（follow）西洋的習慣了。

雖然，他們寫 Mr. Chow ， Dear Professor Chow 是寫我的姓，可是同姓的太多了，天下姓周的大多了。西洋人為甚麼他們可以寫姓呢？因為西洋同姓的不是太多，但他們 First Name 相同的則太多了。

單寫 First Name 的話，又如果是 Formal letter，Business letter 的話，那人家就不懂你寫的是誰了。所以西洋的寫信稱呼是有點這樣的關係。中國人因為同姓大多了，名字倒是看了就能區分出來，因為中國的名字並不是固定的東西。我周策縱「策縱」兩字，我從來沒有看到有人用過，也沒有相同過。所以我們可以把任何中國字拼湊，這樣同的機會就比較少了。現在，我們因為受了西洋的影響，寫姓不寫名，那就糟糕了。

還有一點小事情，是關於一篇文章裡面的書名，篇名的問題，過去中國傳統的辦法，它倒曉得標點符號。地名用雙橫作表示，人名則用單線表示，書名是用曲線的。可是後來由於用起來不方便，就慢慢的沒有人用了，關於這點，我稍為交代一下，其實這是排印的問題。排印的東西，我算是內行，我做學生的時候，因為編刊物的關係，我就去排字房看工人怎樣排字。抗戰前後，我也做過編輯多年，所以我知道這種困難的情況。原來，排鉛字的時候，鉛字本身沒有帶一條線，旁邊也沒有直線或曲線，所以你如果要在旁邊或底下加一條直線或曲線的話，那就要另外加一個印模，要不然的話，那字體就不對了，這樣它就影響到整個

格局了。所以後來編刊物的（辦報紙的更不消說）就不搞這東西了。就是因為加一條線要再加一個印模的麻煩。

後來，大陸就採用三角形《》、〈〉的方式來做書名號。這本來是很好的設計，可是國府遷台後，它就拒絕用這符號。有一回，我有一本書，講古代賦比興、風雅頌的文章在聯經出版公司出版。我就堅持書名要用三角形符號，可是他就把三角形變成括號（Bracket），但是括號我本來是有用到的，他把書名也用括號，那就混得很糟糕了。後來他想了一個妥協辦法，將括號變成【】用作書名號。

台灣對於大陸的東西，原來是一切都不能用的，但現在要採用大陸的東西，他就全部採用，不曉得改變。舉個例子，我們用《》來表示一種刊物，報紙、一本書的書名，而用〈〉表示書裡面一文章的篇名，比如說《論語》這是書名，〈學而〉、〈為政〉這是篇名，不是很清楚嗎？我是採用這種辦法的。可是，去年，我有一篇文章在中央研究院的期刊刊登。他們編輯的人，不能不同意我的辦法是合理一點；可是，他們說現在因為別人都是用這種辦法，即是將篇名放在三角形裡面，如《論語·學而》。然後我告訴他們，如果我有兩篇連在一起的話，那怎麼辦呢？結果，大部分就變成《論語·學而》及〈為政〉。這本來是很簡單的一件小事，可是，他們就是不肯接受。

（編者按：本文為周教授應香港中文大學歷史系邀請，一九九三年三月十九日發表的演講，當年由鍾佳華筆錄，但未經教授訂正，本次收錄為節錄版本。）

輯三：子產評傳

子產治鄭之政績

消極方面

子孔死後，鄭國以罕氏、駟氏、良氏為最強。政權操於罕氏的子展手中，而駟氏和良氏有隙，相爭不已。後來伯有被殺，駟氏良氏兩族的勢力稍衰，國中有力者，首推子展之子子皮。初、子展當國時，即以子產為卿，簡公十八年，子產又佐子展伐陳，故與罕氏素來非常和洽。如駟良相爭時，子產不願和駟氏同流合污，駟氏的駟帶、公孫黑一般人欲攻殺子產，子皮便挺身出來反對：

> 子期氏欲攻子產，子皮怒之曰：「禮、國之幹也，殺有禮，禍莫大焉。」乃止。
>
> （《左傳・襄公三十年》）

> 諸公子爭寵相殺，又欲殺子產，公子或諫曰：「子產、仁人，鄭所以存者子產也，勿殺！」乃止。
>
> （《史記・鄭世家》）

伯有既死，子皮執政，以子產賢於己，便將執政的地位讓給他。子

產初猶以鄭國弱小，逼近大國，公族強盛而恃寵者多，恐無法施展自己的抱負，決意辭謝，及至子皮允許以武力為後盾，才受命當國：

> 鄭子皮授子產政，辭曰：「國小而偪，族大寵多，不可為也。」子皮曰：「虎（子皮名）帥以聽，誰敢犯子？子善相之。」
>
> 　　　　　　　　　　　　　　　　　　（《左傳‧襄公三十年》）
>
> 鄭昭君之時，以所愛徐摯為相（索隱：按〈鄭世家〉云………子產不事昭君，亦無徐贅作相之事，抑別有所出，太史記異耳。）國亂，上下不親，父子不和。大宮子期言之君，以子產為相（索隱：子期亦鄭之公子也，《左傳》、《國語》亦無其說，按系家鄭相子西，子駟之子，與子產同時，亦子期之兄弟也）
>
> 　　　　　　　　　　　　　　　　　　（《史記‧循吏列傳》）

子產在「族大寵多」的環境中執政，以為要維持國祚，應先建立國家的政治秩序，整飭紀律，消弭內爭，集權中央，然後才能從事於國際上的睦鄰工作。因此，他在內政上，第一件事就是制御強宗。

子產制御強宗的方法有四：

（一）使強族得到物質上相當的滿足。

（二）約束之以禮法而嚴正不苟。

（三）順勢利導，使其最低限度做到不為惡的地步。

（四）其不可馴順者，等到罪惡彰著，激起眾怒後，才把他除去。以下我們來看看他怎樣運用這四個方法。

　　本來，每個人都有他的慾望，與其完全違反他的慾望，使他不願服從命令，甚至因而作亂。則不如先滿足他的慾望，使他樂於工作，而獲得整個事業的成功。所以子產執政後的第一個命令即是使強族的伯石（豐氏）辦理一件事情。同時，賜給他一塊土地，作為酬勞。這樣一來，伯石反而有所恐懼，不敢不盡力將事了。又、子產明知伯石不是個好人，為著要防止他作亂，反封他為卿，把他安置在自己的身畔，時時受到監察，而不能胡作妄為：

　　　子產為政，有事伯石，賂與之邑。子大叔曰：「國皆其國也，奚獨賂焉？」子產曰：「無欲實難，皆得其欲，以從其事，而要其成，非我有成，其在人乎？何愛於邑，邑將焉往？」子大叔曰：「若四國何？」子產曰：「非相違也，而相從也，四國何尤焉！鄭書有之曰：『安定國家，必大焉先。』姑先安大，以待其所歸」。既，伯石懼而歸邑。卒與之。伯有既死，使大史命伯石為卿，辭，大史退，則請命焉。復又命之。又辭。如是三，乃受策入拜。子產是以惡其為人也，使次己位。

　　　　　　　　　　　　　　　　　　　　　（《左傳・襄公三十年》）

　　子產雖然以滿足欲望的方法利用強宗，但也只是以不違背法律，合乎情理者為限；若於禮法大乖，則雖強暴桀驁，亦必去之，而不為其所屈，即所謂：「大人之忠儉者，從而與之；泰侈者，因而斃之」。例如豐卷將祭於家，請求用田獵供祭；子產以為君主的祭祀才能用野獸，眾臣

用芻蕘即足，因不許。豐卷大怒，召兵攻子產。後來如果不是子皮把豐卷逐出國外。子產的執政地位恐怕早就會失去了：

> 豐卷將祭，請田焉，弗許，曰：「唯君用鮮，眾給而已。」子張（豐卷字）怒，退而徵役，子產奔晉，子皮止之，而逐豐卷，豐卷奔晉。

> （《左傳・襄公三十年》）

子皮對於子產有知遇之恩，且有權有勢，子產似乎應該常常聽從他的話。可是事實上不然，他處處能絕對維持政治上大公無私的嚴正態度，決不依阿取容，違背禮法。有一次，子皮欲以所愛的私人尹何為縣大夫，其人年少，本無一點學識，在子皮的意思，想讓他從職務上去學習，子產便舉出「學而後入政」的道理來嚴加拒絕：

> 子皮欲使尹何為邑，子產曰：「少，未知可否。」子皮曰：「愿，吾愛之，不吾叛也，使夫往而學焉，夫亦愈知治矣。」子產曰：「不可，人之愛人，求利之也，今吾子愛人則以政，猶未能操刀而使之割也，其傷實多。子之愛人，傷之而已，其誰敢求愛於子？子於鄭國，棟也，棟折榱崩，僑將厭焉。敢不盡言！子有美錦，不使人學製焉，大官大邑，身之所庇也，而使學者製焉，其為美錦，不亦多乎？僑聞學而後入政，未聞以政學者也。若果行此，必有所害，譬如田獵射御，貫則能獲禽，若未嘗登車射御，

則敗績厭覆是懼，何暇恩獲？」

（《左傳·襄公三十年》）

　　這種嚴正的態度，一方面使子皮嘆服，另一方面也就是給予那些野心思逞的強族一個榜樣，令其知道政治的尊嚴，不可輕犯。

　　子產的目的在消弭內爭，因此，強族中不關緊要的事情，並不苛求，只從側面補救，因勢利導，不使鬧成大亂。這種情形，初看似不徹底，可是仔細打算一翻，便知是犧牲小處，顧全大局的良策，如鄭定公七年：

　　鄭駟偃卒，子游（駟偃字）娶於晉大夫生絲，弱（杜：弱，幼也，少也），其父兄立子瑕（杜：子瑕，子游叔父駟乞），子產憎其為人也，且以為不順（杜：舍子立叔，不順禮也）。弗許，亦弗止（杜：許之為違禮。止之為違眾，故中立）。駟氏聳（杜：聳，懼也）。

（《左傳·昭公十九年》）

　　此時子產如要堅持，難免不因小小的立嗣之事，而引起內亂，從整個國家前途打算，自然是值不得的。

　　又如鄭簡公二十五年，公孫楚既與徐吾犯的妹妹訂婚，他的從兄公孫黑喜女美，又強迫與之訂婚，徐吾犯非常恐懼。去見子產，子產叫他讓他妹妹自己去選擇。後來，徐女願意嫁給公孫楚，公孫黑惱羞成怒，便想殺掉公孫楚，而強奪他的妻子，不料事為公孫楚所知，反把公孫黑殺傷了。這件事，論理自然是公孫黑不對。但他屬於駟氏，其族強，公孫楚屬於游氏，其勢弱，子產為避免引起駟氏全族的反感，只得暫時把

游楚放逐於吳國：

　　鄭徐吾犯之妹美，公孫楚聘之矣，公孫黑又使強委禽焉，犯懼，告子產。子產曰：「是國無政，非子之患也。唯所欲與。」犯請於二子，請使女擇焉，皆許之，子晳（公孫黑字）盛飾入，布幣而出。子南（公孫楚字）戎服入。左右射，超乘而出。女自房觀之。曰：「子晳信美矣，抑子南夫也。夫夫婦婦，所謂順也。」適子南氏。子晳怒，既而櫜甲以見子南，欲殺之而取其妻。子南知之，執戈逐之。及衝，擊之以戈，子晳傷而歸，告大夫曰：「我好見之，不知其有異志也，故傷。」大夫皆謀之。子產曰：「直鈞，幼賤有罪，罪在楚也。」乃執子南而數之曰：「國之大節有五，女皆奸之：畏君之威，聽其政，尊其貴，事其長，養其親，五者所以為國也。今君在國，女用兵焉，不畏威也；奸國之紀，不聽政也；子晳上大夫，女嬖大夫（下大夫也），而弗下之，不尊貴也；幼而不忌，不事長也；兵其從兄，不養親也；君曰：「余不女忍殺，宥女以遠。勉速行乎！無重而罪！」五月庚辰，鄭放游楚於吳，將行，子南子產咨於大叔（公孫楚之侄），大叔曰：「吉不能亢身，焉能亢宗？彼國政也，非私難也，子圖鄭國，利則行之，又何疑焉。周公殺管叔而蔡（杜：蔡、放也）蔡叔，夫豈不愛？王室故也，吉若獲戾，子將行之，何有於諸游？」

　　　　　　　　　　　　　　　　　　　（《左傳・昭公元年》）

　　從上面子產及大叔的談話中，可以充分看出子產放游楚，目的全在避免馴游二族之爭。就是後來公孫黑強迫與諸公子為盟，專橫跋扈，子馴也委曲容忍，不加討伐：

　　　　鄭為游楚亂故，六月丁巳，鄭伯及其大夫盟於公孫段氏。罕虎、公孫僑、公孫段，印段、游吉、馴帶私盟於閨門之外，實薰隧，公孫黑強與於盟，使大使書其名，且曰「七子」，子產弗討。

　　　　　　　　　　　　　　　　　　　　　　　（《左傳·昭公元年》）

　　直至第二年公孫黑快要作亂，馴氏本族和諸大夫都希望將其殺掉。這時候，子產正在野外，聽到這消息，便立即趕回強迫公孫黑自殺，於是國家大患，安然祛除：

　　　　秋，鄭公孫黑將作亂，欲去游氏而代其位，傷疾作而不果（杜：前年游楚所擊創）。馴氏與諸大夫欲殺之。子產在鄙，聞之，懼弗及，乘遽而至。使吏數之曰：「伯有之亂，以大國之事，而未爾討也，爾有亂心無厭，國不女堪，專伐伯有，而罪一也；昆弟爭室，而罪二也；薰隧之盟，女矯君位，而罪三也；有死罪三，何以堪之？不速死，大刑將至！」（公孫黑）再拜稽首辭曰：「死在朝夕，無助天為虐。」子產曰：「人誰不死，凶人不終，命也；作凶事，為凶人，不助天，其助凶人乎？」（公孫黑）請以印為褚師（杜：印、子晳之子；褚師、市官）。子產曰：「印也若才，

君將任之；不才，將朝夕從女，女罪之不恤，而又何請焉。不速死，司寇將至。」七月壬寅，縊，屍諸周氏之衢，加木焉。

（《左傳‧昭公二年》）

經過這幾翻剛柔相濟的整頓之後，鄭國向來糾纏不清的「七穆」之爭，逐漸消除，大夫各安其位，官司各奉其守，治安基礎，稍臻穩固。這可說是子產在內政上消極的「大掃除」工作。

（二）積極方面

事實上，單從消極方面制馭強宗，還不足以革新庶政，鞏固國本；如果要轉弱為強，轉危為安，則必須從積極方面創立制度，造成新的政治氣象，奠定新的政治基礎。子產在這方面的工作，可分作下列幾點來敍述：

（一）正法度——子產執政之初，即整理制度，使之井然有序，悉合於禮法。他所整飭的，第一是「使都鄙有章」，即是國都和邊疆僻野的人民，車服尊卑，各有分部；第二是使「上下有服」，即是使公卿大夫以至於庶人，按其官職大小，地位高小，分別出等差來，不得混淆；第三是使「田有封洫」，即是把田野疆界分清楚，並開浚溝渠，前者以免兼併強奪，後者是講究農田水利，增進土地的生產量；第四是使「廬井有伍」，即是除了每九家為一井之外，復使每五家為一伍，連保互坐，使人民不敢怠惰與作亂：

　　子產使都鄙有章，上下有服，田有封洫，廬井有伍。

（《左傳‧襄公三十年》）

　　子產始治鄭，使田有封洫，都鄙有服（高誘註：封、界，洫、溝也；服、法服也，君子小人各有制）。

（《呂氏春秋‧先識覽第四樂成篇》）

　　策縱按《左傳》「都鄙有章」呂覽作「都鄙有服」，章與服皆法制也。故俞曲園謂：「説文又部，𠬝，治也，從又從卪，凡𠬝之制也，然則服事之服，字本作𠬝，今經典皆作服，而𠬝字廢矣。卪為事之制，故服亦為制，都鄙有服者都鄙有制也。襄三年左傳杜注曰：公卿大夫服不踰，則誤以為車服之服。此篇高注曰：服，法服也。然都鄙有法服，義不可通，疑高氏原文曰：服，法也，蓋服為制，故亦為法。淺入不知其義，妄加服字耳。」（《諸子平議》卷二十三）

　　春秋末年，社會上的現象，一方面是：「禮法墮，諸侯刻桷丹楹，大夫山節藻梲，八佾舞於庭，雍徹於堂。其流至乎士庶人，莫不離制而棄本。」（《漢書‧貨殖傳》）奢侈無度；另一方面則：「暴君污吏，慢其經界，……上下相詐，公田不治。」（《漢書‧食貨志》）兼併之風甚盛，人民懶惰，引起貧窮饑荒等等社會問題。故子產針對著這些問題而實施的社會政策即是整飭紀律（取我衣冠而褚之，取我田疇而伍之），普及教育（我有子弟，子產誨之），開發國民經濟（我有田疇，子產殖之）。

　　策縱按：「取我衣冠而褚之，取我田疇而伍之」二句，係子產嚴飭法度之明證。《太平御覽》卷六四五引《尚書大傳》稱：「唐虞象刑而民不敢犯，……唐虞之象刑，上刑赭衣不純（純，緣也），中刑雜屨，下刑墨

懹，已居三十里，而民恥之。」則褚、刑也，蓋子產執法甚嚴，上刑不貸，復作為連保之法，使田疇伍結，民初不便，故歌而怨之。舊註：「褚，畜也，奢侈者畏法，故畜藏；兼併者失志，故取田疇而伍結之。」非也。

又鄭國當時地鄰畿輔，為天下交通中心，商業發達，自桓公東徙，即與商人共同開發湊洧一帶的地方，可以說是並以農業及商業立國。子產為政，對於商業，保護尤為周到。鄭定公四年，晉韓宣子有玉環一，其另一則在鄭國的商人處，宣子請求鄭伯代向商人挾取，歸為己有。子產不允；後來韓宣子直接向商人購買，議價已定，商人要求本國君主允許，方可出賣，其意本不願賣掉，因恐鄭君強迫，故不得和宣子議價。子產為保護商業發展與契約自由起見，堅決拒絕干預此事，韓宣子以大國大夫的資格，竟不能強迫鄭商與他訂立契約，可見子產對於商業是採取極端的自由政策的：

宣子有環，其一在鄭商，宣子謁諸鄭伯，子產勿與。曰：「非官府之守器也，寡君不知。」……韓宣子買諸賈人，既成賈矣，商人曰：「必告君大夫。」韓宣子請諸子產曰：「日起（宣子名）請夫環，執政弗義，弗敢復也；今買諸商人，商人曰：『必以聞。』敢以為請。」子產對曰：「昔我先君桓公，與商人皆出自周，庸次比耦，以艾殺此地，斬之蓬蒿藜藋，而共處之。世有盟誓，以相信也。曰：『爾無我叛，我無強賈，毋或匄奪，爾有利市寶賄，我勿與知。』恃此質誓，故能相保以至於今。今吾子以好來奪，而謂敝邑強奪商人，是教敝邑背盟誓也，毋乃不可乎？吾子得玉而

失諸侯，必不為也，若大國令，而共無藝（藝、法也），鄭鄙邑也，亦弗為也。僑若獻玉，不知所成，敢私布之。」韓子辭玉。曰：「起不敏，敢求玉以徹二罪？敢辭之。」

（《左傳‧昭公十六年》）

這些社會政策，都適合鄭國當時的需要，且推行的效果也非常良好，故卒能獲得一般人民的擁護：

從政一年，與人誦之曰：「取我衣冠而褚之，取我田疇而伍之。孰殺子產，吾其與之！」及三年，又誦之曰：「我有子弟，子產誨之，我有田疇，子產殖之，子產而死，誰其嗣之。」

（《左傳‧襄公三十年》）

（二）作丘賦——鄭簡公二十八年，子產作「丘賦」，開始的時候，遭到許多人反對。《左傳》上說：

鄭子產作丘賦，國人謗之曰：「其父死於路，己為蠆尾，以令於國，國將若之何？」子寬以告，子產曰：「何害，苟利社稷，死生以之。且吾聞為善者，不改其度，故能有濟也。民不可逞，度不可改。詩曰：『禮義不愆，何恤於人言？』吾不遷矣。」渾罕曰：「國氏其先亡乎！君子作法於涼，其敝猶貪。作法於貪，敝將若之何？姬在列者，蔡及曹滕，其先亡乎！偪而無禮，鄭先衛亡，偪而無法，政不率法，而制於心，民各有心，何上之有？」

（《左傳・昭公四年》）

子產以極大的魄力，結果仍將丘賦制度貫徹實行。關於這個制度的內容，從來有種種的說法。大概所謂「丘賦」，與魯哀公十二年所創的「田賦」相似。按周官，九夫為井，四井為邑，四邑為丘。丘十六井，出戎馬一匹，牛三頭；四丘為甸，甸六十四井，出長轂一乘，戎馬四匹，牛十二頭，甲士三人、步卒七十二人。這是周朝舊有的賦制。至於稅制，則商朝用「助」法，周時因人口增加，民風漸變。改用「徹」法，皆是征收十分之一。胡傳說：

殷制公因為助，助者藉也；周因其法為徹，徹者通也：其實皆什一也，古者上下相親，上之於下，則曰：「駿發爾私，終三十里」，惟恐公田之不善也。故助法行而頌聲作矣。世衰道微，上下交惡，民惟私家之利，而不竭力以奉公；上惟邦賦之入，而不惻怛以利下，水旱凶災，相繼而起，公田之食薄矣，所以廢助法而稅畝乎？

朱熹說：

商人以六百三十畝之地，劃為九區，區七十畝，中為公田，其外八家各授一區。但借其力以耕公田，而不復稅其私田。周制：一夫受田百畝，而與同溝共井之人通力合作，計畝均分，大率民得其九，公取其一，故謂之徹。

　　後來魯宣公十五年初稅畝，自其餘田，十取其一，加重人民稅的負擔為十成取二。成公元年又作丘甲，以前丘不出甲士，現在每丘須出甲士一人，以前每甸出甲士三人，現在須出四人。於是賦與稅都比以前加重了許多。不過這時候賦稅二者是絕對分開的，「稅為足食，賦為足兵」，如胡傳所說：「田以出粟為主而足食，賦以出軍為主而足矣。」章嶔也說：「成周舊制：凡田主出粟，而賦則出於商賈之市塵。」

　　子產才執政時，鄭國財政空竭，軍力薄弱，乃另創「丘賦」制度，打破過去賦稅絕對分開的辦法，使人民除按田畝出粟外，復出兵以實軍，於是農民與商人皆須納賦。其後魯哀公十二年的「田賦」制度，即係仿照子產的丘賦制度而來，不過兩者徵課的標準不一定相同，也許丘賦的徵課方法是以丘為單位，而田賦則是以個人田畝為單位吧？

　　　今按賦之本義，專為出軍，計丘而出兵車，賦之常法，今計田而出，故曰田賦，漢計口而出，故曰口賦，蓋春秋諸侯，盟會禮繁，兵戎事廣，不能復守先王之籍，故魯用不足則初稅畝益兵則作「丘甲」，至哀公遠事強吳，事充政重，二猶不足，復用田賦，託以軍用，加斂於田，計田而出貨財也。其數之多寡，則不可考，大約稅畝多乎什一，田賦又多乎稅畝矣。稅畝、私田始有征也，田賦、私田又加征也。

　　　　　　　　　　　　　　　　　　　　（王樵語）

　　杜預注《左傳》丘賦之法，因其田財通出馬一匹，牛三頭，

今欲別其田及家財，各自為賦，故名用田賦，何休注《公羊傳》
田賦謂，一井之田賦者，故取其財也。言用田賦者若今漢家若斂
民錢以田為率矣。

（徐德源著：《中國歷代法制考》）

由上看來，子產的丘賦制度實開賦稅合流的先河。這種制度雖然
加重了人民的負擔，但實際上人民並未受損，因為子產一面講究農田水
利，發展國民經濟，培養稅源；一方面又將新加的收入，用於管教養衛
各部門上，為人民謀福利，極合於財政學上的原理。且國家收入，隨時
代的演變而增加，乃是不可避免的事實。批評一國財政，不應單以收入
多寡為標準，收入多，不一定就是壞的財政，反之，收入少，也不一定
是好的財政。渾罕的話恰好與此觀點相反，可說完全錯誤，就是後來許
多儒家者流，也多犯了這同樣的錯誤。況且鄭國國情和其他各國也稍有
不同，其他的國家，多半是以純粹的農業立國，鄭國則因交通便利的關
係，商業比較發達，丘賦制度把軍餉的供應令農人和商人同時分擔，頗
能使商業與農業平均發展，未嘗不可說含有幾分社會政策的意味，對於
國家有不少的益處。所以子產說「苟利社稷，死生以之。」這八個字實
已足夠說明創立丘賦制度的真精神而有餘了。

（三）鑄刑書——周朝是法律的幼稚時代，社會上司法制度，非常黑
暗腐敗，試從《詩經》、《國語》、《左傳》諸書中考察，便可證實。《詩經》
上說：「人有土田，女反有之；人有民人，女覆奪之；此宜無罪，女反收
之；彼宜有罪，女覆說之。」（〈大雅‧瞻卬〉）「昊天疾威，弗慮弗圖，

舍彼有罪，既伏其辜；若此無罪，淪胥以鋪。」(〈小雅・雨無正〉) 這明明指出司法不公平的現象來，又如〈秦風〉的〈黃鳥〉所謂：「臨其穴，惴惴其慄，彼蒼者天！殲我良人，如可贖兮，人百其身！」據方玉潤解釋說：

> 此詩事見左傳，鑿鑿有據，自不必言。或以三良從死，命出穆公，或以為康公迫死，或又以為棄俗如此，非關君之賢否。總之，古人封建，國君得以專制一方，生殺予奪，惟意所欲，似此苛政惡俗，天子不能黜，國人不能違，哀哉善良，其何以堪？
>
> （《詩經原始》卷之七）

又顧棟高也說：

> 余觀春秋二百四十年，知天子之所以失其柄，而旁落於諸侯；諸侯之所以夫其柄，而僭竊於大夫陪臣者，皆由刑賞奉天政為之。徵諸經傳，可考而知也。
>
> （《皇清經續讀篇・春秋大事表十三春秋刑賞表敘》）

春秋司法制度混亂的最大原因是，周代宗法社會，到了這個時候，漸趨腐敗，過去的習慣法也隨而逐漸動搖，不能適應社會上新的複雜環境，防制人民巧詐的心理；而在另一方面，又未曾立刻產生一種完備的成文法典來替已失去效用的習慣法。於是社會上幾乎流為無法律狀態。本來，據一般歷史法學派學者的說法，一切國家，包括羅馬及其他民

族，在未有成文法以前，大都要經過一個「秘密法時期」。這時期中，法律僅為少數智識階級所掌握，隨心所欲，加以解說與判斷，絕不容一般人民探悉其內容。（參看梅因 H. Maine 著：《古代法律》（*Ancient Law*））春秋末年可説正是這個秘密法時代的末期。此時法律既無具文，司法制度更無從建立，官吏折獄，有種種玄妙莫測的説法，如《易經》上説：

山下有火，賁，君子以明庶政，無敢折獄。（賁之象）

山上有火，旅，君子以明慎用刑而不敢留獄。（旅之象）

澤上有風，中孚，君子以議獄緩死。（中孚之象）

這種以觀雷電水火之象來說明治獄應取的態度的道理，後雖經程頤、朱熹、丘濬等人加以解釋，仍不可設想。此外，所為五聽、八議、三刺、三宥、三赦之法，也並無一定的標準，整個的司法制度是「議刑以定其罪」（《唐律疏義》），擁有生產機關（土地）的貴族階級，在法律上造成特殊的身份，享有優待權，弊端滋生，自不能免。當時司法制度本身之不合理，既已如此，同時，社會上一般詭辯的法家，又常逞其狡獪，把法律亂加解釋，從中漁利。於是司法愈見黑暗，無有準繩，平民大受其害。

　子產見到當時司法制度腐敗到了這種地步，覺得非創設「成交公佈法」，使人民通曉法律條文，不足以「救世」。因於鄭簡公六年（西紀前五三五年）把刑法鑄在金屬的鼎上，公諸全國。當初一般貴族都不贊成這個辦法，就是賢明的叔向，也出來反對。但子產認清了客觀環境的需要，終於貫徹了他的主張：

　　三月，鄭人鑄刑書（《音義》：鑄刑書於鼎，以為國子常法），叔向詒子產書曰：「始吾有虞於子（《音義》：虞、度也，言準度子產以為己法），今則已矣。昔先王議事以制，不為刑辟，懼民之有爭心也（杜：臨事制刑，不豫設法也，法豫設則民知爭端），猶不可禁禦，是故閑之以義，糾之以政，行之以禮，守之以信，奉之以仁（林：防閑以義，使得其宜，糾舉以政，使莫不正，施行以禮，使莫不敬，謹守以信，使莫不實，奉養之以仁心，使若民若物各得其所），制為祿位，以勸其從，嚴斷刑罰，以威其淫，懼其未也，故誨之以忠，聳之以行，教之以務，使之以和，臨之以敬，涖之以彊（《音義》：施之於事為涖），斷之以剛，猶求聖潔之上，明察之官，忠信之長，慈惠之師，民於是乎可任使也，而不生禍亂，民知有辟，則不忌於上（《音義》：權移於法，故民不畏上），並有爭心，以徵於書，而徼幸以成之（杜：因危文以生爭，緣徼幸以成其巧偽，按徼一本作邀，見《文獻通考》注），弗可為矣。夏有亂政而作禹刑，商有亂政而作湯刑，周有亂政而作九刑（林：按《書·呂刑》，時穆王享國百年，耄荒無度，作刑以告四方，恐師此也），三辟之興，皆叔世也。今吾子相鄭國，作封洫，立謗政，制參辟，鑄刑書（杜：制參辟，謂用三代之末法），將以靖民，不亦難乎！詩曰：「儀式刑文王之德，日靖四方」，又曰：「儀刑文王，萬邦作孚」，如是，何辟之有？民知爭端矣，將棄禮而徵於書，錐刀之末，將盡爭之，亂獄滋豐，賄賂並行，終子之世，鄭其敗乎！肸聞之，國將亡，必多制，其此之謂乎？」復書

曰：「若吾子之言，僑不才，不能及子孫，吾以救世也，既不承命，敢忘大惠！」士文伯曰：「火見，鄭其火乎，火未出而作火，以鑄刑器，藏爭辟焉（林：藏爭罪之法也），火如象之，不火何為？」

（《左傳·昭公六年》）

子產指出公佈刑書的目的在於「救世」，所謂救世，便是維持治安，適應社會的需要，換句話說，法律的公佈實有其歷史演進的必然性。春秋末年，因戰爭關係，貴族勢力漸弱，中間階級的士人已慢慢覺醒，起而和執有統治權的貴族階級爭身份平等權，他們要打倒維持封建等級的「正名主義」，試看子孔執政時，「為載書，以位序聽政辟」，觸犯眾怒，引起了諸司門子的反抗，結果非焚卻載書不可，便可想見中間階級力量的激增。中間階級爭身份權的第一步就是要求貴族把法律公佈，所以子產鑄刑鼎時，雖然遭遇到一般貴族階級的反對，而結果並不像子孔為載書一樣失敗，而卒能將成文法公佈的工作完成，這實是順應時代所致。（參看陶希聖著：《中國政治思想史》第三編第三章）

但是刑鼎上的條文究竟係草創性質，有許多簡略不完備的地方，於是中間階級的士人，便把這些簡略的條文私加解釋，運用於實際的案件之上。他們往往用巧妙的方法，歪曲立法原意，作對於自己有利的解釋。例如鄧析便是這樣的人，他不但解釋法律，並且將解釋的文字向人民公佈（相懸以書），政府禁止他公佈時，他便分送給民眾（致之，是為有原始型報紙之始），政府禁止他分送時，他便私自夾在別的物品中分發（倚之）；有時且幫助人家爭訟。（參看楊鴻烈著：《中國法律發達史》）

　　鄭國多相縣以書者，子產令無縣書，鄧析致之，子產令無致書，鄧析倚之，令無窮則鄧析應之亦無窮矣，是可不可無辨也，可不可無辨，而以賞罰，其罰愈疾，其亂愈疾，此為國之禁也。

（《呂氏春秋‧眾應覽離謂篇》）

　　洧水甚大，鄭之富人有溺者，人得其死者（高誘註：死與尸同。《意林》作有人得富者尸），富人謂贖之，其人求金甚多，（富人）以告鄧析，鄧析曰：「安之，人必莫之賣矣（《意林》作必無買此者）。」得死者患之，以告鄧析。鄧析又答之曰：「安之，此必無所更買矣（《意林》作必無人更買義必無不贖，下五字疑是注）。」

（同上）

　　子產治鄭，鄧析務難之。與民之有獄者約，大獄一衣，小獄襦袴（舊校云：一作裈，下同，案《玉篇》裈，子慣切，褌衣也），民之獻衣襦袴而學訟者，不可勝數。以非為是，以是為非，是非無度，而可與不可日變（舊校云：日一作因），所欲勝因勝，所欲罪因罪。鄭國大亂，民口讙譁，子產患之，於是殺鄧析而戮之，民心乃服，是非乃定，法律乃行。今世之人多欲治其國，而莫之誅鄧析之類，此所以欲治而愈亂也。

（同上）

　　據上引《呂氏春秋》所說，鄧析係為子產所殺，他如《列子》、《荀子》等書，也有同樣的記載：

鄧析操兩可之說，設無窮之辭，當子產執政，作竹刑，鄭國用之，數難子產之治。子產屈之，子產執而戮之，俄而誅之。然則子產非能用竹刑，不得不用，鄧析非能屈子產，不得不屈，子產非能誅鄧析，不得不誅也。

（《列子·刀命篇》）

子產誅鄧析，史付（按付應作何，形近而訛）。

（《荀子·宥坐篇》）

惟有《左傳》說：

鄭馹歂殺鄧析而用其竹刑，君子謂子然於是不忠，苟有可以加於國家者，棄其邪可也。靜女之三章，取彤管焉，竿旄，何以告之？取其忠也。故用其道不棄其人。詩云，蔽芾甘棠，勿翦勿伐、召伯所茇，思其人猶愛其樹，況用其道而不恤其人乎？子然無以勸能矣。

（《左傳·定公九年》）

由此看來，鄧析係殺於鄭獻公十三年（公元前五〇一年），這時子產已去世二十一年了。《呂覽·列子》上的話，不過是偶引史事，以自證其學說，殊不可為據，《列子》所載子產作竹列，亦為各書所無，大抵係誤馹歂為子產也：

《漢書·藝文志》注稱：鄧析，「鄭人，與子產並時，師古曰：

列子及孫卿並云：子產殺鄧析，據《左傳‧昭公二十年》子產卒，定公九年，駟歂殺鄧析而用其竹刑，則非子產所殺也。」

　　案《列子‧為命篇》亦云：子產殺鄧析，考左氏定九年傳，鄭駟歂殺鄧析而其用竹刑，駟歂乃代子太叔為政者，則鄧析子產，並不同時。張湛注《列子》云：子產卒後二十年而鄧析死也。

（《呂氏春秋‧離謂篇注》）

　　子產鑄刑鼎以前的法律，在晉國有魯文公六年的常法，僖公二十七年的被廬法；在宋國有魯襄公九年的刑器（注：刑書疏載於器物），但這些都只是頒布法（由君主頒布於官吏），而不是公佈法（公佈於全國人民）。公佈法實始於子產的刑書。此後復有楚國魯昭公七年的僕區刑書，後二十年，即昭公二十九年（紀元五一三年），「晉趙鞅，荀寅賦晉國一鼓載以鑄刑鼎，遂著范宣子所為刑書。」這可說是公佈法第二步的推廣。這時候社會上貴族階級仍多起來反對。如：

　　仲尼曰：「晉其亡乎！失其度矣，夫晉國將守唐叔之所受法度以經緯其民者也。卿大夫以序守之，民是以能尊其貴，貴是以能守其業，貴賤不愆，所謂度也。文公是以作執秩之官，為被廬之法，以為盟主，今棄是度也，而為刑鼎，民在鼎矣，何以尊貴？貴何業之有？貴賤無序，何以為國？」

（引自《文獻通考》卷一六二刑一）

所謂尊貴，自然就是維持貴族在法律上特殊身份的意思，杜佑替孔子辯護，殊無必要：

按孔穎達《正義》云：「子產鑄刑書而叔向責之，趙鞅鑄刑鼎而仲尼譏之，則刑之輕重，不可使人知也。聖王雖制刑法，舉其大綱，但共犯一法，情有淺深，臨事至時，議其輕重也。」孔議附會叔向之書，然詳左傳所載夫子之說，策令守晉國舊法。以為范宣子所為非善政耳，非謂聖王制法，不可令人知也。

（杜佑：《通典議》）

「民在鼎矣，何以尊貴？貴何業之守？」這兩句話很有趣味。就此可見刑律在當時，都在「貴族」的掌握。孔子恐怕有了公佈的刑書，貴族便失了他們掌管刑律的業了。

（胡適著：《中國哲學史大綱》，頁三七一）

總之，公佈法有利於平民，秘密法則有利於貴族，子產主張公佈法，可見他的政治是建築在平民的利益之上的。

叔向與孔子的話，自貴族看來是不錯的。刑已公佈，則民可以主張刑法所予的保護，有侵犯刑法所保護的利益者，民得依於刑法而對抗之。這就是「並存爭心，以徵於書」、這就是「民知爭端矣，將棄禮而徵於書。」這就是「錐刀之末，將盡爭之。」人民皆可以主張自己，對抗非法，則對於貴族個人必不尊視，民將不尊貴族而尊法律，這就是「民在鼎矣，何以尊貴？」我們由此可知法治主張是反貴族的。（陶希聖著：《中國政治思想史》第二編第三章）

　　子產鑄刑書後三十多年，鄭國的駟歂復採用鄧析的書於竹簡的竹刑，是為法律的第三次進展。即由子產時笨重的金刑，一變而為可以傳寫流通的竹刑。後來戰國時期韓國申不害的刑符，魏國李悝的法經，楚國屈原的憲令，秦國商鞅的刑法，以及法家的法理學，都可說是濫觴於子產的刑書。至於韓非所謂：「法著，編著之圖藉，設之於官府，而布之於百姓者也。」更是在學理上承認了子產所開創的成文公佈法的地位了。

　　渡過這個秘密法時期後，平民階級的賞罰，已不憑藉貴族階級的喜怒，而「禮不下庶人，刑不上大夫」的制度，也不復存在。由此可以看出子產對於法律貢獻之偉大，是不亞於管商申韓的。

　　《呂氏春秋》、《列子》、《荀子》皆謂子產殺鄧析，據《左傳·昭公二十年》，子產卒，定公九年，駟歂殺鄧析而用起竹刑、前後相去二十一年，是鄧析及與子產同時，而非子產所殺，杜預注《左傳》謂：「鄧析鄭大夫，欲改鄭所鑄舊制，不受君命，而私造刑法，書之於竹簡，故云竹刑。」《正義》：「昭六年，子產鑄書於鼎，今鄧析別造竹，明是改鄭所鑄舊制，若用君命遣造，則是國家法制，鄧析不得獨專其名。駟歂用其刑書，則其法可取，殺之不為作此書也。」今按：《左傳》子產鑄刑書，叔向諫曰：「民知爭端矣，錐刀之末，將盡爭之，亂獄滋豐，賄賂並行，終子之世，鄭其敗乎！」今鄧析之所為，即是叔向之所料，是駟歂之誅鄧析，正為其教訟亂制。然必子產刑書疏闊，故鄧析得變易是非，操兩可，設無窮，以取勝。亦必其竹刑較子產刑書為密，駟歂雖

誅其人，又不得不捨舊製而用其書也。時晉亦有刑鼎，仲尼曰：
「鼎在民矣，何以尊貴！」蓋自刑之有律，而後賤民之賞罰，得不
全視夫貴族之喜怒，而有所徵以爭，鄧析之竹刑，殆即其所以教
民為爭之具，而當時之貴者，乃不得不轉竊其所以為爭者以為治
也。此亦當時世變之一大關鍵也。

（節錄錢穆：《先秦諸子繫年考・辨十一鄧析考》）

春秋時，齊有軌里連鄉之法，晉有被廬之法，楚有茅門之
法，僕區之法，今皆傳其名。此外各國類此者甚多，故當春秋末
葉，鄭子產鑄刑書於鼎，以為國之常法。晉趙鞅亦鑄刑鼎，著范
宣子所為刑書焉，蓋成文法發達之階梯，由記憶傳授之法，一變
而為繪象，再變而為文字之記錄，而欲達法律不朽之目的，乃改
而鑄於金屬。此與羅馬之十二表法，相傳為銅板所製，其進化正
復相同也。

（丁元普著：《法律思想史》第二編第一章）

子產對人和對事的態度

一個平民化的貴族和宗教性的政治家

政治家的責任在「管理眾人之事」，要了解一個政治家的為人，最好從他對人和對事的態度上去探討。

子產出身於貴族之門，具有縉紳的高貴身份，加以廣於接納，博物多文（《左傳·昭公元年》晉平公語），無疑是當時一種理想的「賢人君子」的典型。他爛熟典故（如襄公二十年答晉徵朝，二十五年獻捷於晉，三十一年論壞晉館垣，昭公元年論晉侯疾，七年與韓宣子論夢黃熊等），熟習禮儀（《左傳·昭公四年》，楚靈王問禮於子產），即是這種秉性所表現的。在另一面，他又是一個開明的政治家，代表著大部分平民的利益。他常處處顧慮到平民的痛苦，而加以體貼撫慰（如以乘輿濟冬涉者）。所以從他做人的態度上看，我們可稱他做一個平民的貴族，宗教性的政治家。

誠

自古以來，偉大人物成功的要素，都離不了一個誠字。子產對人誠

懇，也是他事業成功的強固基石。當范宣子執晉國之政時，加重諸侯對晉的賦貢。子產便以鄰國友人的資格，依君子勸善規過之義，立即坦白寄書婉勸，他那誠懇的態度，充沛地流露於這封書信的字裡行間，結果使范宣子大為感動，遵照他的意思，減輕了諸侯的賦額。這封信，是中國很古的、有效果的書信與外交文件。

范宣子為政，諸侯之幣重，鄭人病之。二月，鄭伯如晉，子產寓書於子西，以告宣子曰：「子為晉國，四鄰諸侯，不聞令德，而聞重幣，僑也惑之。僑聞君子長國家者，非無賄之患，而無令名之難，夫諸侯之賄聚於公室，則諸侯貳。若吾子賴之，則晉國貳。諸侯貳，則晉國壞，晉國破，則子之家壞，何沒沒也（林：沒沒，沉滅也，言何必沉滅於貨賄如此）！將焉用賄？夫令名，德之輿也。德，國家之基也。有基無壞，無亦是務乎？有德則樂，樂則能久，詩云：樂止君子，邦家之基，有令德也夫。上帝臨女，無貳爾心，有令名也夫。恕思以明德，則令名載而行之，是以遠至邇安。毋寧使人謂子，子實生我，而謂子浚我以生乎（杜：浚，取也，言取我財以生）？象有齒以焚其身，賄也」。

（《左傳‧襄公二十四年》）

湯睡菴云：「古未有以書相往來者，自子產寓書於子西以告宣子，而後魯仲連遺書燕相，以一矢射聊城，嗣是而書牘山盈，蓋不可勝載云」。按子家與趙宣子書，事在文公時，彼謂以書相往來始自子產，即就左傳觀之，亦知其不然，更無待旁求他證

也。（但子產此書，為古代甚早且最佳之書簡，則無疑）

　　子產出身弱族，本來無執政的機會；而他終於能治鄭安於其位，稍紓所長，則全賴出身強族，擁有重兵的子皮為作他後盾。子皮為甚麼願意死心踏地的支持子產呢？這一方面是因為子產素來和子皮一家特別親摯，而更重要的，還是他能處處以赤熱忠誠的態度感動子皮。使子皮不能不信賴他，感激他，敬佩他，甚至於崇拜他。不但把國家大事，全盤託付，就是家庭私事，也願聽他來調理。試看他拒絕子皮薦舉尹何為邑，子皮深受感動的情形，便可知他那「精誠所至，金石為開」的精神之偉大了。

　　　子皮欲使尹何為邑，子產曰：「少，未知可否」？子皮曰：「愿？吾愛之，不吾叛也，使夫往而學焉，夫亦愈知治矣」。子產曰；「不可，人之愛人，求利之也。今吾子愛人則以政，猶未能操刀而使割也，其傷實多，子之愛人，傷之而已。其誰敢求愛於子？子於鄭國，棟也，棟折榱崩，僑將厭焉（厭同壓），敢不盡言？子有美錦，不使人學製焉，大官大邑，身之所庇也，而使學者製焉，其為美錦，不亦多乎？僑聞學而後入政，未聞以政學者也。若果行此，必有所害，譬如田獵，射御貫，則能獲禽，若未嘗登車射御，則敗績厭覆是懼，何暇思獲」？子皮曰：「善哉！虎不敏，吾聞君子務知大者遠者，小人務知小者近者，我小人也，衣服附在吾身，我知而慎之。大官大邑，所以庇身也，我遠而慢

之，微子之言，吾不知也。他日我曰：『子為鄭國，我為吾家，以
庇焉，其可也』。今而後知不足。自今請雖吾家，聽子而行」！
子產曰：「人心之不同，如其面焉，吾豈敢謂子面如吾面乎？抑
心所謂危，亦以告也。」子皮以為忠，故委政焉。子產是以能為
鄭國（杜：傳言子產之治。乃子皮之力）。

（《左傳・襄公三十一年》）

又如對於野心勃勃的子孔，子產也不惜誠懇地以忠言進諫，並且能暫時
收到效果，這也許足以表示他待人之誠確可以感人吧！

　　子孔當國（代子嗣），為載書，以位序聽政辟（杜：自羣卿諸
司，各守其職位，以受執政之法，不得與朝政。林：辟，法也）。
大夫諸司門子弗順，將誅之。子產止之，請為之焚書，子孔不
可，曰：「為書以定國，眾怒而焚之，是眾為政也，國不亦難乎？」
子產曰：「眾怒難犯，專欲難成，合二難以安國，危之道也。不
如焚書以安眾，子得所欲（杜：欲，為政也），眾亦得安，不亦可
乎？專欲無成，犯眾興禍。子必從之。」乃焚書於倉門之外，眾
而後定。（左傳襄公十年）

　　簡公……三年，相子駟欲自立為君，公子子孔使尉正殺相子
駟而代之。子孔又欲自立，子產曰：「子酬為不可，誅之，今又
效之，是亂無時息也。」於是子孔從之而相鄭。

（《史記・鄭世家》）

大無畏的精神

　　由於子產的態度非常誠懇，便特別顯得光明磊落，堅強不拔。所以當他開始推行「丘賦制度」的時候，雖然國人罵他「其父死於路，己為蠆尾」，他仍舊「不改其度」；後來公布刑書，雖然遭遇到許多貴族的非難，也不顧一切，貫徹了他一貫的方針。

　　這種威武不能屈的大無畏精神，在他應付內亂時最易看出。當駟良之爭時，鄭國一般士大夫都傾向駟氏的子晳，而仇恨良氏的伯有。子產以為伯有固然不好，但諸公子當國家危如壘卵之時，聚徒結黨，棄兄弟骨肉之親。為意氣權位之爭，虛耗國家元氣，莫此為甚，因而採取中立不倚的態度，「斂伯有氏之死者而殯之」，這些無辜犧牲於內亂的人們，自然是值得痛悼的啊！後來子產雖然因子皮的婉勸，加盟於子晳。但無論子晳或伯有招他作實際的援助時，他還是一概加以拒絕。至於子皮此次不曾用兵參加內亂（伯有聞子皮之甲不與攻己也，故云），揆諸情勢，也許是子產勸之使然的？後來伯有被殺於街市，子產復毅然哭而葬之，雖冒駟氏之忌而不顧，大義凜然，這種大政治家的風度是永遠值得後人效法的。我們更要知道，子產的這種態度，並非對伯有有所偏袒。他只是覺得如果大家老是黨同伐異，爭執相殺，國家的禍患實將伊於胡底（豈為我徒？國之禍難，誰知所敝）。要免除這種流弊，唯一的辦法在大家強立不阿，不參加一切的內亂，至於爭執的雙方，誰有理誰無理，都不值得計較。在國家和人民的大前提下，任何有理的內亂，都是錯誤的（或主彊直，難乃不生，姑成吾所）。何況「兄弟而及此」，豈是仁者所願

見呢？並且伯有雖然「侈而愎」（襄公三十年子產評語），荒淫無度，而子皙也「好在人上」（同上年子產評語），「亂心無厭」（昭公二年子產評語）。即使伯有犯了非誅不可之罪，也應由政府最高當局（這在當時就是鄭國的君主簡公姬嘉）下令正法。若竟任意由諸族之人，糾合群眾去攻伐，國家的法紀怎麼還能維持？（昭公二年正子皙法時，子產數之曰：「專伐伯有，爾罪一也。」可見他不參加這次討伐伯有，並非主張任他去「汰侈」，而是反對用「專伐」的手段，破壞國家紀律罷了。）

　　鄭伯有耆酒，為窟室（杜：窟室，地室），而夜飲酒，擊鐘焉，朝至未已（林：為長夜之欲，奏樂於地室之中，至天明，伯有之家臣來朝者已至，而飲猶未已），朝者言：「公焉在？」（杜：家臣，故謂伯有為公）其人曰：「吾公在壑谷」（杜：壑谷，窟室）皆，自朝布路而罷（杜：布路，分散）。既而朝（杜：伯有朝鄭君），則又將使子皙如楚（林：前年既和，今又欲強子皙奉使於楚），歸而飲酒。庚子，子皙以駟氏之甲伐而焚之。伯有奔雍梁（雍梁，鄭地），醒而後知之。遂奔許。大夫聚謀（林：鄭大夫聚謀所以處駟良之道）。子皮曰：「仲虺之志（仲虺、湯左相）云：『亂者取之，亡者侮之』。推亡固存，國之利也。罕駟、豐同生（罕、子皮，駟、子皙，豐、公孫段也，三家本同母兄弟），伯有法修，故不免」。人謂子產：「就直助疆」（杜：時人或告子產，當就子皙之直，助三家之疆，以共攻伯有）子產曰：「豈為我徒（杜：徒，黨也，言不以駟良為黨），國之禍難，誰知所蔽（林：國家之有禍

難，誰能預知其所終嶽）？或主強直，難乃不生（杜：言能彊能直。則可弭難，今三家未能，則伯有方爭），姑成吾所。」辛丑，子產斂伯有氏之死者而隨之，不及謀而遂行（杜：不與於國謀），印段從之（杜：義子產）。子皮止之。眾曰：「人不我順，何止焉。」（林：人，謂子產也，言其不順駟氏，又何必止而殯之）子皮曰：「夫子體於死者，況生者乎？」遂自止之。壬寅，子產入，癸卯，子石入（杜：子石，印段），皆盟於子都氏。乙巳，鄭伯及其大夫盟於大宮（杜：大宮，祖廟），盟國人於師之梁之外（師之梁，鄭城門）。伯有即鄭人之盟己也，怒；即子皮之甲不與攻己也，喜；曰：「子皮與我矣！」癸丑晨，自墓門之渡入（墓門，鄭城門），因馬師頡，介於頡庫，以伐舊北門（林：頡，即羽頡，子羽孫也，為司之官。介，甲也，用裏庫之兵甲，以伐鄭伯之窗北門），駟帶黎國人以伐之（杜：駟帶，子西之子，子晳之宗主）。皆召子產（杜：駟氏伯有俱召）。子產曰：「兄弟而及此，吾從天所與（林：子晳伯有皆子產兄弟。杜：兄弟恩等，故無所偏助）！」伯有死於羊肆（杜：羊肆，市列），子產襚之，枕之股而哭之，斂而殯諸伯有之臣在市側者，既而葬諸斗城（杜：斗城，鄭地名。策縱按洪亮吉春秋左傳詁云：水經注：渠水又東南逕城西，子產殯伯有尸，其臣葬之於是城也。按在今陳留縣南）。子駟氏欲攻子產。子皮怒之，曰：「禮，國之幹也。殺有禮，禍莫大焉。」乃止（杜：斂葬伯有為有體）。

（《左傳・襄公三十年》）

此外如拒絕豐卷請田，寧願去位，不願違背禮法而有所牽強，也足以表示他不屈不撓的精神。

不忍人之心

所謂大無畏的精神，並不是可以毫無條件地應用於一切事件的。這種精神在對人方面用之過當，往往成為剛愎自用，橫蠻暴戾。要免除這種流弊，應從兩方面補救：第一要使對人的一切態度以順情適理為準繩，而毫無過與不及之憾，第二要有推己及人之心，也就是不忍人之心。己所不欲，弗施於人。關於前者，子產已表現他的特殊修養。內政的推行方面，豐卷請田，尹何為邑，他絕對不許，但卻賂伯石以於邑，默認駟乞之立。他為甚麼不以對付豐卷與子石的態度對付伯石與駟乞呢？自然，我們也很可以懷疑他是畏強凌弱，在這裡我們用不著故意替子產來辯護，可是也不要忘記，如果說他賂伯石，全由於畏強，豐卷、子皮又何嘗不強？對於他這種態度，我們只能推測是要顧全大局，消弭內亂才如此的。秉著這個救國的大前提，他的大無畏精神才不至於用得牛頭不對馬嘴。再說呢，富子因孔張失禮於晉國的大夫而責備子產，子產便不接受；而鄭人游於鄉校以議執政，他卻絕不禁止；去取之間，不苟絲毫，可見「順情適理」的態度他是具備了的。

至於不忍人之心，子產也有過人之處。鄭簡公三十六年（西紀前五三〇年）公卒，將修葬道，修至子太叔的家廟附近時，子太叔便囑使

工人不要毀廟，說是「不忍廟也」！自然，子產也不會以死人事而害活人事的，結果他允許不毀，繞道而過。後來到了小職員的「司墓」之室時。子太叔卻請求毀了他的房屋。這是一件多麼自私自利而不公平的事！子產當即拒絕，同樣的優待司墓，不毀他的房屋。其後七年，即鄭定公六年（西紀前五二四年），子產為「振除火災」故，被襟於四方。要舉行檢閱軍隊的典禮，乃有加寬道路之舉。恰好道路處在子太叔的居室和祖廟之間，子產見到這種情形，也便不忍毀掉他的家廟，只毀掉居室便算了事。他主張不毀家廟而毀居室，把祭祀看得幾乎重於現實生活，用現代眼光看來，當然有可議之處，但在那種宗法社會之下，人們把慎終追遠看做天經地義，似乎已不足為奇。至於子產在這種環境這種習俗之中，仍能做到不毀人之廟，如果不有仁者藹然之心，恐怕不容易做到罷？那時輿論家稱讚他「知禮」，可說是很適宜的。

　　三月，鄭簡公卒，將為葬除（杜：除葬道），及游氏之廟，將毀焉。子太叔使其除徒執用以立，而無庸毀（杜：用，毀廟具）。曰：「子產過女。而問何故不毀，乃曰：『不忍廟也！諾，將毀矣』」（策縱按：杜註謂從子產過女至將毀矣皆為「教毀廟者之辭」；但如標點為：「子產過女，而問何故不毀，乃曰：『不忍廟也』！」「諾！」將毀矣，既如是，子產乃使辟之。似亦未嘗不可；至於鄭克堂氏引作：而無庸毀。曰「……乃曰：『不認廟也！』諾，將毀矣」。則覺不可通矣）。既如是，子產乃使辟之。司墓之室，有當道者（簡公別營葬地，不在鄭先公舊墓，故道有臨時迂直也。

司墓之室，鄭之掌公墓大夫徒屬之家），毀之，則朝而堋（杜：堋，下棺。林：道直，故早朝而下棺。策縱按洪亮吉春秋左傳詁云：說文：堋，喪葬下土也。春秋傳曰：朝而堋。案今本作堋。考鄭玄周禮車僕註，引此亦作堋，蓋二字本同也。玉篇：堋、補鄧切，下棺也。或作窆，周禮作窆，禮記作封，此作堋，皆聲相近而轉。周禮鄉司注鄭司農云：窆謂葬下棺。杜本此），弗毀，則日中而堋。子大叔請毀之，曰：「無若諸侯之賓何？」（杜：不欲久留賓）？子產曰：諸侯之賓，能來會吾喪，豈憚日中？無損於賓，而民不害，何故不為？」遂弗毀。日中而葬。君子謂子產於是乎知禮，禮無毀入以自成也。……六月，葬鄭簡公（杜：傳終子產辭享，明既葬則為免喪。經書五月，誤。按洪亮吉云：惠棟曰：杜注云經書五月，誤，此杜謬耳。古文左傳，當在齊侯衛侯鄭伯如晉之前，鄭伯欲如晉，故速葬而往，杜預欲附會短喪之說，而移其次於後耳。亂左氏者，非預而誰）。

（《左傳·昭公十二年》）

　　七月，鄭子產為火故，大為社（為，治也），袚禳於四方（說文：袚，除惡祭也。禳，祀除癘殃也），振除火災，禮也（杜：振，棄也）。乃簡兵大蒐，將為蒐除（治兵於廟，城內地迫，故廣除之）。子大叔之廟在道南，其寢在道北，其庭小，過期三日（處小不得一時畢）曰：「子產過女，而命速除。使除徒陳於道南北。除，乃毀於而鄉。」（諸本皆作向。今此釋文及宋本改作鄉。洪詁云：案古向字皆作鄉，說文：向北出牖也。惠氏以向為俗字，

亦誤）又杜：而，汝也。毀汝所向）。子產朝（朝君），過而怒之
（杜：怒，不毀）。除者南毀。子產及衝，使從者止之曰：「毀於
北方！」（杜：言子產仁人，不認毀人廟）

（《左傳‧昭公十八年》）

策縱案：顧亭林《日知錄》云：「毀廟事或以為葬，或以為大蒐，傳
兩存之，失刪其一耳。」此純為臆測之辭，似無事實根據。且：（一）前
次之除，卒未毀廟，則此次自仍有廟為除之礙；（二）前次僅云毀廟，
此次毀寢而非廟；（三）前次有司墓之室事，此次根本異其情況，且前後
相距七年，何以會錯誤至將一事混為二事，若無可靠證據，豈能劇下斷
語？

公爾忘私

子產做人的根本態度還可用「公爾忘私」四字來表明。簡公十九年
（西紀前五四七年），鄭伯賞入陳之功，子產辭六邑，足見他能推功讓
人，毫不重視個人名利和地位。

鄭伯賞入陳之功，三月甲寅朔，享子展，賜之先路三命之
服，先八邑（詁：服虔云：四井為邑。見史記集解）；賜子產次
路再命之服，先六邑。子產辭邑曰：「自上以下，降殺以兩（諸本
降誤隆，從定本改正。漢書韋元成傳引春秋傳即作降殺。詁：廣

雅：屧，差也，屧降同，按屧隆字近，故誤），禮也。臣之位在四，

且子展之功也；臣不敢及賞禮，請辭邑。」公固與之，乃受三邑。

公孫彄曰：「子產其將知政矣，讓不失禮。」

（《左傳‧襄公二十六年》）

　　從事政治工作，若對公家有益，那末，就是犧牲私人一切，無論財產或生命，也應當在所不惜，正如子產說的：「苟利社稷，死生以之！」他自己確實做到了這點，因此他的態度常常能深切地感動別人。當子產將要暫時委曲游楚而放逐他時，便向游楚的姪兒子大叔探詢意見，子大叔不但不發生誤會，反能深諒子產這種為國的苦心，答道：「彼國政也，非私難也。子圖鄭國，利則行之，又何疑焉。周公殺管叔而蔡蔡叔（詁：釋文，上蔡字音素葛反，說文作粲，從殺下米，玉篇：粲糜粲散也，書作蔡字。惠棟曰：漢宣帝元康三年詔曰：「骨肉之親，粲而不殊」，嵇康琴賦曰：「新衣翠粲」，李善曰：子虛賦翕呷翠粲，張揖曰，翠粲，衣聲也。案子虛賦文作萃翠蔡，愚謂漢書文選粲字皆屬字之誤，粲本與蔡通，故又作蔡。禹貢曰：二百里蔡，鄭康成注云：蔡之言殺，減殺其賦，減殺者，猶末減也。叔非首謀，慮從末減之科，故不殺而囚之。如此，則不必改字，而義亦得矣。小爾雅曰：蔡、法也。今案周書作洛篇：管叔經而卒，然則管叔亦非周公殺之，乃自經耳）。夫豈不愛？王室故也。吉若獲戾，子將行之，何有於諸游」？

虛心嚴正

以上是說子產做人的態度，其實做人不過是做事的基礎，做事才是做人的目的，善於應付事情，更是政治家必備的條件。子產應付事情有幾個特長：一是虛心嚴正，二是沉著機警，三是熟察事理，四是知人善任。

對於任何事件，他都能自出主張，有成竹在胸。按照通常的情形，凡是具有這種強幹精神的人，最易流於固執成見，不能接受別人的勸告，即使別人的意見比自己正確些，也往往不肯聽從。但子產卻沒有這種毛病，他很能虛懷若谷，尊重輿論，聽取批評。當他執政的第二年。鄭國人民常遊於鄉校，以議論執政，然明便勸子產嚴格統制言論，毀掉鄭校；可是他絕不以為然，他以為那些批評者「是吾師也」，因此完全不加以干涉。事實上，他對於輿論確實不曾壓抑過，但對於私人不當的批評，卻也不盲目地接受，是非曲直，是絲毫不苟且的。例如晉國到韓起聘鄭，鄭國君臣招待外賓，孔張後至失禮，鄭大夫富子便責備子產，認為是子產的羞恥，但即不接受。因為這個責任，於情於理，都不應該由處於執政地位的他來擔負。

> 二月，晉韓起聘于鄭，鄭伯享之，子產戒曰，苟有位於朝，無有不共恪。孔張後至，立於客間，執政禦之，適客後，又禦之，適縣間，客從而笑之。事畢，富子諫，曰，夫大國之人，不可不

慎也，幾為之笑，而不陵我，我皆有禮，夫猶鄙我，國而無禮，何以求榮，孔張失位，吾子之恥也。子產怒曰，發命之不衷，出令之不信，刑之頗類，獄之放紛，會朝之不敬，使命之不聽，取陵於大國，罷民而無功，罪及而弗知，僑之恥也。孔張，君之昆孫，子孔之後也（昆，兄也，子孔鄭襄公兄，孔張之祖父），執政之嗣也。為嗣大夫，承命以使，周於諸侯，國人所尊，諸侯所知，立於朝而祀於家，有祿於國，有賦於軍，喪祭有職，受脤歸賑（受脤，謂君祭以肉賜大夫；艷脤，謂大夫祭歸肉於公：皆之戎祭也。），其祭在廟，已有著位，在位數世，世守其業，而忘其所僑，焉得恥之，辟邪之人，而皆及執政，是先王無刑罰也，子寧以他規我。

（《左傳・昭公十六年》）

從上述兩個例子裡，可以看出子產的謙虛態度，實兼有儒家和法家的長處。其次我們且來看看他的沉著機警。

沉著機警

鄭簡公三年冬十月，尉正、司臣、低音、塔女父、子師僕帥賊作亂，子產的父親子國與子剛、子耳同時被害。這時子產還未成年（至多也不過二十歲），聞變之後，不但是不恐懼慌張，反能立刻布置，安放門禁，整斷壁，封固倉庫，嚴密守備；並把軍隊部署清楚，緊率兵車十七乘，

成列而出，攻盜於北宮，逐殺賊盜。同時候、子顧的兒子子西便相差太遠了，他聽到這緊急消息後，急得張皇失措，「不儆而出」。結果，盜固然沒有被追著，回來的時候，家臣姬妾卻大半乘機逃跑了，器具用品也被人一捲而空了。這和子產的沉著機警相比較，真有天壤之別。

> 冬，十月，戊辰，尉止，司臣，侯晉，堵女父，子師僕，帥賊以入，晨攻執政于西宮之朝。殺子駟，子國，子耳，劫鄭伯，以如北宮……子西聞盜，不儆而出，尸而追盜，盜入於北宮。乃歸授甲，臣妾多逃，器用多喪。子產聞盜為門者，庀群司，閉府庫，慎閉藏，完守備，成列而後出，兵車十七乘，尸而攻盜於北宮。子蟜帥國人助之，殺尉止，子師僕，盜眾盡死，侯晉奔晉，堵女父，司臣，尉翩，司齊，奔宋。
>
> （《左傳‧襄公十年》）

又如鄭定公六年鄭國大火時，子產於情勢十分緊張時從容布置，使官司各戒其事，分別搶救，儼然對消防有不少的設施，災情因而得以減輕，並於事後調查災區，減輕賦稅，給以器材，實施救濟。這種辦事能力當然不是一般浮燥的政者所能做到的。

> 夏，五月……火作，子產辭晉公子公孫于東門，使司寇出新客，禁舊客，勿出於宮。使子寬，子上，巡群屏攝至于大宮。使公孫登徙大龜，使祝史徙主祏於周廟，告於先君，使府人，庫

人，各儆其事，商成公，儆司宮，出舊宮人。真諸火所不及，司
馬，司寇，列居火道，行火所焮，城下之人，伍列登城。明日，
使野司寇，各保其儆，郊人助祝史除於國北，禳火于玄冥回祿，
祈于四鄘，書焚室而寬其征，與之材。三日哭，國不市，使行人
告於諸侯，宋衛皆如是，陳不救火，許不弔災，君子是以知陳許
之先亡也。

（《左傳・昭公十八年》）

虛心嚴正和沉著機警，是應付大事的內在修養，有了這種修養，不過主觀
方面有了處理事件的可能，尚不足以進而解決事件的困難。要能積極的
進而解決事件的困難，更須具有正確判斷事理，與適當使用人才的基礎。

熟察事理十例

　　子產判斷事理，常有「料事如神」的先見之明，這種熟察事理的例
子，數見不鮮。如前面外交章節中說過的，楚國侵鄭，子產主張不與相
爭，而料定「晉楚將平，諸侯將和」。現在隨便再列舉十件事實在下面，
以見他善於應付事情：

（一）知侵蔡不祥

　　簡公元年，鄭人侵蔡，俘擄了蔡國公子燮，子產那時還是童子，預

料必引起晉楚的討伐。後就在那年冬天，楚國果然替蔡國報復，出兵伐
鄭。而從此以後十年之間，鄭國竟疊連晉楚蔡等國七次的討伐。

　　　　庚寅，鄭子國，子耳，侵蔡，獲蔡司馬公子燮。鄭人皆喜，
　　　唯子產不順，曰，小國無文德而有武功，禍莫大焉，楚人來討，
　　　能勿從乎。從之，晉師必至，晉楚伐鄭，自今鄭國，不四五年，
　　　弗得寧矣。子國怒之，曰，爾何知，國有大命，而有正卿，童子
　　　言焉，將為戮矣。

　　　　　　　　　　　　　　　　　　　　　　（《左傳・襄公八年》）

　　　冬，楚公子貞帥師伐鄭。（春秋經襄八年）冬，楚子囊伐鄭，
　　　討其侵蔡也……子駟曰……請從楚，騑也受其咎，乃及楚平。

　　　　　　　　　　　　　　　　　　　　　　（《左傳・襄公八年》）

　　　冬，十月，諸侯（晉、宋、魯、衛、曹、府）伐鄭……鄭人恐，
　　　乃行成……己亥，同盟於戲，鄭服也……晉人不得志於鄭，以諸
　　　侯復伐之，十二月，癸亥，門其三門，閏月，戊寅，濟于陰阪，
　　　侵鄭，次于陰口而還。

　　　　　　　　　　　　　　　　　　　　　　（《左傳・襄公九年》）

　　　楚子伐鄭……（鄭）乃及楚平，公子罷戎入盟，同盟於中分
　　　（鄭城中里名），楚莊夫人卒，王未能定鄭而歸。

　　　　　　　　　　　　　　　　　　　　　　　　　　　　（同上）

　　　諸侯（晉、宋、魯、衛、普、齊等）伐鄭，齊崔杼使大子光
　　　先至於師，故長於滕，己酉，師於牛首。

(《左傳‧襄公十年》)

諸侯之師，城虎牢而戍之，晉師城梧及制，士魴，魏絳，戍之，書曰，戍鄭虎牢，非鄭地也，言將歸焉，鄭及晉平。楚子囊救鄭……丁未，諸侯之師還，侵鄭北鄙而歸，楚人亦還。

(同上)

四月，諸侯（晉，宋、智、衛、魯、齊等）伐鄭……鄭人懼，乃行成。秋，七月，同盟於亳……諸侯悉師以復伐鄭……諸侯之師觀兵於鄭東門，鄭人使王子伯駢行成，甲戌，晉趙武入盟鄭伯，冬，十月，丁亥，鄭子展出盟晉侯，十二月，戊寅，會於蕭魚。

(《左傳‧襄公十一年》)

（二）知以貨贖印堇父不能獲

簡公十九年楚國侵鄭，把扼守城的鄭圖大夫印堇父捉獲，獻於秦國。鄭人便叫印氏族人拿出錢財來，想要去秦國贖回堇父。子產知秦國人好大喜功的心理，僅用錢財，絕對不能把堇父贖回。鄭人不聽他的話，結果錢送去，而毫無所獲。後來改從子產的態度，才把印堇父贖回鄭國。

楚子，秦人，侵吳，及雩婁，聞吳有備而還，遂侵鄭，五月，至於城麋……印堇父與皇頡戍城麋，楚人囚之，以獻於秦，鄭人取貨於印氏以請之，子大叔為令正（杜：主作辭官之正），以為請。子產曰，不獲，受楚之功，而取貨於鄭，不可謂國，秦不其

然，（杜：受楚獻功，大名也，以貨免之，小利，故調秦不爾。）
（按春秋左傳詁：諸木作秦其不然。今從定本改正。）若曰拜君
之勤鄭國，微君之惠，楚師其猶在敝邑之城下，其可，弗從，遂
行，秦人不予，更幣，從子產，而後獲之。（杜：更遣使執幣，
用子產辭，乃得堇父。傳稱子產之善。）

（《左傳・襄公二十六年》）

（三）知蔡景公將有子禍

簡公二十一年，蔡景公過鄭鄭伯設宴款待，蔡侯不敬。子產知其必不
免於禍，且料定禍亂必起於父子之間，其後兩年，景公即為其子般所弒。

蔡侯歸自晉，入于鄭，鄭伯享之，不敬，子產曰，蔡侯其不
免乎，曰其過此也，（杜：往日過晉時）君使子展廷勞於東門之
外（詁：説文：廷，往也， 杜本此。）而傲，吾曰，猶將更之，
今還受享而惰，乃其心也，（五行志引傳，乃作酒。）（林：是不
敬乃出其中心。）君小國事大國，（釋文：古本無小字。正義曰：
晉宋古本及王肅注皆如此。君國謂為國君，言其君之難也，今定
本作小國，按石經亦從定本。漢書引傳亦有小字。）而惰傲以為
己心，將得死乎，若不免，必由其子，其為君也，淫而不父，僑
聞之，如是者恆有子禍。（五行志，引作必有子嗣。）

（《左傳・襄公二十八年》）

夏，四月，蔡世子般弒其君固……（林：景公弒，靈公般立）

（春秋經襄三十年）蔡景侯為大子般娶於楚，通焉，大子弒景侯。

（杜：終子產言有子禍也。）

（《左傳・襄公三十年》）

（四）知馴良之亂將作

簡公二十二年正月，子產相鄭伯如晉時，叔向問鄭國的政治，子產答以鄭國在一年內必有內亂，他自己能否易於受害，尚不可知。他這個判斷，不久也應驗了，就是那年的秋天，鄭國便發生馴良之亂，子產幾乎被子馴所害。

子產相鄭伯以如晉，叔向問鄭國之政焉。對曰，吾得見與否，在此歲也，馴良方爭，未知所成若有所成，吾得見，乃可知也。叔向曰，不既和矣乎。對曰，伯有侈而愎，子晳好在人上，莫能相下也，雖其和也，猶相積惡也，惡至無日矣。

（《左傳・襄公三十年》）

（五）知陳不出十年即亡

簡公二十三年，子產到他東鄰陳國去考察國情，回國後，便說：陳國不出十年即亡。他這個估計，是根據了許多事實而精確判定的，後來陳國於鄭簡公二十二被楚國滅掉。和這時相去，恰好是九年光景。

六月，鄭子產如陳涖盟，歸復命，告大夫曰，陳亡國也，不

可與也。聚禾粟，繕城郭，恃此二者而不撫其民。其君弱植，公子侈，大夫敖，政多門，以介於大國，能無亡乎？不過十年矣！

（《左傳・襄公三十年》）

冬，十月，壬午，楚師滅陳。（杜：壬午，月十八日）（春秋經昭八年）九月，楚公子棄疾帥師奉孫吳圍陳，宋戴惡會之，冬，十一月，壬午，滅陳輿壁。（按傳言十一月，誤。）

（《左傳・昭公八年》）

（六）知楚將亂

簡公二十五年，楚公子圍使公子黑肱與伯州犁強佔鄭國的犨、櫟、郟三地築城，鄭人非常震恐，以為楚國或須來侵。惟有子產看出了公子圍的用心全在篡奪楚國的君位，對於鄭國，並無妨害。後來果然相符。子產又料定當時的楚國必須數年後方能盟會諸侯，而楚會諸侯於申，果在四年之後。

楚公子圍使公子黑肱，伯州犁，城犨、櫟、郟，鄭人懼，（杜：黑肱、王子圍之弟子晳也，犨縣屬南陽，郟縣屬襄城，櫟、今河南陽翟縣，三邑本鄭地。按春秋左傳詁：地理志，犨屬南陽郡，陽翟郟屬穎川郡，譙周古史考曰：鄭屬公入櫟，即陽翟。杜本此。）子產曰，不害，令尹將行大事，（林：令尹即公子圍，杜：謂將弒君。）而先除二子也，（杜：二子，謂黑肱伯州犁。）禍不及鄭，何患焉，冬，楚公子圍將聘於鄭，伍舉為介，未出竟，聞

王有疾而還，伍舉逐聘，十一月，己酉，公子圍至，入問王疾，縊而弒之，(杜：縊、絞也。孫卿曰：以冠纓絞之。長曆推己酉，十二月六日，經傳皆言十一月，月誤也。按詁云：韓非子奸劫篇，以其冠纓，絞王殺之。孫卿子曰：以冠纓絞之。說文：絞、縊也。杜本此。) 遂殺其二子幕及平夏，(杜：皆郟敖子，策縱按史記，幕作莫。) 右尹子干出奔晉，(杜：子平，王子比。) 宮廐尹子晳出奔鄭 (杜：因築城而去。)，殺大宰伯州犁於郟，(林：因州犁城郟而殺之。詁云：韋昭國語注，郟後屬鄭，鄭衰楚取之。昭元年葬王於郟，謂之敖郟是也。杜本此。) 葬王於郟，謂之郟敖，(杜：敖郟，楚子麇。林：楚人謂未成君曰敖。策縱按史記作夾敖，古今人表同。) 使赴於鄭……鄭游吉如楚葬郟敖，且聘立君，歸，謂子產曰，具行器矣，楚王汰侈，而自說其事，必合諸侯，吾往無日矣，(林：言可具如楚之器，靈王驕汰奢侈，且自喜其疆而不義之事，必合諸侯以圖霸業，我往會楚必不突。) 子產曰，不數年，未能也。

(《左傳·昭公元年》)

夏，楚子，蔡侯，陳侯，鄭伯，許男，徐子，滕子，頓子，胡子，沈子，小邾子，宋世子，佐淮夷會於申。(杜：楚靈王始合諸侯。林：楚專會諸侯始此，以楚莊之賢，辰陵之盟，從之者陳鄭焉耳，申之會合十二國。楚得志於中國，未有盛於此時也。按詁：地理志：汝南郡、汝陰、古胡子國，杜本此。)

(《春秋經·昭公四年》)

（七）知魯衛曹邾不與楚會

　　簡二十八年，楚靈王欲會諸侯以圖霸業，但不知晉國會不會出來干涉，諸侯是不是願意到會，因此把這兩個問題問之於子產。子產替他詳細分析國際形勢，料定晉國無力過問，諸侯既然不懼怕晉國干涉，又欲討好於正在興盛的楚國，故必然會到會，但魯、衛、曹、邾四國，與齊晉關係比較密切，大約是不會來的。後來開會時，這四國果然都藉故不到。

　　　　楚子問於子產（林：子產時從鄭簡公在楚，故楚子問之。）曰，晉其許我諸侯乎？對曰，許君，晉君少安，不在諸侯，其大夫多求，莫匡其君，在宋之盟，又曰如一，（晉楚同也。）若不許君，將焉用之。王曰，諸侯其來乎？對曰，必來。從宋之盟，承君之歡，不畏大國，（社：大國，晉也。）何故不來，不來者，其魯衛曹邾乎。（洪詁：案論衡引作魯，邾、宋、衛不來，非。）曹畏宋，邾畏魯，魯衛偪於齊而親於晉，唯是不來，其餘君之所及也，誰敢不至。王曰，然則吾所求者，無不可乎？對曰，求逞於人，不可，與人同欲，盡濟。

　　　　　　　　　　　　　　　　　　　　（《左傳・昭公四年》）

　　　　夏，諸侯如楚，魯，衛，曹，邾，不會，曹邾辭以難，公辭以時祭，衛侯辭以疾。（杜：如子產言）

　　　　　　　　　　　　　　　　　　　　　　　　（同上）

（八）知楚不足患

子產既然忠告楚靈王，「求逞於人不可」，但申之會，靈王竟任意虐待諸侯，不遵守國際禮節，於是子產便斷定楚國不足為，她在十年之內必有內亂。過了九年，楚國果然發生弒殺君主的亂子。

　　六月丙午，楚子合諸侯于申，椒舉言於楚子曰，臣聞諸侯無歸，禮以為歸，今君始得諸侯，其慎禮矣，霸之濟否，在此會也，夏啟有鈞臺之亨，（杜：啟，禹子，河南陽翟縣南有鈞臺陂，蓋啟享諸侯於此。洪詁：汲郡古文，夏啟元年，帝執位於夏邑，大饗諸侯於鈞臺，歸職啟筮，曰，昔夏后氏啟筮，亨神於大陵而上鈞臺。枚占皋陶曰，不吉。連山易曰，啟筮，亨神於大陵之上。酈道元云，即鈞臺也。郡國志，潁川郡陽霍，有鈞臺，惠棟曰，魏大饗碑，夏啟均臺亨，均、古鈞字，亨、古享字。）商湯有景亳之命，（河南鞏縣西南有湯亭，或言亳即偃師。按洪詁：汲郡古文云，帝癸二十八年，昆吾氏伐商，商會諸侯於景亳，逐征韋，商師取韋，遂征顧，酈道元云，所謂景亳為北亳矣。）周武有孟津之誓，（策縱案：誓伐紂也。釋文孟本又作盟，孟盟古字通。詁：案水經注引論衡云，與八百諸侯同此盟，尚書所謂不謀同辭也。故曰盟津，亦曰孟津。地理志引禹貢作盟津，師古曰盟，讀曰孟津，在洛陽之北，都道所湊，故號孟津，孟，長大也。）成有岐陽之蒐，（杜：成王歸自奄，大蒐於岐山之陽，

岐山在扶鳳美陽縣西北。詁：汲郡古交云，成王六年，大蒐於岐
陽，晉語云，昔成盟諸侯於岐陽，楚為荊蠻，置茅蕝，設望表，
與鮮卑守燎，故不與盟，賈逵云，岐山之陽。史記集解，杜取
此。）康有酆宮之朝，（杜：酆在始平鄠縣東，有靈台，康王於
是朝諸侯。詁：汲郡古文云，康王元年，朝於酆宮，服虔云，酆
宮成王廟所在也。同上。説文，酆，周文王所都，在京兆杜陵西
南。）穆有塗山之會，（杜：周穆王會諸侯於塗山，塗山在壽春
東北。詁：汲郡古文，穆王二十九年，會諸侯於塗山，郡國志，
九江郡平阿，塗山，應劭曰，山在當塗，左傳，穆有塗山之會，
杜本此。）齊桓有召陵之師，（在僖四年）晉文有踐土之盟，（在
僖二十八年）君其何用，（林：君謂靈王，當於六王二公之事，
擇用何禮？）宋向戌（即合左師），鄭公孫僑，在諸侯之良也，君
其選焉，王曰，吾用齊桓，（詁：服虔云，召陵之盟，齊桓退舍
以禮，楚靈王今感其意，是以用之。本疏。）王使問禮於左師與
子產，左師曰，小國習之，大國用之，敢不薦聞，（言所聞，謙文
所未行。）獻公合諸侯之禮六，（杜：其禮六，儀也，宋爵公，故
獻公禮。）子產曰，小國共職，敢不薦守，獻伯子男會公之禮六，
（杜：鄭伯爵，故獻伯子男會公之禮，其禮同，所從言之異。）君
子謂合左師善守先代，子產善相小國，王使椒舉侍於後以規過，
（杜：規正二子之過。）卒事不規，王問其故，對曰，禮吾未見
者（按諸本脫所字，今從石經宋本增入。）有六焉，又何以規，
（杜：左師子產所獻禮，楚皆未嘗行。）宋大子佐後至，王田於

武城，久而弗見，椒舉請辭焉，（請王辭謝之。詁：韓非子十過篇云，宋大子後至，執而囚之。）王使往曰，屬有宗祧之事於武城，（杜：言為宗廟田獵），寡君將墮幣焉，敢謝後見，（杜：恨其後，至故，言將因諸侯會，布幣乃相見，經并書宋大子佐，知此言在會前。詁：服虔云，墮，輸也；言將輸受宋之幣於宗廟，案詩小雅正月篇，左傳曰，寡君將墮幣焉。服注云，墮，輸也，是訓輸為毀壞之義，子路將墮三都是也。驚險是也。定本墮作隳。）徐子吳出也，以為貳焉，故執諸申，（言楚子以疑罪執諸侯。）楚子示諸侯侈，椒舉曰，夫六王二公之事，皆所以示諸侯，禮也，諸侯所由用命也，夏桀為仍之會，有緡叛之，（詁：韓非子作有戎之會。汲郡古文云，帝癸十一年會諸侯於仍，有緡氏逃歸，遂滅有緡，賈逵云，仍、緡，國名也，史記集解，杜取此。）商紂為黎之蒐，東夷叛之，（黎、東夷國名。詁：史記作紂為黎山之會，韓非子黎丘之蒐。汲郡古文云：帝辛四年大蒐於黎，服虔云，黎、東夷國名也。子姓，同上，杜取此。案說文，𥠇殷諸侯國在上黨東北，今考黎正在紂都之東百餘里。服虔云，黎東夷之國，是也。杜注亦見及此，而又注曰疑，蓋不考之故。）周幽為大室之盟，戎狄叛之，（杜：天室，中嶽。詁：汲郡古文云，幽王十年春，王及諸侯盟於大室，明年申人緡人及犬戎入宗周弒王。）皆所以示諸侯，汰也，諸侯所由棄命也，今君以汰，無乃不濟乎，王弗聽，子產見左師曰，吾不患楚矣，汰而愎諫，（林：愎，很也，汰侈而愎很，以拒諫諍。）不過十年，左師曰，然，

不十年侈，其惡不遠，遠惡而後棄，（惡及遠，則人棄之。）善亦
如之，德遠而後興。（詁：遠惡疑當作惡遠，與德遠句對。）

（《左傳‧昭公四年》）

夏，四月，楚公子比自晉歸於楚，弒其君虔於乾谿（按穀梁，
谿作溪，林：靈王弒，比立，棄疾殺比代立，是為平王。）楚公
子棄疾殺公子比。（按公羊，殺作弒。）

（《春秋經‧昭公十三年》）

（九）知蔡必亡

簡公卅五年四月，楚師侵蔡，晉國欲會集諸侯以援救蔡國，鄭子皮
將赴會，子產即言晉國救蔡不能成功，蔡國必然要滅亡。這話就在那一
年的十一月便證實了。

　　楚師在蔡，晉荀吳謂韓宣子曰，不能救陳，又不能救蔡，物
以無親，晉之不能，亦可知也。已為盟主，而不恤亡國，將焉用之。
　　秋，會於厥憖，謀救蔡也，鄭子皮將行。子產曰，行不遠，
不能救蔡也。蔡小而不順，楚大而不德，天將棄蔡以壅楚，盈而
罰之，蔡必亡矣，且喪君而能守者鮮矣。三年，王其有咎乎，美
惡周必復，（周，歲星一周，十二年也。）王惡周矣，（元年，楚
子弒君而立，歲在大梁，後三年，十三歲，歲星周，於大梁。）
晉人使狐父請蔡於楚，弗許。

（《左傳‧昭公十一年》）

冬，十一月，楚子滅蔡，用隱大子於岡山。（杜：蔡靈公之
大子，蔡侯廬之父。詁：按歐陽忞地廣記，荊州松滋縣有九岡
山，郢都之望也。）

（同上）

（十）知帷幕宜速張與晉不暇討

定公元年，子產相鄭伯赴晉平丘之會，會前子產命掌「次舍」的大
夫，先一天便去把帷幕張立於會壇上。子叔以為過早，待到第二天去張
立實不遲，於是加以阻止。子聽到這消息，立即叫人趕快張立。不料這
時會場便給其他各國佔滿，不能再張立了。又這次開會，他曾激烈地和
晉人爭論減輕賦貢的事，子大叔深恐因此引起晉人的惡感，而至加兵於
鄭國，他卻從「晉政多門」以推知晉國「貳偷之不暇，何暇討？」這一點，
我們在「子產之外交」一章裡已經說過了。

甲戌，同盟於平丘，齊服也，令諸侯日中造於除，（除地為
壇，盟會處。）癸酉退朝，（先盟朝晉）子產命外僕速張於除，子
大叔止之，使待，明日，及夕，子產聞其未張也，使速往，乃無
所張矣。（杜：地已滿也。傳言子產每事敏於大叔。）

（《左傳‧昭公十三年》）

由上面十個例子看來，子產對一切事情，似乎都能「未卜先知」一
般，這叫我們不能不懷疑到《左傳》的記載，是否用「傳奇式」的筆法，

把事實故意加以渲染。自然，為了要使事理想化，也許有不免言過其實之處，不過我們試仔細考察子產的為人，便會相信他確有幾分先見之明。第一，他考察事情，非常精細。根據各方面細微的因素來下判斷，自然可到比較正確的結論。譬如，欲明瞭國際大勢，各國國情，那末，不能不把各國宮闈秘密分析清楚，子產明悉蔡景公和自己的兒媳婦通姦，又知道晉平公納有同姓姬妾四人，且因此而不能節慾保身，……等等，凡此都可證明他考察事實，非常精密。第二，他判斷事勢，一面有他充分的理由，一面又有他巧妙的方法，絕對不是盲目猜測。所以後來著名的法家，對於他的司法技術，也常有所記述：

> 鄭子產晨出，過東匠之閭，聞婦人之哭，撫其御之手而聽之。有閒，遣吏執而問之，則手絞其夫者也。異日，其御問曰：「夫子何以知之？」子產曰：「其聲懼。凡人於其親愛也，始病而憂，臨死而懼，已死而哀。今哭已死不哀而懼，是以知其有姦也。」
>
> （韓非子）

> 有相與訟者，子產離之而無使通辭，倒其言以告而知之。
>
> （同上）

聽到哭聲便知有罪，這固然只能偶一為之，不大可靠。但他這種敏快精明的本領，實非常人所能及。因此，我們很可相信上面所舉的十個明斷的例子，決不是捕風捉影，誇誕不經之談，而正是「其來有自」的。

知人善任

　　從來一般人對於政治，有主張人治的，也有主張法治的。在先秦時代，儒家偏向人治，以為有治人，無治法；法家偏向法治，以為有治法，無治人。其實這種極端主義，都是不大正確的。孟子說得好：「徒善不足以為政，徒法不能以自行。」法像一架機器，機器不好，政治固然弄不好，但是有了好的機器，而缺少善於使用機器的人。那末，機器也不過是一架死的機器，決無助於實際。所以不論古今中外的大政治家，除了能創立良好的法制之外，必更能善於使用人才。所謂「治國之道，得人為先」，即是這個道理。試看王安石的新法，制度未嘗不好，但他引進蔡京、呂惠卿一般小人來執行，結果竟弄得利未見而害已著，法未施而國已亂。這便是略人治的流弊。

　　反轉來說，僅有人而無法，也不足以應付變化多端的社會，尤其是在春秋末年，少數貴族和智識階級利用自己在政治上的特殊身份，投機取巧，玩法害民，更非建立明確的法制不可。基於這種社會的需要與行政的原理，子產執政，即以法治為主，而以人治來加以調和。關於他的法治的設施，已在他的內政方面說明，這裡我們單說他用人的辦法。用人的道理，可分為兩方面：第一是要能知人，第二是要能善任。原來人都有他的特性，特性就是天才，所以每個人都可稱做天才。我們不患世界上沒有可用的人才，患沒有人去知道他，所以說：「不患人之不己知，患不也。」又說：「世有伯樂，然後有千里馬，千里馬常有，伯樂不常有。」從許多事實上看來，子產是有知人之明的。例如然明素以貌醜不

揚著稱，子產卻能知道他是賢者，而向他問為政之道。

　　　　晉侯嬖程鄭，使佐下軍，（杜：代樂盈也。）鄭行人公孫揮
　　如晉聘。（杜：揮，子羽也。）程鄭問焉，曰，敢問降階何由，
　　（杜：問自降下之道。）子羽不能對，歸以語然明，（杜：然明。
　　鬷蔑。策縱按：齊亦有名鬷蔑者，為平陰大夫，莊公外嬖，後為
　　崔武子所殺，事見襄二十五年左傳。）然明曰，是將死矣，不然
　　將亡，貴而知懼，懼而思降，乃得其階，（林：言程鄭殆將死矣，
　　若其不死，將出亡，凡人貴而知畏懼，懼其高危，則思降下，乃
　　得其道。杜：階、猶道也。）下人而已，又何問焉，（林：不過
　　降於人而已，此最易知，又何必問。）且夫既登而求降階者，知
　　人也，（林：且夫既登貴位，而知降下之道者，明智之人，乃能
　　思降）不在程鄭，其有亡釁乎，不然，其有惑疾，（林：若不在程
　　鄭之身，其家將有出亡之釁，若其不亡，其必程鄭身有惑易喪志
　　之疾。）將死而憂也。（林：鄭本小人，其必將死而憂。）

　　　　　　　　　　　　　　　　　　　　　　　　（《左傳・襄公二十四年》）

　　晉程鄭卒，子產始知然明，問為政焉。對曰，視民如子，見
　不仁者誅之，如鷹鸇之逐鳥雀也。子產喜以語子大叔，且曰，他
　日吾見蔑之面而已，今吾見其心矣。

　　　　　　　　　　　　　　　　　　　　　　　　（《左傳・襄公二十五年》）

　　又如楚公子棄疾路過鄭國，子產見他謹守禮節，便知道他快要做楚
王，後來真的證驗了。

楚公子棄疾如晉，報韓子也，（報前年送女）過鄭，鄭罕虎、公孫僑、游吉，從鄭伯以勞諸相，辭不敢見，（杜：不敢當國君之勞。相、鄭地。）固請見之，見如見王（見鄭伯如見楚王，言棄疾共而有禮。），以其乘馬八匹，私面（私見鄭伯）見子皮如上卿，以馬六匹，見子產以馬四匹，見子大叔以馬二匹，禁芻牧採樵，不入田，不樵樹，不采蓺，不抽屋，不強匄，誓曰：「有犯命者，君子廢，小人降！」舍不為暴，主不恩賓，（杜：恩、患也。）往來如是，鄭三卿皆知其將為王也。（林：三卿，罕虎、公孫僑、游吉。）

（《左傳‧昭公六年》）

又如批評「伯有侈而愎，子皙好在人上。」（《左傳‧襄公三十年》）知尹何年少無經驗，不足以「為邑」，都辨別得十分正確。

知人之外，須要善任，所謂「善任」，就是要能捨短取長，因材施用，把人才合理配搭，使得「人盡其才」。陸贄說：「曲成則至，求備必缺。」天下原無萬全的人，各人皆有所偏，用個人之偏，方能得全體之全。一架複雜的機器，必須是許多零件配合而成，而每一個零件都有他特殊的功能，要想發揮這架機器的力量，勢非使每個零件各自善盡所能不可。人事行政上的道理也是如此，要想提高行政效率，也該按照各個公務員的興趣和專長，適當分配職位，使能「各得其所」，各人站在自己的崗位上，發揮特殊才能。

子產不但能知人，更善於任用，並且能使別人樂於為他使用。他能在外交上成功，可說大半是由於這種特長之故。

　　當時鄭國最優秀的外交人才共有四個：馮簡子最會決斷大事；游吉（子大叔）秀美而長於交際辭令；公孫揮（子翻）熟悉各國國情，舉凡各國大夫族姓之同異，班位之高下，人物之貴賤，才具之能否，都了如指掌，而又善於修飾言詞；裨諶最多謀略，不過他有個怪癖，良好的計劃一定要到寬閒清靜的野外去才能想出，如果在人聲喧雜的鬧市裡，想出來的計劃，便不大高明。子產深切了解這個人的特性，每當鄭國有對外交涉的事情時，便先向公孫揮探聽各國內部詳情，並要他多準備些應付的言辭；然後和裨諶著車子到野外去，讓他想出一些對策來；籌劃就緒，便把這些對策告訴馮簡子，請他作最後的決擇；決定之後，才交給那「美秀而文」的子大叔去執行。每一件重要的對外交涉，都須經過這樣審慎處理，因此在他主持下的鄭國外交，從來就不曾失敗過。據說目前在國際社會叱咤風雲的希特勒，每當要策動國際事變之前，也一定先搜集所有的情報，廣徵各方的意見，然後到慕尼黑郊外的秘室去沉思默想，擬訂計劃，計劃一定好，立即交付那些善於執行的人們去執行。這固然不是說希特勒和子產便相類似，不過單就這一點看，他們卻像「後先一揆」呢！

　　子產之從政也，擇能而使之，馮簡子能斷大事，子大叔美秀而文，公孫揮能知四國之為，而辨於其大夫之族姓，班位、貴賤、能否，而又善為辭令，裨諶能謀，謀於野則獲，謀於邑則否。鄭國將有諸侯之事，子產乃問四國之為於子羽，且使多為辭令，與裨諶乘以適野，使謀可否，而告馮簡子使斷之，事成，乃授子

大叔使行之，以應對賓客，是以鮮有敗事，北宮文子所謂有禮也。

（《左傳‧襄公三十年》）

　　子曰：「為命；裨諶草創之，世叔討論之，行人子羽脩飾之，東里子產潤色之。」（朱注：……世叔，游吉也，春秋傳作子大叔。……東里地名，子產所居也，……鄭國之為辭命，必更此四賢之手而成，詳審精密，各盡所長，是以應對諸侯，鮮有敗事，孔子言此，蓋善之也。）

（《論語‧憲問第十四》）

子產之消極外交

「弱國無外交」，現在如此，古代也如此，但愈是弱國卻愈是需要外交。如果弱國又缺乏善良的外交政策，和靈活的外交技術，結果將不堪設想。春秋末年，強凌弱，眾欺寡，多少國家，皆在這種局面下犧牲，而鄭國介於晉楚之間，國小力弱，要是永久像於子駟、子孔、子展時一樣，沒有正確的外交政策，哪能僥倖存在？子產當政後，深知外交關係之重大，因而大加興革。但是子產的外交政策究竟怎樣呢。分析起來，共有四端：（一）敦睦四鄰邦交，（二）嚴守自主立場，（三）利用國際形勢，（四）武裝自衛政策。第一項是消極方面的外交，其餘是積極方面的外交，現在我們先來研究子產的消極外交。

弱小國家，欲爭取安全，提高國際地位，當首先完成「睦鄰」工作，避免和各大國開釁，因為外求和平，而後能內求建設，內部建設成功，才能自力更生。子皮授子產政權之初，也有注意及此，對子產說：「國無小，小能事大，國乃寬」。子產執政後進行睦鄰的辦法很多：

第一，注重國際間的禮、信、敬。如鄭簡公元年晉國質問鄭國何以不入朝，子產答覆來使，便處處以禮和信為本，說鄭國實是「無日不惕，豈敢忘職」。其所以不入朝，不過是因為晉國「政令無常」，「不共有禮」罷了。子產未執政時，季札對他說：「子為政，慎之以禮，不然鄭國將敗」。即是勸他恪遵國際規律。子產執政之次年，即鄭簡公二十四年北

宮文子相衛襄公過鄭，子產使人厚予招待，北宮文子便盛讚子產有禮，能遵守國際規律，必「無大國之討」。

> 十二月，北宮文子相衛襄公以如楚，宋之盟故也，過鄭，印段迋勞于棐林，如聘禮而以勞辭，文子入聘，子羽為行人，馮簡子與子大叔逆客，事畢而出，言於衛侯曰：「誰能執熱，逝不以濯，禮之於政，如熱之有濯也，濯以救熱，何患之有？」
>
> （左傳・襄公三十一年）

昭十二年傳稱：「晉侯享諸侯，子產相鄭伯，辭於享，請免喪而後聽命，晉人許之，禮也」。又昭十六年傳稱：「晉韓起聘于鄭，鄭伯享之，子產戒曰，苟有位於朝，無有不共恪」。可見子產注重國際禮儀之一斑。子產執政期內，從未與別國開釁，當他做少正之官的時候，隨子展伐陳，既入其國，也謹守禮儀，敬重敵國。

> 初，陳侯會楚子伐鄭，當陳隧者，井堙木刊，鄭人怨之六月，鄭子展，子產，帥車七百乘伐陳，宵突陳城，遂入之，陳侯扶其大子偃師奔墓，遇司馬桓子曰，載余，曰將巡城，遇賈獲載其母妻，下之而授公車，公曰，舍而母，辭曰，不祥，與其妻扶其母以奔墓，亦免，子展命師無入公宮，與子產親御諸門，陳侯使司馬桓子賂以宗器，陳侯免，擁社，使其眾男女別而縶，以待於朝，子展執縶而見，再拜稽首，承飲而進獻，子美（即子產）

入，數俘而出，祝祓社，司徒致民，司馬致節，司空致地，乃還。

(左傳·襄公二十五年)

同時，子產對付列強時時以「不敢廢王命」為準，態度光明，復當以其先君之詞作證，以條約信義相號召。他這樣遵守國際規律，提倡國際道德，注意國際儀貌，自然容易達到睦鄰的目的。

第二，與各國士大夫友善，遇事多以私情相感，以公誼相喻。如鄭簡公十七年，晉范宣子為政，強迫諸侯納很重的賦幣，子產即直接寫信給范宣子，以大義勸阻，宣子為之欣然接受。

范宣子為政，諸侯之幣重，鄭人病之，二月，鄭伯如晉，子產寓書於子西。以告宣子，……宣子說，乃輕幣。

(左傳·襄公二十四年)

子產執政前三年（簡公二十年），晉國的趙孟由宋國回來，過鄭時，鄭伯在垂隴款待他，子展、伯有、子西、子大叔、印段、公孫段七人群集在一處，趙孟要七人賦詩，子產賦的詩是〈小雅·隰桑〉，這詩說：「既見君子，其樂如何」，「既見君子，德音孔膠」，都表示十分友善的意思，趙孟說願意接受末章，末章是：「心乎愛矣，遐不謂矣，中心藏之，何日忘之」，可見他們一見之下，已建立了深厚的友誼。

鄭伯享趙孟於垂隴，子展、伯有、子西、子產、子大叔、二子石從。

趙孟曰：「七子從君，以寵武（趙孟字武子）也。請皆賦以卒君貺，武亦以觀七子之志。……子產賦隰桑，趙孟曰，武請受其卒章。

（左傳・襄公二十七年）

其後五年（簡公二十五年）趙孟又過鄭，子產以五獻禮厚待之，趙孟自聘用一獻禮，相約以兄弟之國，宜互相安靜和睦。

夏四月，趙孟、叔孫豹，曹大夫入於鄭，（杜：會罷過鄭）鄭伯兼享之。子皮戒趙孟（戒享期），禮終，趙孟賦〈瓠葉〉（杜：受所戒體畢而賦詩，瓠葉、詩小雅，義取古人不以微薄廢禮，雖瓠葉兔首，猶與賓客享之）子皮遂戒穆叔曰：趙孟欲一獻，（杜：瓠葉詩，義取薄物而以獻酬，知欲一獻），子其從之，子皮曰，敢乎？（杜：言不敢）穆叔曰，夫人之所欲也，又何不敢？（杜：夫人，趙孟）及享，具五獻之籩豆於幕下，（朝聘之制，大國之卿五獻）趙孟辭，私於子產（杜：私語）曰：武請於冢宰矣，（杜：冢宰、子皮，請，謂賦瓠葉）乃用一獻，趙孟為客，禮終乃宴，穆叔賦〈鵲巢〉，（杜：鵲巢，詩召南，言鵲有巢而鳩居之，喻晉君有國，趙孟治之）趙孟曰，武不堪也，又賦〈采蘩〉，（杜：亦詩召南，義取蘩菜薄物，可以薦公侯，享其信，不求其厚）曰：小國為蘩，大國省穡而用之，其何實非命，（杜：穆叔言小國微薄猶蘩榮，大國能省愛用之而不弃，則何敢不從命，穡，愛也，）

子皮賦〈野有死麕〉之卒章，（杜：野有死麕，詩召南，卒章曰：
舒而脫脫兮，無感我帨兮，無使尨也吠，脫，安除，帨，佩巾，
義取君子徐以禮來，無使我失節，而使狗驚吠，喻趙孟以義諸
侯，無以非禮相加陵，）趙孟賦〈常棣〉，（杜：棠棣，詩小雅，
取其幾今之人，莫如兄弟，言欲親兄弟之國，）且曰：吾兄弟比
以安，尨也可使無吠，（杜：受子皮之詩，言我兄弟比合以安靖，
尨狗可使無驚吠之恐，）穆叔，子皮，及曹大夫興拜，（杜：三
大夫皆兄弟國）舉兕爵曰：小國賴子，知免於戾矣。（杜：兕爵
所以爵不敬，言小國 趙孟 比以安，自知免此爵戮）飲酒樂，趙孟
出，曰：吾不復此矣。

（左傳・昭公元年）

子產執政前一年（簡公二十二年），吳國的延陵季子聘鄭，與子產一
見如故，交贈禮物。他們在未謀面以前，早已成為神交，正如林堯叟註
左傳所說：「見如故交，二子相知以心也」。

吳公子札……聘於鄭，見子產，如舊相識，與之縞帶，子產
獻紵衣焉。
（杜註：吳地貴縞，鄭地貴帶，故各獻己所貴，示損己而不
為被貨利。）

子產和晉國叔向感情尤為融洽，子產於執政的那一年相鄭簡公至
晉，便與叔向交談，後二年（衛公二十五年）至晉，又與叔向論晉侯之

疾。簡公二十九年，韓宣子（名起）與叔向赴楚過鄭，鄭國也招待甚厚。

> 晉韓宣子如楚送女，叔向為介，鄭子皮子大叔，勞諸索氏，
> 大叔謂叔向曰，楚王汰侈已甚，子其戒之，……韓起反，鄭伯勞
> 諸圉，辭不敢見，禮也。
>
> （左傳·昭公五年）

叔向與子產友誼既厚，故子產鑄刑書時叔向能坦白相勸，（子產雖未
接受他的意見，而復書稱「既不承命，敢忘大惠？」其敦睦友誼之誠，躍
然紙上。）此外，子產執政時期厚禮鄰國君主及人士的例子還很多，如：

> 楚屈生與令尹子蕩如晉逆女，過鄭，鄭伯勞子蕩于氾，勞屈
> 生于菟氏。
> 楚公子棄疾如晉，報韓子也，過鄭，鄭罕虎，公孫僑，游吉，
> 從鄭伯以勞諸柤，辭不敢見，固請見之。
>
> （左傳·昭公六年）
>
> 三月，魯公如楚，鄭伯勞於師之梁。
>
> （左傳·昭公七年）
>
> 夏四月，鄭六卿餞宣子于郊。
>
> （左傳·昭公十六年）

當時政治全以「人治」為本，各國外交政策，往往隨一二賢士大夫
的片言隻字為轉移，子產和國際上諸賢士大夫往來既然很密切，鄭國和

各國的外交關係，也就不知不覺的改善了。

　　第三，時常聘問各大國以考察各國國情，促進鄭國對外邦交。自鄭簡公十二年（五五四）子產為卿起，至定公八年（五二二）子產死時止，四十二年間，鄭國如、聘、會於各國的凡四十一次，就中至晉國二十三次，至楚國六次，而子產親身參加的多至十一次，（也許還有參加過而未載明的）此時鄭國和鄰國的往來，比以前增加甚多：

鄭簡公　十二年	夏，六月庚申鄭伯會諸侯於澶淵。
十四年	冬，鄭伯會諸侯於商任錮欒氏也。
十五年	冬，鄭伯會諸侯於沙隨復錮欒氏也。
十七年	二月，子西相鄭伯如晉，為重幣故，且請伐陳也。
十八年	冬，子產獻捷於晉，戎服將事，晉受之。 冬，十月，子展相鄭伯如晉，拜陳之功。
十九年	六月，晉會鄭（良宵）、晉、宋、曹於澶淵，以討衛疆戚田。 七月，齊侯鄭伯為衛侯故如晉，晉侯兼享之，子展相鄭伯賦緇衣，叔向命晉侯拜二君曰：「寡君……敢拜鄭君之不貳也。」 鄭伯歸自晉，使子西如晉聘，辭曰，寡君來煩執事，懼不免於戾，使夏謝不敏，君子曰：善事大國。
二十年	夏，良宵與十四諸侯於宋為弭兵之會。
二十一年	秋，鄭伯使游吉如楚，及漢，楚人還之，為宋盟也。 九月，鄭游吉如晉，告將朝於楚，以從宋之盟。 子產相鄭伯以如楚，舍不為壇。
二十二年	庚午，葬靈王，鄭上卿有事，子展使印段如間。 六月，子大叔。伯石會諸侯於城杞。

二十三年	子產相鄭伯如晉，叔向問鄭國之政焉。 六月，子產如陳涖盟。 冬十月，罕虎會諸侯於澶淵，為宋災故。
二十四年	夏六月，子產相鄭伯以如晉，壞其館垣。 子皮使印段如楚，以適晉告，禮也。
二十五年	正月乙未，罕虎（《公羊》作軒虎）會諸侯於虢，（《公羊》作鄭，《穀梁》作郭）尋宋之盟也。 秋，晉侯有疾，鄭伯使公孫僑如晉聘，且問疾，晉侯重賄之。 冬十一月，鄭游吉如楚，葬郟敖，且聘立君，而察其國情。 十二月，鄭伯如晉弔，及雍，乃復。
二十六年	冬，晉少姜卒，十一月，鄭印段如晉弔。
二十七年	春，王正月，鄭游吉如晉，送少姜之葬。梁丙與張趯見之，梁丙曰：甚矣哉，子之為此來也。（杜：卿共妾葬，過禮甚，）子大叔曰：將得已乎，昔文襄之霸也，其務不煩諸侯，令諸侯三歲而聘，五歲而朝，有事而會，不協而盟，（杜：明王之制，歲聘間朝，在十三年，今簡之，）君薨，大夫弔，卿共葬事，夫人，士弔，大夫送葬，足以昭禮，命事，謀闕而已，無加命矣。（杜：命有常，）今嬖寵之喪，不敢擇位，而數於守適，（杜：不敢以其位卑，而令禮數如守適夫人，然則時適夫人之喪，弔送之禮，已過文襄之制，）唯懼獲戾，豈敢憚煩？少姜有寵而死，齊必繼室，今茲吾又將來賀，不唯此行也。 夏，四月，鄭伯如晉，公孫段相，甚敬而卑，禮無違者，晉侯嘉焉，授之以策，賜以州田。 秋，七月，鄭罕虎如晉，賀夫人，且告曰：楚人日徵敝邑，以不朝立王之故，敝邑之往，則畏執事，其謂寡君而固有外心，其不往，則宋之盟云，進退罪也，寡君使虎布之。 宣子使叔向對曰：君若辱有寡君，在楚何害修宋盟也？君苟思盟，寡君乃知免於戾矣。君若不有寡君，雖朝夕辱於敝邑，寡君猜焉，君實有心，何辱命焉，君其往也。苟有寡君，在楚猶在晉也。張趯使謂大叔曰：自子之歸也，小人糞除先人之敝廬，曰，子其將來，今子皮實來，小人失望，大叔曰、吉賤，不獲來，畏大國，尊夫人也，且孟曰：而將無事，吉庶幾焉。 十月，鄭伯如楚，子產相，楚子享之。
二十八年	夏、楚會鄭伯及諸侯於申。 秋七月，楚子以諸侯伐吳，子產從。

二十九年	春，楚子以屈申如晉逆女，晉侯送女於邢邱，子產相鄭伯，會晉侯於邢邱。 鄭罕虎如命，娶於子尾氏。
三十一年	夏，子產聘於晉，論晉侯疾，晉侯有閒，賜子產莒之二方鼎。
三十二年	夏，游吉相鄭伯以如晉，賀虒祁也，史趙見子大叔曰，甚哉其相蒙也，可弔也而亦賀之，子大叔曰，若何弔也，其非唯我賀，將天下實賀。
三十三年	春，游吉與宋華亥，衛趙黶會楚子於陳。
三十四年	九月，子皮如晉，葬平公也，以幣行。
三十五年	秋，晉會諸侯謀救蔡也，子皮將行，子產曰不能救蔡。
三十六年	夏，晉侯享諸侯，子產相鄭伯，辭於享，請免喪而後聽命，晉人許之，禮也。
鄭定公　元年	秋七月，晉會諸侯於平丘，子產，子大叔相鄭伯以會，八月甲戌同盟於平邱，子產爭承。
六年	夏五月壬午，鄭大夫，使行人告於諸侯。

　　子產執政期間，鄭國和列國外交往來特別繁多，這當然是一種政策，籍以避免諸大國的侵略。關於這種聘問的重要，梁任公曾說過：

　　其在平時，則聘享交際之道，當為國家休戚所關（當昔群雄割據，大國欲籠絡小國以自雄，小國則承事大國以求保護，故其交際皆甚重要，非如周初朝覲貢獻方物，循行故事而已）故各國皆不得不妙選人才，以相往來。若相鼠茅鴟之不知，將辱國體而危亡隨之矣。其膺交通之任者，既國中文學最優之士。及其遊於

他社會，自能吸取其精英，齎之歸以為用。

　　　　　　（《論中國學術思想變遷之大勢》，第二章第一節）

　　子產勤於聘問的外交政策，正是適應這種環境的，當時鄭國派的使節也多是「國中文學最優之士」，故結果非常良好，各國從不與鄭國發生惡感。時常聘朝各國，皇皇焉「奔走於形勢之途」，以小心奉承鄰國，本來不是一國外交上的光榮史實，但處在那時環境之下的區區鄭國，論地勢，居於四戰莫守之區，論財力，不足以比於諸侯，論兵力，不足以抵禦外侮，論國情，在上則諸族傾軋的局面才告平息，在下則人民奢靡的風俗難於改進。這時候，如果不「善事大國」，實不易救亡圖存，慶弔朝聘固然非常麻煩，可是一日不能做到「禮無違者」的地步，卻又有亡國滅祚的危險，游吉所謂「唯懼獲戾，豈敢憚煩」？對於委曲求全的情狀，可說是慨乎言之了。這種不得已的苦衷，就是子產也是很明白的。

　　（子產）對曰：「以敝邑褊小，介於大國，誅求無時，是以不　　敢寧居，悉索敝賦，以來會時事。

　　　　　　　　　　　　　　　　　　（左傳・襄公三十一年）

況且外交往來，相互以禮接待，對小國也並無怎樣屈辱之處，所以我們細細考察當時惡劣的國際環境後，便會覺得子產的善鄰政策，實具有極大的正確性。

子產的積極外交

子產的外交，分消極和積極兩方面。消極方面是善鄰，但是如果單是做到消極的善鄰，當然不能擔保國家的安全，為甚麼？因為敦睦邦交，完全以國際規律（禮），國際道德（信），和國際儀貌（敬）為基礎；這些道德根據，對於個人的限制力雖然很大，對於國際關係的決定作用卻非常輕微。國與國間，稍微可靠的是國際公理（義），而最重要的還只是國際利害。因此，子產在外交上除了做到善鄰友好之外，更有三個積極的辦法：

（一）嚴守自主立場

外來的侵略，往往是逐步進展而來，如果對外漫然讓步，惡例一開，勢必引起強國得隴望蜀的覬覦之心，結果將伊於無底。子產深切明瞭這個道理，在外交上堅決維持自主立場，絕不放縱一步，他以為，要保持自己國家的尊嚴，必先能尊重別的國際人格，在他執政之前，他便能做到這一點了：

> 楚子秦人侵吳，及雩婁，聞吳有備而還，遂侵鄭，五月，

至于城麇，………，印董父與皇頡戍城麇，楚人囚之，以獻於
秦，鄭人取貨於印氏，以請之，子大叔為令正（杜：主作辭令之
正。），以為請，子產曰，不獲，受楚之功，而取貨於鄭，不可謂
國，秦不其然，（杜：受楚獻功，大名也，以貨免之，小利，故謂
秦不爾。）若曰，拜君之勤鄭國，微君之惠，楚師其猶在敝邑之
城下，其可，弗從，遂行，魏人不予，更幣，從子產，而後獲之。
（杜：更遺使執幣，用子產辭，乃得董父，傳稱子產之善。）

　　　　　　　　　　　　　　　　　　（左傳・襄公二十六年）

　　子產與大國交際而能不屈不撓，保持嚴正立場的例子很多，如鄭簡
公二十四年六月子產相鄭伯如晉，晉國因為魯襄公喪事的關係，把他們
安置在簡陋的外賓招待所裡，延擱許久還不接見，子產便叫人把晉國招
待所的門牆通通破壞，並且說出一篇大道理來指摘晉國不該怠慢外賓，
晉平公見他理直氣壯，只得給他賠不是，重修招待所，厚禮鄭國的君臣：

　　　公薨之月，子產相鄭伯以如晉，晉侯以我喪故，未之見也，
　　子產使盡壞其館之垣，而納車馬焉，士文伯讓之曰，敝邑以政
　　刑之不修，寇盜充斥，無若諸侯之屬，辱在寡君者何，是以令吏
　　人完客所館，高其閈閎，厚其牆垣，以無憂客使，今吾子壞之，
　　雖從者能戒，其若異客何，以敝邑之為盟主，繕完葺牆，以待賓
　　客，若皆毀之，其何以共命，寡君使匄（士文伯名）請命，對曰，
　　以敝邑褊小，介於大國，誅求無時，是以不敢寧居，悉索敝賦，

以來會時事，逢執事之不閒，而未得見，又不獲聞命，未知見時，不敢輸幣，亦不敢暴露，其輸之，則君之府實也，非薦陳之，不敢輸也，其暴露之，則恐燥溼之不時，而朽蠹以重敝邑之罪，僑聞文公之為盟主也，帝室卑庳，無觀臺榭，以崇大諸侯之館，館如公寢，庫廄繕修，司空以時平易道路，圬人以時塓館宮室，諸侯賓至，甸設庭燎，僕人巡宮，車馬有所，賓從有代，巾車脂轄，隸人牧圉，各瞻其事，百官之屬，各展其物，公不留賓，而亦無廢事，憂樂同之，事則巡之，教其不知，而恤其不足，賓至如歸，無寧災患，不畏寇盜，而亦不患燥溼，今銅鞮之宮數里，而諸侯舍於隸人，門不容車，而不可逾越，盜賊公行，而天癘不戒，賓見無時，命不可知，若又勿壞，是無所藏幣，以重罪也，敢請執事，將何所命之？雖君之有魯喪，亦敝邑之憂也，若獲薦幣，修垣而行，君之惠也，敢憚勤勞？文伯復命，趙文子曰，信，我實不德，而以隸人之垣，以贏諸侯，是吾罪也，使士文伯謝不敏焉，晉侯見鄭伯，有加禮，厚其宴好而歸之。乃築諸侯之館。

（左傳·襄公三十一年）

　　外交上固然要有嚴正的立場，內政上尤其不能受外國絲毫干涉，否則以小小的弱國，何能自全？當馴偃死後，馴氏族人不立馴偃的兒子馴絲，而立其叔父馴乞，子產本不喜歡馴乞這個人，只是因為族上眾人的意思要立他，也只得聽從大家的意見，任其處理。後來馴絲的舅舅晉國的大夫派人出來干涉，嚇得馴乞要逃，子產本來很可借這機會把他去掉。但是，如果因外國的干涉而變更國內的事，不免損傷國家自主的體

統，有招引外患的危險。為顧全國家整個利益起見，子產毅然辭謝使者
的禮物，婉勸其不須干涉別國的內政，並使駟乞不逃去，這很足以表示
子產當國嚴守自主立場的決心：

> 他日，絲以告其舅，冬，晉人使以幣如鄭，問駟乞之立故，
> 駟氏懼，駟乞欲逃，子產弗遣，請龜以卜，亦弗予，大夫謀對，
> 子產不待而對客曰，鄭國不天，（杜：不獲天福。）寡君之二三
> 臣札瘥夭昏，（林：夭死曰札，小疫曰瘥，短折曰夭，未名曰昏，
> 此言相繼而死。）今又喪我先大夫偃，其子幼弱，其一二父兄，
> 懼墜宗主，私族於謀，而立長親，寡君與其二三老曰：抑天實剝
> 亂是，吾何知焉，（杜：言天自欲亂駟氏，非國所知。）諺曰，
> 無過亂門，民有兵亂，猶憚過之，而況敢知天之所亂，今大夫將
> 問其故，抑寡君實不敢知，其誰實知之，平丘之會（在十三年）
> 君尋舊盟曰，無或失職，若寡君之二三臣，其即世者，晉大夫而
> 專制其位，是晉之縣鄙也，何國之為，辭客幣而報其使，晉人舍
> 之。（林：晉人置之不關，傳言子產有辭。）

（左傳・昭公十九年）

維持弱小國家安全的最重要方法在防微杜漸，萬不可輕啟敵國覬覦
之心，貢獻無度，暫時雖可僥獲安全，但結果反足以引致無限的貪欲，
而無法拒絕。子產對於這點特別重視，所以當晉國的韓起（宣子）向鄭
伯請求鄭南的玉環時，子產即斷然「弗與」，他所謂「大國之求」無禮以
斥之，何饜之有，吾且為鄙邑，則失位矣，」實含是至理。我們看看滿

清末年的中國，視割地賠款，為家常便飯，末了仍舊免不了受侵略，更
可反映出子產的説法，是古今不易的真知灼見：

宣子有環，其一在鄭商，（杜：玉環也，林，善玉人月工共
朴，成此雙環，宣子有其一，鄭商有其一，故宣子欲得而雙之）
宣子謁（請也）諸鄭伯，子產弗與，曰，非官府之守器也，寡君
不知，子大叔，子羽，謂子產曰，韓子亦無幾求，晉國亦未可以
貳，晉國韓子，不可偷也，（偷，薄也。）若屬有讒人交鬥其間，
鬼神而助之，以興其凶怒，悔之何及，吾子何愛於一環，其以取
憎於大國也，盍求而與之，子產曰，吾非偷晉而有二心，將終事
之，是以弗與，忠信故也，僑聞君子非無賄之難，立而無令名之
患，僑聞為國非不能事大字小之難，無禮以定其位之患，夫大國
之人，令於小國，而皆獲其求，將何以給之，一共一否，為罪滋
大，大國之求，無禮以斥之，何饜之有，吾且為鄙邑，則失位矣，
（杜：若唯命是聽，則鄭且為晉邊鄙之邑，不復成國。）若韓子
奉命以使，而求玉焉，貪淫甚矣，獨非罪乎，出一玉以起二罪，
吾又失位，韓子成貪，將焉用之，且吾以玉賈罪，不亦銳守乎
（杜：銳，細小也，言以細事微大罪。）韓子買諸賈人，既成賈矣，
商人曰，必告君大夫，韓子請諸子產，曰，日起請夫環，執政弗
義，弗敢復也，（杜：復，重求也。）今買諸商人，商人曰，必
以聞，敢以為請，子產對曰，昔我先君桓公，與商人皆出自周，
（鄭本在周畿內，桓公東遷，並與商人俱。）庸次比耦（杜：庸，

用也，用次更相從耦耕。）以艾殺此地，斬之蓬蒿藜藋，而共處之，世有盟誓，以相信也，曰，爾無我叛，我無強賈，毋或匄奪，爾有利市寶賄，我勿與知，恃此質誓，（杜：質，信也。）故能相保，以至于今，今吾子以好來辱，而謂敝邑，強奪商人，是教敝邑背盟誓也，毋乃不可乎，吾子得玉而失諸侯，必不為也，若大國令，而共無藝，（杜：藝，法也。）鄭鄙邑也，亦弗為也，僑若獻玉，不知所成，敢私布之，韓子辭玉，曰，起不敏，敢求玉以徼二罪？敢辭之。

（左傳‧昭公十六年）

　　夏四月，鄭六卿餞宣子於郊，……宣子私覿於子產，以玉與馬，曰，子命起舍夫玉，是賜我玉而免吾死也，敢不藉手以拜。

（同上）

這種不苟與的精神，固然重要，但要做到不苟與，必要同時做到不苟取。無論修身或治國，都應如此，尤其在春秋末年，侵略的暴行層出不窮，小國對於大國，務須做到取與不苟，否則這所以中大國「將欲取之，必先與之」的毒計。季孫叔所謂：「小國之事大國也，苟免於討，不敢求貺。」（左傳‧昭公六年），便是看破了這一點的。我們試看子產為豐施辭還晉國所賜的州田（杜：州縣今屬河內郡）一事，即可想到子產不苟取的精神，和謀國的謹慎。

　　鄭子產聘於晉，………為豐施歸州田於韓宣子（林：豐施，鄭公孫段之子，三年，晉以州田賜段，今段卒，故子產歸之於

晉。）曰，日君以夫公孫段，為能任其事，而賜之州田，今無祿早世，不獲久享君德，其子弗敢有，不敢所聞我君，私致諸子，（此年今月，公孫段卒。）宣子辭，子產曰，古人有言曰，其父析薪，其子弗克負荷，施將懼不能任其先人之祿，其況能任大國之賜，縱吾子為政而可，後之人若屬有疆場之言，敝邑獲戾，（杜：恐後代宣子者，將以鄭取晉邑罪鄭。）而豐氏受其大討，吾子取州，是免敝邑於戾，而建置豐氏也。敢以為請，宣子受之。

（左傳・昭公七年）

這事如細加分析，便覺異常重要。因為州縣那塊地方，本是晉國的樂豹所有，襄公二十三年樂氏死去後，范宣子，趙文子，韓宣子三人都想取得這地方，而爭執不決，後來只好公讓與鄭國的豐施，一場風波，才告平息。（事見左傳・昭公三年）但這件事，並非徹底解決，一旦韓宣子去位，很有重新引起糾紛的可能，稍一不慎，即將予鄭國以刀兵之禍，故子產有「後之人若屬有疆場之言，敝邑獲戾」的說法。

（二）利用國際形勢

當時國際局勢是晉楚爭霸中原，鄭國首當其衝，外交上自然要側重對晉和對楚的關係之調整。晉楚兩國都希望鄭國來歸順，並恐怕她傾服於對方，晉楚以為只要鄭國不傾向對方，在別的方面，就是稍稍讓步也未為不可的，子產最能利用這個國際矛盾，使得兩國都不敢侵略鄭國。

如鄭簡公十八年，子產如晉獻伐陳之捷，對晉國人說，陳國「介恃楚眾」，以憑陵鄭國，故不得不出兵討伐，這就是暗示著說：「陳國幫助楚國來和你們爭奪，我們打陳國便是等於幫助你呀！」所以晉國人聽了，覺得「其辭順」，而樂於接受。又有一次，晉國想派兵攻打鄭國，先使叔向到鄭國去探聽虛實，子產賦詩告訴他說：「你們如果願意和我們交好，我們當然很歡迎，如果不願意的話，難道就沒有其他國家好做朋友麼？」叔向聽了這話，馬上回去告訴晉國的人說，鄭國和秦楚接近，不可侵伐她，否則她就要和秦楚交好了。晉國執政聽了這話，果然不敢伐鄭，鄭國因而得免於難：

　　　晉人欲攻鄭，命叔向聘焉，視其有人與無人，子產為之詩曰，子惠思我。褰裳涉洧，子不思我，豈無他士？叔向對曰，鄭有人，子產在焉，不可攻也，秦荊近，其詩有異心，不可攻也，晉人乃輟攻鄭。

　　　　　　　　　　　　　　　　　　　　　　（呂氏春秋）

　　子產不但能利用國際形勢，免除鄭國的外患，並且減輕了鄭國對大國的貢賦負擔。重耳之後，晉國於諸侯盟會時，皆用大夫主持，威信漸變。鄭定公元年八月，復合諸侯，而齊侯不可，魯不預盟，諸侯大夫皆傾向楚國。雖然叔向猶能用威力脅迫各小國，但國際形勢顯然已經變更，子產斷定晉國無暇外討，各國亦不會聽從她的命令。乘這機會，對晉國外交翻然改計，而出以強硬態度，堅持著要減輕鄭國應貢獻於晉國的賦稅額，他以為鄭國若不乘此競爭，長久為人所侵陵，還能成甚麼國

家？結果他的目的竟順利地達到了：

> 甲戌，同盟於小丘，………及盟。子產爭承，（承，貢賦之
> 次）曰，昔天子班貢，輕重以列。列尊貢重，周之制也，卑而貢
> 重者，甸服也，（甸服，謂天子畿內共職貢者）鄭伯男，而使從公
> 侯之貢，（杜：言鄭國在甸服外，爵列伯子男，不應出公侯之貢）
> 懼弗給也，敢以為請，諸侯請兵，好以為事，行理之命（行理，
> 使人通聘問者）無月不至，貢之無蓺（杜：蓺，法制）小國有闕，
> 所以得罪也，諸侯修盟，存小國也，貢獻無極，亡可待也，存亡
> 之制，將在今矣，自日中以爭，至于昏，晉人許之，既盟，子大
> 叔咎之曰，諸侯若討，其可瀆乎，子產曰，晉政多門，貳偷之不
> 暇，何暇討，國不競亦陵，何國之為？
>
> （左傳・昭公十三年）

在適當的國際形勢下，外交當強硬便得強硬，當緩和便得緩和，如
果以弱小國家的資格只知一味堅強，難免不闖出禍事來。鄭簡公十九
年，楚國伐鄭國，人民都要起來抵抗，子產一個人出來反對。事實上，
一則鄭國力量尚未準備充分，不堪楚國一擊；再則當時國際上紛爭過
久，各國都有厭戰心理，晉楚將暫時平息，國際上，看看有了和平的曙
光，不宜輕啟戰釁，違背眾意；三則楚康王並不能使諸侯服從，而亡掉
鄭國，其目的不過在求一逞，卒許靈公之志而已。子產看清了這些，因
此決定不予抵抗，結果鄭國不費一兵，不折一矢，使楚國毫無所得，自
動退兵回去，而第二年真不出子產所料，有宋向戌十四國弭兵之盟，這

一次要不是善於利用國際形勢，鄭楚將兵連禍結，不知要亂到幾時呢？所以子產的這種政策，和一般盲目的不抵抗主義及投降的和平不論調絕不可同日而語。

　　許靈公如楚，請伐鄭，（十六年晉伐許，他國皆大，獨鄭伯自行，故許恚，欲報之，）曰，師不興，孤不歸矣，八月，卒於楚，楚子曰，不伐鄭，何以求諸侯，冬，十月，楚子伐鄭，鄭人將禦之，子產曰，晉楚將平，諸侯將和，楚王是故昧於一來，不如使逞而歸，乃易成，夫小人之性，釁於勇，嗇於禍，以足其性，而求名焉者，非國家之利，若何從之，子展說，不禦寇，十二月乙酉，入南里，墮其城，涉於樂氏，門於師之梁，縣門發，獲九人焉（林：鄭人獲縣門而禦攻者，獲楚攻門者九人。）涉於氾而歸，而後葬許靈公。

　　　　　　　　　　　　　　　　（左傳·襄公二十七年）

　　利用國際形勢，是子產外交的重要技術之一，因為他能運用得恰當，所以鄭國雖然弱小，在國際上卻始終能站在主動的地位。

（三）武裝自衛政策

　　古今中外任何國家的外交，無不以武力為後盾，自身沒有生存的能力，絕不能僥倖圖存。況且強大的國家，挾著侵略野心，也往往是以外

交為侵略的手段和稱霸的法門的。齊末林（Zimmern）説過：「列強全在劍上運用外交，弱小國家便在劍下成為他們的犧牲品。」所以偉大的政治家決不單從外交本身上去謀解決外交問題，卻是從內政上，從軍事上，從國民的團結上及其他根本問題上去謀解決。子產在外交上能夠成功，就是由於他看清了這個道理，把外交政策建立在武裝自衛政策之上所致。他一執政，便馬上整飭法度，維護治安，實行保甲制度（廬井有伍），改革軍隊的徵調標準（作邱賦），以充實國力，嚴密國防，小心翼翼，杜絕強鄰的覬覦。關於這一點，可從下面兩個例子中看出：

第一次是：鄭簡公二十五年，楚國的公子圍（時為令尹，後弒君自立為靈王，）來聘於鄭國，並向公孫段娶親，伍舉為之副，將宿於客舍。子產知楚人心懷叵測，阻止入城，令居於城外，快要迎聘的時候，楚人又要以軍隊入城迎女，子產恐其乘虛而入，委婉勸阻。舉見鄭國已有準備，只得命軍隊倒掛弓袋入城，以表示沒有弓矢，並無偷襲的野心：

春，楚公子圍聘於鄭，且娶於公孫段氏，伍舉為介，將入館，館人惡之，使行人子羽與之言，乃館於外，既聘，將以眾逆，子產患之，使子產辭曰，以敝邑褊小，不足以容從者，請即聽命（杜：欲於城外除地為館，行昏禮）令尹命大宰伯州犁對曰：君辱貺寡大夫圍，謂圍，將使豐氏撫有而室，圍布几筵，告於莊共之廟而來，若野賜之，是委君貺於草莽也，是寡大夫不得例於諸卿也，不寧唯是，又使圍蒙其先君，將不得為寡君老，其蔑以復矣，唯大夫圖之，子羽曰，小國無罪，恃實其罪，將恃大國之安

靖己，而無乃包藏禍心以圖之，小國失恃，而懲諸侯，使莫不憾
者，距違君命，而有所壅塞不行是懼，不然，敝邑館人之屬也，
其敢愛豐氏之祧？伍舉知其有備也，請垂首而入，許之，正月，
乙未，入逆而出，遂會於虢（杜：虢，鄭地）尋宋之盟也。

（左傳・昭公元年）

第二次是：定鄭公六年六月鄭國大火災時，子產恐外人乘虛入犯，
因即辭卻快來聘問的晉國公子公孫於東門之外，不許進城，使新來聘問
而未知虛實的新客出外。至於舊客，則因已知國情，恐出外煽動作亂，
一律禁止出宮：

火作，子產辭晉公子公孫於東門，使司寇出新客，禁舊客勿
出於官。

（左傳・昭公十八年）

復加派軍隊守城，以備邊慮，子大叔諫阻，以為晉國對此事必不高興，
一定會來討伐，子產告訴他小國不可無武備的道理，仍嚴備以待。七
月，晉國的邊吏果然來責難子產，不該增兵防晉，但經子產加以解釋，
也就不好追究了：

火之作也，子產授兵登陴，子大叔曰，晉無乃討乎，子產
曰，吾聞之，小國忘守則危，況有災乎？國不可小，有備故也，
既，晉之邊吏讓鄭曰，鄭國有災，晉君大夫不敢寧居，卜筮走

望，不愛牲玉，鄭之有災，寡君之憂也，今執事攦然（勁怒貌）授兵登陴，將以誰罪？邊人恐懼，不敢不告，子產對曰，若吾子之言，敝邑之災，君之憂也，敝邑失政，天降之災，又懼讒慝之閒謀之，以啟貪人，薦為敝邑不利，以重君之憂，幸而不亡，猶可說也，不幸而亡，君雖憂之，亦無及也，有他竟，望走在晉，既事晉矣，其敢有二心？

（左傳・昭公十八年）

　　武裝自衛是子產外交的根本政策，他能貫徹這個政策，故能堅守自主立場，利用國際形勢，措國家如磐石之安。波蘭的帕克上校，論手段和技術，未嘗不是個外交家，可是他不曾以全力建設國防，完成武裝自衛政策，一旦國際情勢緊張，便無可憑藉，率不能挽救波蘭的滅亡。由此比較起來，我們實不能不佩服兩千多年前的子產外交眼光之遠大。

輯四：儒學初探與中西哲學

荀子禮樂論發微

（一）導言

儒墨道法在周秦諸子中，是最有主張最有特色最有勢力的四大派；不像其他諸家摭拾別人陳説，發為議論，而自己全無明顯獨立的見解。這四家起初各各相衝突的地方很多，但後來因弟子出入不定，思想上常常互相融合。道家相信自然萬能，從這點出發，產生了「反弱」的主張；儒家和道家大不相同，儒家想調和天人觀念，建設倫理政治，唱人我合一的大公主義；卻又不像墨子完全消滅人我之見；法家相信政府萬能，偏重於「物」的一方面。顯然地，這四家的四個壁壘，森嚴地自形成其不可合性。但是，如果我們要在這四家當中想找出一個比較能連通四家學説的學者，也不是不可能。大概荀子便是一個。荀子在儒家的地位很重要，先秦儒家最後一位傑出者要算荀子。實孟子以後一人而已。荀子論天，與以前儒家論天不同，他是較趨近於自然一方面的，這是與道家略近的地方，雖然並不完全相同；荀子學説，有點近於功用主義，和墨子的重功利相近；至於法家，更有與荀子相通的處所，但從「唯物主義」方面説，便是大同小異。所以荀子在諸子中，要算是含義最廣泛，立意最切實的一個。荀子在儒家中的地位，應當要不比孟子低。孟子説仁義，固然是純儒家

思想，但儒家孔子的治術，具體說來，完全是「禮樂」，荀子一方面主張以仁義為本，同時發揚光大儒家的禮樂說，這種功績，實在很偉烈。不料在漢立孟子為學官以後，荀子總被湮沒著，無聲無息。所以王先謙在《荀子集解》的序裡開首就說：

> 昔唐韓愈氏以荀子書為大醇小疵，逮宋，攻者益眾。……而刻覈之徒，觗謀橫生，擯之不得與於斯道，余又以悲荀子術不用於當時，而名滅裂於後世，流俗人之口為重屈也。

荀子和孟子的大不同點，固然不能不說是「性惡說」和「性善說」，不過這兩種主張從另一方面觀，並不見得如何不同。陳登元先生的〈荀子之心理學說〉（東南大學南京高師國學研究會出版《國學叢刊》第二卷第二期）一文中，曾比較兩家學說，結論說：「孟荀二家皆主心善。荀子性惡之性，非孟子性善之性。」荀子在〈解蔽篇〉論心，與孟子：「惻隱之心，人皆有之……」的說法並不相反。荀子以情慾為惡性，孟子的所謂善性，是指「我固有之」的良心，用詞本來不同。但我們可以說的是孟荀在性的善惡上所用的範疇不同。孟子所說性善的性，確實是善；而荀子所說性惡的性，也確實是惡。實不能強異強同。所以我們想要明瞭儒家的政治思想，不可不同時研究兩家的學說，使互相發明。但儒家政治思想，積極方面，以禮樂為中心，而孟子對於禮樂方面，不多說及，卻只談趨重理論一點的仁義，故想要明瞭儒家政治思想，荀子的禮樂論實有特別研討的必要。除了要檢討荀子禮樂論的本質以外，事先不能不要明白荀子的時代

背景和社會環境。荀子生於戰國之世，當時政治大亂，民胥泯棼，邪說橫行天下，而儒學不彰，所以荀子的思想，多半是針對時弊而發，同時也在謀發揚儒術，禮樂論一方就是根據這點而來。更因周朝從成王周公以降，一切政教，都離不開禮樂，禮治和樂治的呼聲，充滿在當時，孔子以儒家之宗，而祖述周公，自然於禮樂不能不重視了。兩周社會，封建思想的勢力很大，因此，便產生了一種封建制度下不可避免的階級觀念。這種階級觀念，支配了許多學術思想，儒家思想也竟如此被支配著。在荀子書裡處處可以找到。禮樂論在先秦時代，當然以儒家講得為最起勁，孔子即說得很多，以後便當推荀子了。荀子可稱他做禮樂論的專家。經書中關於禮樂的見解，許多是荀子的。謝墉《荀子箋釋‧序》曰：

> 小戴所傳〈三年問〉，全出〈禮論篇〉；〈樂記鄉飲酒義〉所引，俱出〈樂論篇〉；〈聘義〉子貢問貴玉賤珉，亦與〈德行篇〉大同；大戴所傳〈禮三本篇〉，亦出〈禮論篇〉，〈勸學篇〉。即《荀子》首篇，而以〈宥坐篇〉末見大水一則附之〈哀公問〉，〈五義〉出〈哀公篇〉之首。則知荀子所著，載在《二戴記》者尚多。而本書或反缺佚。

因此我們可以說儒家的禮樂論便是荀子的禮樂論，關於此點，汪中在《荀卿子通論》裡也說過：

荀卿所學，本長於《禮》。〈儒林傳〉云：東海蘭陵孟卿，善
為《禮春秋》，……又《二戴禮》並傳自孟卿，《大戴禮》、〈曾子
立事篇〉，載〈修身〉、〈大略〉二篇文，《小戴》、《樂記》、〈三年
問〉、〈鄉飲酒義篇〉，載〈禮論〉、〈樂論〉篇文，由是言之，曲臺
之《禮》，荀卿之支與餘裔也。

梁任公先生也說：「荀子〈樂論篇〉與《小戴記》中之《樂記》，文義
相同者甚多，疑《樂記》本諸荀子也。」從此處，我們至少得相信荀子傳
禮樂的功績並不小了。至於劉中壘所謂：「孫卿善為《詩》、《禮》、《易》、
《春秋》。」則因荀子於諸經皆擅場，且於同時諸家的學說，無所不窺。
胡適之先生在他的《中國古代哲學史》裡，對這點說得很詳細。

（二）禮樂論思想的根據

一、論天

荀子論天，本諸自然，上面已說及。他的所謂天，如「列星隨旋，
日月遞炤」，如「日月之有蝕，風雨之不時，怪星之黨見」，都是指自然
現象而說的，與孔子所說的主宰之天，孟子所說的主宰之天或運命之
天，大不相同。他是用老子一般人的「無意志的天」，來改正儒家、墨家
的「賞善罰惡」有意志的天；同時卻又能免去老子、莊子天道觀念的安
命守舊種種惡果。（依胡適之先生說）如〈天論篇〉說：

天行有常：不為堯存，不為桀亡。應之以治則吉，應之以亂則凶。彊本而節用，則天不能貧，養備而動時，則天不能病；循道而不忒（從王念孫校），則天不能禍，故水旱不能使之饑，寒暑不能使之疾，祅怪不能使之凶。……故明於天人之分，則可謂天人矣。……天有其時，地有其財，人有其治。夫是之謂能參。舍其所以參，而願其所參，則惑矣。

又說：「惟聖人為不求知天。」這種自然的天的認識，使他把道家法天的觀念打破，而代以一種「人為主義」，即不要以天為轉移，只要盡其人事。〈天論篇〉又有：「故君子敬其在己者，而不慕其在天者。小人錯其在己者，而慕其在天者。」怎樣說天下不足慕呢？他以為天決不能加力於人事範圍以內的治亂上來，故治或亂，與天無關，如〈天論篇〉：

治亂天邪？曰：日月星辰瑞歷，是禹、桀之所同也，禹以治，桀以亂，治亂非天也；時邪？曰：繁啟蕃長於春夏，畜積收藏於秋冬，是又禹、桀之所同也，禹以治，桀以亂，治亂非時也；地邪？曰：得地則生，失地則死，是又禹、桀之所同也，禹以治，桀以亂，治亂非地也。

這裡的天是指狹義的天文說的，合天、時、地，都是天，關於天不能為治亂，這一段說得很透闢。因為他不歸治亂之因於天，所以對於道的解釋，便也與前人所解不同：「道者，非道天之道也，非地之道也，人之所以道也。君子之所以道也。」（〈儒效〉，依宋本。）又說：

「道者何也？曰：君道也。君者何也？曰：能群也。」(〈君道〉) 從這種天的認識出發，漸漸論到道，論到君，群。因為人要有群的能力才能生存，就不得不有一種範圍這群的公律，於是便生出禮的學說來。

　　荀子言天，與孟子還有一點大不相同，孟子言義理之天，其中包含有道德的原理，荀子卻不然，荀子所言之天，並無道德的原理，又沒有理想，惟其如此，就不得不假人為來改正自然。這種人為的公律便是禮。

二、論性

　　荀子論性，也和他的論天一般，天既不含道德的原理，性更是不含道德的原理，性屬於天，是自然的，道德卻是人為的。胡適之先生說：「荀子論天，極力推開天道，注重人治。荀子論性，也極力壓倒天性，注重人為。他的天論是對莊子發的，他的性論是對孟子發的。」荀子下「性」和「偽」的定義為：「不可學，不可事，而在人者，謂之性。可學而能，可事而成之在人者，謂之偽。」(〈性惡〉) 又說：「生之所以然者，謂之性。性之和所生，精合感應，不事而自然，謂之性。性之好、惡、喜、怒、哀、樂，謂之情。情然而心為之擇，謂之慮。心慮而能為之動，謂之偽。慮積焉；能習焉，而後成，謂之偽。」(〈正名〉) 按「偽」，楊訓曰：「為也，矯也，矯其本性也，凡非天性，而人作為之者，皆謂之偽。古為字人傍為，亦會意字也。」郝懿說：「性，自然也；偽，作為也。偽與為古字通。」偽，可解作「人為的」，性，可解作「天然的」。從前一般人崇拜自然，都以凡「天然的」都是對的，「人為的」都是不對的，老子、孔子、墨子、莊子、孟子，多少都是如此。而把天然的性說做善，尤以

孟子最力。但荀子卻說：「人之性惡，其善者偽也。」(〈性惡〉)在這裡，我們所重視的，不是他有性惡的主張，而是重視他怎樣從性惡說底下來解釋禮的發生和必須。因為他不承認自然的是善，就不得不想拿一種人為的法則來改正，範圍它。因此便說：

　　今人之性，生而有好利焉。順是，故爭奪生而辭讓亡焉。生而有疾惡焉。順是，故殘賊生而忠信亡焉。生而有耳目之欲，有好聲色焉。順是，故淫亂生而禮義文理亡焉。然則從人之性，順人之情，必出於爭奪，合於犯文亂理，而歸於暴。是故必將有師法之化，禮義之道，然後出於辭讓，合於文理，而歸於治。

(〈性惡〉)

這個意思是：人的天性是一種慾望，這種慾望發達起來，必定會做出許多惡事體，禮樂的發生，原因在此。假使荀子不把性看做是惡的，他決不會知道去如此提倡禮樂，即提倡，也決不能那樣徹底，故荀子禮樂論，可說全部以「性惡說」為根據。他自己也說過：

　　故枸木必將待檃栝、烝矯然後直；鈍金必將待礱厲然後利；今人之性惡，必將待師法然後正，得禮義然後治。……故性善則去聖王息禮儀矣。性惡則興聖王貴禮義矣。故檃栝之生，為枸木也；繩墨之起，為不直也；立君上，明禮義，為性惡也。

(〈性惡〉)

　　胡適之先生在這段話之後說：「這是說人所以必須君上禮義，正視性惡之證。」我以為這正是倒因為果的說法。因為荀子雖然也曾拿這點作證，但這個證據並不高明。貴禮義怎麼可以證明性惡呢？性善也未嘗不可有禮儀，用禮義促性「更善」，這也可以說得通。所以這段話，我們可以不要就荀子自己的用法看，我們卻要從背後推測他的禮樂說的根據，即說：因為性惡，所以才要有禮義，性惡是因，有禮義是果。因為性惡，才要有禮義，這點在荀子禮樂論的根據上極其重要。他雖然這裡沒有說到樂，但因為他本把禮樂看成一片，故我們可以推論到。但單是性惡的觀念，還不夠促成他的禮樂論，假若性是惡的，而又不能用人為的法則改過來，又怎麼好辦呢？我們且看他說：

　　　　塗之人可以為禹，曷謂也？曰：凡禹之所以為禹者，以其為仁義法正也。然則仁義法正，有可知可能之理。（策縱案：這裡根據上面所說偽的定義而來，他還說過：禮義者，聖人之所生也，人之所學而能，所事而成者也。）然而塗之人也，皆有可以知仁義法正之質，皆有可以能仁義法正之具，然則其可以為禹明矣。

　　　　　　　　　　　　　　　　　　　　　　　　　　　　（〈性惡〉）

因為塗之人可以為禹，所以才有人為的改善方法可想，但是甚麼人為方法可以改善天性？他說：「今使塗之人伏術為學，專心一志，思索孰察，日加縣久，積善而不息，則通於神明，參於天地矣。故聖人者，人之所積而致矣。」（〈性惡〉）在〈儒效篇〉裡更說得詳盡：

性也者，吾所不能為也，然而可化也；情也者，非吾所有也，然而可為也。「注錯習俗」，所以化性也，并一而不二，所以成積也。……涂之人百姓，善而全盡，謂之聖人，彼求之而後得，為之而後成，積之而後高，盡之而後聖。故聖人也者，人之所積也。人積耨耕而為農夫，積斲削而為工匠，積反貨而為商賈，「積禮義」而為君子。

他的意思以為人性雖不善。但人生來就有相當的聰明才力，若有最聰明的人告訴他以「父子之義」，「君臣之正」，人是可以學而變善的，積學久了，成為習慣，即可成聖。（參看〈正名篇〉首段所論後王之成名）。所以荀子的教育論，其目的便在「積善而去惡」，而其方法則在「博學以知積」（此用陳柱先生說）。這個「積」，便是指依照禮義去學習不止。故又說：

天非私曾騫孝己而外眾人也。然曾騫孝己獨厚於孝之實，而全於孝之名者，何也？以慕禮義故也。天非私齊魯之民而外秦人也。然而父子之義，夫婦之別，不如齊魯之孝具敬父者，何也？以秦人之從情性，安恣睢，慢於禮義故也。豈其性異矣哉？

（〈性惡〉）

荀子從性惡說發揮出來，得到的結論便是「積學」可以教人為善，而積學的最大方法便在習禮樂。所以他說：「學惡乎始？惡乎終？曰：其數則始乎誦經，終乎讀禮。……故學至乎禮義而止矣。」（〈勸學〉）

他所以能把禮樂論推廣到他的教育論裡去，也正是因為他的根本思想是「人之性惡，其善者偽也。」欲研究荀子的禮樂論，這點最得明白。總括起來說，荀子禮樂論在思想上的根據是他的天論，和性論。他根本以為人為重於天演，人為可以轉變惡的天性為善，而禮樂便是轉變惡的天性最好的人為法則。

（三）禮樂原起

上面已說過荀子禮樂論思想上的根據，但此根據尤以性惡論為重要，他所謂性惡，不過是說人各有一種不可遏止的慾望而已。人生來便有圖自己生存的慾望，竟與生物學上所說「生存競爭」相同，要滿足生存慾望，唯一的對象，不能說不是物質。孔子說「富之教之」，孟子說「恆產恆心」，本來都是這個道理。不過荀子是說性惡，特別注重物質的分配，這種頗似唯物史觀派論調，使他對於禮樂原起有一個更深刻徹底精審的認識而已。我們且看他論禮的起原：

> 禮起於何人也？人生而有欲，欲而不得則不能無求，求而無度量分界，則不能不爭，爭則亂，亂則窮。先王惡其亂也，故制禮義以分之，以養人之欲而給人之求。使欲必不窮乎物，物必不屈（楊注：屈，竭也。）於欲，兩者相持而長：是禮之所起也。
>
> 　　　　　　　　　　　　　　　　　　　　　　（〈禮論〉）

又説：

> 人之情，食欲有芻豢，衣欲有文繡，行欲有輿馬，又欲乎餘財蓄積之富也，然而窮年累世，不知不足。（楊注：不知不足當為不知足。）今人之生也，方知蓄雞狗豬彘，又蓄牛羊，然而食不敢有酒肉；餘刀布，有囷窌，然而衣不敢有絲帛；約者有筐篋之藏，然而行不敢有輿馬。是何也？非不欲也，幾不長慮顧後而恐無以繼之故也。於是又節用御欲，收斂蓄藏以繼之也。是於己長慮顧後幾不甚善矣哉。今夫偷生淺知之屬，曾此而不知也，糧食大侈，不顧其後，俄則屈安窮矣，是其所以不免於凍餓，操瓢囊為溝壑中瘠者也。況夫先王之道，仁義之統，詩書禮樂之分乎？彼固為天下之大慮也，將為天下生民之屬，長慮顧後而保萬世也。其汸長矣，其溫厚矣，其功盛姚遠矣。

（〈榮辱〉）

又説：

> 故人生不能無群，群而無分則爭，爭則亂，亂則離，離則弱，弱則不能勝物，故宮室不可得而居也。不可少頃舍禮義之謂也。

（〈王制〉）

他的意思以為人生而有慾，所謂慾，就是想要有物質的享受的內心

的要求；就著的一方面來說，一個人從能知道自己求生存的時候起，就有要穿著以禦寒蔽體的慾望。單是空洞的慾望，當然不夠，於是就要去實際的找穿著的東西。須知人的慾望是無止境，是即是荀子所謂人的「性」，人性如此不能滿足，有了足夠蔽體的衣服，就必定進一步求其能使身體十分溫暖，及至求溫暖的慾望達到了，又必會進一步想取得美觀的更為使身體舒適的華服，人人都如此渴望，如此迫求不已。而物質是有限的，迨至供不應求之時，假若人與人間沒有一種公守的分界，則損人利己之心，決不能免。這樣便起爭奪，社會上人各相爭，秩序還不亂嗎？想要免除這種爭端和混亂，據荀子的主張看來：（一）用一種強硬的手段來絕人之欲，是做不通的，在荀子叫這種絕欲的節欲法為「忍情性」，而說這是「不足以合大眾，明大分。」（見〈非十二子篇〉，策縱按楊注謂此語係指下面「苟以分異人為高」而發，殊覺不當，不如謂為指上面的「忍情性」而發為較妥也。）（二）只好用一種變通方法，即所謂達欲。他說的「養人之欲」，「給人之求」，便是此意。禮，即有這種特殊功效，所以古之聖人，才制定這種制度，這個禮的起原的解釋，透澈不過。因為禮本是一種制度，把人事可以「分」出等差，令世人物質的享受，各有一個「度量分界」，有了度量分界，人人遵守，各不相違。那末物質雖然有限，慾望卻得了一個限制；自然所需所給，也就可以恰當而不至棼亂了。從上面的第二段引語，我們還可以看出一個特殊意見，他以為人雖有一種不止的慾望，但聰明的人卻也自知「節用御欲，收斂蓄藏以繼之」，而聖人更把這種心理推而廣之，使一人之慮，擴而為「天下之大慮」，便制為「禮樂」。這樣因節慾而有禮的說法，以前本也有，如

〈坊記〉説:「禮者因人之情而為之節文以為民坊者也。」

不過,從前儒家的説節制和荀子略有不同而已。(參看下節)至於人性既然惡,既然各人的慾望皆無止境,何以又知道提倡節慾而制定禮樂?在上節雖已説及,謂是人有向善之心理,但具體説,則實由於人心都是不滿於爭亂而貴生喜安。故他説:「人之所惡何也?曰:污漫爭奪貪利是也;人之所好者何也?曰:禮義辭讓忠信是也。」(〈彊國〉)又説:「故人莫貴乎生,莫樂乎安,所以養生安樂者,莫大乎禮義。」人有厭亂向治之心,(按荀子謂性惡,但心則非惡,不可不別。)才能有禮義。但禮義也不是任何人都可「生」的,必有待於聖人之偽。故曰:

> 問者曰:「人之性惡,則禮義惡生?」應之曰:「凡禮義者,是生於聖人之偽,非故生於人之性也。故陶人埏埴而為器,然則器生於工人之偽,非故生於人之性也;故工人斲木而成器,然則器生於工人之偽,非故生於人之性也;聖人積思慮,習偽故,以生禮義而起法度,然則禮義法度者,是生於聖人之偽,非故生於人之性也。若夫目好色,耳好聲,口好味,心好利,骨體膚理好愉佚,是皆生於人之情性者也,感而自然,不待事而後生之者也;夫感而不能然,必且待事而後然者,謂之生於偽。是性偽之所生,其不同之徵也,故聖人化性而起偽,偽起而生禮義,禮義生而制法度,然則禮義法度者,是聖人之所生也。故聖人之所以同於眾,其不異於眾者,性也;所以異而過眾者,偽也。」

> (〈性惡〉)

這段話記述得很詳盡，而實則荀子論禮的原起，可以「聖人化性而起偽，偽起而生禮義」，等數語盡之。關於禮賴聖人制作，他說得最多。又說：「君子者禮義之始也。為之貫之，積重之，致好之者，君子之始也。……無君子，則……禮義無統。」（〈王制〉）

又如前面所引的：「先王惡其亂也，故制禮義以分之。」（〈禮論〉，又見〈王制〉。）又曰：「故先王案為之立文，……禮節文貌之盛矣，苟非聖人，莫之能知也，聖人明知之，士君子安行之，官人以為守，百姓以成俗。」（〈禮論〉）又〈性惡篇〉謂：「禮義者，聖人之所生也。」以上所謂「君子」，「先王」，都與「聖人」同義。歸納荀子論禮的原起的要點有五：（一）人的天性有貪慾，這種貪慾並非惡德，也無法滅絕；（二）滿足人的「貪慾」，必賴物質，但求而無「度量分界」，則物必「屈於欲」；（三）折衷的，妥善的辦法便只好（甲）節慾免「太侈」以救「屈窮」，（乙）為「分界」以適宜的支配物質的享受，欲達到這兩個目的，最好提倡「禮義」；（四）荀子以為人性惡亂好禮，且可以化，故以禮止爭，這是從心理上來改造人性使至於「有恥且格」。（五）這樣還要「士君子」去遵行，官民去共守，「百姓」習之，等到成了一種風俗，才算禮是完全成立。

現在且來看他論樂的起原：

夫樂者，樂也，人情之所以必不免也。故人不能無樂。樂則必發於聲音，形於動靜：人之道也（依《禮記》改）。故人不能無樂，樂則不能無形，形而不為道，（策縱案：胡適之先生在《中國古代哲學史》三卷三九頁，將此道字斷在下句，並謂：此節諸

道字，除第一道字外，皆通導。但據盧謝合校宋本，則斷在上句，今依校宋本。若照胡氏説，則「形而不為」不曉何解。且使下句全反荀意，疑手民之誤，道字通導仍胡説。）則不能無亂。先王惡其亂也，故制雅頌之聲以道之，使其聲足以樂而不流，使其文足以綸而不息，（依盧説照《史記》改正）使其曲直繁省，廉肉節奏，足以感動人之善心；使夫邪污之氣無由得接焉。

（〈樂論〉）

這段的意思與上面論禮起原的一段要同看。因為人生來就有慾望，才要作禮；因為人生來就愛快樂，故要作為正當的音樂，使人有正當的娛樂，不致流於淫亂之途。因為他認為民有喜怒哀樂之情，若不拿正當的因為去發抒之，則民必亂。他説：「夫民有好惡之情，而無喜怒之應，則亂。先王惡其亂也，故脩其行，正其樂，而天下順焉。」（〈樂論〉）他又以為民能治與否，在看民是否已「安樂」，所以又説：「無幽閒隱僻之國，莫不趨使而安樂之。」（〈王制〉）樂即是使民安樂的唯一法門。同時他所説樂的制定修正，也全靠聖人，上面所謂「先王」，即是此意。

　　但是荀子的意思，也並不以為單因物質的不足才有禮樂，主要原因，仍在杜絕爭亂，此點當要注意。

（四）禮樂的含義

　　「禮」這個字，到底怎樣解法？很是一個難題。從字義上説：《説文》

「禮，履也，所以事神致福也。从示从豊，豊亦聲」。又，「豊行禮之器也，从豆，象形。」胡適之先生說：「按禮字从示从豊，最初本義完全是宗教的節儀。」後來，由於習俗的遞嬗，禮竟包括一切社會習慣風俗所承認行為的規矩。但廣義的禮，不僅包括習慣風俗，凡「一切合於道理，可以做行為標準，可以養成道德習慣，可以增進社會治安的規則，都稱為禮。」（依胡適說）如《樂記》：「禮也者，理之不可易者也。」又《禮運》：「禮也者，義之實也，協諸義而協，則禮雖先王未之有，可以義起也。」

故以前儒家普遍說禮的含義，有三次變遷。（一）禮有宗教的儀節；（二）禮是適合於風俗習慣的規矩；（三）禮是合於義理的一切規則。而荀子說禮的含義，也大半與第三種相類。但他把三種意義都曾說過，所以他所認定的禮，範圍特別廣。時而說此，時而說彼，不過綜合言之，仍不出乎第三種範圍之外。現在把他對這三種的主張，分述如次：

像〈禮論篇〉論喪祭禮說：「故先王案為之立文。」（楊注：「文」謂祭祀節文。）又如〈正名篇〉：「後王之成名，文名從禮。」（楊注：「文名」謂節文威儀，「禮」即周之儀禮也。）關於這樣類似的說法，處處都是，意義不外仍是與第一類宗教的儀節相同。又荀子把禮和義看做一樣，幾乎沒有一處不將禮義並提而論，「禮義」兩字在《荀子》中，所見次數之多，不可勝計。在〈正名篇〉：「名無固宜，約之以命，約定俗成，謂之宜，異於約則謂之不宜；名固無實，約之以命實，約定俗成，謂之實名。」

所謂宜，原是義。義，宜，有恰好的意思，合於義才是禮，合宜的才是義，「約定俗成」，才「謂之宜」，所以荀子也是把禮看做適合於風俗

習慣的規矩。至禮義並舉，在荀書中極多，這裡只舉一例，便可明白。

「在人者莫明於禮義，……禮義不加於國家，則功名不白，故人之命在天，國之命在禮。」(〈天論〉)前面說:「禮義不加於國家，則功名不白」，底下接著只說:「國之命在禮」，顯然地禮義所含的原理無二。又荀子也常以禮解作理:

「禮」也者，「理」之不可易者也。

(〈樂論〉) (按《樂記》中語當引自此。)

先王之道，仁之隆也，「比中」而行之。曷謂「中？」曰:「禮義」是也。……言必當「理」，事必當務，是然後君子之所長也。凡事行有益於「理」者立之，無益於「理」者廢之，夫是之謂「中」事。凡知說有益於「理」者為之，無益於「理」者舍之，夫是之謂「中」說。

(〈儒效〉)

從此，我們知道荀子也是以「義理」為禮的根本原理。不但如此，荀子說禮的含義，更有許多特點，今分別述之。

(一)禮是合於「中道」的。說見上引，按王念孫解釋「比中而行之」一句說:「言從乎中道而行之也」。從前儒家釋禮，止於說是義理，此卻明指為依中道而制禮，把儒家「中庸」的主張，貫通禮義。

(二)禮的意義包含「養」。上面說過禮是達慾節慾的工具。養，是養人之慾，即達慾的意思。〈禮論篇〉說:

故「禮」者，「養」也。五味調盉，（盉通和，依王念孫考證。）所以養口也；椒蘭芬苾，所以養鼻也；雕琢刻鏤黼黻文章，所以養目也；鍾鼓管磬，琴瑟竽笙，所以養耳也；疏房檖䫉越席，床第几筵，所以養體也。……孰知乎禮義文理之所以養情也。

又〈修身篇説〉：「凡治氣養心之術，莫徑由禮。」

（三）禮含有「分別」的用意。如他常説：

故禮者，養也。……君子既得其養，又好其「別」。

（〈禮論〉）

故人之所以為人者，非特以其二足而無毛也，以其有「辨」也。夫禽獸有父子，而無父子之親，有牝牡而無男女之別。故人道莫不有辨。辨莫大於「分」，分莫大於「禮」。

（〈非相〉）

人何以能群？曰：「分」。分何以能行，曰：義。故義以分則和。……不可少頃舍禮義之謂也。

（〈王制〉）

荀子的意思，以為禮是拿來分辨人的親疏，區別人的等差，分配人的物質享受。

綜合起來，荀子得禮的定義曰：「禮者，斷長續短，損有餘，益不足，達敬愛之文，而滋成行義之美者也。」（〈禮論〉）

此外，荀子以重視禮的緣故，常把禮看做道。如説：「故凡得勝者，

必與人也，凡得人者，必與道也，道也者何也？曰：禮讓忠信是也。」
（〈彊國〉）

因為他所認定的讓，也是一種禮，而忠信又是禮之所本，故「禮讓
忠信」，實際上還是一個「禮」字。以上講禮的含義，以下講樂的含義。

荀子對於樂的見解極好，但發揮得不多，原因當在樂與禮有許多相
通的地方，故在禮已說過的，在樂不再說及。大概荀子對於樂的解釋，
可分下列幾點：

（一）樂是人類喜「快樂」的「情」。這裡的「情」字得注意，荀子以
為性是內心的天性，情是由內心所表現到外面的一種表象。他說樂是
形諸於外的快樂的表情。如〈樂論篇〉：「夫樂者樂也，人情之所必不免
也。」

（二）樂有「和」的含義。「和」便是融洽人性的意思。如〈樂論篇〉：
「且樂也者，和之不可變者也。」又〈儒效篇〉：「樂言是其和也。」

哲學的根本問題

（一）問題起於問到底

　　亞里斯多德説過：「哲學起於懷疑。」笛卡兒先懷疑一切才建立他的哲學系統。希臘的比羅（Pyrrho）和法國的巴斯噶（Pascal）都是徹底的懷疑主義者。因為哲學是研究全宇宙人生根本問題的學問，他所探討的當然是整體的普遍的真理，他要研求宇宙人生的大徑大法，而歸根結底以窮其源，所以每個會懷疑的大哲學家都會追問到宇宙的根本問題。朱子幼時，嘗問他的先生説：「天外為何物？」先生啞然不能回答。從前印度有人問他的父親：「人在地上，地在甚麼東西上？」父親説：「地在烏龜上，」又問：「烏龜在甚麼東西上？」父親説：「在象身上。」又問：「象在甚麼東西上？」父親便不能回答了。這種會疑好問的精神是哲學家的基本精神，也就是哲學發生的主要原因。

　　由於這種「打破沙鍋問到底」的結果，哲學上留下了一大串懸案。誠如 C. E. M. Joad（編按：即 Cyril Edwin Mitchinson Joad，著作《現代哲學引論》（*Introduction to modern philosophy*）在民國時期已被翻譯至中國）所説：「人類傳説中所遺留下來的諸問題，任何時代的男女，都曾加以詢問，而直到現在尚未解決的，厥有數端：宇宙是不期然而然的原子集團，還是由計劃而構成的理念？我們所知的世界是偶然的世界，還

是必然的世界？生命是物質演進中儻來的副產物，還是太古泥濘中的洄流？或是各事物具有體系者的主要部分？進化的推演是有意義還是無意義？單就人類來說，他們在進化的推進中，為著要有最大希望的成功，而且生活的進行，必將入於高尚之域，馴至莫與比倫，得未曾有；或將必歸於失敗，馴至不能獲得有裨於他們生活發展的物質條件，而與之同時俱盡？我們能從心所欲，自由以遂其生；或者我們的意志必為肉體反射（bodily reflex）與下意識（unconscious wishes）所限制？所謂心，是一種特異而獨立的活動；或僅為肉體演進的機能，他所發生的意識作用，僅為以腦作中樞的紅燄，如油漠上的放光色素？」這許許多多的疑問，都是我們想要得到正確解答的宇宙根本問題。

　　哲學上的本體論或宇宙論便是討論宇宙的根本問題的。在初期（約當紀元前六二五至四八〇年）的希臘哲學界，就開始熱烈討論到物質的宇宙的實體（Reality）了。那時一方面由於波斯與迦太基的內侵，政治社會上遭遇到非常的厄運；一方面由於新宗教的危險，神秘派和畢他哥拉（Pythagoras）派的流行：使希臘的自然科學家群起而研討宇宙的本質及其法則，他們追求：「甚麼是這世界的永久的基本」和「組成這宇宙的真本質是甚麼？」他們研究的結果，有些認為宇宙的本質是水，有些認為是氣，有些認為是無極（infinite），有些認為是地，水，風，火四大原素，有些認為是種子（seeds），有些認為是原子（Atom），有些認為是理念（idea）與原料（stuff），也有認為是存在（being）的，像巴門尼底（Paymenides）即主張「沒有不思想的存在」，他所謂存在等於思想，可用下列的邏輯方式來說明：

一切思想都是有所思想的，所以有存在為之主象；

無所思想的思想，便沒有主象，必不存在；

因此，不真的，不能被思想，更不能存在。巴氏所謂存在，就是包括思想而佔有空間的物質，它是一種合一的，永久的，不朽的，相同而且不變的範疇。

無疑的，巴門尼底是一個萬物有生論者，他把思想與存在，或者說精神與物質，看成一體，這不過是各種心物觀中的一種，其餘的哲學家在當時也各有各的理論，而且他們都一致的集中討論到這個宇宙根本問題——心與物，精神與物質，或思想與存在的關係的問題，就是中世以後一切的哲學家也無不要問：宇宙間先有物質還是先有精神？物質決定精神還是精神決定物質？或構成宇宙的主要因素究竟是哪一種因子？

這問題是哲學的根本問題和中心樞紐，如軸之於磨。要想建立哲學的理論體系，必先把握住這軸心或綱領，因此所有哲學思想的爭辯都不期然而然地集中到心物之爭的焦點上，不論你採用甚麼方法研究哲學，「一切的道路都走到羅馬來」(All roads Lead to Rome)。

這個根本問題雖然十分重要，可是它的解答的繁難也正和它的重要性成正比例。從古到今的哲學家解答這問題，幾乎言人人殊，各人有各人的立足點，範疇以至於結論。所用的名詞，既玄妙，又繁多，千門鬥富，萬戶爭研，令人頭暈目眩，莫知所從。一般人只得各是其是，各非其非，甚至還要各立門戶，入主出奴，衛長護短，以致一個根本問題永遠得不到公認的結論。陸象山說：「後世言學者須要立個門戶，此理所在，安有門戶可立？學者又要各護門戶，此尤鄙陋！」可說是慨乎言之了。

（二）兩大陣營

　　哲學之海裡的波濤雖然紛亂地朝著各種方向洶湧澎拜，但歸納起來不外乎兩個主流，那就是以人們對宇宙本質及其現實性之認識不同為分界點的唯心論與唯物論。從有哲學以來，這兩大陣營即佔領了整個思想界，故德國哲學家 Windelband 說：全世界的哲學只有兩個系統：一是德謨克利泰斯（Democritus）的唯物論派，一是柏拉圖的唯心論派。Dilthey 也以為哲學上只有自然主義（唯物）和精神主義（唯心）兩派。

　　唯心論者以為精神是宇宙的根本，是全體的主體，一切物質現象只是人的觀念或理念的表現。觀念或理念是一種最高尚而永遠不變易的東西，宇宙萬事萬物常在變化，破滅，只有觀念或理念始終如一。人的精神生活的經驗即是實在。理念不僅比物質富於普遍性與永久性，而且有支配整個宇宙的力量。換句話說，精神決定物質，心決定身，或思想決定存在。

　　自柏拉圖揭櫫「觀念世界」與「物質世界」之說，唯心論日見昌盛。到了十八世紀，唯心學說愈趨向極端，在英國如洛克（Locke）、勃克來（Berkeley）及休謨（Hume）等皆是。顧西曼（Cushman）（編按：即 Herbert E. Cushman，美國哲學家，代表作有《西洋哲學史》）說得很明白：

　　　　洛克問道：我們能知道甚麼？他自己回答道：我們能知道我們的觀念，同時他一方面假定一精神本質之存在，一方面又假定一物質本質之存在，使觀念而為知識之對象，則凡此皆非觀念

也。勃克來對於洛克的進步，與休謨對於勃克來的進步，實不過是刪除的工夫。勃克來刪去物質的本質，因為物質的本質不是理念。休謨更進一步問道：我們為甚麼不將精神的本質也刪去呢？精神的本質也不是觀念與知識的對象啊！我們應當將他與物質的本質一併取消。

勃克來以為一切事物皆為心所辨別，一切事物皆為心所構成，這種說法已走到唯心論的極端了。

自從十八世紀末黑格爾出現於哲學界，建築在新的基礎上的學說才大放光彩。黑格爾主張宇宙的實質是一個理論過程，即客觀觀念發展的過程。不論宇宙、人生和社會，人們的本質乃是因內在矛盾的鬥爭而發展的觀念形式之展開。以矛盾法表明每一邏輯為一具有相反相成分子之有機體，並將這些根本概念合起來成一系統，以為最高無上無所不包的範疇的有關部分，這範疇即是「神聖理念」（divine idea）或宇宙思想之總和；絕對理念為萬事萬物的總則，自決而不他依。

黑氏以絕對理念統率一切真理與個物，其理由：因每一真理皆是由宇宙我的思想組織而成，所以在自我意識普遍兼賅的統一性理，必能代表萬殊的個體事實。全宇宙的真正共相即是那神聖的理念或萬物的可知性。這共相並不是抽象的，而是一具體的整個（Concrete Whole）。「因為所有個體事實並非此共相之例子，而乃包括在此共相之內，其實個體實事不過共相自身發展所分化出之階級罷了。」（賀麟譯 Josiah Royce 著《黑格爾之為人及其學說》）黑格爾創立矛盾思辯法，並強調絕對理念的意義，在唯心論史上可說是劃時代的貢獻。

　　另一極端，唯物論者主張物質是宇宙的根本，一切精神現象皆來自物資而為物質所決定，由此產生了以物質為歷史重心的唯物史觀（或以經濟為歷史重心的經濟史觀）。據 Max Beer 在他所著 *A Guide to The Study of Marx* 一書中說：

> 　　唯物史觀或唯物的社會生活觀……它的真正的意義是：社會的基礎或基本的結構是物質的生產；這個基礎，由於它對精神所發生的影響，決定道德、宗教、哲學和藝術等等形式，即社會的意識形態；因此，還有一點也就隨著可以知道，那就是物質的生產一有了變化，全部的社會生活和它的意識形態的形式也跟著改變。

　　在這裡，我們可顯然看出唯物論者忽略了精神方面的決定力量。因為我們如果進一步追問物質生產從何而來；何以會發生變化？他們就無法自圓其說了。

　　關於唯物論史的演變，德國哲學家郎格（F. A. Lange）（編按：即 Friedrich Albert Lange，代表作有《唯物主義史》、《邏輯論文集》等）說過：「自有哲學史以來，就有唯物論的出現。」在希臘時代即有泰里斯（Thales）等人的原始型的唯物論發生了。

　　唯物論發生得雖然很早，但重要的進展卻開始於十九世紀的馬克斯（Karl Marx）和恩格斯（F. Engels）。他們採摘黑格爾的矛盾思辯法，不用於文化歷史哲學上，而用於經濟歷史哲學上。以為真實反映於人的腦中，呈現為觀念或意象。馬克斯說：「依黑格爾，人類腦子的生活過程，

即思想的過程，真實世界的創造者；真實的世界卻只是觀念的外面表現而已。據我看來，恰恰相反，理想這東西無非是在人類頭腦中所翻譯過來而加過工的物質的東西罷了。」（《資本論・序》）恩格斯也說：「我們認為觀念……是真實事物的圖畫，──這樣一來，黑格爾的矛盾思辯法被倒置過來；在以前，它好像是倒轉身用頭向下立著，現在卻倒回來用腳站著了。」（《關於費爾巴哈的提綱》）恩格斯的話，很可表出他和黑格爾的異點，但是我們要知道：矛盾思辯法是邏輯方式，恩格斯是無法可把它倒置過來的。

馬克斯以為經濟條件決定歷史的本身和它所有的過程，生產方法決定經濟條件，而生產工具又決定生產方法，但是生產工具是否需要人們的自由意志來加以文配使用呢？這在馬克斯似乎已經忽略過去了。

簡單點說，唯心論和唯物論對於心物觀點之差異，可以從黑格爾與他的左派門人費爾巴哈的不同的說法中，很明顯地表現出來。黑氏說：「物質是精神的變態（或外在化）。（Matter is mind in its otherness）而費氏則說：「精神是物質的變態。」（Mind is matter in its otherness）又說：「人是他所吃的東西的產物。」（Man is what he eats）

（三）唯物論並無科學基礎

唯物論可分兩方面來看，一是社會科學的唯物論，一是自然科學的唯物論，近代學術發達，社會科學往往要以自然科學為基礎，兩者有不可分的關係。要討論哲學的根本問題，不妨先了解最近自然科學的趨勢。

　　在十九世紀，自然科學界的唯物論曾盛極一時，到了近代，便已改觀。不但物理學漸漸趨向唯心的解釋，就是生物學也側重創造說和有意義說。這中間興衰消長的主因是對物質認識的變更。過去的思想家都以為物之實在者必具同一的物質個體性（Same nature as piece of matters），物質為空間存在之外物，堅硬單簡而且顯明，在理論上是能夠被我們看得見摸得著的。至於近代的所謂物質，則正如 C. E. M. Joad 所說：「乃是無限纖細，不可捉摸的東西，是『空時』（Space-time）中的『馬腫背』，電的『雪中行蹤』（Mush），即偶然一現，旋起旋滅的波動。此固不能稱之為物質。不過是知覺者（perceiver）的意識的射影而已。」這樣看來：我們實可以說，除了心理學以外，自然科學界已看不見唯物論的蹤跡了。

　　近代心理學在心身問題上幾乎全部承認了機械論或決定論，而懷疑人心的整個性與意志自由。持這種見解的有主要的兩派：

（一）行為論（Behaviorism）

　　這一派否定人類有心的假定，完全以機器來解釋人類的活動。他的持論約有兩點：（1）不承認有任何非物質元素在我們身體組織中（如心，精神或其他名目），能影響我們的行為。凡心理學關係之所及，可以假定人類全為肉體而解釋無餘，意識是肉體演進程序中的副產物，有時甚至是出於偶然，隨伴而起。意識不能為肉體演進之原因。肉體演進過程之出現，不以意識能知為必要。（2）人類一切行為，皆可用其他物體運動之相同定律來說明，與化學、物理學上的自然律沒有多大的區別。人不過是一架複雜的自動機而已。

　　行為論既認定凡心的活動皆是身的運動，皆是身體反應外界的刺激，但是這種外界的刺激頗為簡單，怎麼能發生這樣不可究詰和複雜不同的結果，而成為心的狀態呢？這是唯物論者所最難說明的一個問題，他們雖已指出神經系與腦是異常複雜，它的工作方式與聯繫情形向未明瞭，可是這並不是一個可靠的有力的證據。同時，根據上述行為論的持論，我們發現他已經犯了一種破壞他本身所立的基礎的危險。照行為論，把一切思想、意志、行為當作刺激的反應，那末造成這種心理學上行為論見解的思想也不過是刺激反應的結果。他們的學說，除了說明他們身體的特殊情形之外，別無事事，同樣的，反對行為論的其他心理學說也只是說明那些反對論者身體的特殊情形。要是我們進一步問這兩種不同的學說誰是誰非，其無意義，勢將恰如詢問主張這兩種不同學說者所有不同的血壓或面貌誰是誰非一樣，為甚麼？因為照行為論所說，造成這些學說的理論體系，與持這些學說的人的血壓或面貌一樣，不過是身體的官能或構造，他所生的結果，和他所欲加說明的外界事實無關。對於這些困難，行為論雖然獲得了俄國心理學家巴夫羅夫（Pavlov）的制約反射（conditoning reflex）實驗的成功的幫助，但仍舊無法加以解答。

（二）解心術（Psychoanalysis）

　　幾派解心術的共同見解，都認定人心的大部分皆屬於下意識（unconsciousness），人類的人格好像一座冰山，僅一小部分出現於意識的水平面上，就是所謂意識；其餘大部分在水平面下，就是所謂下意識。這個下意識不但是全體中的大部分，也是最重要的部分，而且意識的來源，

可以決定意識。解心術的目的便在探索這種下意職的各種隱秘趨向。

　　由解心術的結論便成為一種決定論、無理論、懷疑論、反權力論、定命論或實用的伊壁鳩魯主義等，反對意志思想之自由，蔑棄道德觀念，把理性當做本能的婢妾。

　　我們要批評解心術的有三點：（1）我們以為向上的意志（我把它應叫做缺陷感）是靈魂求安慰，理性求擴展，是部分仰慕全體的表示：而解心術則以為它不過是下意識的高尚化。（2）解心術把人身內的各種不同能力，如理性、意志、本能等強加區別，是否有當；又於意識與下意識之間，嚴劃鴻溝，是否持之有故，近代心理學家都很懷疑。這實是福氏心理學最困難之處。（3）試再以批評行為論的理論來批評解心術，解心術以為人的思想不能自由，須受慾望的指揮，推理不過為合理化，則解心術的本身亦不過為一種慾望的合理化，而與實際無關。但是真理必須能相應，即是說信仰認為真的應與實事所成為真的相應。現在解心術毫無外界的參驗，那末，我們若問解心術是否真確，就好像問某種情緒是否真確同樣沒有意義了。

　　近代的哲學須要以自然科學為基礎，現在自然科學界的唯物論已經百孔千瘡，快要立足不牢了。

（四）心和物究竟可分麼

　　其次，就社會科學的唯物論而言，我們更覺得它是抹殺事實。

　　首先我們要明瞭過去的唯心論和唯物論犯了一個同樣錯誤，那就是

認定心和物是兩樣可以絕對分開的東西，但是世界上究竟能否找得出離心之物或離物之心呢？事實將答覆我們一個「不」字。心物本是一體的兩面，絕對不可分離，只有心物的整體，只有精神與物質的有機組合，才是實在。唯心論所說的心，不是單純的心，而是與物質不同分的心；唯物論所說的物，同樣的也不是單純的物，而是與精神不可分的物，言心則物至，舉物則心在。我們說物隱心顯的實在為心，心隱物顯的實在為物，只不過是為著研究學術上的方便而已。

心物合一，可以說明宇宙一切的事物，無人能加以反對，由此更可以看出唯心論和唯物論的爭辯實毫無意義。譬如馬克斯說：「決定人們生活的方式，在基本上並不是他們的意識；相反地，決定他們的意識的，卻是他們的社會的生活。」（《政治經濟學批判‧序》）可是我們要知道，社會生活並不是純物質的，原是心物之合，人的意識也是心物之合（心顯物隱），所謂社會生活決定人們的意識，實為一種心物合一體影響另一種心物合一體，豈能說是唯物？

當然我們也不願抹殺唯物論的好處，那就是鼓勵人們去研究物質，開發經濟（注意：所謂物質與經濟，皆為心隱物顯的心物合一體），以充實人類文化的內容。它要我們：（1）深刻而精密地研究物質，即所謂「即物窮理」，或「格物致知」，係從物質闡發精神，由物以知心。因為物質是全體的顯著的一面，易為人所察覺；又因為它不能和精神分離；故研究物質是發揚精神的良好方法。（2）精巧而廣泛地利用物質，即所謂「假物為用」，或「君子善假於物」，係利用物質以陶養精神的欣賞力，譬如畫家創造新的彩色、線條和題材，作成美麗的圖畫給人們去欣賞，欣

賞者愈是欣賞得多，他的欣賞力也就愈發高明；人類欣賞圖畫的能力愈高，畫家就愈會精巧而廣泛地運用彩色、線條和題材，並養成超特的風格，創作高尚的作品。人類文化便在這種演化的過程也進步了。

根據上面所説，由於精神方面的知識慾求滿足，便去格物，求得一個真來；由於精神方面的欣賞力求滿足，便去用物，求得一個美來；如此不斷地循環進展，人類的精神也隨著一天天高尚化，乃從知與情的範圍走到意的領域內，建立一個善來。善是建立在真和美之上的一個範疇。有了至真至美，才能止於至善。科學和哲學的終極目的是至真，藝術和文學的終極目的是至美，道德和宗教的終極目的是至善。至真至美和至善是人生的總目標，是宇宙的大鵠的，這鵠的自有宇宙以來即存在著。我們如要達到這目的，便要格物致知假物為用。

唯物論對於上述文化演進的起程，只説明了一部分，即物顯心隱的實在影響物隱心顯的實在，而忽略了另一面物隱心顯的實在影響物顯心隱的實在。因此它不能説是一種本體論，而只是一種方法論。

在心物合一論之下，研究上我們仍不能否定相對的心物二範疇之存在，於是我們非進一步追問宇宙和人生的重心究竟是甚麼不可。

世界的進步，必根據於各個實在的向上或向外的擴展性，或向後代的延續性，這些性質，不管是知識或是慾望求滿足，通常都稱之為生存慾，這裡則稱之為缺陷感，宇宙萬物無不先天具有這種缺陷感，如果缺乏了它，便不會也不能存在。它發生於心物合一的實在、是一切文化的生長點，是歷史輪盤的發動機。這種動機蘊蓄未發之時，則有似於中國古時所説的「誠」，是生命的靜止狀態：開始發動之後，則有似於中國古

時所説的「仁」，象徵生生之榮，如核仁之茁芽，是生命的發動狀態。換句話説它是出發於心物合一體的一種微妙的感覺，可稱為心顯物隱的實在。當它發動之初，可以向善，也可以向惡，孟子見到它向善的一面，故説性善，荀子見到它向惡的一面，故説性惡。野蠻人的缺陷感向惡的可能性大於文明人。這種缺陷感（生存慾）使宇宙存在，使歷史演進。

　　當宇宙的實在感到缺陷時，它要進而假物為用或格物致知，以求得滿足；滿足之後，復發生新的缺陷感，更進而求得新的滿足。於是它的知愈真，情愈美，意愈善，漸臻於至真至美至善之域。這種由缺陷而至滿足，再由滿足而至新的缺陷，或由滿足而至缺陷，再由缺陷而至新的滿足，生生不息，循環演進的過程，正適合於黑格爾所説的矛盾進展法則：

缺陷（正）滿足（反）新的缺陷（合）或；
滿足（正）缺陷（反）新的滿足（合）

　　從上面的推論中，我們可找得哲學根本問題的真解決，就是説：宇宙的本質是心物合一的實在。它不能離開心或物而生存，宇宙的重心是出於實在的缺陷感，或生存慾，它是心顯物隱的實在。在實用的條件下，我們雖然稱之為心，而事實上卻非心非物，只是心物合一體，只是生。

蘇格拉底論死

你要常常想到，死是同我們沒有一點關係的：因為一切好的和壞的都從感覺發生出來，而死正是感覺徹底消滅。……真能想到沒有生命就沒有甚麼可怕的事情之人，在生命中就不會有甚麼可怕的事情了。

厄比鳩 Epikur（編按：今通譯作「伊壁鳩魯」）

死神站在上面，
低聲向我耳邊不知說了些甚麼：
我所懂得的，只是他那奇怪的語言裡，
沒有一句可怕的話。

W. S. Landor：Death

（一）

「死生亦大矣」！今天多少思想家都曾驚嘆過「生」和「死」這兩件大事，但是廣搜載籍，勤考諸家，說生的連篇累牘，說死的寥若晨星，世界上只有所謂「人生觀」，絕對找不出甚麼「人死觀」來。這固然由於「在僧言僧，在俗言俗」，生人自然喜說人生：同時，如孔子所說：「未知生，焉知死？」許多人把解答生作為解答死的先決條件，因而面臨著這

一大難題時，便裹足不前，知難而退。其實死對於我們的關係真的比生對於我們的關係疏遠些麼？生之解答真是死之解答的前提麼？不，絕對不。

在這砲火連天，戰雲彌漫的大時代中，戰場上千千萬萬的英勇鬥士，哀聲遍野的無辜難民，瘋狂咆哮的侵略者，芸芸眾生，一個個的倒下去，一隊隊的倒下去，死了！這裡有愛的死，恨的死，慘痛的死，快樂的死，流芳百世的死，遺臭萬年的死，或無所謂的死。這許多急劇的死，加上那些「壽終正寢」，得其「天年」的死，有數算不清的數目，有估計不完的價值，有抽繹不盡的意義，我們活了一天，便有一天和死辦交涉的可能，有一個生，便有一個死，誰能說出理由來，死的看法比生的看法不重要？

假如說，生是起始，死是歸宿，生是人生之花，死是人生之果，那末，歸宿不明，前途渺茫，叫我們如何生活？假如說，死是開始，生是歸宿，死是人生之源泉，生是人生之大海，那末，來路不明，淵源曖昧，又叫我們如何生活？再假如，生死輪迴，如環宛轉，自成千古，那末，站在生的一環上，更當把蘭因絮果，弄個明白，才夠認識現實的一環。

翻開歷史看，凡是偉大的人物，便是看透了死的人物。我說他們「看透了」，不說他們「真知了」，因為死終是一個啞謎，或一個沒有謎底的謎，它是不能知的。（也許是不可知的）雖然我們不能知它，卻不能不對它有一種看法，儘管這看法太主觀了，也往往可以使你生得更有意義更有價值，因此呀，你為甚麼不去求得一種較好的堅定的看法呢？

號稱「雅典青年之愛人」蘇格拉底，是我們所熟知的。當他被梅勒

士（meleltus）那些游蕩的少年控告，誣為煽惑青年，侮蔑神衹。在五百公民所組織的法庭上受審判的時候，他很可以用溫和的語調，把情勢和緩，但他不願乞憐於他素所鄙視的群眾，他很可以在法官之前，用實證來邀得原宥。但他侃侃而談，旁若無人，他那反諷的冷語（Socratic irony），終於激起了無理性的群眾野獸般的狂怒，以二百八十票對二百二十票，判決了他的死刑。

這時候，他的朋友們，尤其是老友克利陀（Crito）常來獄中獻逃亡之策，他們已經買通了官吏，讓他出走已不成問題。但他要奉公守法，殺身殉道，用堂堂正正的態度加以拒絕。於是在晚霞絢爛，日照崦嵫的時候，他從容含笑呷了一杯毒藥，永別了這人間！

「慷慨成仁易，從容就義難。」蘇格拉底就義得如此從容，毫無疑義地永遠值得後人驚佩。然而他為甚麼會有這般令人「驚佩」的精神呢？這便要說是由於他對「死」有一個特殊堅定的認識了。

（二）

現在我們要問的，就是蘇格拉底對死的看法究竟怎樣？欲解答這問題，應先明瞭他心目中死的意義。

蘇格拉底在後人的眼中是一個哲學家，他自己也嘗以「愛智者」（Philos Sophour）自命。其實我們與其單指他為哲學家，不如說他是合哲學家、道德家、宗教家於一身，因為他不但愛智愛真，也愛善。何謂善？照他看來，真即善。他把論理、倫理、宗教統攝於一，故所謂死的

意義也便兼染著這各方面的色彩了。

　　明顯地說，他心目中的「死」，是理智、情感、意志共同衡量下的名詞，充溢著論辯的，欣賞的，教訓的，甚至於多量神秘的意味。為著說明的方便，可把它的意義分做論理的和心理的兩方面。

　　論理上，蘇格拉底認死是「心靈脫離身體的過程」，它不是一事物的全部轉變，更不是單指身體溘然坦化或寂滅。而只是一種分離現象。他說：

　　　　這難道不是僅僅指心靈和身體分離而言麼？分離之際，靈離
　　　身體而獨立存在，身體也脫離了心靈，這就叫做死。

　　　（《柏拉圖對話錄‧斐多篇》*The Dialogues of Plato : Phaedo*）

　　把死當作心靈和身體的分離，似乎是神秘的或宗教的說法了，其實這就是「蘇格拉底的辯證」，係淵源於他邏輯的理型論（Doctrine of Ideas 一譯原型說或觀念論或埃提論）而來，與情感意志，很少發生瓜葛。

　　所謂「理型」，或可叫做「論理的模式」，是常住不變，無始固存的實在，是非物質的形態，無形體的形體，是概念的內容或概念認識的對象。與外舉的個體現象是相對的。例如這盆內的玫瑰和那盆內的玫瑰各有不同之處，它們迴黃轉綠，開落無常，是為感官界的個體的玫瑰；但除了這許多個別實際的玫瑰之外，我們可有一玫瑰的概念，這概念包含著一切玫瑰的共相（Universals），即玫瑰這普通名詞的內涵。照蘇格拉底說，這玫瑰一概念認識的對象即是玫瑰的理型。

　　蘇格拉底把感官的現象界與論理的理型界絕對分開，以前者非實在，僅是後者的影子，後者才是實在，是前者的本體，這作為認識對象

的本體只能由思維或理智的睿察而發現，譬如數理學上的直線，只是論理的理型，現象界哪裡能找得出真實的無體積且不歪曲的直線來呢？又如「人」的理型表示一個完整無缺的人，事實上在這熙熙擾擾的人海裡，即令窮極萬人之選，也挑不出這麼一個完人來！這說明了一個事實，任何個別的現象不能圓滿地具有理型所有的屬性。

然而我們要問：現象的個體究由何而生？蘇格拉底回答道：由理型與物質結合而生，理型完善真美，當其與物質結合，便須自貶身價，一如綽約妙麗的天仙，下嫁人寰，她勢必為十丈紅塵所涴，不過她一旦了卻俗緣，凡心淨洗，仍然要復返瓊宮。就是在人間世，她也能憶起本性，往往從那蕙質蘭心，透露出靈機一線。理型恰和此相似，它與物質，可即可離，當它和物質揉在一起的時候，本性便有所缺陷，不能完全保有舊日的光榮。但它具回憶的能力，像天仙靈機不昧一般，還可探尋得一部分智慧來。我們從這一朵玫瑰那一朵玫瑰而推想到美艷完備的玫瑰之概念；從這一直線，那一直線而推論出直線的許多本性，演繹出數理上天花亂墜的定律，即是有賴於這種回憶作用。這個回憶說（Anamnesis）實是蘇格拉底理型論的核心。

他在論理上對於死的認識便完全根據於此。世間個體的人，皆由這人的理型與物質附合而成。張三即是由那使張三之所以為張三的理型與物質附合而成。蘇格拉底把這使張三之所以為張三的理型叫做張三的心靈，把張三的理型所附合的物質叫做張三的身體。理型心靈，是無始固存不生不滅的本體，物質、身體，是電光石火變動無居的現象。

這種論斷，純由他的演繹法而來，像他自己說的：「我告訴你們我所

用的方法吧，我先假定一些我所信為顛撲不破的原則，然後用來判斷事理。」他假設的第一個原則，即是世界上有絕對理型的存在，他說：「首先要假定的，就是世界上必定有絕對的美，絕對的善，和絕對的大等等。」其次，他便推論出「萬有之為有，皆由分沾它的本體或自性而成。」既然萬有都由分沾本體而成，人是萬有之一，他們自然也是由分沾人的本體或理型而成，換句話說，人就是分沾心靈而生。這種判斷，並非他無中生有，臆造而來，照他看，實由於邏輯推理的必然結果。比方說，二這個數目的由來，有兩種方式，一是由一加一而得，一是由四分為兩半而得。一與一相加，和四分為兩顯然是兩件不同的事，而這兩種不同原因所得來的二，卻半斤八兩，無所軒輊，於是不可解奇蹟便來了：不同的原因竟會產生相同的結果！又如數學上的算式：$2 + 2 = 4$ 是任何人所承認的，但實際上只有像二條牛加二條牛這種情形之下才會等於四條牛，要是二條牛加二朵花，能說是四個甚麼呢？要是二個零加二個零不仍是一個零麼？要是二個零加二個無限大不就變成了無限大麼？但是二加二等於四這公式是我們所承認的。要解釋這事實，便非承認二和四以及其他數字背後各有一個本體不可。因此他說：「故知二之為二，由於分沾二之本體，二固如此，一亦宜然。」推而至於萬有，也同是這個道理，人麼，當然不能例外，在身體之外，非有個本體的心靈不可——蘇格拉底如此推論。

再從智識起源而言，一切智識實於未生之前即具有。蘇格拉底曾經把曼諾（Meno）的奴隸拿來證驗，一連串地向那愚魯的「能言之物」發了不少的問題，而不給以肯定的教訓，結果，他那未經開墾過的腦筋於

回答了這些問題之後，竟了解了一些幾何學上的智識。我們並不曾教誨他，他便知道了，這樣一來，我們只好承認他的理智早已存在於有生之前。再者，由經驗的回憶說而言，我們常可因看到這一朵玫瑰而想起那一朵玫瑰，也可以因看到許多朵的玫瑰而想起一玫瑰的共相，我們所見的許多朵玫瑰，她們的相似是相對的，不完全的，有時可相似，有時也可不相似，可是在這物質的相似之外，還有一相似的理型，這種相似卻是絕對的，完全的，放諸四海而皆準，經歷百世而不異。個別的事物既不能有這種絕對的相似，而我們終於有了這種絕對相似的概念，如果不是有生之前即知道了這種絕對相似，換句話說，如果我們沒有這種思想行為的先驗的條件，那我們怎能判斷感官的相似為正確？由此類推，其他概念如數理範疇的較大、較小等，論理範疇的同、異等，道德範疇的美、善、節、義等，也和絕對相似同，無不由未生之前即已知曉。人們未生之前既有理知，則亦必有心靈，我們的蘇格拉底結論道：

> 如果宇宙間有絕對的美，絕對的善，以及其他一切理型，像上面所說的，而且這些理型又可因與我們的感覺相參比而證明確實存在於我們有生之前，那末，也就可以斷定我們的心靈在生前即已存在，否則將成不通之論了。我們能說絕對理型存於有生之前，而我們的心靈卻不存於有生之前嗎？這兩樣東西可以分開來說嗎？

> (*Phaedo*)

心靈既然在有生之前即已無始固存，在既死之後又將怎樣？蘇格拉

底很直截了當的回答道：既死之後，第一、心靈復獲智慧，回到至真至美至善的絕對境界；第二、心靈不朽。

據回憶說，心靈，這人的原型，在未與身體結合之前，即在未生之前，原是聰明智慧，碧玉無瑕，為其他理型一樣，及至與身體探合一起，才把本性迷住。呱呱墮地之時，即是靈根污染之時，這對心靈本身說來是一樁多麼不幸的厄運啊！因此蘇格拉底告訴克比斯（Cebes）說：

> 當心靈賴身體而知覺的時候，（縱案：即心靈與身體結合而人方生之時）換句話說，即當心靈利用視覺聽覺等感官時，心靈便遭身體牽累，而至紛淆變亂的境地，俗塵擾擾，淒切沉淪，不能自持了。

> (*Phaedo*)

心靈在此渾噩無知狀態之下，欲獲一線智慧之光，唯一的辦法，是脫離身體的羈絆，捨生就死，復性還純。你如果還不相信良方，請一思我們平日在甚麼環境下神志最為清醒，「凝心忘身，收視返聽，無苦樂，無感覺，致虛守靜」，蘇格拉底如是云云：「這難道不是神清氣爽，思路最好的良辰麼？」當月朗風清，夜深人靜之候，廁身於花影闌珊，芳草芊芊的園林裡，遺物忘我，賞心大化，靈機活潑，沉思入微，可驕傲的天才們！這不是你們泄漏大宇宙奇偉壯觀之絕景，嬌柔美艷之秘密的大好機緣嗎？你暫時忘情肉體，便能握住了這萬道智光，要是能坦然蛻化，與物長離，那情形當然要更好了。關於這點，蘇格拉底非常透澈地說道：

　　那些真正的哲人既然有見及此，一定會異口同聲說：「於今我們知道了：我們一日生存於肉體之中，我們的心靈一日被肉體所污染，我們求真的希冀便永無實現之一日。」人之大患，在有其身，有了身體，便不免有飲食之需，不免有疾病之擾，不免有男女之慾，更不免有貪、嗔、溺愛、恐懼、幻想等種種癡念，處處使我們的思路阻塞，心境煩囂。試問戰爭與朋黨豈非起因於肉慾？因為戰爭大半起源於貪財，而貪財的目的不過在供奉肉慾啊！人生為肉慾所糾纏，還有甚麼閒暇來研求哲理呢？即使有這暇時有這志趣，無奈肉體擾亂不堪，真理又何從而得？因此我們凡欲窮盡一事一物之理，則非捨棄身體，獨任心靈不為功。須要知道：我們所愛好的智慧，決不能得之於生前，而只能得之於死後。不死，心靈便不能脫離肉體而獨居，也便談不到真理的獲得。真理與生，二者不可得兼。今既有生，為此生打算，不如輕視肉體，與真理接近。不如自保真純，避免沉湎於物慾之中，而靜待天命的解脫，解脫之後，不但我們的心靈即可冰清玉潔，純皎無瑕，且能與一切純潔的心靈共處，更進而豁然自悟，無所不明了。

（Phaedo）

　　其次。說到死後心靈的不朽。對這問題，蘇格拉底提出了兩個論證。

　　第一、他首先立定朽與不朽的意義。他認為朽即消散，分解變化而亡的意思。又假定抽象的，看不見摸不著的東西必定不變。朽亡既是分解消散，可是世間不由組合而成之物決不能分解消散，心靈非合成之

物，故必不分解消散；又心靈是不能用感官察覺之物，自然也不致變化。

第二、他以為一切絕對理型皆不能與和它本身相反的（或對立的，下同）理型並容，不但絕對理型如此，就是實物的屬性亦莫不皆然。比方說，在大之一觀念中，即不能大小並容。某甲比某乙大，比某丙小，這並不能說某甲的大忽然轉變成小了，而只能說某甲與某丙比較時，大的屬性，「或係因遇著了和它相反的小而潛逃絕蹤；或係當小的屬性逐漸顯著時，它便隱而不現」了。這中間雖有贏輸消長，可決不是轉變本質，大小不能互變，其他一切善惡、美醜、真假諸相反的概念，亦與此相同。這就是說：「所謂相反的概念，無論如何，決不能與它自身相反。」

進一步言，一個概念的名稱，有時不復限於這一個概念。別的非此概念的事物，只要具有這一概念的形式，便可假用它的名稱。例如奇數為奇一概念的名稱，但一、三、五等數字都可稱為奇數；偶數為偶一概念的名稱，但二、四、六等數字都可稱為偶數。奇偶兩概念是相反的，一與二，或三與四，則並非相反之物，一與偶，二與奇，也不是相反之物，奇固然不容有偶，而僅具奇性的一數也只能永遠是奇性，不能有偶性，他如二之於奇，雪之於熱，亦皆如此。這就是說：「不但相反的概念互不相容，即一事物挾有兩相反的概念中之一時，便不容同時挾有其他的一個。」

蘇格拉底根據上面的推論證明心靈永遠不朽，他那「產婆術」的對話，可歸納成為下列的方式：

生由心靈而來，（一如偶由四而來，寒由雪而來。）

生的反面為死，（一如偶的反面為奇，寒的反面為熱。）

但心靈不容許有與它俱來之生的反面，（一如四不容許有與它俱之偶的反面，雪不容有寒之反面。）

故心靈決不容有死，即必須永遠不朽。（一如四決不容為奇，雪決不容為熱。（參看 *Phaedo*）

由這種論理，蘇格拉底大膽宣佈心靈或生命理型的屬性道：「心靈近於神，近於不滅，近於渾一，近於不散不變，且具有智慧；肉體則屬於凡俗，屬於可滅，屬於複多，屬於易散與善變，且缺乏智慧，」「上帝與生命的理型，以及一切不死者，皆永存不滅。」

（三）

心理上，或倫理上，宗數上，蘇格拉底對死的看法與前面所述是密切聯繫著的，不過以上係就理而言，是他的邏輯部分。此處係就情而言，是他的信仰部分。由推理發生信仰，把豐富的想像具體化後，死在他心目中便成了一幅美麗圖畫。

在倫理道德方面，他以為死並不若一般人所想像的那樣可惡，相反的，卻是屬於快樂屬於幸福屬於善的一面。智慧為無價之寶，為一切善德的準繩，死既能復獲智慧，為善為德，則其並不可怕，又可深信。我們立身處世，尤其要不計利害，不顧生死。但問是非善惡，但問義與不義，德與不德。真理所在，死生以之。所以他嘗說：

有人來嘲笑我，說我將死於非命。我坦然答覆他道：「你錯了！真正行善的人決不計較生死，但止問他的行為是是還是非，是合於善人之行還是合於惡人之行。」

（《柏拉圖對話錄‧蘇格拉底自辯篇》*Apology*）

死對於我，殆不若鴻毛，我們怕的，只是違背義理，至於那些赫赫炎炎的威勢，是絕對無法污蔑我的。

（同上）

我深信雖臨危而死在眉睫，也不應有卑鄙的行為，故對於我自辯的態度，始終無悔。我寧願行我之所好而就死，決不願從人之所好而偷生。任何人在臨陣或臨審的當兒都不應該想方設法以求苟且偷生。在戰場上要是遇著敵人追來了，便棄甲曳兵，叩首乞憐，自然可免於死；就是在他臨危的時候，要是甘心無恥，又怎會毫無免死的方法呢？但是朋友們！免死不難，免於不義才難啊！不義追人比死還迅速。我已年老，行動遲緩，不善走的死也會追上我；可是控告我的那些人們，雖然壯年矯捷，也被那善走的不義追上了，現在我被你們定罪，遭受死刑；他們也快要被真理定罪，遭受被稱為讒邪不義的刑罰。各人遭受所遭受的，好如天命安排，我以為這也很好呀！

（同上）

即令退一步說，如世俗所謂死為可惡之事，但背義之惡實大於死，蘇格拉底說：「人之於死，恆視為大惡，君之所知也。然惡有更大於死者。

勇士之忍死不渝,豈不以其畏陷於更大之惡歟。」(用國立編譯館本譯文)
這和孟子所謂:「生亦我所欲也,義亦我所欲也,二者不可得兼,捨生而
取義者也,生亦我所欲,所欲有甚於生者,故不為苟得也;死亦我所惡,
所惡有甚於死者,故患有所不辟也。」同樣含有極強烈的倫理意味。

　　蘇格拉底的思想,多少蒙上了些神秘的色彩,他常於和別人對話的
時候忽然說在心中聽到了一種神聲(Sairoviot),指示他應該怎樣做或不
應該怎樣做。這種色彩使他的哲學幾乎成為宗教。因之,他相信生死輪
迴之說。生出於死,死又出於生,循環不已。他並曾用這個信念去證明
心靈不朽,說死後心靈不過另存在一個世界而已。這個看法也還雜有一
些理論在中間,比如他說:

　　　　要是天下事物的生生死死,不是循環往復,而成一直線進
　　　行。則芸芸萬物,豈不要歸於同一狀態,而不復有所謂生息變化
　　　了麼?。

　　　　　　　　　　　　　　　　　　　　　　　　　　　(*Phaedo*)

　　　　試以睡眠為例,假如睡與醒不相循環往復,則相傳千載長眠
　　　的睡神 Endymion 的故事,豈不要毫無意義?因為宇宙眾生同皆
　　　入睡,還有誰來察覺察他在長睡呢?……因此,如果一切生物
　　　同趨於死,死後又永保其死,不復再生,則必同歸於盡,毫無孑
　　　遺,生不從死來,而盡向死去,長此以往,世界一切不是都要變
　　　成死物嗎?

　　　　　　　　　　　　　　　　　　　　　　　　　　　(同上)

在他的輪迴說裡還挾有報應觀念，智慧、純潔、善的心靈死後升居天堂，不復受塵世污染之苦；愚蠢、猥褻、惡的心靈死後降入地獄，徬徨淒惻，無所依歸，或轉生人世，重受苦惱。於是他便勸人為善，勸人愛智，因為惟有「善人不論生或死，都無法加之以惡。」他的宇宙觀，以為我們不過處於大地一穴之中，穴外方為地面，地面之上方為天。通常我們自以為住於地面，其實不過如海底動物自以為已在水面而已，大地有如皮球，由十二塊合成，各有異色，光彩奪目，明麗動人，在地面上的人，日與神相往來，司空見慣，不以為奇，再上面即是天宮，莊嚴妙域，不可形容，善人死後，心靈即歸宿於此。橫穿地球中心有大壑名塔塔魯（Tartarus），以大股的潮水，常流不息的地中河，若冷若熱的深泉，熊熊的大火江，流質膠泥的長川與地球各穴相通，惡人死後心靈即降入這大壑受苦。蘇格拉底心中的靈妙境界與佛家的想像，如無量壽與華嚴諸經中的極樂國土，頗為相似。這可表現一切宗教的特性，皆在用具體化的死之想像，來指示想像化的生之現實。

（四）

綜上所述，蘇格拉底對死的看法，有幾個特點：（一）心靈與身體絕對區分，心靈是主宰；（二）智慧非生前所能有，死後方能獲得，故死較生快樂幸福；（三）生死輪迴，往復不已；（四）死後有不爽的報應，這四個觀點都有它發生的背景。

希臘在紀元前第六、五兩世紀間，即尼采（F. Nietzsche）所讚美的希臘悲劇時代，機械唯物論盛極一時，一般所謂哲人派（Sophists）都以固著的物質為研究對象，斤斤於物質的成毀，物象的流變，機械的動作，因果數量的計較，對於人生情調與幸福，生活意志與目的，卻茫然不顧。結果弄得只有乾枯的外象。人生既決定於物質，尚有何價值與意義之可言？這種思想的極致，自然會引起一種反動。故蘇格拉底說：「一切事象的懸衡都在心靈，一切心靈善行的懸衡都在智慧。」強調理性和心靈的功能，認識人身不是盲動的機器，而有一活潑不朽的心靈為之主宰。

對於生的悲觀與對於死的奢望，也是深受了當時流行思想的影響。在希臘神話中，有一位永遠那麼鮮艷、溫柔、年輕、嫵媚、可愛的女神娥露娜（Aurora），忽然愛上了第東尼斯（Tithoneus）——人間的美男子。他要求她使他長生不死，可永遠在清晨看她展開美麗的翅膀，接受她從天門灑下來的甘露。她允許了他，賜他一點神餐（Ambrosia）。從此，他真的不死了，天天，月月，年年，快活地欣賞她的美麗與溫柔。但是他雖不死，卻不能不老，一百年一百年過去之後，他慢慢衰頹下來，全身萎頓，畏縮凋零，耳朵也聾了，眼睛也瞎了，嘴巴也啞了，他希望速死，可是已沒有享受死的幸福之可能。最後竟變成了一個不能用嘴官聲，只得鼓翼而鳴的蟋蟀，長此受苦，不復得到那女神的顧盼。這故事表明了生是多麼不可貪戀的啊！長期間的生將使你遭受一切人間應有的痛苦。在另外一個傳說裡，古代希臘有一位大智者名叫息勒納斯（Silenus），隱遯山林，不問世事，密達斯王（Midas）幾經設法訪見了他，請問甚麼是人們最稱意的命運。息勒納斯狂笑地答道：「一群可憐的浮生啊！災難

和愁苦的子孫啊！那還是不提起不聽到的為妙，你為甚麼定要我講出來呢？一個人頂好便是不生到這世上來，天地間最好不要有我這個東西，但這是不可能的呀。其次罷，那末頂好就是速死。」從這些變相的民族心理史中，我們看出希臘民族根本上就如 Will Durand 所謂：「不是嘻嘻哈哈的樂觀民族，像近代狂歌裡所講他們的那樣；他們熟諳生命的刺激及其悲慘的短促。」蘇格拉底那種「生不如死」的論調，顯然繼承著這個一貫的民族精神。

　　人類對於生和死的關係之認識，大體上要經過三個階段：（一）最原始的看法，把生和死截然分開，生是存在，死是不存在或根本消滅；（二）進一步便是把生死作為一事的兩個階段，生永遠向死而去；（三）更進一步則視生死為循環現象，宗教上成為輪迴說，自然科學上則多解釋為質能的演化。古代希臘人的觀念怎樣呢？照他們的傳說：生和死是由三位「命運女神」（Fates）所主管。她們中的一個叫做克羅托（Clotho 希臘文紡織之意），一手拿著紡線竿一手把生命的線抽出（這便是生），交給她的姊姊那乞沙斯（Lachesis 抽籤派定之意）紡成生命，再以抽籤的方法派給某某孤魂。這生命線後來到了亞圖破斯（Atropos 鐵面無情之意）手中她便用一把巨剪將它從某點無情地剪斷。（這便是死）克羅托手上的生命線無窮，亞圖破斯也就不斷的剪斷。這表示生死連續，永遠不息。但這樣進行是成直線形的，生既皆向死而去，生命的紡線竿怎能不窮竭呢？這種停滯在第二個階段的觀念自然有顯明的漏洞，蘇格拉底輪迴說，也許是對這種流行觀念的一種矯正。

　　「報應」是宗教勸善之法。希臘於紀元前五、六世紀，東受波斯，西

受迦太基的侵略，內部又是暴民專政，黨派傾軋，社會紛亂，人心險惡，這種宗教神秘自然是為救濟道德法律之窮而起。

蘇格拉底論死的理論，有許多粗糙之處，因篇幅關係不能細加批評，這裡只申論它的效果與價值，在我看來，這比理論似乎更為重要些。

對話集裡的蘇格拉底——也可說是「柏拉圖的蘇格拉底」，所提出的道德觀念，大部分屬於消極的倫理，他篤信涅槃寂滅是一種愉悅幽美的境界，結果不免有令人發自生自滅生自殺之想。這種消極態度不但不能應付現實的人生，而且遠離了人生真正的目的。尼采說得好：「許多人把生命當作一種失敗。他們的心神被毒蟲咬傷了。由他們死去吧，他們的死實是一種成功！」不過，在蘇格拉底的本意，卻並不勸人自殺，他曾告訴克比斯：「自殺是不義的行為」，因為我們的生命屬於神，如果驢或牛，不奉主人的命令而自殺，主人自然要發怒。同樣的，我們如果不待神命而自殺，豈不也要激起神怒，而是絕對不可的麼？

要是從另一方面看蘇格拉底卻真的從我們心中驅除了死的陰影，他使我們不怕，使我們愉快地接受這必然命運女神（Goddess of necessity）的命令，使我們發揚殺身成仁，捨生取義的精神。儘管人們譏他為「玄想者的模型」，他卻也是人們「勇敢的源泉」呢！

朋友們！蘇格拉底對死是這樣看法的，這不是唯一的看法，也不是不變的真知。至少在目前我們對這大謎還談不上真知，我們只有信仰，我們也應該有一個信仰，大家對死的信仰雖不必盡同，卻要有一個共通之點，那就是：死不可怕！

「生是宇宙的中心」，宇宙一切為生而來，生也是為生而來。人生要

義本來不在「想著如何生」，（Think how to live）而在「生，讓它去生」！
（Live and let live）可是我們對死要是一點認識也沒有，生得怎會更有價
值呢？如果蘇格拉底對死沒有堅定的信心，如果他怕死，他的精神又怎
能像現在一樣永生呢？

　　蘇格拉底啟示我們：偉大人物都不怕死，他們不是從容含笑地死
去，就是咬碎鋼牙死拼，決不會戰戰兢兢衰毀乞憐地死去！正如莎士比
亞所説：只有怕死的人才會死，不怕死的人是永遠不會死的！

叔本華與龔定盦——兩位愛情上失意的怪人

他是絕對的孤獨，一個朋友也沒有；而在一與零之間，有的是無限。

若論兩字紅禪意，紅是他生禪此生！

余束髮受書，家大人即授以定盦集。讀後，怪其為人。稍長，於定盦之為人，頗不以為然，謂為危言危行，徒以駭俗耳。然仍同情其遇，每展閱其書，輒憶白髮燈前課讀時。比年滯跡西南，偶得定盦軼事，必手錄之，積稿盈寸，頗多不在手頭矣。茲就記憶所及，述二三事。至叔本華本事，則參考 Will Durant *The Story of Philosophy* 一書之處甚多。東鱗西爪，無關宏旨，閱者諒之。

從前王國維做了一篇膾炙人口的〈紅樓夢評論〉，把曹雪芹和叔本華（Schopenhauer）相比，認為《紅樓夢》作者的人生觀和這位世界最大的悲觀哲學家有許多相似之處。後來陳銓教授在《今日評論》上寫了一篇文章，也十分稱讚這種評論。這是就思想上而論的。至於拿性情和遭際來說，我以為龔定盦和叔本華更為相似。

這是東西的兩大畸人。他們在生前和世俗都格格不入，而到了後世，卻反而被許多人同情。偏見、孤癖、放誕，曾嚇退了許許多多的道學先生和達官貴人，卻也吸引住成千成萬後世讀者的心。

談到與世相違，上帝給他們的不平是相同的。龔定盦的文章，特具作風，他對於當時邊疆形勢，也非常熟悉。而且因為他是段玉裁的外甥，學有根源，對公羊學的造詣，實在居於同時各學者之上。但是科舉制度真有點像希臘的富神蒲魯多（lirovtos, Plutos）一樣，是盲目的天仙，這種有學問的人，偏偏讓他每次名落孫山之外；據說唯一的原因，是他的字寫得太欠工整，和所謂的「台閣體」不符，雖然後人都珍視他的筆跡，只可惜他的字學的是漢魏古碑，那班一股俗氣的考官，原無半點欣賞天才，於是這位學人終於鬱屈以終身。

龔定盦受了這個打擊後，憤慨之深，可以想見。他後來做了一冊《干祿新書》，這書名現代化一下，可稱做「鑽官教科書」。雖然書已失傳，可是單從那篇殘留的序言裡，便可看出他是如何譏諷了當時的科舉制度。他又養了許多婢女，教她們寫字寫得那麼工工整整的，比諸任何翰林進士，都無遜色。他常常向人發牢騷道：「甚麼翰林學士，我家婢女，亦勝過萬倍呢！」有一次，他去看他叔叔──即是當時的考官之一──恰好一個新中的翰林也來拜見考官，他叔叔將那翰林的文章大加誇獎。那位新貴十分謙遜地說：「我的文章原無長處，只不過幾個字還寫得工穩罷了。」龔定盦聽了，便上前大笑道：「所謂翰林者，原來如此！」弄得他的叔叔和那位體面的客人面紅耳赤，下場不得。因此他叔叔便和他永遠斷絕往來。

龔定盦因不能得志於場屋，官路也就不能亨通，潦倒一世。至於叔本華，他雖不曾應考做官，可是他的著作，他的哲學在當世也算冷落可憐之至。當他發表他的傑作《意志與觀念之世界》（*The World as Will and Idea*）

時，他滿以為要震動全世界，向書店主人大自誇讚說：「明白曉暢，雄健
有力，而且並不缺少美。」這部書「將成為此後幾百部書的泉源。」可是
出版後十六年，他竟發覺他那部書大半是作為廢紙拍賣出去的。他久欲
做一有名大學的教授，後來機會到了，一八二八年擔任了柏林大學的講
師，那時顯赫一時的哲學泰斗黑格爾（Hegel）恰好也在這學校裡教書，
叔本華為了要證明自己本領的不錯，特地選好恰當黑格爾也有課的鐘點
做他的講課時間。他深信學生們看他和黑格爾會像後世人看他們一樣的
公正明白。怎知那班學生並無這種遠見，叔本華發見自己在那裡對著空
座說話。他憤恨之至，辭去了教職，像龔定盦一樣的牢騷憤世，把黑格
爾毒罵了一番，甚至於說道：

　　　　哲學最不幸的時代，更莫甚於被人可恥的誤用來一面去幫襯
　　政治上的圖謀，一面作為養家活口的生計的時代了。……難道
　　這時候竟沒有誰出來反對「必先生活，然後玄思」這個金科玉律
　　嗎？這班大君子要營生呢，真的，要靠哲學營生呢。他們派定以
　　哲學營生了，拖著他們的老婆男女。……「我吃誰的飯，就唱誰
　　的歌」，這條老例真是說煞不差，靠哲學弄錢，古人認為詭辯家
　　原來如此，……求金錢不要別的，只要具有庸俗就行。……一個
　　時代二十年來讚美一個黑格爾——理知上的牛頭馬面——做最
　　大的哲學家了，……這樣一個時代要叫那不屑一顧的人希冀它
　　的讚許，那是萬不可能的。

他對於世人不能賞識他的著述，也一樣地痛罵了一番，他在《人生

之智慧》（*Wisdom of Life*）一書中寫道：「像這種著作好比一面鏡子：要是隻驢子望進去，決不能盼望出一個天仙來。」「腦袋和書本相撞，其一作空殼聲的，豈總是書本呢？」這種對於世俗毫不妥協的孤傲之氣，和由於不得志而來的誇大狂，自然而然地叫我們很容易聯想到龔定盦的。

　　叔本華的哲學之所以為後人愛好，一個最大的原因，恐怕是由於他在說理之中，寓有無窮的文學意味。龔定盦的作品所以被人喜愛，也是同樣原因，他的文字裡，充滿了烈炎般的熱情。就是學他的作品的人，也莫不以富於情感見勝，例如蘇曼殊的詩，蘇曼殊即是學定盦最成功的一人。

　　這兩位畸人的作品為甚麼這般富於情感呢？這，便是像美國的摩台爾般來加以解釋了。摩台爾曾經把精神分析學派的鼻祖弗洛伊德（Freud）的「性抑說」用於文學上，認為許多偉大作品，都是由於性愛受壓抑而產生。弗洛伊德曾經根據叔本華的史實說明了叔本華何以會成為一個厭世者。這種解釋，早已被近代許多心理學家所承認。我們知道：讀者所喜愛的作品，那作品的著者也往往是從最悲痛的情感下寫出來的。叔本華和龔定盦在愛情上都是不得意者，這種不得意，就他們生前看來，自然是不幸的事；但是從他們身後的名譽和在哲學文學上的貢獻說來，卻是不幸中之大幸呢！

　　叔本華一生不曾得到任何女性的愛。他的母親本來是一個文學家，但她的脾氣非常古怪，當叔本華的父親去世後，她便很浪漫的投向自由戀愛，這種行動，叔本華站在兒子的立場自然十分不滿，於是他們之間，毫無母子應有的愛情。她曾寫信給叔本華說：「你令人難堪而且討

厭。」有一次，歌德告訴她，說她的兒子將來會成為一個大名人。她絕
不相信，以為兩個天才出在一個家庭裡，乃是不可能的事，自己既是天
才，兒子當然無分了。後來母子衝突達到頂點，她竟把叔本華從樓上摔
到樓下，照威爾都蘭博士（Dr. Will Durant）說：「這位哲學家切齒關照
她，說她只有靠沾他的光才能留名於後世。」從此以後，他母親雖又活
了二十四年，他卻再也不去見她一面了。叔本華在大學畢業後，也曾
投入戀愛的世界，結果失敗，便終身抱獨身主義的。因此有人說他沒有
母親，沒有妻子，沒有兒女，沒有家庭，沒有祖國。尼采（F. Nietzsche）
也說：「他是絕對的孤獨，一個朋友也沒有；而在一與零之間有的是無
限。」這樣一個畸零的身世，連母愛也不曾享過，怎能叫他後來不發出
那麼一大套無理的侮蔑女性的論調呢？有些男人為了要貶責女性，常引
叔本華的話做理論根據，自然不妥；但也有不少的因此而痛惡叔本華
的為人，卻也不必。對於這種天才不幸的遭際，我們與其用著批評的眼
光，倒不如抱一顆同情的心之為愈。

　　在這方面，龔定盦的遭遇，多少也有點相似。他的母親雖然不像叔
本華的母親，但龔定盦在愛情上也始終是不如意的。他的詩和詞中，
流露著種種痕跡，叫我們可以想到他有怎樣過的淒艷的遭遇。一篇〈己
亥六月重過揚州記〉更露骨地表現他在情場的哀感。他的詞，尤其動
人，「君領琵琶儂領簫」，風韻可想而知。但這些都是夢是煙，終於不可
捉摸。劉大白曾經買得定盦的稿本，見他曾用「碧天怨史」的筆名寫了
一篇傳奇小說。這小說中的故事，實是他自己的經歷。事情是這樣的，
一位才情卓犖的青年和他的表妹發生感情，她曾幾次約他相會，訴盡平

生。但終因家庭反對，不能成為終身伴侶，她既殉情，他也便無意於人世了。這短篇小說寫很非常動人，非親身體會的人，自難寫出。定盦詩中許多懺情語句，大概都因此而發。他嘗自題詞集為「紅禪室詞」，後來又自己抹去，卻遺留幾首自題紅禪室詞的短詩。這詩在坊間出版的《定盦全集》是沒有的，內有兩句解釋「紅禪」二字道：「若論兩字紅禪意，紅是他生禪此生！」啊，紅是他生禪此生，多麼傷感的心情呀！後來定盦去北京，在一位皇親家裡擔任西席，那位王公有一妾（相傳即是名動一時的女作家顧太清，但也有人以為是謠言的，這場官司還未打清），嫵媚多才，十分敬慕定盦的天才，當從他學詩，因而發生戀愛。不幸這事被王公所知，決計謀害定盦，幸好那可憐的女子趕快把這消息告知了定盦，他便秘密逃走。一路上做了不少的詩，這些詩在集子裡都不曾註明真事，不過現在還隱約可以看出來。定盦逃出北京後，到了一個縣政府裡。一夜，忽然無疾而終。有人以為這是那位王公派人毒死他的，也有人說是因暴病而死的，至今還是一個啞謎。

大凡一個情感過度抑制的人，性情一定要成為變態。叔本華與龔定盦，也逃不了這條公理。

當叔本華離開學校生活後，他是那麼苦悶、狠戾、疑忌，一切恐怖和凶惡的幻想侵襲他，使他杯弓蛇影，自驚自擾；他把他的煙桿重鎖深藏；永遠不許理髮匠的剃刀湊近他的頭頂；睡覺時，床頭要放好實彈的手槍；不耐一點喧鬧聲。他說：「時而開門聲了，時而鎚擊聲了，時而東西滾來滾去的聲音了，實是終身終世日日無間地煎熬我的苦刑。」總之，他的意識有點近於瘋狂。他晚年住在富蘭福德地方，常在英國人飯

店裡吃飯，每飯必先放一枚金幣在桌上，吃完飯後又把它收到袋裡去。這樣過得久了，使飯店的茶房十分惱怒，終於問他這種一天不變的儀式究竟是甚麼意思。叔本華答道：這是他暗中的賭彩，要是哪一天能聽到來那裡吃飯的英國官員，在女人、狗之外，還談到了別的甚麼，他就願馬上把那枚金幣投到慈善箱裡去。這種行動，真有點駭人聽聞。西塞羅（Cicero）說過：「再荒誕沒有的事，卻可在哲學家的書上找到。」我們也可以說：再荒誕沒有的行動，卻可在哲學家的身上找到吧！

　　至於我們這中國的叔本華呢，奇奇怪怪的事更多了。因為學問博，牢騷多，就那麼健談。有一次，一個好朋友來拜訪他，（大概是魏源？）兩人上下古今，高談闊論了半天。客人要辭別時，定盦起來送客，卻再也找不著自己的鞋子了。幾天之後，家人把他的帳子拿下來洗滌，才發見那鞋子在帳子頂上放著。原來當他和朋友高談闊論的時侯，手之舞之，足之蹈之，相互忘形，也不知鞋子何時走上帳頂！說到他的帳子，也有個故事。曹聚仁曾寫道：

　　　　清末文人龔定盦生平最愛賭博，尤愛搖攤。自謂：「能以數學占盧雉盈虛之來復。」其帳頂滿盡一二三四等數字，時常仰臥床上，從帳頂數字中推測消長盈虛的天機。他自以為賭學極精，可是每賭必輸。有人問他，他說：「有人具班馬之才，通鄭孔之學，入場不中，那是魁星不照應的原故。像我這樣精於賭博，財神不照應我，有甚麼辦法呢？」他頗有託思退夫斯基的慧氣！（按託氏為最嗜賭博的文學家）

這種不修邊幅的行徑，由現代眼光看來，自然是要不得的。龔定盦的詩名，在當時也算相常響亮，因此，揚州某大鹽商大宴賓客時，堅請定盦去作陪。席間主人提議大家作詩聯句。意思當然想藉這位大人一增風雅。可是這個神秘客人大不耐於那班大腹賈的俗氣，當主人首先做了一句不三不四的詩句「正是桃紅柳綠天」時，大家便要定盦做第二句，他立刻接上說道：「老夫閒步出堂前！」說罷大笑揚長而去。鹽商主人受了這場奚落，真有哭笑不得之苦。這種不近人情的舉動，比之叔本華真無愧色。其實，不止龔定盦本身如此離奇古怪，就是他的兒子龔孝拱也是是父是子，他的筆名特別多，其中一個叫做「半倫」，有人問他何以叫做半倫。他說：人生有五倫，我卻無君臣、無父子、無夫婦、無兄弟、無朋友，五倫皆無，只有愛妾一人，故叫「半倫」。

　　上面拉拉雜雜寫了許多，叔本華與龔定盦在遭遇上，性情上，究竟有不有相似之處，讀者可自加判斷。事實上，他們的思想也不無相同之處，例如叔本華的「意志哲學」，受印度佛教的影響很深；而龔定盦也是很受佛教思想薰陶的一個。他的作品中，許多佛語，不易看懂。關於這些，因為時間和篇幅關係，只能留到將來有機會時再說了。

　　　　　　　　　　　　　一〇、九、一九四一、於政大

知・情・意論

　　一切文化，都可按人類的性質來分類，因為文化是人類創造出來的，人們依照各人的特性來追求圓滿生活，故文化亦依照人性而有各種類型的不同。人類的根本性質可分為三方面，即理智、情感、意志，所以文化學術也可從這三方面來區分。人類有理智的特性，這種特性特別發達的人，求真之心非常迫切，於是而創造哲學科學；人類有情感的特性，這種特性特別發達的人，愛美之心非常迫切，於是而形成文學藝術；人類又有意志的特性，這種特性特別發達的人，向善之心非常迫切，於是而發達為宗教倫理。

　　把人性分為智、情、意的三分法，起源很早。在中國，《尚書》上說的三德，「一曰正直，二曰剛克，三曰柔克。」孔子說：「好學近乎知，力行近乎仁，知恥近乎勇。」韓非子說：「上古競於道德，中世逐於知謀；當今爭於氣力。」所謂正直、知、知謀，當是指理智及其屬性而言：所謂剛克、勇、氣力，當是指情感以及其屬性而言；所謂柔克、仁、道德，當是指意志及其屬性而言。而《左傳》所說的立言、立功、立德三不朽，也是由智情意三個標準來區分一個人的事業。

　　在西洋，柏拉圖說過，人的一切行為，都從三個源泉流出：第一個源泉是頭腦，它流出思想、理知、理性等一切的知識，頭腦極發達的人所表現出來的性質是愛知，他們可以做聖哲，宜於擔任統治的事務。第

二個源泉是心臟，由於血的流動而發生精神、雄心、勇敢等情感，心臟極發達的人所表現出來的特性是好鬥，他們最宜於做軍人，擔任保衛的工作。第三個源泉是腰部，它積蓄著能力，尤其是性慾，凡慾、衝動、本能等意志，都在這裡發出，腰部極發達的人，其性貪得，最宜於做商人，從事生產事業。柏拉圖所說的三個源泉，很明顯的已把人性分知、情、意三種。這種說法，在中國的道教也有很相似之處。《道言精義諸真玄奧集》中說人身中有三蟲或三尸之神，一居腦，為上蟲，二居明堂（即心），為中蟲，三居腹胃，為下蟲。這種原始粗淺的思想，處處隱約暗示著人性的分類了。

不但古代的哲人如此，就是所謂「近代最偉大的猶太人」斯賓諾沙（Baruch de Spinoza, 1632-1677）也曾採用這種分法。他以為過去歷史上，只有三種倫理系統。一種是佛陀耶穌的倫理，注重女性的德性，認眾生為同等價值，以善報惡，足以絕惡，愛即德；在政治上傾向無限的民主政體。一種是馬基維利（Machiavelli）、尼采（Nietzsche）的倫理，注重男性的德性，認人是不平等的，愛嘗試奮鬥、制勝、統治的冒險生活，力即德；在政治上便傾向世襲的貴族政體。第三種是蘇格拉底、柏拉圖、亞里斯多德的倫理，否認女性的德或男性的德任何一種可普遍的應用，以為只有淵博的頭腦才能斷定何時應該尚愛，何時應該尚力，故知即德；在政治上便主張民主政體與貴族政體適宜的配合。這裡所謂蘇格拉底的倫理，偏重於知；尼采的倫理，偏重於情；耶佛的倫理，偏重於意。斯賓諾莎從這種知情意的三分法中建立起他那統攝這三種衝突的倫理系統，教人以圓全（perfection）的生活。

　　上面引了許多説法，不過證明古今大思想家哲學家多曾注意用人性三分的標準來區分一切思想學術文化。但是我們要進一步問，為甚麼某種特性會發達為某種學術？為甚麼知近乎科學哲學，情近於文學藝術？意近於宗教倫理？

　　由於愛知的特性，人類遭遇每一件事物時，往往要問個「為甚麼」，要問個「是或非」，孟子所謂：「是非之心，人皆有之」，正是指人類愛知的心理。人類要去求真，要去盤根究底，便形成了思想的方法、體系，和對於宇宙人生的各種解釋説明，當其從部分去探求真理時即成為科學，當其從全體去認知真理即成為哲學，人要求真，要求知識，不過在使生活中的懷疑得到解答，疑難不明白，生活就不會暢快通達。所以我們可以説，知識是達生的，達生的知識慾，創造哲學與科學。其次，由於愛情的特性，人類遭遇外界的刺激時，便會有「美或醜」的感覺，有喜怒哀樂的情緒，孟子所謂：「好惡之心，人皆有之」，正是指人類有情感的傾向。人類求美，目的全在使生活得更快樂，使心身獲得感官的或非感官的愉悦。而要使感官或非感官獲得美的愉快，便要提高自我的欣賞力，改造環境而使之美化，創造美的事物，於是便產生文學藝術。所以我們又可以説，感情是樂生的，樂生的感情慾，創造文學與藝術。此外，人類有意志，我們這裡所説的意志，是指除了知和情之外的一種人類本能的意志。人對事物往往有種堅持或要求的動力，我們且叫它做意志力。意志本身固然不會尋找事物的理由，而須由理知來指導，如叔本華所謂，意志「乃是個有勇力的盲漢子，肩上負著一個張眼的跛子（理智）」，但意志的究極目的仍不外為了求生存，所謂意志，即是一

個生存（生活與生殖）意志，它以死為永恆的仇敵，因此，意志於無形中亦有其取捨能力。通常的人，都以生活意志和生殖意志維持他們的生命，和蜘蛛螞蟻以生活與生殖持續其生命沒有兩樣。柏拉圖把腦部作為意志的源泉，他早就知道生殖是意志求生的主要策略了。而叔本華更説得具體，他在《意志與觀念之世界》（編者按：即 *Die Welt als Wille und Vorstellung*，今通譯：《作為意志和表象的世界》）裡説：

> 生殖器官應當是意志的焦點，形成腦反對方向的極端，腦是代表知識的。……生殖器官是持續生命的原素──它們保准不絕的生命；為了這個緣故，它們受著崇拜，希臘人則崇拜 phallus（希臘語謂生殖器），印度人則崇拜 liṅgaṃ（印度語亦謂生殖器）。……兩性關係……是戰爭之原因，和平之目標；它是莊嚴之所據，詼諧之所指；它是機智不竭的泉源，一切隱語的管鑰，一切神秘暗示的意義。……我們見它如全世界世襲的英主，由它自己力量的充實，無一刻不巍巍然登在它傳統的寶座上；並且在那裡目空一切的望下看，見種種準備在經營著，要來束縛它，要來監禁它，至少要來限制它。而且，如果可能，要隱藏它起來，甚至要那麼來主宰它，叫它只許居生命中從屬的次要的地位，唉，它在那裡對著發笑呢。

生活意志發達可以保持生，生殖意志發達可以保持永生，其重要有如上述，但這裡必須有個條件，就是一個人的生活不要妨礙別人的生活，不要妨礙團體的生活，才能使自己安全生活。所以對於意志，有時

不能不「要來束縛它，要來監禁它，至少要來限制它」。於是人遭遇了事物時，便要問個「應不應」，要問個「善或惡」，為了自己的生命打算，也要為了別人的生命打算。

孟子所謂：「惻隱之心，人皆有之」，正是指人類這向善的特性。而這向善的特性發展到相當的階段，我們便叫它做倫理道德。人類由生活意志與生殖意志發達而保存其生命，在有些人看來，仍不能算是十分圓滿，因為儘管積極的向前生活，痛苦終於與之俱增，儘管延續不斷的生殖，個體的肉體與精神終要歸於渺茫。一切積極向前的生存方式似乎都不能解決永生的難題。於是轉而採取一種相反的方式，在消極方面，向後取消生活和生殖的慾念，以求得解決，這種辦法是宗教的尤其是佛教的。事實上，一切宗教，在其教義的底裡，莫不以禁慾為其主要信條。他們壓制生活意志，以求生活的恬適，他們禁絕生殖，以求生命的永續。他們雖然要求參空色相，超凡入聖，涅槃寂滅，返歸上帝，但他們的究極目的還是不出於希求永生。宗教的外表好像是與求生的意志相背，實際上卻是用取消意志的方式以求實現意志永生的目的。因此我們可以說，求生的意志慾，創造倫理與宗教。德國哲學家包爾森（Frs Drich Paulson）說得好：「宗教與道德有同一的起源——就是同出於意志對於圓全（Perfection）的渴望。但是在道德裡是要求，在宗教裡就變為實體。」

由此看來，一切文化學術，皆本於人類的天性。如果真如希臘人所說，哲學科學是愛知之學，那末文學（尤其是詩歌）藝術可說是愛情之學，宗教倫理可說是愛意之學。不過事實上這種區分是過於簡單的，

知情意本來不可絕對分開，我們斷不能説宗教倫理絕無理知與情感的成分，也不能説文學藝術絕無意志與理知的成分。我們的意思只是以為哲學科學是以知為中心，文學藝術是以情為中心，而宗教倫理是以意為中心而已。

某種學術文化既然以人類的某種特性為中心，而建立其完整的體系，充實其豐富的內容，所以個人的某種特性特別發達時，必定對某種學術思想感覺興趣，而充分發展其特性的結果，便可形成特殊的貢獻。而又因個人的特性除了有其中心外，又參有不少的因素，錯綜複雜，以致各人的成就各不相同。於是有的人成為實行家、革命家，有的人成為理論家、哲學家、政論家、文學家、宗教家，有的人成為理論而兼實行家，有的人則成為哲學的政論家，或文學的哲學家，⋯⋯不一而足。而單就哲學而論，因有些哲學家的個性近於感情，有的又近於意志，因而學説也各不相牟。比如柏拉圖、亞里斯多德、伏爾泰（Voltaire）、康德（Kant）等人偏於理知，其哲學可説是較「哲學的」或「科學的」；盧梭、莫里斯（Morris）、喀賓脱（Carpenter）等人偏於情感，其哲學可説是比較「文學的」；而馬基維利、叔本華、尼采等人偏重於意志，其哲學則可説是比較「宗教的」，或甚至是「不寬容的」（intolerant）。

為甚麼有許多不同的學術思想，為甚麼各人的思想行為各有不同，時代和環境當然也是極重要的原因，不過我們從人性上加以分析，是比較直接和重要的。

世上的道理雖然有許多説法，但道理只是一個道理。人性的表現雖然各人不同，有如其面，但心性自有其共通之點。所以説：「人同此心，

心同此理。」人性最重要的一個共通之點便是都不缺乏知、情、意三種因素。而我們相信理想的人格，莫貴於知、情、意的充分平衡的發展。無論個人、團體或國家，要能有意義的存在於這個世界，便需有其生存之道，這個道即是主義，主義就是一種思想、信仰和力量，或者就是一種理想、信仰和熱忱。人沒有理想便不會前進，沒有信仰便搖蕩不居，沒有熱忱，便不能行動，都是不可以的。而理想實原於知識，信仰實原於意志，熱忱實原於情感。從哲學科學求得高深的知識，從宗教倫理鍛鍊堅強的意志，從文學藝術誘發熱烈的情感，以使知、情、意平衡進展，使理想、信仰、熱忱適合配合，使思想、信仰、力量充分發展，使主義佔據生命的核心，這不但是發揮個人生命力的正當途徑，也是發揚民族精神光輝的無上法門。

　　翻開人類的歷史，可以看出知、情、意的潮流交相衝擊於各個時代各個地域，而形成各種不同的主潮，唯理的，唯情的，信仰的，此起彼伏，川流不息，以支配當時當代的人類社會。自哲學成立以來，對於人類理知的法則已多所發明。自心理學成立以來，對於人類情感的法則，亦正在深討，近代心理學派別蜂起，進步之速，已可驚人。惟有對於意志的法則，人們很少注意，以致現在尚不易明瞭。法國心理學家黎朋（Le Bon）曾有見及此，以為新哲學的邏輯應不僅為研究研究思想的法則與過程，而需分為三種：一是論理邏輯，一是情感邏輯（Logique effusive），一是神秘邏輯（Logique mystique）。論理邏輯即現在一般所稱的論理學，以研討思想法則來進行，是純知活動的學問，我們可稱它做理則學；情感邏輯相當於現在一般所稱的心理學，但它卻更進而深究個

人、群眾、社會、及民族的心理法則與關係，使成為純情活動的學問，我們可稱它做情則學；至於神秘邏輯，我們以為應定為純意活動的學問，可稱做意志邏輯，或意則學，以研究意志的自由和法則。論理邏輯、情感邏輯、意志邏輯都是人類所必需的學問，如果真能合理配合的發展下去，未來的學術必然是另一種發展，未來的文化必然可放出空前的異彩。

　　上面所說的，當然不免幼稚粗糙，甚而而令人覺得可笑。我也承認，這或許是我偶然想起的一種「哲學上的烏托邦」。但是烏托邦也並不是完全不能實現的，當摩爾（Sir Thom as More）寫他的烏托邦時，他主張官吏民選，信教自由，主張金鐵珠玉只應做卑賤罪惡和恥辱的標誌，做犯人的枷鎖，做便壺，而不用貨幣，主張英國人的窗紙改用透明的玻璃，主張在結婚之前，男女雙方應裸體相見，互相考察，像買一匹小馬時細心審驗一般。這些主張不是有的是幼稚可笑麼？不是有的也終於實現了或快要實現了麼？

　　於是我終於提出了這樣一個可笑的「烏托邦」。

　　　理性只能適用於科學及一切知識，催情感及一切信仰，乃可
　　統治人民，創造歷史。

　　　　　　　　　——Le Bon: *La Psychologie politique et défense sociale*

　　　　　　　　　　　　　　　　　　　　一九四二年七月八夜改作

《莊子・養生主》篇本義復原

　　約在二十年前，奉讀友人王叔岷教授有關《莊子》的大著，自覺對
〈養生主〉篇頗有新解，主要的是認為篇後的四個寓言故事乃是用來分
別說明首段所說的四個作用。而後人未注意，以致全篇的組織和主旨便
一直沒有讀得明白。由於叔岷教授是我敬佩的校勘和釋《莊》專家，我
便寫信去新加坡請教他我這解釋是否已有前人說過。他回信說：此意殊
新，並鼓勵我發表。我因手頭資料不足，未能遍查前人著述，不敢自信，
牽延多時。近因吳宏一教授為創辦《集刊》徵稿，特草此文，以就教於
高明。

　　由於我的解釋牽涉到全篇的組織，必須看到全文，才能說清，且因
原文並不太長，所以先錄全篇，依我的解釋分段標點如下：

內篇〈養生主〉第三

　　吾生也有涯，而知也無涯，以有涯隨無涯，殆已；已而為知
者，殆而已矣。為善無近名，為惡無近刑。緣督以為經：可以保
身，可以全生，可以養親，可以盡年。

　　庖丁為文惠君解牛，手之所觸，肩之所倚，足之所履，膝之
所踦，砉然嚮然，奏刀騞然，莫不中音。合於〈桑林〉之舞，乃
中經首之會。文惠君曰：「譆！善哉！技蓋至此乎？」庖丁釋刀

對曰：「臣之所好者道也，進乎技矣。始臣之解牛之時，所見無非牛者。三年之後，未嘗見全牛也。方今之時，臣以神遇，而不以目視，官知止而神欲行。依乎天理，批大郤，導大窾，因其固然。技（枝）經肯綮之未嘗，而況大軱乎！良庖歲更刀，割也；族庖月更刀，折也。今臣之刀十九年矣，所解數千牛矣，而刀刃若新發於硎。彼節者有間，而刀刃者無厚，以無厚入有間，恢恢乎其於遊刃必有餘地矣，是以十九年而刀刃若新發於硎。雖然，每至於族，吾見其難為，怵然為戒，視為止，行為遲。動刀甚微，謋然已解，如土委地。提刀而立，為之四顧，為之躊躇滿志，善刀而藏之。」文惠君曰：「善哉！吾聞庖丁之言，得養生焉。」

公文軒見右師而驚曰：「是何人也？惡乎介也？天與，其人與？」曰：「天也，非人也。天之生是使獨也，人之貌有與也。以是知其天也，非人也。」

澤雉十步一啄，百步一飲，不蘄畜乎樊中。神雖王，不善也。

老聃死，秦失弔之，三號而出。弟子曰：「非夫子之友邪？」曰：「然。」「然則弔焉若此，可乎？」曰：「然。始也，吾以為其人也，而今非也。向吾入而弔焉，有老者哭之，如哭其子；少者哭之，如哭其母。彼其所以會之，必有不蘄言而言，不蘄哭而哭者。是遁天倍情，忘其所受，古者謂之遁天之刑。適來，夫子時也；適去，夫子順也。安時而處順，哀樂不能入也，古者謂是帝之縣解。指窮於為薪，火傳也，不知其盡也。」

古今來解釋此篇者，固然佳作如林，但依我看來，卻都未盡得其原義。其故一在於沒有特別註重探求原篇寫作的知識背景；一在於未細審全篇的結構和推理方式。現即從這兩方面來加以解說。

一、〈養生主〉與《黃帝內經》

我所說的寫作知識背景，是指〈養生主〉篇的作者——大致可定為莊周——既然以「養生」作主題，總不能完全脫離他所處之時代與社會的醫學常識、觀念及其賴以表現的詞彙之影響。另一方面，他顯然並不是企圖寫篇醫科保健指南，而是寫篇哲理方面的作品。所以他如運用當時流行的醫學詞彙，賦予新意，來表達他的哲理思想，那無寧是非常自然，也許是難於避免的。莊子的生卒年，馬敍倫定作公元前 369-前 286，錢穆先生定作前 365- 前 290，相差無幾。這已在戰國（公元前 475- 前 221）中下期，這期間中國人的醫藥知識，也許可從《黃帝內經》：《素問》、《靈樞》兩書的基本篇章中見到。按秦始皇三十四年（公元前 213）焚書籍，明令「所不去者：醫藥、卜筮、種樹之書。」《漢書‧藝文志》「醫經」項下首列「《黃帝內經》十八卷」。班固於後註中說：「『醫經』者，原人血脈、經絡、骨髓，陰陽表裡，以起百病之本，死生之分。」此條雖未分列《素問》、《靈樞》之名，但東漢張機（仲景）《傷寒論》已稱引《素問》。晉皇甫謐（公元 215-282）《甲乙經》〈序〉又說：「今有《鍼經》九卷，《素問》九卷，二九十八卷，即《內經》也。」後人即認《鍼經》就是《靈樞》。當代研究中醫典籍的學者多已認定《內經》的原書作成於春

秋、戰國期間。我以為莊子時代,《靈樞》、《素問》二書的基本部分,尤其是班固所提到的論血脈、經絡、骨髓、陰陽等部分,當已著成。(其中或偶有修改或增益,但除已確證者之一部分外,不能輕易拋棄。)〈養生主〉篇似即以此醫療衛生知識為本,引申出「養生」的哲理。

　　首先請來考究一下〈養生主〉這個篇名。過去對其含義,已有兩種不同的解釋:早期多認為這是指「養生」的主旨,如郭象註用「養生之主」一語,隱含此意。陸德明(公元 556-627)《經典釋文》更明說:「養生以此為主也。」另一種解釋則認為題意是養「生之主」,如宋朝陳景元說:「主,真君也。」林希逸說:「主猶禪家所謂主人公也。養其主此生者。道家所謂丹基也。」雖然用禪宗和道教修煉之術來解說並不適當,但提出「養其主此生者」的解釋,卻頗為合理。不過我認為莊子是擅長詩與文學的思想家,喜用「弔(諔)詭」,「正言若反」,「巵言日出」,〈養生主〉應解作既是「養生」之「主」,亦是「養」「生之主」。正如〈齊物論〉既可解作「齊物」之「論」,亦可解作「齊」「物論」,兩者兼該,意義才完備。

　　至於「養生主」觀念的來源和具體意義,也不妨探索一下。「養生」一詞,在儒家經典如《禮記》中說的「養生送死」,乃指奉養父母於其生時,意義不同。《荀子》中提到「養生」一詞六、七次,如〈彊國〉篇說:「故人莫貴乎生,莫樂乎安,所以養生安樂者,莫大乎禮義。」荀子認為「禮者養也」,所以很重視養生,不過取徑與莊子不同,而且已在莊子之後了。但在可能著成於《莊子》之前的典籍中,有《素問》和《管子》裡較初期的篇章,用過「養生」一詞。《素問‧四氣調神大論篇第二》說:

> 春三月（指正、二、三月），此謂發陳，天地俱生，萬物以榮。
> 夜臥早起，廣步於庭，被髮緩形，以使志生。生而勿殺，予而勿
> 奪，賞而勿罰。此春氣之應，養生之道也。

下文又說到夏季三個月的「養長之道」，秋季的「養收之道」和冬季的「養
藏之道」。可見這裡所說「養生」的「生」是指「滋生」、「生長」的生，最
近於「生」字的初義，與今語「生命」不全同。（我在下文偶然用到「生命」
一詞，仍偏重此古義。）我以為《莊子》使用「養生」一詞，可能是從這
裡或本書下文得到啟發，而自出新意。

更值得注意的是《素問》下文〈靈蘭秘典論篇第八〉說：

> 心者，君主之官也，神明出焉……故主明則下安，以此養生
> 則壽，歿世不殆，以為天下則大昌。主不明則十二官危，使道閉
> 塞而不通，形乃大傷，以此養生則殃，以為天下者，其宗大危。

這裡明白把「養生」和「主」二者聯繫了起來，並認定這「主」是「心」，
即「神明」所出之處。在下一章〈六節藏象論篇第九〉裡也說：

> 心者，生之本，神之處（原作「變」，依新校正據別本改）也。

由於〈靈蘭秘典論篇〉中討論「十二官」時提到「中正之官」和「州都之
官」，近人以為這些官名，曹魏以後才有，因此認為此篇必出於後漢以
下。可是前人早已指出「州都」古通「洲渚」，故本文以之比膀胱，說是
「津液藏焉」。此詞亦可泛指州郡都會。文中並列另有「倉廩之官」、「傳

道之官」、「受盛之官」、「作強之官」、「決瀆之官」等，皆非官名，不過描述其功能，則「中正之官」當亦類此，故云「決斷出焉」。而且後世立此官名，或受此篇影響，亦未可知。不能以此遽斷《素問》此篇為漢末以後之作。還有，此篇篇名因篇末云：黃帝「藏之靈蘭之室。」後世傳說：靈台、蘭室是黃帝藏書之所，這原不可信。漢代有蘭臺，在殿中，屬御史中丞，掌存圖籍秘書。可是史官掌管圖書，原是古制，周、秦皆有柱下史掌方書。我的推測，所謂柱、台，本來可能就是支柱、枱几，即書架書案之類。戰國時原已有蘭臺地名和蘭臺之宮，以此名藏書之所仍有可能係本於《素問》之類的傳說，而不必是《素問》之說係本於漢殿之名。所以《莊子‧養生主》篇名還是有受《素問‧靈蘭》篇啟發的可能。（縱按：《莊子‧天運》篇名亦出於《素問‧脈要精微論篇第十七》。）當然，如果是相反，那麼，《素問》此篇便是最早用「心」、「神」來解釋《莊子》「養生」之「主」的作品，比王夫之等人要早一千多年了。

　　還值得注意的是，上引〈靈蘭〉篇中，除了已把「養生」、「主」和「心」、「神」關連起來之外，還有一句「歿世不殆」。這和〈養生主〉篇中說的「殆已」、「殆而已矣」也用字相同，應非偶然。而且〈養生主〉篇裡本已一再隱約指出「神」為主使或中心，如〈庖丁說〉的：「臣以神遇，而不以目視，官知止而神欲行。」〈澤雉節〉亦有「神雖王」之句。〈庖丁說〉的「官」，也類似於〈靈蘭〉篇說的「十二官」之「官」。〈庖丁說〉：「臣之所好者，道也，進乎技矣。」這個「道」也使我們想到上文所引《素問‧四氣調神》篇說的「養生之道」的「道」。〈養生主〉篇下文：「文惠君曰：『善哉！吾聞庖丁之言，得養生焉。』」這「養生」也正是指「養生之道」，

與上文庖丁説的「道」相呼應。莊子似乎企圖把醫理的「養生之道」延擴為哲理方面更普遍的「道」。

〈養生主〉篇和《黃帝內經》的關係，更見於首段「緣督以為經」一語。西晉泰始（公元 266-274）中曾任秘書丞的司馬彪註：「緣，順也。督，中也。順守中道以為常。」（《文選》左思〈魏都賦〉李善註引）郭象（？-312）註曰：「順中以為常也。」《經典釋文》引：「（晉）李（頤）云：「緣，順也。督，中也。經，常也。」郭（象）、崔（譔）同。」這些都只就《莊子》文字釋義。最先注意到這句和醫經有關的應是宋朝的趙以夫（公元 1189-1256）。他註〈養生主〉此句説：

> 奇經八脈，中脈為督。衣背當中之縫，亦謂之骨，見《禮記‧深衣》註。（明焦竑《莊子翼》引。縱按：鄭玄註原文用的是「裂」字，不是「督」字，《釋文》註云：「裂音督。」二字後雖偶有通用之例，但原義有別，前者如《説文》所釋，乃指衣之「背縫」；後者如《爾雅‧釋詁》：「督，正也。」《説文》：「督，察也。」乃就身體目視而言。惟二者引申則可能皆有中正之義。）

趙氏説得太簡單，到了王夫之（公元 1619-1692）就解釋得更明確了。他在所著《莊子解》中説：

> 奇經八脈，以任、督主呼吸之息。（縱按：上二句乃據郭慶藩《莊子集釋》轉引郭嵩燾引王解，今本王解無此二句。）身前

之中脈曰任，身後之中脈曰督。督者居靜，而不倚於左右。有脈之位，而無形質。緣督者，以清微纖妙之氣，循虛而行，止於所不可行，而行自順，以適得其中。

王叔岷教授在所著《莊子校詮》（1988，史語所）中依郭著轉引了這段後評論說：

> 此附會督為奇經八脈之一，所謂行清微纖妙之氣，乃煉氣之術，可備一解。然決非《莊子》之本旨也。

這評論自然很有理，莊子不至於教人「煉氣」。不過〈人間世〉篇卻要人「聽之以氣」，並即解釋說：「氣也者，虛而待物者也。」王夫之的說法或有語病，也許原意仍在此。再說，「奇經八脈」一詞，也不見於《素問》和《靈樞》，到了《難經》才出現，此書何時著成本很可疑。不過「督脈」在《內經》裡已常說到，例如《靈樞‧經脈篇第十》說：

> 經脈者，所以能決死生，處百病，調虛實，不可不通……經脈者，常不可見也。其虛實也，以氣口知之。脈之見者，皆絡脈也……督脈之別名曰長強，挾脊，上項，散頭，上下當肩胛，左右別走太陽，入貫脊。

《素問‧骨空論篇第六十》對督脈行經的路線，說得更詳細些：

　　　　督脈者，起於少腹以下骨中央。女子入繫庭孔，其孔，溺孔
之端也。其絡循陰器合篡間（會陰部），繞篡後，別繞臀，至少陰
與巨陽中絡者，合少陰上股內後廉（側），貫脊屬腎，與太陽起於
目內眥，上額交巔上，入絡腦；還出別下項，循肩髆內，俠脊抵
腰中，入循膂絡腎。其男子循莖下至篡，與女子等。其少腹直上
者，貫臍中央，上貫心入喉，上頤環唇，上繫兩目之下中央。

這裡似說督脈有兩條或三條線路：一是從陰部上貫背脊直至頭頂；再由
頭下行循肩抵腰中返臀部。另一路線則是由下貫臍、貫心、入喉、環唇，
上至兩目之下的中央。這和任脈、衝脈似乎都不無關聯。同書〈氣府論
篇第五十九〉指出督脈的氣穴分佈在頭、面、頸和脊椎各部，皆在中樞。
而〈痿論篇第四十四〉更說：

　　　　衝脈者，經脈之海也。主滲灌溪谷，與陽明合於宗筋，陰陽
揔宗筋之會，會於氣街，而陽明為之長，皆屬於帶脈，而絡於督脈。

可見督脈確是諸經脈的樞紐總督。

　　我認為〈養生主〉篇「緣督以為經」這最重要的句子，是本於醫書《內
經》所說經脈的督脈一詞，主要有兩個理由：第一，句中並用「督」字
「經」字，很不尋常，「緣」字也是醫書中用到的字，如《素問‧五藏生成
篇第十》說到邪氣侵襲腧穴時，可用「鍼石緣而去之。」此字也可能受到
上引〈骨空論篇〉一再用「循」字的影響，前人本已有釋「緣」為「循」者。
本來把這句解作「順以為常」也未為不可，但莊子為甚麼不逕用「順」、

「中」、「常」這些更常用的字，卻偏用上比較特殊的「緣」、「督」、「經」等字？其次，從當時醫理上說，經脈既「能決死生，處百病，調虛實，不可不通。」而督脈又是諸經脈的樞紐，且上達頭巔，又貫心。正如《素問‧脈要精微論篇第十七》所說：「頭者精明之府，頭傾視深，精神將奪矣。」而心亦為「君主之官，神明出焉。」莊子既然重視精神，自然要注意到這貫通頭和心而為神所從出的關係緊要的督脈。

不過，正如我上文已提到過的，莊子雖然使用了當時的醫科詞彙來論說「養生」，卻當然並不完全因襲其原意。他顯然是從哲理方面來討論這主題，而不是從方術、醫藥、修煉等方面來著眼。所以他借用的那些詞彙，固然並未完全失去原義，可是多已引伸賦予了更廣闊更抽象的多重含義。他也許繼承或創設了精神為形體或生之主的觀點，但對養生之道，總比他的前人說得更精深微妙，至少他該是努力要做到這樣。因此，就「緣督以為經」一語而論，像司馬彪、郭象、李頤等，以及後世許多學者，把它解作「順中以為常」，雖然可能已得到莊子的一部分用意，但以單字換原字，往往得其一而失其二。例如這兒的「經」字自然已不可全作身體內「經絡」的「經」來解釋，解作「常道」的「常」自有其好處，可見原句既是用「經」字，又於句中與「督」這一經脈名詞同用，則這個「經」字便可能仍有「能決死生」的經脈或主要徑路之意的一部分，換作「常」字便失去了這個言內或言外之意了。「督」字更是如此，它固然可有「中」字之意，後人又往往更加上「虛」、「靜」、「無」、「空」或循其自然諸義，如上引王夫之說的「循虛而行」和「以適得其中」，已解釋得比較周到。錢穆先生說：「船山論老、莊，時有創見，義趣宏深，」「可謂

得莊之深微。」可稱允評。船山已知「督」脈詞源，所以解釋得較適切。惟仔細斟酌起來，於「督」字的含義，恐仍未闡釋得完備，如樞紐總督之意，即是其一。

　　以上大略解釋了〈養生主〉篇名和「緣督以為經」的含義，和它們與《黃帝內經》可能的淵源。

二、知與德的限度：不可傷生

　　〈養生主〉篇雖短，我以為卻是《莊子》全書中最重要，最具總綱性，最能表明莊子思想主旨的一篇，因為《莊子》實是中國古代個人自由主義思想的重鎮，不過他和楊朱等人不同，他重視天人合一，主張忘我，自適其適。但不論如何，關係個人的問題，最基本最重要的，仍無過於個人的生存，正如書中一再提到「死生亦大矣」。而此篇正代表莊子對個人生命保存的看法，是他的人生觀之中心，其他哲理，如齊物、天人合一、及人際關係諸論，往往係為此而發，或以此為本。而這篇的結構和推理，本是最嚴密扼要，綱舉目張，籠括全面，且其設詞寓事，簡練不繁，發人深思遐想，時孕無盡之意。

　　按此篇組織與推理過程，是先從應避免傷生之事說起，然後指出養生應遵行的原則，和依此原則而行則可能得到的四個結果，然後用四個寓言來分別說明。這本來很簡單明白，但過去卻一直沒解說得清楚。

　　與人生直接有關的除了身體之外，還有知識和道德，中國古代的「知、仁、勇」，「知、意、情」，「真、善、美」等觀念，似乎都多多少少

反映了這種三分法。現代教育稱做「德、智、體」三育。照通俗方法，保養身體和生命，當以醫藥衛生為主，但莊子所註重的是精神和整個人生觀，所以他便先從知識和道德兩方面，指出走到極端都可危害生養。《老子》第十九章「絕聖棄知」一語，《莊子・胠篋》篇和〈在宥〉篇都曾引用，二篇或雜有莊子後學之言，但莊子在某種程度上也許還受過此語的影響，不過他似乎不像老子那樣走極端，從〈養生主〉首段對知識和道德的態度也可見到。

　　「吾生也有涯，而知也無涯，以有涯隨無涯，殆已；已而為知者，殆而已矣。」我認為這自然也頗受了老子思想的影響，但錢穆先生在他那精密扼要的《莊子纂箋》一書裡卻說：「《老子》云：『知止可以不殆。』本此。」他以為《老子》書出在《莊子》之後，所以說這句話本於〈養生主〉那兩句話。我卻認為劉向、班固序列《老子》於《莊子》之前是對的，所以看法正好相反。其實，我認為《老子》第三十二章中這句話固然可能曾影響過《莊子》思想，但〈養生主〉這兩句卻更可能是受了《老子》第四十四章的啟發，因為此章首說：「名與身孰親」，末了說：「知止不殆，可以長久。」正與養生保身的觀念相近。這就是說，老、莊都提倡「知止」。如〈齊物論〉篇說：「知止其所不知，至矣。」〈庚桑楚〉篇則作「知止其所不能知，至矣。」與〈養生主〉首段意尤相近。我們初讀「以有涯隨無涯，殆已」，一定會覺得莊子反對無限地追求知識，正與西洋的「浮士德精神」鼓勵無限追求相反。我在二十多年前為友人題字，就說：「吾生也有涯，而知也無涯，『不』以有涯隨無涯，殆已。——予生平喜讀《莊子》，獨欲以此語反之。」我認為中國人亟切需要對知識有無限追求的精

神，所以這樣説。不過凡稍讀莊書者，即可見其知識淵博深至，《史記》說他「其學無所不闚。」所以他的這些話可能只是一種弔詭。其實，莊子在此只告訴人不可盡「隨」無盡的外在知識，使內心失主，再則不可求盡。如〈在宥〉篇説：「大德不同，而性命爛漫矣；天下好知，而百姓求竭矣。」郭象註下句云：「知無涯而好之，故無以供其求。」他用「無涯」來解説「天下好知」的「知」，使與〈養生主〉首句聯繫，很有見地。本來〈在宥〉篇這兩句批判道德和知識，都像是〈養生主〉前段論點的引伸。章炳麟説：「『求竭』，雙聲語，猶上文『爛漫』為疊韻語也。『求竭』即『膠葛』，今作『糾葛』。《楚辭・遠遊》：『騎膠葛以雜亂兮。』」此釋很合理，叔岷更證即「雜亂」之意。我當然也同意，不過原文既用「求竭」二字，照原字讀亦是雙聲，郭象依常義解，原則上本亦不錯，只是釋作「故無以供其求」卻不對，不是知識有限，供不應求。「求竭」只是企求竭盡知識之意，即〈養生主〉說的「隨無涯」之知而不已，而知識總是求不完的。章解雖確，可是我們如尊重原文，便不能丟掉「企求竭盡」這一意義，至少應承認有雙關義。〈在宥〉篇這段推論「絕聖棄知」，是從統治術方面立論，更近於《老子》；至於《莊子》本身，論點則素來側重個人。〈在宥〉篇下文黃帝問廣成子如何「以遂群生」和「治身奈何，而可以長生」，廣成子告訴他：「抱神守靜，形將自正」；「多知為敗」；還說：「彼其物無窮，而人皆以為有終；彼其物無測，而人皆以為有極。」這就是從個人出發，更在解釋〈養生主〉批評無盡求知的態度了。事實上，〈養生主〉那兩句話的重心並不在反對求知，他真正反對的是「已而為知」，即是把知識當作「有涯」一般去追求，以為可求到終點。殊不知求到終點是不

可能的。此「已」字既可作「殆已」、「已殆」的「已」解，也可作常義的「終了」，即「止」解，即「有涯」之意。若解「已而為知」的「已」為「此」，意亦仍相似。〈庚桑楚〉篇説：「學者，學其所不能學也；行者，行其所不能行也；辯者，辯其所不能辯也。知止乎其所不能知，至矣。若有不即是者，天鈞敗之。」這「知止乎其所不能知」，正是要人知道，想知道知的終點是必敗的，「已而為知」是必「殆」的。〈在宥〉篇説的「而人皆以為有終」，「而人皆以為有極」，正是指這種認知識為有涯，「已而為知」的人。還有，〈在宥〉篇這兒把黃帝描寫得不懂「遂生」和「治身」之道，要廣成子來指教；正如《黃帝內經》裡黃帝時常請教天師岐伯等人一般。不過那裡黃帝自己也很懂養生和醫藥，〈在宥〉篇卻把他寫得無知而卑屈，「順下風，膝行而進，再拜稽首而問。」我以為這也反映莊子學派的人深知〈養生主〉原是本於《黃帝內經》，企圖於世俗醫藥健身一途之外，進一步探索養生之道，才把黃帝拉來降低一番，以抬高莊派養生理論超越普通醫書一級的地位。

〈養生主〉篇接下去指出，世俗的道德觀念如何可以傷生：「為善無近名，為惡無近刑。」我在上節討論「養生」一詞時，提到除《內經》外，《莊子》也可能受到《管子》的影響。現即引此書〈白心篇第三十八〉為證：

> 為善乎，毋提提；為不善乎，將陷於刑。善不善，取信而止矣。若左若右，正中而已矣……故曰：思索精者明益衰，德行修者王道狹，卧名利者寫生危。知周於六合之內者，吾知生之有為阻也。持而滿之，乃其殆也。名滿於天下，不若其已也。名進

（遂：依許維遹說）而身退，天之道也……故曰：欲愛吾身，先
知吾情；君親（應作「周視」：依俞樾說）六合，以考內身；以此
知象，乃知行情；既知行情，乃知養生。

王念孫《讀書雜誌》解釋首二句說：

「提提」，顯著之貌，謂有顯著之名也。「提」與「覜」同，《說
文》曰：「覜（音提），顯也。」為善而有名，則必為人所嫉；為不
善，則陷於刑。《莊子・養生主》篇曰：「為善無近名，為惡無近
刑。」語意正與此同。

王氏此釋甚當，並能指出兩句和〈養生主〉的正相同。可是他還沒注意
到〈白心篇〉「正中而已矣」也可能和「緣督」意義相似；「持而滿之，乃
其殆也」亦頗相當於「以有涯隨無涯，殆已」（窮無涯即類似持滿）；尤
其是〈白心篇〉也說到「養生」，這就更非偶然一二處巧合了。還有，〈白
心篇〉中那句「臥名利者寫生危」，一直沒有給註釋得清楚，尹知章註：
「臥猶息也，寫猶除也，能息名利，則除身之危。」顯然與上兩句不相
稱，「臥」亦不能作息去解。馬瑞辰則說：「寫當訓憂，謂寢息於名利，
必多危險，故憂生危。」也十分勉強。李潔明卻臆改「臥」為「取」，「寫」
為「寓」，又改「生」為「身」，意即「務取名利者即置其身於危險之域。」
郭沫若更擅改「臥名」為「頤舌」，說「頤舌利」即利口之意。「寫」者置
也，處也。「口可興戎，頤舌利者乃置其性命於危地也。」（均見郭氏與
聞一多、許維遹合著《管子集校》，1956 年北京：科學出版社，下冊，

頁676-677）這些猜測都毫無根據。依我的看法，「寫」乃「瀉」之本字，「瀉」為俗字，《周禮·稻人》：「以澮寫水」即用瀉之本字，乃洩漏之意。「寫」又是古代醫書中常用到的字，《素問·上古天真論篇第一》：「精氣溢寫。」意謂精氣充滿而外洩也。《內經》又常有「補寫」一詞意即今語之「補瀉」。所以〈白心篇〉這句應解釋作：寢息晏酣於名利，則瀉漏其生氣而有危殆。因為名利過滿則必傾洩，故下文云：「持而滿之，乃其殆也」云云。從這句話也可看出〈白心篇〉也有可能受過《內經》的影響。

　　《管子》中除了〈白心篇〉外，提到「養生」一詞的還有「經言」部分的〈幼官篇〉第八和〈幼官圖〉第九，更有「管子解」部分的〈立政九敗解篇〉第六十五。這後一篇有這樣一段：

　　　　人君唯無（戴望云：「宋本『無』作『毋』，下皆同。」）好全生，則群臣皆全其生。而生又養生，養何也？曰：滋味也，聲色也，然後為養生。然則從欲妄行，男女無別，反於禽獸；然則禮義廉恥不立，人君無以自守也。故曰：全生之説勝，則廉恥不立。（原文「而生又養生養何也」句下，日本豬飼彥博云：「疑當作『主養生，養生何也。』」姚永概云：「『而生又養生養何也』不成辭，此文當作『而又養生，養生何也』乃順。下文曰『滋味也，聲色也，然後為養生』，可證。」（以上皆見《管子集校》，下冊，頁993）縱按：姚説固可通，但原文「而生又養生」乃承上句而言，謂全其生者又養其生，刪去前一「生」字文氣反不銜接。原文「養何也」實乃問養之者何，亦即何以養之，或養以甚麼，非問何謂養

生也。故下文答曰:「滋味也,聲色也」,故又強調「然後」為養
生。近人好任意改古,是以特為辯正。)

這一段提到「養生」和「全生」,用詞與〈養生主〉篇相同。〈立政九敗解
篇〉乃解釋「經言」部分〈立政篇〉第四「九敗」節,該節說:「全生之說
勝,則廉恥不立。」解篇這段即是解說此句。

　　現在要問:上引《管子》各篇和〈養生主〉篇誰早誰晚?這卻很難判
斷。管子卒於周襄王七年(公元前 645),《管子》書自然不是他自著,《漢
書 ‧ 藝文誌》把它列在道家,置於《老子》、《莊子》之前。由於本書十
分繁富,自魏晉迄今,疑者紛紛,有時亦頗成理,但我看大多仍妄下斷
語。友人羅根澤先生〈《管子》探源〉一文分析較詳,可是他確認〈立政
篇〉乃襲自《荀子‧王制》,而〈幼官篇〉則為秦漢兵陰陽家作,亦未免
臆斷。〈立政篇〉「九敗」節說的「全生之說勝,則廉恥不立」,是接在「兼
愛之說勝,則士卒不戰」後,這可能見出此段乃作於墨子之後或同時。
它所反對的「全生」,以至〈九敗解〉所反對的「養生」,指的是「滋味」、
「聲色」,顯然不是針對〈養生主〉篇所提倡的養生之道而發。按當時提
倡「全生」的還有比莊子略早但並世的子華子,《呂氏春秋‧貴生篇》引
子華子的話說:「全生為上,虧生次之,死次之,迫生為下。」同書〈審
為篇〉又引子華子說到「愁身傷生」的話。(參看錢穆《先秦諸子繫年》
第八九條〈子華子考〉,惟誤〈審為篇〉為〈貴生篇〉。)此人近於楊朱一
派。〈九敗〉和〈九敗解〉所批判的可能即是楊朱、子華子一類思想。莊
子則是另出一說。

　　《管子》中許多篇章或許是齊國稷下學士所記,稷下學風雖盛於戰國

齊威王（前 357- 前 320）、宣王（前 319- 前 301）時代，延及湣（前 300-前 284）、襄（前 283- 前 265），但齊桓公（此為第二個桓公，即威王之父陳侯田午，前 374- 前 357）時可能已開始立「稷下之宮」（據徐幹《中論‧亡國篇》），《管子》書中一部分材料未嘗不可屬於春秋時代或戰國上中期。近人有建議〈心術〉上下、〈白心〉以至〈內業〉各篇乃宋鈃（或作宋牼、宋榮）一派人所作，似亦不確。即使如此，宋應與孟子年相若，年長於莊子。錢穆先生測定宋鈃年代稍嫌太晚。上文所引〈白心篇〉：「為善乎，毋提提；為不善乎，將陷於刑」與〈養生主〉篇的「為善無近名，為惡無近刑」固然相當，但下句意思並不全同。〈養生主〉篇這兩句簡潔對稱，「名」、「刑」為韻，並與以下各句都押韻。〈白心篇〉那兩句不全對稱，也不叶韻。再説：「將陷於刑」是極平凡判斷語，「為惡無近刑」就立意特峭。到底是〈白心篇〉把〈養生主〉篇的句子改得平白了，還是〈養生主〉把〈白心〉簡練修飾了呢？這兩個可能性都有，我暫時傾向於後者。正如金受申《稷下派之研究》（上海：商務，1930）、錢穆《先秦諸子繫年‧稷下通考》和李艾林（W. Allyn Rickett）替莊為斯《管子引得》所寫〈導言〉所説，莊子與稷下派好些人同時。《古今樂錄》又説：「莊周齊人。」雖不必可信，但他仍有可能遊過稷下。他也許對當時幾派關於養生和全生的看法都不滿意，才提出自己特殊的見解。

　　〈養生主〉篇德、刑、養生的觀念，也可能受過另一部古書的影響，或互為影響。馬王堆出土漢墓帛書《十大經‧觀》篇（唐蘭認係戰國前期之末到中期之初，即公元前 400 年前後之作）記載黃帝對力黑説：「正之以刑與德。春夏為德，秋冬為刑。先德後刑以養生。」（馬王堆漢墓帛

書整理小組編：《馬王堆漢墓帛書：經法》1976 年，北京：文物出版社，頁 48-49）這很像從上文所引《素問・四氣調神大論》篇脫胎而出。也是假託黃帝和臣下對話，以四季、賞罰和養生並論。德刑的說法和〈養生主〉篇「為善無近名，為惡無近刑」的說法觀念相應，而都是說養生。《十大經》的另一篇〈姓爭〉也說：「凡諶之極，在刑與德……天德皇皇，非刑不行；繆繆天刑，非德必頃（傾）。刑德相養，逆順若成……若夫人事則無常，過極失當，變故易常，德則無有，昔（措）刑不當，居則無法，動作爽名，是以僇受其刑。」（頁 65-66）都是把德、名和刑相提並論，末兩句也用名、刑二字押韻。

　　「為善無近名」這種意見也見於《列子・說符篇》：

　　　　楊朱曰：「行善不以為名，而名從之；名不與利期，而利歸之；利不與爭期，而爭及之：故君子必慎為善。」

《列子》一書，世多以為東晉張湛所偽作，我細檢其論據，大多不能成立，一少部分也只能證明書中有後世誤改或附益。所以楊朱這段議論，我們還不能貿然否認。大約在莊子時代或稍前，對善和名之關係的問題，已為不少人所關切了。

　　我認為最重要的還是《周易・繫辭傳下》四這段所引舊傳以為孔子的話：

　　　　善不積不足以成名，惡不積不足以滅身。小人以小善為無益而弗為也，以小惡為無傷而弗去也，故惡積而不可掩，罪大而不

可解。《易》曰：「何（荷）校滅耳，凶。」（按此乃釋〈噬嗑〉上九爻辭。）

〈繫辭傳〉的作成時代，說者不一。就這段議論看來，我以為楊朱和莊周的話也許還是從這裡出發來另立新說。所以〈人間世〉篇就更要造作孔子之口來對顏回講出一番相反的議論來。這兒仲尼曰：

> 若亦知乎德之所蕩，而知之所為出乎哉。德蕩乎名，知出乎爭。名也者，相札也；知也者，爭之器也。二者凶器，非所以盡行也。

照莊子的看法，世俗之所謂知與德，都是「凶器」，都會遭「天刑」的。可是在〈養生主〉篇裡卻只以走極端為戒。就「為善」一句而論，說的還易理解，但「為惡無近刑」這句就顯得有認可某種限度內的「為惡」了。古今來不少註釋家對此頗覺不安，想替莊子解脫，或加以申斥（如朱熹），例如清朝雍正、乾隆間的屈復在他所著《南華通》裡就說：

> 此二語亦從無人會得。不詳讀其通篇，而止就本句作解，遂云：為善而第無求名，為惡而第無犯刑。夫《南華》不經，而實為百家之冠，斷無公然教人為惡之理。若謂不妨為惡，而第無近刑，然則盜不受捕，淫不犯奸，殺人而不抵償者，皆漆園之高徒也哉？夫此篇文勢，原以善無近名，惡無近刑，緣督為經三句平提，而下分應之：庖丁一段講緣督為經也，右師一段講惡無近

刑也，澤雉一段講善無近名也。但玩右師、澤雉之文，則知善惡
二字當就境遇上說。人生之境，順逆不一，窮通異致：順而且通
者，所謂善境也；窮而且逆者，所謂惡境也。吾之境而為善歟，
此時易於有名，而吾無求名之心，不惟不求而已，即德輝所著，
自然有名，而吾亦淡然忘之，不以動於中，如澤雉之神王，而不
自知其善也。吾之境而為惡歟，此時難於免刑，而吾無致刑之
道，不惟無以致之而已，即數奇命厄，卒不免刑，而吾亦恬然安
之，不以神（縱按：疑應作損）吾神，如右師之刖足，而以為天
所生也。

他這種解釋，顯然是勉強曲說。「為善」、「為惡」何能說成「善境」、「惡
境」？我全錄於此，是因為他首先注意到「此篇文勢」和「而下分應之」，
頗有見地；可是他所指陳的分應，卻又大多是錯了。在他前後，曲說尚
多，不必詳舉。惟近人劉武於其所著《莊子集解內篇補正》裡卻另出一
解說：

　　據楊子之言，為善必有名。今曰：無近名，即無為善也。據
〈庚桑楚〉篇之言，為惡必有刑。今曰：無近刑，即無為惡也。
蓋莊子之道，重在無為而去知。

這所謂〈庚桑楚〉之言，是指那兒說的：

　　為不善乎顯明之中者，人得而誅之；為不善乎幽闇之中者，

　　鬼得而誅之。明乎人，明乎鬼者，然後能獨行。

劉的說法表面看來很辯，可是〈庚桑楚〉篇裡說的「得而誅之」只意味著「可」得而誅之，並不是「必有刑」也。如果為惡必有刑，則「為惡無近刑」豈不是不可能了麼，何必白說？

　　王叔岷教授對此問題十分重視，曾撰〈莊子「為善無近名為惡無近刑」新解〉一文（後收入所著《莊學管窺》，1978，台北：藝文印書館），徵引論列頗詳。復於《莊子校詮》中自撮其解：

> 　　案此二句，以善、惡對言，上句猶易明，下句最難解，似有引人為惡之嫌。自郭象、司馬彪《註》以來，或曲說強通；或妄加非議，恐皆未達莊子之旨。岷曾試作新解云：「所謂善、惡，乃就養生言之。『為善』，謂『善養生』。『為惡』，謂『不善養生』。『為善無近名』，謂『善養生無近於浮虛』。益生、長壽之類，所謂浮虛也。『為惡無近刑』，謂『不善養生無近於傷殘』。勞形、虧精之類，所謂傷殘也。如此解釋，或較切實。篇名〈養生主〉，則善、惡二字自當就養生而言。如不就養生而言，則曲說、歧見滋多矣。」

此解自較前人近理，「善養生」一詞本曾見於〈達生〉篇，以此釋「為善」，未為不可。可是說「善養生」會「近名」，卻頗勉強。「不善養生」也不好說是「為惡」。善、惡二字作為名詞對比而用，通常只能作道德的常義解釋。〈白心篇〉不論是早出或晚出，它說的「為不善乎，將踰於刑」，

以「不善」為「惡」，仍是道德名詞，實為戰國時代合理的用法或理解。〈在宥〉篇也說：「故舉天下以賞其善者不足，舉天下以罰其惡者不給。」善、惡對舉以比桀、跖，曾、史，也顯然是用道德之義可證。

不過此二句必須依「養生」主題和全篇推理來解釋，卻是不刊之論。照我前文分析，此篇開始是要指出兩種最基本、最重要足以妨害養生的事情，即在知識、道德追求兩方面都走極端。所以「已而為知」是危殆，「為善近名」、「為惡近刑」也是危殆，都足以傷生。他在這裡只是要人不傷生。〈駢拇〉篇末說：「余愧乎道德，是以上不敢為仁義之操，而下不敢為淫僻之行也。」因為都可「殘生損性」。大致可以註此。至於「不」傷生的善、惡是否該為，本不是他在這裡所要討論的範圍。他所說的只是：假如你要去為惡，可切不可弄到受刑傷生；至於這假設的，不致受刑傷生的惡事，你該不該去做，他在這裡並未表示意見。這正如「不近名」的善，不「已而為知」的知，你該不該去做，他在這裡也都沒有表示可否。我看莊子一定會要先看看那是甚麼知，甚麼善、惡了。照他的說法，有「小知」、「大知」和「真知」，有「至德」和通俗之德的不同。所以在〈大宗師〉篇裡會說：「夫堯既已黥汝以仁義，而劓汝以是非矣。」卻也可以在〈人間世〉篇裡說：「自事其心者，哀樂不易施乎前，知其不可奈何而安之若命，德之至也。」對於善德和是非的判斷既然可以這麼不同；對於惡，也就大可與俗相違了。試看〈大宗師〉篇就說：「與其譽堯而非桀也，不如兩忘而化其道。」照一般人的看法，堯當然是為善的人，桀該是為惡的人吧，可是莊子卻寧可「兩忘」。這自然並不是教人為惡，卻是說，對世間某些善惡、是非，「不如兩忘」為好，不必強為區別。〈駢

拇〉篇説的「若其殘生損性，則盜跖亦伯夷已，又惡取君子小人於其間哉？」也是這種意思。依莊子「齊物」、「無為」、「順物自然」的思想推論，這似乎也就會事有必至，理有固然了。因此，我的判斷是：莊子在「為善」、「為惡」兩句中，依文義只在教人不要傷生，不在於教人為善或為惡；若再依其思想體系説，則對善惡觀念本自有特殊看法，他在這兩句中原不想，也不宜作簡單勸戒的表示。所以我們也就不可用常情和己見來加以責難或辯解了。

以上的討論，主要是從「善」、「惡」和以「刑」為刑罰的觀點而説解；但如果我們特別注意到莊子這兩句話以「刑」、「名」對舉，並考慮到古代的「形名」之辯，和法家的「刑名」之説，問題可能就比較複雜了。考《文選》卷二十三，嵇叔夜（康）〈幽憤詩〉：「古人有言：善莫近名。」李善註云：

> 《莊子》曰：「為善莫近名，為惡莫近刑。」司馬彪曰：「勿脩名也；被褐懷玉，穢惡其身，以無陋於形也。」郭象曰：「忘善惡而居中，任萬物之自為也。」

司馬彪顯然是用「以無陋於形」來註釋莊子的「無近刑」。由於古來「形」、「刑」二字往往混用，如《山海經·海外西經》的「形天（或夭）」一作「刑天（夭）」等，例證頗多，我們當然可以設想司馬彪是把莊子的「刑」讀作「形」，或者他所見之本原文即作「形」。按《韓非子·主道》篇：「同合刑名，審驗法式，擅為者誅。」顧廣圻註説：「刑讀為形。〈揚權〉篇同。」陳奇猷在此處也解釋説：

刑、形古通用，《史記・韓非傳》：「喜刑名法術之學」，《鄧析子》(劉向)〈敘〉：「好刑名」，皆以刑為形。《莊子・養生主》：「為惡無近刑」，司馬彪解刑為形 (見《文選》嵇叔夜〈幽憤詩〉註引)，是其證。本書 (按指《韓非子》) 形、刑多互用。

關於「刑名」和「形名」的問題，顧里雅(Herlee G. Creel)教授曾有研討，我對此另有詳細的解釋，這裡不能多說，但只想指出：形、刑本義有別，但後來常混用，刑字有時並不指刑罰。司馬彪把〈養生主〉中的「為善」、「為惡」解釋成對本身為善為惡，不是對別人行善行惡。他說的「懷玉」，似乎是用來說明對本身為善或修身，「被褐」則是用來說明「無近名」，也就是他所解釋成的「勿脩名」。他說的「穢惡其身」，即是用來說明對本身為惡，這樣的穢惡，對本身只是表面污染，結果反可避免使形體的實質損壞，故說：「以無陋於形也。」古時「形」字也義為「身體」，見於《素問》、《禮記》、《淮南子》等書。因此照他的解釋，莊子這兩句話就是說：把本身修好，卻不可做到接近於提高自己的名聲或名位；把容貌弄得醜惡，卻不可做到接近於損壞自己的身體。

司馬彪的這個解釋，如果我讀得不誤，似乎也有個好處，就是非常切近於「養生」的主題。不過他這樣來解說「善」、「惡」二字，卻如我前文說過的，很不合於當時的一般用法。假如我們不完全採用他的解釋，只把「刑 (形)」字釋成「身體」的「體」，說「為惡」只可做到表面，不要做到近於實體的惡，這或許不失為一種比較妥當的解釋，至少可當作別解。可是「刑」字能否這樣解釋，仍然頗成問題。

三、「緣督為經」的四個結果

　　上文說〈養生主〉首段舉知識和道德以示不知止則可傷生。可是細審原文,「知」與「善、惡」並非對等平列,此可從其語法文氣即可看出。論「知」二句自為一組,與下文不叶韻。「為善」以下則各句皆同叶一韻,即「名」、「刑」、「經」、「身」、「生」、「親」、「年」皆押韻。江有誥在其《莊子韻讀》中指出:「年」為「奴因反,真、耕通韻。」我以為莊子可能把「知」的問題看得最基本,最重要,全書即以此為樞紐。試看首篇〈逍遙遊〉在一開始描寫出一個廣漠自在的境界後,馬上就標出「之二蟲又何知!」和「小知不及大知,小年不及大年。」從知牽到生命。接下去〈齊物論〉篇更以知與人物之間的關係為主題。這些都只是陳述一種理想境界和適應外物之道,都是把人放在自然環境裡來說。可見「知」已成為一基本問題。到〈養生主〉篇才全以「自我」為主題,卻仍以「知」為關鍵。蓋凡一切善惡行為,對人對物對事,以及對自己,關鍵都繫於對「知」的認識和態度。〈人間世〉篇裡強調「外於心知」的「心齋」,即是為此。前人註《莊子》者往往知之,(如王夫之說:「養知之累隱而深。」)可不具論。惟莊子以善、惡乃道德行為,屬於人際關係,較近於實行一面的另一層次,所以將其與下文的實行原則和結果連在一起來說。這樣一來,往往使人誤解,以為「為善」、「為惡」二句也是教人養生的基本原則,正如屈復所說:「此篇文勢,原以善無近名,惡無近刑,緣督為經三句平提,而下分應之。」結果便誤把下面的寓言硬附會成與「為善、為惡」有關聯,又難解釋莊子怎會教人為惡。過去不少人都走入了這個

迷津。幾乎沒有人注意到，這善、惡極限和求知的極限皆是從負面教人不可以此傷生或妨礙養生。

當然，全篇的中心原則只是「緣督以為經」一句。前人多已能指出過，只是他們把這幾句相提並論時，能認清其間邏輯關係的卻不多，唐・成玄英可算一個，他在其《南華真經註疏》裡疏釋「緣督」一句道：

> 緣，順也。督，中也。經，常也。夫善惡兩忘，刑名雙遣，故能順一中之道，處真常之德，虛夷任物，與世推遷，養生之妙，在乎茲矣。

他用「故能」兩字，就標明了不以善惡傷生，乃能緣督以養生，可說已體會到莊子行文之意。不過他沒有聯繫上另一個也許更基本的前提，即摒除「已而為知」。

另外早能特別認識到「緣督」一句重要性的似乎要算明朝的釋德清，他在《莊子內篇註》裡說：

> 養生之主，只在「緣督為經」一語而已。苟安命適時，順乎天理之自然，則遇物忘懷，絕無意於人世，則若己、若功、若名，不待忘而忘矣。此所以為養生主之妙也。故下以庖丁解牛喻之。

明代能說到〈養生主〉篇的主旨和結構的，還有吳默（言箴），明・潘基慶《南華經集註》和郭良翰《南華經薈解》（明天啟六年，1626，刊本）皆有引錄。試看他說：

　　　　養生主者，養其有生之主也。有生之主是誰？〈齊物論〉篇
　　　　所謂「真君」是已。所謂「未始有夫未始有無也（原引脫「也」字，
　　　　今據莊書補）者」是已。此篇不出一「督」字。「督」者，中也。
　　　　中者，無也。故「為善無近名」三句，便道盡個養生主了。（吳
　　　　本「了」作「子」）下庖丁、右師、澤雉、秦失，是四個引證。

這裡說庖丁等事是「四個引證」，可謂灼見（後來王先謙、劉武亦多受此
影響），可是由於他也只認定「為善」三句是平提，便以為這四個引證都
是為這三句而設，以致下面一長篇議論就未免不著邊際了。不過他到底
也算是能特別重視「督」字的一人。

　　「緣督以為經」這一句的多層含義，我已在第一節裡討論過了。從來
研究莊子者都像明朝釋德清一樣，能指出庖丁解牛寓言係用以說明養生
主旨和「緣督」一句的意義。這當然很對，不過我以為，重點還不盡於
此。這一句還應與下面的「可以」四句連讀。庖丁解牛一事除了喻說全
篇和「緣督」一句主旨外，還與其後各寓言分別說明那四個「可以」。現
表列其綱要如下：

　　養生主：緣督以為經——庖丁解牛

　　可以保身——庖丁解牛（用刀不損，「善刀而藏之。」）

　　可以全生——右師獨足

　　可以養親——澤雉飲啄

　　可以盡年——秦失弔老聃

　　庖丁解牛一事乃用以說明養生之主，這可從文惠君的結論見之，即
「吾聞庖丁之言，得養生焉。」可說是作者自己點題。其次，庖丁之言又
透露，所養的生之主是「神（精神）」，即所謂「臣以神遇」和「神欲行」。
且從第一節所引《素問・靈蘭秘典論篇》談「養生」的一段同時提到「心
者，君主之官也，神明出焉。」的確可證庖丁說的「神」必是指生之主。
還有，從庖丁說的「臣之所好者道也，進乎技矣」和「依乎天理」看來，
解牛之喻，固然是指養生之道，卻亦可能是指莊子哲學思想中最高的
「理」和「道」。

　　至於說，庖丁解牛這個寓言也在說明「緣督以為經」這一原則，從
我在第二節裡解釋「緣督為經」乃本於《黃帝內經》經脈督脈的知識即可
體會到，因為解牛本該接觸到經脈。由於經脈，尤其是督脈，乃是居中
而虛空不可見的，是自然的主要徑道，庖丁解牛那種「因其固然」，「以
無厚入有間」的辦法，可說正是「緣督以為經（徑道、常道）」的實施。

　　這裡我不妨再指出庖丁寓言中也有好幾處可能本於《黃帝內經》和
經脈知識。篇中描寫庖丁奏刀，說：「莫不中音，合於桑林之舞，乃中經
首之會。」司馬彪註：「桑林，湯樂名。」又他和向秀都說：「經首，咸池
樂章也。」桑林是湯樂名，《左傳》等書都曾提到過，當無問題。但「經
首」乃咸池樂名，則晉代及以前都無此記載，向與司馬恐係臆測。叔岷
引《路史・後紀》一一謂陶唐氏「制咸池之舞，而為經首之詩，以享上
帝。」叔岷並加斷語云：「亦本〈舊註〉為說。」這個判斷是對的，因為
《路史》著者羅泌已是劉宋時代的人了。奚侗則疑「經首」乃「貍首」之
譌，貍俗作狸，與經形近。禮書中有〈貍首〉乃古樂章名。但改字無據。

章炳麟卻說:「〈釋樂〉:『角謂之經。』首即《古詩十九首》之首。經首即角調矣。」武延緒(公元 1857-1916)在《莊子札記》裡說:「疑首乃肯字偽。」我認為這些解法或改法都不對。首先我們應了解這三句全文之意:首句既説「中音」,次句又説「合」「舞」,第三句當然不會再説「中」音樂了。況且「乃中經首之會」的「乃」字在這種句法裏都是因上啟下作結之詞,有「於是」之意。這句自應終結奏刀的結果,即解牛的完成。以下全是庖丁自己對此工作追加解釋而已。若此句仍然説合於音樂,豈不是於解牛一事的本身全無下落?武延緒要改「首」字為「肯」字,固然不對;但他認為這句不應再説音樂,而應指牛的本身,卻是合理的。我認為從表面一層意義説,庖丁本是順著督脈解剖,督脈這一經脈自陰部向上行,到頭頂最高一個腧穴,叫做「百會」,這當係取百脈之所會聚的意思,因在首嶺,自然也可説是「經首之會」。「會」這樣用法在《內經》中常見,如上文所引〈痿論篇〉説的「陰陽揔(即總字)宗筋之會,會於氣街……而絡於督脈。」又如〈氣穴論篇第五十八〉論「溪谷之會」説:「肉之大會為谷,肉之小會為谿,肉分之閒,谿谷之會,以行榮衛,以會大氣。」因此,「乃中經首之會」的意思應是:於是就擊中了經脈頂端全身諸脈絡總會聚之處。正所謂提綱挈領,所以牛可迎刃而解。

其次,庖丁説:「技經肯綮之未嘗。」俞樾在他的《諸子平議》卷十七〈莊子〉中解釋這句道:

郭註曰:「技之妙也。常遊刃於空,未曾經槩於微礙也。」是以「技經」為技之所經,殊不成義。「技經肯綮」四字必當平列。《釋文》曰:「肯,《説文》作肎。《字林》同。著骨肉也。一曰:

骨無肉也。綮，司馬（彪）云：「猶結處也。」是「肯綮」竝就牛身言。「技經」亦當同之。「技」疑「枝」之誤。《素問·三部九候論》：「治其經絡。」王（冰）註引《靈樞經》曰：「經脈為裡，支而橫者為絡。」古字枝與支通。「枝」謂枝脈「經」謂經脈。「枝經」猶言經絡也。經絡相連之處亦必有礙於遊刃。庖丁惟「因其固然」，故未嘗礙也。

近人劉武在其《莊子集解內篇補正》（1958 年，排印本）裡否認俞說云：

> 此句言奏刀之技，未嘗經過肯綮之處。因肯綮為著骨肉，及骨肉聚結處，經必損刀也。其置未嘗於句末者，倒句法也。此類句法，經史中多有之。若如俞說，先須改技為支，支經為二脈。然此二脈，包絡牛身，牛身恃之以束固者也。其質柔，刀經之即斷；如不之經，則絡束如故，牛身從何得解？此事理之不可通者也。且「技」字為本段脈絡，劈頭由文惠君口中點出，庖丁以「進乎技矣」應之。此句「技」字，即跟「進乎」句「技」字來，即說明技之所以進也。上下本承註一氣。俞氏改之為「支」，蓋未審及於此也。

按俞改「技」為「枝」，本無可疑。古籍及近世出土漢代簡、帛書，作偏旁用的手與木旁相混，已司空見慣。叔岷《校詮》引元《纂圖互註》技作枝，以證成俞說，甚確。縱按：馬王堆出土漢墓帛書《戰國縱橫家書》

二二〈蘇秦謂陳軫章〉：「不救寡人，寡人弗能枝。」枝用作支。支枝本古今字。又按：「嘗」，《説文》云：「口味之也。」即試其味之意，故引伸有「嘗試」義。《禮記‧檀弓下》：「盍嘗問焉。」鄭玄註：「嘗，試也。」《左傳》隱公九年（前714）：「使勇而無剛者嘗寇。」杜預註：「嘗猶試也。」劉武説的「倒句法」顯得很勉強；且庖丁既已説過「進乎技矣」，何用再説技未試經？不過劉氏説：支經二脈，包絡牛之全身，若刀未經此，牛身從何得解？這一問卻不無道理。再方面，前文既要人「緣督為經」，自應緣著督脈解剖，豈可不試經脈？所以我以為，「枝經」並非指支絡和經脈，而應釋作分枝的，或分散而出的經脈。人身除督、任等主要經脈外，還有十二經脈，又分為絡脈，遍布四肢各部各臟腑。《素問》〈調經論篇第六十二〉説：「五藏者，故得六府以為表裡，經絡支節，各生虛實。」「枝經」當即「經絡支節」之意。若從這許多枝脈試起，將治絲愈棼。至於「肯綮」一詞，自然應釋作骨肉附著糾結之處。上文説：「依乎天理，批大卻，導大窾，因其「固然。」依乎天理」，成玄英疏：「依天然之腠理。」是很對的，「腠理」一詞亦數見於《素問》。（看〈刺要論篇第五十〉、〈皮部論篇第五十六〉及〈調經論篇第六十二〉等。）「導」字今本如此，《釋文》本作「道」是對的，「道」字初義本為導，道路之初字為行，導乃後起字。既然只依天然腠理，遵循大的空（窾）隙（卻），所以連枝經和骨肉附著糾結之處也不去嘗試了，何論骨骼？「之」義如「亦」，可依叔岷説。（見《校註》頁107。）總之，「技經」一句亦可見庖丁一節仍深受《內經》之影響。

　　還有庖丁説：「彼節者有閒。」按《靈樞‧經脈篇》説：「經脈十二者，

伏行分肉之閒而不見……常見者皆絡脈也。」又説:「諸絡脈皆不能經大節之閒,必行絕道而出入。」庖丁所説的「節者有閒」,猶此所謂「大節之閒」也。

以上闡釋庖丁解牛寓言既係例證「養生主」,亦係説明「緣督以為經」;而且也受了《內經》的影響。

不過這個寓言的另一作用卻在説明:如能依「緣督為經」這一原則去生活,就「可以保身」。顯然的,這是以刀喻身,若能「以神遇」,「依乎天理」,「因其固然」,緣空虛中道而行,則此刀雖歷久猶如新發於硎,此身亦歷久不損毀。若不如此,勉強逆行,則身將如刀折。

第二個寓言公文軒見介者右師,「介」字司馬彪註:「刖也。」《釋文》:「介,向、郭:偏刖。」此種註釋為許多人所接受,刖為斷足之刑,便誤認這個寓言的用意在説明「無近刑」句。清初宣穎説:「介,特也。謂一足。」這個説法較對,下文既説「天之生是,使獨也,」當然不是受刖刑的結果,而是天生下來就只有一足了。叔岷引《廣雅·釋詁》三:「介,獨也。」自更適切。公文軒看見右師只有一足,便驚問他:「天與?其人與?」「其」乃疑問詞,猶《詩·衛風·伯兮》「其雨其雨?」之「其」。下文「曰」字,過去有兩種不同的解釋:有人以為即右師的答覆;有人以為乃公文軒自問自答。由於下半部的答覆説:「人之貌有與也,以是知其天也,非人也。」「與」當即賦與、給與之意,即謂人之相貌乃天所賦與的。下文卻還要依此推論才知道(「以是知」)那是天生的,不是人為的,這就很顯得不是右師自己所説的話了,他自己難道還要用推理才知道是天生的嗎?所以解釋作公文軒問後忽又自悟出答案,或係第三

者，或即作者莊子代答，當較合理。

可是這個寓言的含義到底是甚麼呢？若說只解答那是天所賦予的，與全篇推理何關？原來這第二個寓言正是用來說明首段所說「緣督為經」的第二個結果，就是：「可以全生」。右師只有獨足，依世俗的看法是生命有殘缺，殘廢不全。但若照「緣督為經」的原則，「依乎天理」，「因其固然」，不勉強違背自然來看他這獨足，則實非殘缺，而本是天賦的「全生」。天與之獨，則獨即全也。不但獨足如此，窮困顛沛，一切不滿意、不圓滿的事皆可作如是觀。故曰：「可以全生」。

第三個寓言澤雉事亦見於《韓詩外傳》卷九，似係徵引《莊子》為說：

　　戴晉生弊衣冠而往見梁王，梁王曰：「前日寡人以上大夫之祿要先生，先生不留。今過寡人邪？」戴晉生欣然而笑，仰而永歎曰：「嗟乎！由此觀之，君曾不足與遊也。君不見大（趙懷玉《韓詩外傳校語》以為「大」乃「夫」之譌。）澤中雉乎，五步一噣（同啄），終日不飽。羽毛悅澤，光照於日月，奮翼爭鳴，聲響於陵澤者，何？彼樂其志也。援置之囷倉中，常噣粱粟，不旦時而飽。然猶羽毛憔悴，志氣益下，低頭不鳴。夫食豈不善哉，彼不得其志故也。今臣不遠千里而從君遊者，豈食不足？竊慕君之道耳。臣始以君為好士，天下無雙；乃今見君不好士明矣。」辭而去，終不復往。

作者韓嬰活躍於漢初文、景之世（約公元前 150 前後），這可看出提倡黃、老思想時代一個儒家對《莊子》的解釋或運用。他用戴晉生之口

解釋澤雉雖得食不易,但能樂其志,置於困倉則不樂,乃「不得其志」之故。他所謂得其志,似乎類於得君而行其道。這和莊子的用意顯然有差別,莊子將視得君行道也不過像做了靈龜而已。

　　莊子的澤雉,走十步才得一啄,走百步才得一飲,可說謀生不易,然而「不蘄畜乎樊中。」按「蘄」乃古「祈」(求)字,金文皆作「𤰞」,因金文之𤰞形近草頭(如〈頌鼎〉中此字),故隸變時誤作蘄(草名,《釋文》以為古芹字),或相混。蓋從草之字固無求義也。《莊子》中所用「蘄」字皆作「求」義,而於外(〈天地〉)雜(〈讓王〉)篇中用「祈」字則皆作禱求義,二者似尚有別。今則「祈」存而「𤰞」未隸變入楷。古書如《莊子》乃以草名之「蘄」作「祈」求用了。故此句之意即「不求畜養於藩籠之中」。籠中不必十步百步去找飲食,容易多了,為甚麼不願?理由是:「神雖王,不善也。」前人對此頗覺費解,如果在籠中「神」能「旺」(《釋文》云:「王,於況反。」)還有甚麼不好的?再說,若畜於籠中,「神」還能旺盛嗎?其實,「雖」字在此本是退一步假設之辭,意思是:神即使能旺,是則不必能旺也。但即使能旺仍然不好,這就得有解釋的必要。所以宋朝褚伯秀就說:「神為形之誤,神王不得謂之不善也。」叔岷否定此說,建議「神謂神態也。」意固恰當,卻苦無佐證。我以為「神」仍應作本義解,欲知究竟,便須弄清楚這寓言的旨趣。

　　原來這第三個寓言正是要用來說明首段所說第三個結果「可以養親」的。「養親」一詞,初看是「奉養雙親」之意。過去許多人都如此解釋,但正如叔岷所云:

　　　　郭註:「養親以適。」案〈漁父篇〉:「事親以適」,即郭註所

本。此言養生之義，忽及「養親」，與上言「保身」、「全生」、下言「盡年」，皆不類。親當借為新，《書·金縢》「惟朕小子其新逆」，《釋文》引馬融本新作親，即二字通用之證。下文庖丁解牛十九年，而刀刃若新發於硎。正所謂「養新」也。

日本金谷治則認為，「親」或係「身」之借字，《禮記·祭義篇》「裁及於親。」《釋文》云：「本又作裁及於身。」這些都須以借用字作解；而且如解作「養新」，則雉在澤中得食艱難，何以是養新，仍頗費解；即令可通，復與庖丁之刀如新發於硎用意重複；如解作「養身」，亦與前文「保身」犯重。

其實「親」字的較早用法乃「親自」、「自己本身」之意，《詩·小雅·節南山》：「弗躬弗親，庶民弗信。」鄭玄箋：「此言王之政不躬而親之，則恩澤不信於眾民矣。」《禮記·文王世子篇》：「世子親齊玄而養。」鄭玄註：「親猶自也。」《公羊傳》，莊公三十二年：「辭曷為與親弒者同。」何休註：「親，躬親也。」〈天下〉篇：「禹親自操槀耜。」〈山木〉篇：「親而行之。」「親」也作自己、躬親解。雉在澤中雖得飲食維艱，但乃養自己，即所謂「養親」，也就是可以自適其適，才得快意。正如郭象註：「俯仰乎天地之間，逍遙乎自得之場，固養生之妙處也。」若在樊中，則是別人豢養，即令神旺，亦覺不佳也。這個寓言表示，別人無論在物質上和精神上使我滿足，由於那不是我自己養的生，還是不樂意。這就進一步說明「緣督為經」還得自己本身去「緣」。這就更加強了莊子個人自由主義的色彩了。

最後那個寓言，秦失弔老聃之死，其中「始也吾以為其人也，而今

非也」的「其人」並沒有錯。「其人也」之所指，從上文看，必是老聃而非其徒，下文所稱夫子亦指老聃，即已推崇他能安時處順，若依文如海本改「其人」為「至人」，下句便否認他，豈非自相矛盾？且從版本方面說，成玄英本出在文本前，原作「其人」，其他宋刻趙本，明世德堂本等皆同，不宜輕改。又《太平御覽》五六一引「而今非也」句作「而今非人也。」可證上句原作「其人」。所謂「非人」當指與天神相合者，而不是常人。劉武說：「其，指老子言，人，世俗之人也。」（《莊子集解內篇補正》這解釋應該是對的。

　　原文「彼其所以會之，必有不蘄言而言，不蘄哭而哭者。是遁天倍情，忘其所受。古者謂之遁天之刑。」「會」字王夫之釋云：「會謂和合之也。」方潛則說：「錯會死生之理。」王先謙說：「會，交際。」陳壽昌則云：「會，聚也。」本來釋作「領會」、「感會」很好，但先秦時代「會」字尚不見有此義。《爾雅・釋詁》：「會，合也。」《廣雅・釋詁》三：「會，聚也。」《周禮・大宗伯》：「時見曰會。」此殆謂弔者依期會合。「蘄」字在此仍應釋「求」，意即必有無人求他們而他們自動言、哭之故。這緣故就是他們「遁天倍情，（叔岷釋作「逃避自然，違反情實」非常恰當。）忘其所受。」下文所謂「遁天之刑」的「遁天」：自然就是這裡所說的「遁天倍情」。這段以批判悼者過哀之不當，從消極面反襯自己「三號而出」之是。

　　接下去一段：「適來，夫子時也；適去，夫子順也。安時而處順，哀樂不能入也。古者謂是帝之縣解。」這正和上一段相對稱，末了都用「古者謂之」（「是」亦「之」義）起句，「帝之縣解」和「遁天之刑」兩個特殊

名詞也非常對稱。古人常以來為生，去為死，我在〈說「來」與「歸去來」〉一文裡曾有所闡釋。（登在《王力先生紀念論文集》，香港，1987）叔岷對這段詮釋得很對，無煩多說。這是從積極面說老聃對生死本無哀樂，則自己「三號而出」更是可以了。看來辯論已很周到。

不過我們要注意，這第四個寓言的主旨並不在辯論喪悼的哀否，而是要說明首段指出的緣督養生的第四個結果：「可以盡年」。所謂「盡年」，正如成玄英疏：「盡其天命。」也就是〈大宗師〉篇說的「終其天年」。（〈齊物論〉和〈寓言〉篇又稱「窮年」）。怎樣才能終其天年或盡年呢？《莊子》中至少提出有兩個要領。一個要領是存真，真是主，可稱為「真宰」、「真君」。（就人論則有「真人」）。存真之道，首要在「毋益損」。〈齊物論〉篇說：

> 若有真宰……其有真君存焉。如求得其情與不得，無益損乎真。一受其成形，不亡以待盡。

「不亡以待盡」即「毋損」之以盡年，庖丁之刀「保身」，澤雉自食以「養親」，皆此之謂。另一方面則須「毋益乎真」。〈德充符〉篇說：

> 吾所謂無情者，言人之不以好惡內傷其身，常因自然而不益生也。

秦失說的老聃「安時而處順，哀樂不能入」，即是「常因自然而不益生」，也就是「毋益」之以盡年。

　　依上面這種存真、不損益以盡年的態度，固然可使人感覺年盡不需哀。然而天年必終，還不免令人有遺憾之感，所以《莊子》又為「盡年」提示第二個要領，即〈大宗師〉篇說的「萬化而未始有極」、「可傳而不可受」，以超空時觀而達到「不死」的境界：

> 　　已外（成疏：「外，遺忘也」。）生矣，而後能朝（奚侗：明。）徹；朝徹而後能見獨（錢穆箋：「無空間相」。）；見獨而後能無古今（錢穆：「無時間相」。）；無古今而後能入於不死不生。

因此，秦失的答覆，於「處順懸解」之外，還要加上「薪盡火傳」的解說。薪火之說只是個比喻，並非寓言。前人往往誤會，以之與庖丁、右師、澤雉、秦失四個寓言並列；或不當作秦失答辭的一部分，都使全篇結構疏散了。惟成玄英說：「舊來分此一篇為七章明義。觀其文勢，過為繁冗，今將『為善』合於第一，『指窮』合於老君，摠成五章。」但他未說明「指窮」一段是否為秦失之語。我現在認定這是秦失從上面所說第二個要領來解釋「盡年」之道，即從「萬化」、「可傳」、超空時的觀點而入於「不死不生」的境界。「火傳」與「可傳」，「不知其盡」與「盡年」皆相照應，亦可作證。

　　「指窮於為薪」的「指」字，前人訓者紛紜，或以為手指（如成玄英、俞樾），或以為以手指薪，用作動詞（如林希逸），也有人以為如公孫龍之辯，以指喻薪（如王闓運），更有人釋作「薪可以屈指數盡」（如王夫之），不一而足。民國十七年朱桂曜撰成《莊子內篇證補》，他說：

指為脂之誤，或假，《國語‧越語》：「句踐載稻與脂於舟以行。」註：「脂，膏也。」脂膏可以為燃燒之薪，故〈人間世〉篇云：「膏火自煎也。」此言脂膏有窮，而火之傳延無盡；以喻人之形體有死，而精神不滅，正不必以死為悲，此秦失之所以三號而出也。郭以「前薪」訓「為薪」，崔以「薪火」連讀，皆失之。

聞一多贊成朱說，並云：古所謂薪，有爨薪，有燭薪。爨薪所以取熱，燭薪則所以取光。「古無蠟燭，以薪裹動物脂肪而燃之，謂之曰燭，一曰薪。」崔譔註：「薪火，爓火也。」爓乃未熱之燭，是崔意薪即燭薪矣。（見所著《莊子內篇校釋》）縱按郭象註：

為薪猶前薪也，前薪以指，指盡前薪之理，故火傳而不滅；心得納養之中，故命續而不絕。明夫養生乃生之所以生也。

俞樾評曰：「此說殊未明了，且『為』之訓『前』，亦未知何義。郭註非也。《廣雅‧釋詁》：『取，為也。』然則為亦猶取也。『指窮於為薪』者，指窮於取薪也。以指取薪而然之，則有所不給矣。」俞說亦頗有理。但我以為郭註「前」乃「煎」之誤省，「為薪猶煎薪，」如朱桂曜引〈人間世〉「膏火自煎也。」郭云：「煎薪以指，指盡前薪之理。」「理」應作「裡」，形近聲同而譌，與下文「心得納養之中」為對文可證。由此觀之，郭象當讀「指」作「脂」，或所見之本即作「脂」也。

「指」字通常只作手指解，但《集韻》平聲六「脂」下註云：「戴角者脂，無角者膏。」而上聲五「旨」下列有「指、脂」，其下註云：「《說文》：

手指也。或從肉。」此或體不知何據。《集韻》雖係趙宋時書，可是賅博冠一切韻書，向為學者所推崇，正如段玉裁説的：「丁度等此書兼綜條貫，凡經史子集、小學、方言，采擷殆徧。」因此，指、脂古時通用或相混淆，頗有可能。復證以郭、崔之註，我以為「指窮於為薪」是應該讀作「脂窮於為薪」的。意即以脂為薪（包裹於薪）而煎燃之，脂易窮盡；但火則因此而可傳，因為脂雖燃盡，薪已著火，此火又可傳於他薪他物，故「不知其盡也。」郭註「煎薪以脂」，正如近代以汽油澆上木炭或煤球，油雖燃盡，火卻已傳下去了。（縱按：燭薪火傳，可參看《管子‧弟子職》篇。其中有云：「錯總之法，橫于座所，櫛之遠近，乃承厥火。居句如矩，蒸閒容蒸，然者處下，奉椀以為緒。」古人束薪和蒸以為燭，名之曰總，即熜字，《説文》云：「然麻蒸也。」傳火之法是以已燃之燭直立於下（居，股），手執未燃之燭橫於上（句，鉤），成直角如矩之形。《説文》：「蒸，析麻中榦也。」麻榦去皮作麻，其中之木軟脆，易於著火，束於薪中以助燃，此細薪即名曰蒸。所謂「蒸閒容蒸」者，後一「蒸」字為動詞，意謂兩燭端（櫛）的蒸之間先須容許未燃之燭芯蒸發出油脂，方可點燃。縱意此蒸必浸有脂膏，理由是：《楚辭‧天問》有云：「獻蒸肉之膏。」一本「蒸」作「烝」。姜亮夫説：「烝肉之膏以烝為本字。」這看法很對，故烝肉得出脂膏而用於薪者本應稱「烝」，後加草頭，乃因復有麻榦浸於此脂膏中，同作燭芯用的緣故。我以為〈弟子職〉執燭章實為〈養生主〉及後世薪火相傳説的根源，看來很瑣細，卻頗重要而有趣。）

　　從脂（或指）窮火傳的比喻看來，脂係以喻形體，大致無問題。可是郭註卻好像是以脂（指）喻心，以薪喻養，以火喻命。命即賦命（之

生），故末云「養生乃生之所以生也。」一般註者多以為火是用來喻神或心與神。但喻生命似更切合於「盡年」和「養生」的主題，火不盡也就是前文所引〈大宗師〉篇所說「不死不生」的境界。當然，說是精神不死，也未為不可。從主旨方面說，「指」是手指還是脂膏，都不太關緊要，因這個比喻的重點是在說火傳不盡，也就是說生不盡或神不盡。所以老聃的形體雖死，其生命或精神並未死去，秦失三號而出，原是應該。而且這樣的看法，其實是順於自然和天理的看法，也就是「緣督為經」的看法，依此看法，「可以盡年」，是對付「終其天年」的最好辦法。由於這本是一種看法，一種觀點，所以篇末一語是「不『知』其盡也。」這樣作結，「盡」固照顧到全篇「養生」「盡年」的主題，「不知」也回顧到篇首「知也無涯」的問題。他不用「不盡也」而只說是「不知其盡也」，甚至也不說「知其不盡也」因為「生無盡」可能是不能全知的，是無涯，欲窮究作答，恐將是「已而為知」了。

　　我解讀〈養生主〉篇後，更加強了以前提到過的看法，就是：深覺其為莊子思想的中心，主旨極重要，綱領最完備，結構最嚴密，寓事設辭又最簡潔恰當，寄意無窮。楊慎曾引蘇轍云：「莊周〈養生〉一篇，讀之如龍行空，爪指鱗翼所及，皆自合規矩，可謂奇文。」這也可說是最能知言了。

1991 年 3 月 20 日

於美國威斯康辛陌地生之棄園

孟子「義利之辨」別解

本文雖立意於十年以前，迄未敢自信。今忽忽寫出，聊以為叔岷老兄祝嘏之用，藉表微忱耳。

（一）

《孟子》一書的開頭，記載孟子（姜亮夫定其生卒年為公元前372- 前289，或作前385- 前303；錢穆定作前390- 前305）對梁惠王（即魏惠王，前370- 前319在位）說的一篇話，把「利」和「仁義」對舉看待，說王不必言「利」，只要有「仁義」就夠了。原文如下：

孟子見梁惠王，王曰：「叟，不遠千里而來，亦將有以利吾國乎？」

孟子對曰：「王何必曰利，亦有仁義而已矣。王曰：『何以利吾國？』大夫曰：『何以利吾家？』士庶人曰：『何以利吾身？』上下交征利而國危矣。萬乘之國，弒其君者，必千乘之家；千乘之國，弒其君者，必百乘之家。萬取千焉，千取百焉，不為不多矣。苟為後義而先利，不奪不饜。未有仁而遺其親者也，未有義而後

其君者也。王亦曰仁義而已矣，何必曰利？」[1]

孟子見梁惠王當在惠王後元十五年（周慎靚王元年，前 320），次年惠王便去世了，孟子也可能已到了六七十歲。[2] 由於這段話放在書首，命題又十分重要，所以一直受到特別重視，非常著名。而且孟子在大約七八年後又重述了這種看法，這段原文是：

宋牼將之楚，孟子遇於石丘，曰：「先生將何之？」

曰：「吾聞秦、楚構兵，我將見楚王說而罷之。楚王不悅，我將見秦王說而罷之。二王我將有所遇焉。」

曰：「軻也請無問其詳，願聞其指。說之將何如？」

曰：「我將言其不利也。」

曰：「先生之志則大矣，先生之號則不可。先生以利說秦、楚之王，秦、楚之王悅於利，以罷三軍之師，是三軍之士樂罷而悅於利也。為人臣者懷利以事其君，為人子者懷利以事其父，為人弟者懷利以事其兄，是君臣、父子、兄弟終去仁義，懷利以相接，然而不亡者，未之有也。先生以仁義說秦、楚之王，秦、楚之王悅於仁義，而罷三軍之師，是三軍之士樂罷而悅於仁義也。為人臣者懷仁義以事其君，為人子者懷仁義以事其父，為人弟者

---

[1]　焦循：《孟子正義》（北京：中華書局，1957，1962 年影印翻版），卷一〈梁惠王章句上〉，第一章，頁 21-26；蘭州大學中文系孟子譯註小組《孟子譯註》（香港：文言書局，無年月影印翻版），頁 1-3。

[2]　錢穆：《先秦諸子繫年》（香港：香港大學出版社，1956 年增訂初版），上冊，卷三，第一一五條〈孟子遊梁考〉，頁 355-356；又《孟子譯註》〈導言〉，頁三；焦循：《孟子正義》，頁 21-22。

懷仁義以事其兄,是君臣、父子、兄弟去利,懷仁義以相接也,然而不王者,未之有也。何必曰利?」[3]

從這兩段議論看來,孟子顯然主張:國君不應該鼓勵人民去「征利」、「悅利」或「懷利」,而應該只提倡「仁義」就可以了。

(二)

自西漢以來,孟子這個意見就常給引用或推演,尤其是主張罷黜百家,獨尊儒術的董仲舒(前 176- 前 104),他的推論更是受到重視。他在對策後,漢武帝使他為江都相,以奉易王劉非。《漢書》記載說:

易王帝兄,素驕,好勇。仲舒以禮義匡正,王敬重焉。久之,王問仲舒曰:「粵(越)王勾踐與大夫泄庸、種、蠡謀伐吳,遂滅之。孔子稱:殷有三仁。寡人亦以為粵有三仁。桓公決疑於管仲,寡人決疑於君。」仲舒對曰:「臣愚,不足以奉大對。聞昔者魯君問柳下惠:『吾欲伐齊,何如?』柳下惠曰:『不可。』歸而有憂色,曰:『吾聞伐國不問仁人。此言何為至於我哉?』徒見問耳,且猶羞之,況設詐以伐吳虖?繇此言之,粵本無一仁。夫仁人者,正其誼(同義)不謀其利,明其道不計其功。是以仲尼之

---

[3] 同註 1,焦循,卷十二〈告子章句下〉第四章,頁 485。據張宗泰:〈孟子諸國年表說〉云:當孟子時,惟楚懷王十七年(前 312)有楚獨與秦戰之事。「孟子是年因燕人畔去齊,而自宋至薛,因與宋牼遇於石丘。」引見《孟子譯註》,頁 282。

門，五尺之童羞稱五伯（師古曰：伯讀曰霸。）為其先詐力而後仁誼也。苟為詐而已，故不足稱於大君子之門也。五伯比於他諸侯為賢，其比三王，猶武夫（碔玞）之與美玉也。」王曰：「善。」[4]

董仲舒這兩句話：「正其誼不謀其利，明其道不計其功。」似係孟子意見的引申，後來與孟子的話幾乎齊名。

稍後，司馬遷（前145- 前86）在《史記》〈孟子荀卿列傳〉的〈贊〉裡也說：

> 余讀孟子書，至梁惠王問「何以利吾國」，未嘗不廢書而歎也。曰：嗟乎！利誠亂之始也！夫子罕言利，常防其源也。故曰：「放於利而行，多怨。」自天子以至於庶人，好利之弊，何以異哉？[5]

董仲舒和司馬遷對於孔子、孟子所說的「利」如何解釋，似乎不太明確，後人多認為是指經濟貨財之利。惟東漢初年的王充（公元27-91）卻注意到了這個問題。他在《論衡》裡便批評孟子說：

> 孟子見梁惠王。王曰：「叟，不遠千里而來，將何以利吾國乎？」孟子曰：「仁義而已，何必曰利？」
>
> 夫利有二：有貨財之利，有安吉之利。惠王曰：「何以利吾

---

[4]　王先謙：《漢書補註》（光緒二十六年，1900，庚子春月長沙王氏校刊本，台北藝文印書館影印），下冊，卷五十六，〈董仲舒傳第二十六〉，頁19（總頁1172）。

[5]　《史記．孟子荀卿列傳．贊》。

國？」何以知不欲安吉之利，而孟子徑難以貨財之利也？《易》
曰：「利見大人。」[6]「利涉大川。」[7]「乾：元亨利貞。」[8]《尚書》
曰：「黎民亦有利哉？」[9] 皆安吉之利也。行仁義得安吉之利。孟
子不且語問惠王何謂「利吾國」，惠王言貨財之利，乃可答若設。
令（今？）惠王之問，未知何趣，孟子徑答以貨財之利。如惠王
實問貨財，孟子無以驗效也：如問安吉之利，而孟子答以貨財之
利，先對上之指，這道理之實也。[10]

王充把「利」區分做「安吉之利」和「貨財之利」兩種，惠王問「利吾國」，
未必是指「貨財之利」，若是指「安吉之利」，則儒家經典如《易》、《書》
等本來也都講求，惠王未必有錯。這種說法表面上有理，不過經典上講
求的「利」，其實也不必只是「安吉之利」，如《易》書貞卜之事，有時也
包括「貨財」，依王充的推理，即使惠王為國要求「貨財之利」，也未曾
離經叛道，孟子怎能拒斥他。

　　後來注釋《孟子》者，多依違於兩者之間。如漢末趙岐注釋惠王的
話為「亦將有以為寡人興利除害者乎？」[11] 以「利、害」對舉，至少包括
了「安吉之利」而言。注釋孟子的答覆則云：「孟子知王欲以富國強兵為

---

[6]　《易》乾卦爻辭。
[7]　洪邁：《容齋隨筆》十二云：《易》卦辭稱「利涉大川」者七。
[8]　《易》乾卦辭。
[9]　《尚書‧秦誓》。
[10]　黃暉：《論衡校釋》（台北：商務印書館，1964，影印胡適藏本，台一版），第二冊，
卷十〈刺孟〉第三十，頁452-453；參看北京大學歷史系《論衡》註釋小組：《論衡註釋》（北
京：中華書局，1979），頁575。
[11]　同註1，焦循，頁21。

利，故曰：王何必以利為名乎；亦惟有仁義之道者，可以為名。以利為名，則有不利之患矣。[12] 所謂「富國強兵」，當然加重了「貨財之利」的意義。孫奭的《疏》則分別得更明白：他把惠王之問的「利」譯作「亦有以利益我國乎。」「益」應指「增益」。接下去他解釋孟子的答辭「王何必曰利，亦有仁義而已矣」則作：

> 言王何必特止曰財利，我亦有仁義之道以利益而已。上「利」以「財利」為言；下「利」以「利益」為言。[13]

他更進一步說明「萬乘之國，弒其君者，必千乘之家」的緣故云：「千乘之家，欲以萬乘之利為多也。」結果當然會弄得「交相爭奪，慕多為勝。」[14] 這就更明白指出「利」的意義為「利益」，即增益貪多的意思。不過不論如何區別「利」字的兩種意義，都強調孟子在反對「貨財之利」。這種對孟子思想的了解，唐、宋以後一直多是如此。到了近代，梁啟超更說得明確了。他說：

> 孟子之最大特色，在排斥功利主義。孔子雖有「君子喻義，小人喻利」之言；然《易傳》言「利者義之和」，言「以美利和天下」；《大學》言「樂其樂而利其利」；並未嘗絕對的以「利」字含

---

[12]　同上，頁 22。
[13]　《孟子註疏》見阮元編：《十三經註疏》(國學整理社出版，1935，上海：世界書局發行)，下冊，頁 2665，中欄。
[14]　同上。

有惡屬性。至孟子乃公然排斥之。[15]

梁氏又說：

　　由孟子觀之，則今世國家所謂軍政、財政、外交、與夫富國
的經濟政策等等，皆罪惡而已。[16]

（三）

　　上面這些解釋似乎都沒有得到孟子的本意。如果王充的「刺孟」是
對的，首先就得假設孟子或者未注意到《易》、《書》等經典本來就要人
們得「利」；或者雖然注意到了，但亦如王充的認識，那是「安吉之利」，
而惠王所問者只是「貨財之利」，所以必須加以否定。可是這兩種假設都
未免把孟子看得太幼稚無知了。整部《易經》都在說「利」，孟子豈能不
知？如果「利」真應區別成「安吉」和「貨財」兩種，他既未問清楚梁惠
王說的是「安吉」還是「貨財」，便一口咬定惠王問的是「貨財之利」，那
真未免太武斷無理了。假如當時「利」字的通行意義的確有這兩種區別，
惠王自也可自加說明或辯解，不但如此，即令惠王所問者只是「貨財之
利」，照孔子和孟子本人平日的思想看來，原亦不能說有錯。孔子不是

---

[15]　梁啟超：《先秦政治思想史》（上海：商務，1923 年初版，1924 年三版），〈本論〉，
　　　頁 144；又引見蘇新鋈：《經濟──孟子仁政的首要課題》（新加坡國立大學中文系學術論
　　　文，第三十八種，1986 年），頁 3。引文略有誤。
[16]　同上。原著頁 149。

早已説過嗎，對老百姓的為政之道，在於「富之，教之。」[17] 他把富民的經濟政策看得比教育還在前。

　　至於孟子提倡富民的經濟財政政策，方面更多，並且尤為顯著，只要列舉幾條就夠了。例如他對梁惠王才説過義利之辨後不久（可能在同年），又對他説明富民即是「王道之始」，説：

　　　　不違農時，穀不可勝食也；數罟不入洿池，魚鱉不可勝食也；斤斧以時入山林，材木不可勝用也。穀與魚鱉不可勝食，材木不可勝用，是使民養生喪死無憾也。養生喪死無憾，王道之始也。

　　　　五畝之宅，樹之以桑，五十者可以衣帛矣。雞豚狗彘之畜，無失其時，七十者可以食肉矣。百畝之田，勿奪其時，數口之家可以無飢矣。謹庠序之教，申之以孝悌之義，頒白者不負載於道路矣。七十者衣帛食肉，黎民不飢不寒，然而不王者，未之有也。[18]

另一次是兩年以後（周慎靚王三年，齊宣王二年，前318），他由魏至齊，對齊宣王更提出那有名的制民「恆產」的政策：

　　　　無恆產而有恆心者，惟士為能。若民，則無恆產，因無恆心；苟無恆心，放辟邪侈，無不為已。及陷於罪，然後從而刑之，是罔民也。焉有仁人在位，罔民而可為也？是故明君制民之產，

---

[17]　見《論語》，可參看匡亞明：《孔子評傳》（南京大學出版社出版），又蘇新鋆〈經濟思想在孔子思想中的地位〉《孔子研究》，創刊號《總第一期》（濟南：齊魯書社，1986）。
[18]　同註1，《孟子正義》，第三章，頁32-35；《孟子譯註》，1‧3，頁5。

必使仰足以事父母，俯足以畜妻子，樂歲終身飽，凶年免於死
亡；然後驅而之善，故民之從之也輕。

今也制民之產，仰不足以事父母，府不足以畜妻子；樂歲終
身苦，凶年不免於死亡。此惟救死而恐不贍，奚暇治禮義哉？

王欲行之，則盍反其本矣：五畝之宅，樹之以桑，五十者可
以衣帛矣。

雞豚之畜，無失其時，七十者可以食肉矣。百畝之田，勿奪
其時，八口之家，可以無飢矣。謹庠序之教，申之以孝悌之義，
頒白者不負戴於道路矣。老者衣帛食肉，黎民不飢不寒，然而
不王者，未之有也。[19]

這篇前段的意思和《管子‧牧民》篇說的「倉廩實然後知禮節，衣食足然
後然知榮辱」基本相似，而後段又是重述自己對梁惠王說的那段話，可
見他非常重視這個看法。正如趙岐注說的：「孟子所以重言此也（者？），
乃王政之本，常生之道，故為齊、梁之君，各具陳之。」[20] 其實孟子這
種富民的看法，早在五、六年前就說過了。周顯王四十五年（前 324），
滕文公嗣位後，邀請孟子去那個非常小的滕國（在今山東滕縣西南）：

---

[19]　同上，《正義》，第七章，頁 56-58；《譯註》，1‧7，頁 17。
[20]　同上，《正義》，頁 58。其實這種理想，孟子在談到「西伯善養老者」時也曾說到。
他說：「天下有善養老，則仁人以為己歸矣。五畝之宅，樹牆下以桑，匹婦蠶之，則老者
足以衣帛矣。五母雞，二母彘，無失其時，老者足以無失肉矣。百畝之田，匹夫耕之，八
口之家，足以無飢矣。所謂西伯善養老者，制其田里，教之樹畜，導其妻子，使養其老。
五十非帛不煖，七十非肉不飽；不煖不飽，謂之凍餒。文王之民，無凍餒之老者，此之謂
也。」《正義》，卷十三〈盡心章句上〉，第二十二章，頁 537；《譯註》，13‧22，頁 310。

滕文公問為國。孟子曰:「民事不可緩也。《詩‧豳風‧七月》云:「晝爾于茅,宵爾索綯;亟其乘屋,其始播百穀。」民之為道也,有恆產者有恆心,無恆產者無恆心。苟無恆心,放辟邪侈,無不為己。及陷乎罪,然後從而刑之,是罔民也。焉有仁人在位,罔民而可為也?夏后氏五十而貢,殷人七十而助,周人百畝而徹,其實皆什一也。……[21]

這可見孟子很早就注意人民應有「恆產」的問題,並且主張薄稅,賦稅應定在十分抽一。同時,在提倡實行「井田制度」時又主張仁政須從整理田界開始,並且「野九一而助,國中什一使自賦。」[22]而其井田制則為:

方里而井,井九百畝,其中為公田,八家皆私百畝。同養公田;公事畢,然後敢治私事,所以別野人也。此其大略也……。[23]

從他說的「八家皆私百畝」看來,他是主張保障私有財產制度的;而且每家「野人」,即鄉下人,理想中都應該私有土地至少一百畝。

孟子更公開承認:人民喜愛貨財是很正常的。這從他答覆齊宣王一句話可看出來:

---

[21]　同上,《正義》,卷五〈滕文公章句上〉,第三章,頁196-197;《譯註》,5‧3,頁117-118。

[22]　同上,《正義》,頁205-207;《譯註》,頁118-119。

[23]　同上,《正義》,頁213;《譯註》,頁119。

　　王曰：「寡人有疾，寡人好貨。」

　　對曰：「昔者公劉好貨，《詩·大雅·公劉》云：『乃積乃倉，乃裹餱糧，于橐于囊，思戢用光。弓矢斯張，干戈戚揚，爰方啟行。』故居者有積倉，行者有裹囊也，然後可以爰方啟行。王如好貨，與百姓同之，於王何有？」（對實行王道之政有甚麼困難呢）[24]

　　至於孟子要使人民富到甚麼程度，他曾說過，人民要能得到糧食像得到水和火那樣普遍和容易：

　　孟子曰：「易（趙岐注：治也。）其田疇，薄其稅斂，民可使富也。食之以時，用之以禮，財不可勝用也。民非水火不生活，昏暮叩人之門戶求水火，無弗與者，至足矣（也）。聖人治天下，使有菽粟如水火。菽粟如水火，而民焉有不仁者乎？」[25]

以上所引，都可證明，說孟子反對貨財經濟之利，是不符合事實的。因此，當代有些學者便企圖給孟子「王何必曰利」那句話來另作解釋。一種解釋認為：孟子在這裡所說的「利」只是「私利」或「小利」，所以本來就不應該提倡。這個辯解很難成立，因為梁惠王問的明明是「何以利吾國」，國家之利難道還是私利、小利嗎？何況孟子也並沒有明白說出他

---

[24] 同上，《正義》，卷二〈梁惠王章句下〉，第五章，頁81；《譯註》，2·5，頁36-37。
[25] 同上，《正義》，卷十三〈盡心章句下〉，第二十三章，頁537-538；《譯註》，13·23，頁311。

指的只是私利或小利。[26]

　　另一種解釋則認為孟子在這裡所反對的只是不合仁、不合義的利；至於合仁、合義的利，他當然不會反對。這個看法當然合乎事實，我們可舉出許多例子來證實孟子支持合仁義與合理的經濟財利。[27] 不過這樣解釋後，又不免把孟子放在王充〈刺孟〉篇所攻擊的地位了。梁惠王問的「何以利吾國」，不一定就是不合仁義的利，孟子未探問清楚惠王所要的是甚麼利之前，怎好一下就加以否定？而且他既然問「何以」利吾國（這是孟子對「亦將有以利吾乎」的理解）當然就是要孟子告訴他甚麼樣的利對國家有好處，如果孟子這時心中真已存著利有合仁義和不合仁義之別，他正應該告訴惠王那些他自以為合於仁義的利才對，豈可籠統拒絕說「何必曰利」？「王何必曰利，亦有仁義而已矣」的意思非常明白，就是不論甚麼「利」都不必談論，只要有仁義就夠了。

　　在這種情形下，我以為單從「利」有小利大利，私利公利，或合於仁義之利與不合仁義之利來找區別，是得不出正確答案的。我們應該了解「利」字在當時這樣用法到底是甚麼意義，以及孟子這兩句話和整段的意思究竟是甚麼。

（四）

　　「利」字從刀從禾，原義似為以刀刈禾。若偏重刀的方面，便有「銳

---

[26]　蘇新鋈教授對此已有正確的反駁，看同上註 15 所引，頁 4。

[27]　同上，頁 4-9，及以後各頁皆在説明這種解釋。

利」之意；若偏重禾的方面，便有「利益」的意義，也就是有了收穫，有所增益，有好處之意。作為動詞以指「有利」或「使有利」，以至於有利無害的「安吉之利」或「順利」，似皆係從這後一基本意義引申而來。《孟子》書中用了三十九次「利」字，除四次有「銳利」之意外，其餘都用作「利益」或與之相關的動詞「使有利」、「以為利」之類。[28]

　　梁惠王問的「利吾國」是把「利」字用作動詞，義為「對（某某）有利」或「使有利」。這應該可包括一切利益，如貨財、權力、名譽、兵力、安全等等的獲得與增加。孟子的答覆：「王何必曰利」，這個「利」字自然仍是惠王用作動詞的那個「利吾國」的「利」字。這個字後面的賓格是受利益者，它可以指國家、公眾或個人，所以孟子接著推論說「利吾家」、「利吾身」。但這都沒有指明是甚麼利益，沒有指明是「貨財之利」或「安吉之利」或別的利益。這些利益的本身在這裡不是討論的要點。「利」字用作動詞後面直接指出以甚麼東西為利益的，在戰國時代似乎多用「愛利」一詞，如《列子》載有這樣一段對話：

　　　　惠盎見宋康王。康王蹀足謦欬，疾言曰：「寡人之所說（悅）者，勇有力也，不說為仁義者也。客將何以教寡人？」惠盎對曰：「臣有道於此，使人雖勇，刺之不入；雖有力，擊之弗中。大王獨無意邪？」宋王曰：「善，此寡人之所欲聞也。」惠盎曰：「夫刺之不入，擊之不中，此猶辱也。臣有道於此，使人雖有勇，弗敢刺；雖有力，弗敢擊。夫弗敢，非無其志也。臣有道於此，使人本無

---

[28]　同註 1，《孟子譯註》所附〈孟子詞典〉，頁 380。

其志也。夫無其志也，未有愛利之心也。臣有道於此，使天下丈夫女子，莫不驩然皆欲愛利之。此其賢於勇有力也，四累之上也。大王獨無意邪？」宋王曰：「此寡人之所欲得也。」惠盎對曰：「孔、墨是已。孔丘、墨翟無地而為君，無官而為長，天下丈夫女子莫不延頸舉踵而願安利之。今大王萬乘之主也，誠有其志，則四竟之內皆得其利矣。其賢於孔、墨也遠矣。」宋王無以應。惠盎趨而出。宋王謂左右曰：「辯矣，客之以說服寡人也。」[29]

這同一故事又見於《呂氏春秋》，文字稍有不同：

惠盎見宋康王，康王蹀足謦欬，疾言曰：「寡人之所說者，勇有力也，不說為仁義者。客將何以教寡人？」惠盎對曰：「臣有道於此，使人雖勇，刺之不入；雖有力，擊之弗中。大王獨無意邪？」王曰：「善，此寡人之所欲聞也。」惠盎曰：「夫刺之不入，擊之不中，此猶辱也。臣有道於此，使人雖有勇，弗敢刺；雖有力，不敢擊。大王獨無意邪？」王曰：「善，此寡人之所欲知也。」惠盎曰：「夫不敢刺，不敢擊，非無其志也。臣有道於此，使人本無其志也。大王獨無意邪？」王曰：「善，此寡人之所願也。」惠盎曰：「夫無其志也，未有愛利之心也。臣有道於此，使天下丈夫女子，莫不驩然皆欲愛利之。此其賢於勇有力也，居四累之上。大王獨無意邪？」王曰：「此寡人之所欲得。」惠盎對曰：「孔、墨是也。

---

[29]　楊伯峻《列子集釋》（上海：龍門聯合書局，1958），卷二，〈黃帝篇〉，頁53-54。

孔丘、墨翟，無地為君，無官為長，（許維遹在此指出：「《文子》、《列子》、《淮南》『為』上竝有『而』字。」）天下丈夫女子，莫不延頸舉踵而願安利之。今大王萬乘之主也，誠有其志，則四境之內皆得其利矣。其賢於孔、墨也遠矣。」宋王無以應。惠盎趨而出。宋王謂左右曰：「辯矣，客之以說服寡人也。」[30]

這段和《列子》重要的不同在於「雖有力，弗敢擊」和「使人本無其志也」之下，兩處都重複問曰：「大王獨無意邪？」從寫作技巧上說，似比《列子》為合理，或有所改進；再方面，「四境」在《列子》用「四竟」，「竟」是初文。《淮南子·道應訓》引此段基本上和《呂氏春秋》相同。因此，我認為《列子》文似為早出，並非晉代張湛所偽作。[31]至於《文子·道德篇》雖亦引有此段，但是否為偽書，尚不易定，此不引論。

　　這裡所說的「愛利之」或「安利之」，其動詞「愛利」、「安利」的受格「之」，便是使「之」能得到所認為有利而欲求取的東西。這兒在「利」字前加了「愛」字或「安」字，在《孟子》書中，如要表達這種意思，便用「悅利」或「懷利」或只用個「愛」字，就是「喜愛」之意。《孟子》書中共用「愛」字四十次，其中三十五次都用作這種意思，只有五次給解釋作「吝惜」之意。可是這五次都出現在〈梁惠王章句上〉「以羊易牛」那一段裡：[32]

---

[30]　許維遹《呂氏春秋集釋》（台北：世界書局，1958 年 5 月，影印本），卷十五〈順說〉，頁 22-23。

[31]　看劉文典《淮南鴻烈集解》（上海：商務印書館，1923），卷十二〈道應訓〉，頁 6-7。本篇所引文較《列子》及《呂氏春秋》皆多誤字，劉解引王念孫已分別指正。

[32]　見同註 1，《孟子正義》，第七章，頁 49；《孟子譯註》，頁 14-15。

「百姓皆以王為愛也。」

○

「齊國雖褊小，吾何愛一牛？」

○

「王無異於百姓之以王為愛也。以小易大，彼惡知之？」

○

「我非愛其財而易之以羊也。宜乎百姓之謂我愛也。」

○　　　　　　　　○

趙岐注頭一個「愛」字說：「愛，嗇也。」「然百姓皆謂王『嗇愛』其財。」注第二個「愛」字說：「吾國雖小，豈『愛惜』一牛之財費哉？」後來各注釋者都接受這種解譯，焦循《正義》並引《周書·謚法解》云：「嗇於賜予曰愛。」這樣解釋固然可通，但《周書》這句只是特定的意義，而《孟子》書中的「愛」字卻全用作「喜愛」或「愛利」之意，若把這兒五次用法仍釋作「喜愛」或「愛利」，實皆可通順，尤其是考慮到「以小易大」和「愛其財」諸句，說是有貪利之心，似更為適切。沒有必要在這四十次用法中特立另一個「嗇惜」的解釋。

　　總之，孟子所說「王何必曰利」，只是反對國君特別鼓勵「愛利之心」，即不可提倡貪圖利益的心理。這並不意味著不去滿足人民的經濟貨財之利，也不是要去強迫壓制人民求富的慾望。我在上文第三節裡已引了孟子許多話來證明他十分注重為人民謀經濟利益。他也不反對人們「好貨」，而是主張「王如好貨，與百姓同之。」可見他承認人人都可以「好貨」。（「好色」也如此。）

　　孟子更明顯認定:「富,人之所欲。」「貴,人之所欲。」[33] 又引用季孫的話說:「人亦孰不欲富貴?」[34] 並且替舜「親愛」其不仁之弟辯護說:「親之,欲其貴也;愛之,欲其富也。」[35]

　　這樣認定「欲富」、「好貨」、「愛利」之心為正當的慾望,對孟子的經濟思想發展,非常重要。所以他能充分了解,士、農、工、商,各行各業分工的必要,尤其了解商品交易的必要,例如他指責為神農之言者許行自己雖「紛紛然與百工交易」,卻不了解其必要性。因此孟子特別指出:「且一人之身,而百工之所為備,如必自為而後用之,是率天下而路(同露,義為「困窮」或「敗」)[36] 也。」這是說:個人的需要,須待各種行業來供給,不能只靠自己製造生產,否則整個社會都將弄得貧困失敗。孟子又指出:如果沒有商業交易,則有些人會過於有餘,有些人過於缺乏。他說得好:

　　　　子不通功易事,以羨(有餘)補不足,則農有餘粟,女有餘布;子如通之,則梓匠輪輿皆得食於子。[37]

　　這樣使有餘補不足,就是商人的功能或功績。孟子這種看法使他進一步主張保障商人,減輕賦稅,便利商業,在一定限度內推動商品經濟。

　　上文第三節裡引到孟子主張「易其田疇,薄其稅斂,民可使富也。」

---

[33]　同上,《正義》,卷九〈萬章章句上〉,第一章,頁362;《譯註》,9‧1,頁206。
[34]　同上,《正義》,卷四〈公孫丑章句下〉第一〇章,頁177;《譯註》,4‧10,頁103。
[35]　同註33,第三章,頁372;9‧3,頁213。
[36]　同註21,第四章,頁217-218;5‧4,頁124。
[37]　《正義》,卷六〈滕文公章句下〉,第四章,頁252;《譯註》,6‧4,頁146。

好像還只對農民如此。但他對商人也特別主張輕稅斂。例如他和宋國大夫戴盈之談到這問題時，就顯然主張「什一，去關市之征。」[38] 就是稅率只是十分抽一，並且應免除關卡和商品的賦稅。他還主張在市場裡政府應供給空地以儲藏貨物而不徵稅。如果滯銷，政府應依法購買，使其不長久積壓，關卡只稽查而不徵稅。用他自己的話說就是：

> 市，廛而不征，法而不廛，則天下之商皆悅，而願藏於其中矣。關，譏而不征，則天下之旅皆悅，而願出於其路矣。[39]

我在上面詳細申述孟子的重商主張，目的在於指出：商人貿易的動機本是謀「利」，而孟子對人民正當的謀利之慾，是主張應設法使其滿足的。他在下面這段談話裡更說得明白：

> 孟子曰：「桀、紂之失天下也，失其民也；失其民者，失其心也。得天下有道：得其民，斯得天下矣；得其民有道：得其心，斯得民矣；得其心有道：所欲，與之聚之；所惡，勿施。爾也。民之歸仁也，猶水之就下，獸之走壙也。……雖欲無王，不可得也。」[40]

這就是說：王道就是仁政，仁政就是去滿足人民的慾望，尤其是經濟利益。人人欲富，便幫他們聚增財富。上文第二節裡我已引到孟子數次說

---

[38]　同上，第八章，頁 262；6‧8，頁 153。

[39]　《正義》，卷三〈公孫丑章句上〉，第五章，頁 77；《譯註》，3‧5，頁 77。

[40]　《正義》，卷七〈離婁章句上〉，第九章，頁 295-296；《譯註》，7‧9，頁 171。

過，使民富足而有恆產是「仁人在位」時應該有的施政，是「王道之始」，也就是這個意思。

從這些分析看來，孟子説的「王何必曰利？亦有仁義而已矣。」決不是反對滿足人民的貨財經濟利益，因為行仁義之政的首要任務就是富民，也不是反對人民有求富的慾望，因為王道仁政正是要來滿足這些欲望，「所欲，與之聚之。」

（五）

這樣説來，孟子説的「亦有仁義而已矣」是真正足夠了。為甚麼呢？因為這所謂「有仁義」，原是對梁惠王説的，首先就應施行於國君，君主必須行仁義之政，而這仁義之政的首要工作就是為人民謀利，滿足人民的求利之欲。所以「亦有仁義而已矣」本來已包括了謀求每個人之利，包括貨財經濟之利在內，這並非只是個由統治者指導基層老百姓的，空洞的，抽象的道德教條。

所以孟子説的「王何必曰利？亦有仁義而已矣。」與董仲舒説的「正其誼（義）不謀其利，明其道不計其功。」意義並不全同，董仲舒否定「謀其利」和「計其功」，孟子的思想並不完全否定「利」和「功」。當然，董仲舒那兩句話也只是針對越國「設詐以伐吳」那件事而説的，大概也不該普遍地推廣，認為是對孟子或儒家經濟思想的一般解釋。

也許在唐、宋以前，早就有人察覺到，這種以義否定利的説法不大妥當。例如偽書《子忠子》就有下面這種説法：

　　　孟問：「牧民之道何先？」子思曰：「先利之。」孟軻曰：「君
　　子之教民者，亦仁義而已，何必曰利？」子思曰：「仁義者，固所
　　以利之也。上不仁，則不得其所；上不義，則樂為詐。此為不利
　　大矣。故《易》曰：『利者，義之和也。』又曰：『利用安身，以崇
　　德也。』此皆利之大者也。」[41]

孟子可能是子思門人的學生，大概不及見子思。作偽者不敢直接駁斥孟
子，故假託子思來「指正」他。這作偽者的看法：「仁義者，固所以利之
也」，本來和我上文論斷孟子「亦有仁義而已」的結論相同，仁義之政的
首要工作便是利民。但我的結論是：此所謂利民，其實是以貨財經濟之
利為先；作偽者的推論卻不夠明確，他假子思之口說的：「上不仁，則不
得其所」，當然也可補充解譯作「不得其所欲的貨財經濟之利」，可是他
似乎仍不便明顯提倡這種利益，所以終究要以「崇德」為說辭。

　　我在上文第二節裡也引到司馬遷對孟子那兩句話的解釋，指出「好
利之敝」，認為「利誠亂之始也。」這後一句的「利」字說得太籠統，若
說是個人的基本經濟利益，就孟子看來，恐怕也不必就是「亂」之始。
不過如說「好利」之心若過度發展而沒有節制，當然會可能有流敝，所
以孟子不主張片面去鼓勵，這才是他所說的「王何必曰利」，以及反對單
去提倡「悅於利」和「懷利」以待人的本意。

　　孟子一方面重視人民的經濟利益，又主張滿足人民求富的欲望，卻
在另一方面反對鼓勵人們的愛利、懷利之心。細察他之所以如此，似乎

---

[41]　《文獻通考》，卷二百八引《子思子》，見屈萬里《先秦漢魏易例述評》，頁67。

有兩方面的顧慮。一方面是，如只顧發揮愛利、懷利之心，則可能違背道德規範而一味去謀利。如果弄到社會上道德規範都沒有了，則目前個人所得之利小，將來所失之利會更大。試看下面這段對話：

　　陳代曰：「不見諸侯，宜若小然；今一見之，大則以王，小則以霸。且《志》曰：『枉尺而直尋，宜若可為也。』」

　　孟子曰：「昔齊景公田，招虞人以旌，不至，將殺之。志士不忘在溝壑，勇士不忘喪其元。孔子奚取焉？取非其招不往也。如不待其招而往，何哉？且夫枉尺而直尋者，以利言也。如以利，則枉尋直尺而利，亦可為與？昔者趙簡子使王良與嬖奚乘，終日而不獲一禽。嬖奚反命曰：『天下之賤工也。』或以告王良。良曰：『請復之。』強而後可，一朝而獲十禽。嬖奚反命曰：『天下之良工也。』簡子曰：『我使掌與女乘。』謂王良。良不可，曰：『吾為之範我馳驅，終日不獲一；為之詭遇，一朝而獲十。《詩》云：『不失其馳，舍矢如破。』『我不貫（慣）與小人乘，請辭。』御者且羞與射者比；比而得禽獸，雖若丘陵，弗為也。如枉道而從彼，何也？且子過矣：枉己者，未有能直人者也。」

孟子這裡並不反對古書說的：若屈折的只有一尺，而伸直的卻有八尺，當然已獲利。可是如果破壞正當的規範，即使獵獲更多，仍等於屈折的已有八尺，而伸直的卻只有一尺，所得反而不償所失。換句話說就是：破壞道德規範所失之利，遠比一時所得貨財之利為大。若片面鼓勵「好利之心」，便可能使人不顧一切去謀利，不擇手段去謀利，「上下交征

（取，爭）利，而國危矣。」

　　另一方面，孟子認為欲求富貴之利的心理若無限放施發展，也可能弄到很不公平，而為少數人盡量損人以利己。下面是一篇很有意思的對話，這時（周赧王三年，前312）孟子因齊宣王不聽他的建議，憤而辭去卿職，打算離齊返鄉，宣王派齊臣時子去留他，時子託孟子弟子陳臻去轉告：

　　　　他日，王謂時子曰：「我欲中國（在國都之中，即在臨淄城中）而授孟子室，養弟子以萬鍾，使諸大夫國人皆有所矜式。子盍為我言之！」

　　　　時子因陳子而告孟子，陳子以時子之言告孟子。孟子曰：「然；夫時子惡知其不可也！如使予欲富，辭十萬而受萬，是為欲富乎？季孫曰：『異哉子叔疑！使己為政，不用，則亦已矣，又使其子弟為卿。人亦孰不欲富貴？而獨於富貴之中有私龍（壟）斷焉。』古之為市也，以其所有易其所無者，有司者治之耳。有賤丈夫焉，必求龍斷而登之，以左右望，而罔（網）市利。人皆以為賤，故從而征之。征商自此賤丈夫始矣。」[42]

孟子在這裡首先提到「龍（壟）斷」一詞，近代人就用它來翻譯英文的 monopoly，此英文源於拉丁文 monopolium，拉丁文又源於希臘文 monopōlion，本義為 mono（alone）+pōlein（to sell），即「獨家經售」之意。焦循引陸善經云：「龍斷，謂岡壟斷而高者。」翟灝《考異》引《列子·

---

[42]　同註34；4·10，頁103-104。

湯問》篇説愚公移山事:「自此冀之南,漢之陰,無隴斷焉。」則「龍」作「隴」。縱意考《孟子》文義,古無市場情報,這個卑賤的男子為了明瞭當下的市場行情,便站到獨立的高岡上去,向左右下望各市集的交易狀況,甚麼貨品暢銷或滯銷,他就立刻運銷或屯積,操縱市場價格,把利潤一網打盡。孟子認為這人引起人民的反感,便徵他的税。這是向商人徵税的開始。這個故事有何根據,不得而知,可能是古代的傳説。不過這故事倒很有趣,也説明了孟子認識到「悦利」、「愛利」、「懷利」之心如發展過度,也可能變成「壟斷」,妨礙別人的謀利,而人民亦能自動用徵税來加以制約。

至於如何防止這種弊端,孟子沒有細説,從這故事末尾他的解説看來,他也許不會反對用「行商」的徵税政策來防制。不過他和荀子強調禮,和法家強調刑法制裁,頗為不同。他似乎只反對提倡愛利之心,只主張運用道德來節制。所以,他曾説:「君不行仁政而富之,皆棄於孔子者也。」[43]「君不鄉道,不志於仁,而求富之,是富桀也。」[44]「雞鳴而起,孳孳為善者,舜之徒也;雞鳴而起,孳孳為利者,蹠(即盜跖)之徒也。欲知舜與蹠之分,無他,利與善之間也。」[45]孟子也抨擊「學古之道而以餔啜。」[46]並且提倡「養心莫善於寡慾。其為人也寡慾,雖有(善性)不存焉者,寡矣;其為人也多欲,雖有(善性)存焉者,寡矣。」[47]這樣提倡「寡欲」,也正可作為「王何必曰利」的説明。

---

[43] 同註 40,第十四章,頁 303;7・14,頁 175。

[44] 同註 3,第九章,頁 504;12・9,頁 293。

[45] 《正義》卷十三〈盡心章句上〉,第二十五章,頁 539;《譯註》,13・25,頁 312。

[46] 同註 40,第二十五章,頁 312;7・25,頁 182。

[47] 《正義》,卷十四〈盡心章句下〉,第三十五章,頁 598;《譯註》,14・35,頁 339。

總括上面的解釋，可以歸結成下面四個要點：

（一）「王何必曰利，亦有仁義而已矣。」不是以「仁義」來否定「利」，而是有了「仁義」即包括「利」。「仁義之政」的首要工作就是要為人民謀「利」，尤其是貨財經濟之利。

（二）孟子認為：仁政應該求滿足人民的欲望，尤其是求富之欲。但他反對「提倡增強」人們的「悅利」、「愛利」、「懷利」之心，即反對提倡「爭取利益」的欲望。這種欲望應受道德規範的制約，或用適當的賦稅方式來調節，但沒有說要用法令來禁制。

（三）孟子主張保護商業和商人，政府應滿足人民的經濟欲望，這與近代資本主義的商品經濟原則頗為融洽。近代經濟亦限制「壟斷」以「網市利」。

（四）漢以後的輕商政策，以及「正其誼（義）不謀其利」的說法，皆不合孟子的學說。

——1993 年 12 月 20 日至 1994 年 1 月 4 日寫成於美國加州阿爾巴尼市

（原載於台北《書目季刊》第 27 期第 4 期，1994 年。）

輯一：五四前後

進化的人性論與革命民權說——革命民權說的理論根據及其特質

　　政治是管理眾人之事，他的設施原是為人而打算的，故政治哲學必然要以人性論為根據，總裁說：「政治要以人為本，要有人來運用，要合乎人類的本性。」[1] 現代英國著名政治學者蒲萊斯（James Bryce）說：社會科學的基礎，在於人性（Human nature）。[2] 麥利恆（C. E. Merriam）和鮑爾斯（H. E. Barnes）也說：近代政治學家常「先以科學的態度，研究人類政治的賦性，然後及於一切政治管理的方法」[3] 而英哲瓦拉斯（Graham Wallace）且專著《政治上人類之天性》（編者按：即 Human Nature in Politics）一書以為研究政治哲學的基礎。可見古今中外大思想家的政治學說，莫不根據於他的人性論。

　　在西洋思想家中：柏拉圖（Plato）認定人類的生活含有理性，物慾和情感三種要素，要克制私慾，非用國家的威力不可，於是主張哲學者的專制主義。十五世紀馬基維利（Niccolò di Bernardo dei Machiavelli）根據考實古代歷史（羅馬史）及當代社會現實問題的結果，認人類在原始狀態下充滿情慾與惡行，因而否定道德教化的效力，深信威權強制的功

---

[1]　《總裁言論集‧政治的道理》。

[2]　O. Bryce: *Modern Democracies*.

[3]　C. E. Merriam Eds.: *A History of Political Theories, Recent Times: Essays on Contemporary Developments in Political Theory*.

用。在「目的使手段正當」的理由下，他擁護運用暴力和詐術統治人民的君主專制政治。十七世紀英國霍布斯（T. Hobbes）認人類性惡，所謂自然狀態，即是「萬人與萬人戰」的狀態，結果，他的契約說便極力為專制主義辯護。十七世紀荷蘭斯賓諾莎（Spinoza）強調人類「保存自己的動機」，因之人為國家威權應當發揮其效力。十八、九世紀間，黑格爾（G. W. F. Hegel）以為社會是私慾的職場，國家目的在統制這種戰爭，以求實現理性，於是他的政治學說成為權利的國家觀。在另一方面，主張性善說的如亞里斯多德（Aristotle）以人類為社會性動物，故主張民主政治。十七世紀腓特烈大帝（Frederick The Great）反對性惡說，便提倡開明的專制主義，尊重個人的人格和自由，他如米適頓（Milton）、錫德利（Sidney）及洛克（I. Locke）等人亦莫不以性善說為基礎，建立他們的自由主義（參考林桂圃著《孫中山先生的國家論》及高柳賢三著《法律哲學原理》）。

　　在中國思想家中：孔子說：「子為政，焉用殺？子慾善，而民善矣。」[4] 孟子也說：「人皆有不忍人之心。」[5] 他們既然指出人類的本性原屬善良，於是他們的政治學說便同是仁政主義，反對「齊之以刑」的權力統治制度。至於荀子則說：「人之性惡，其善為偽也。」[6] 所以他主張含有強制性而與法律近似的禮來「養人之慾，給人之求」。後來法家如韓非更極力擴充荀子的性惡說，以為人性險惡自私，雖父母妻子之至親，也不免以「計算之心」相待。由這個觀點出發，他便輕視仁義道德，

[4]　《論語・顏淵篇》。
[5]　《孟子・公孫丑篇》。
[6]　《荀子・性惡篇》。

主張「使民以法禁，而不以廉止」。[7]

　　從上面的事實看來，我們可以斷言：古今中外的學者的政治理想，莫不根據於他自己的人性論。性惡論者重視政府權力。而性善論者卻恰好站在對立的一面，注重個人自由。但是人性究竟是善還是惡，從古以來，並無一個確定較有真實性的解說。大多數學者，不陷於武斷的主觀論，便宥於形式的善惡說。他們不曾徹底明瞭人類的天性，自然無從發明適當的政治哲學，以指導人類的政治行為。幾千年來，政治學說和政治制度，紛更雜杳，無所適從，實不能不說是缺乏正確的人性論所致。換句話說：就是因為政治學領域內，缺乏一種根本的，解釋人類本性的偉大學說，以致不能樹立一種完善的規範人類行為的政治制度。

　　總理深究過去學者的錯誤，用科學眼光，觀察客觀事實，另行建樹三民主義的人性論。他不是單純地主張性善或性惡，或從靜的形式上判斷人類的天性，而是從動的演化上分析人類的本質，把握人性的真實狀態和進化方式。據他研究所得的結論，約有下列四個要義：

　　（一）生存的慾望──總理的宇宙觀是唯生的宇宙觀，他認定「生是宇宙的中心」，「民生是歷史的中心」，「古今一切人類之所以要努力，就是因為要求生存」。[8] 這種求生存的慾望乃產生於「自然律」，並無惡義。人類有這種慾望，宇宙萬物莫不有這種慾望，不過人類求生存的方式與物之求生存方式不同，「物之求生但知獵取或掠奪（打破他物之均衡狀

---

[7]　參看：《韓非子》〈備內〉、〈外儲說〉、〈六反〉諸篇。及楊鴻烈著：《中國法律思想史》第三章。

[8]　《總理全集》第二集，頁245至264。

態），而人類求生，更能生產或塑造」。[9] 現代一切政治、經濟、文化組織，即是為著便於共同生存而塑設的。

（二）天賦不平等——《民權主義·第三講》說：「天地所生的東西，總沒有相同的；既然都不相同，自然不能夠說是平等。自然界既沒有平等，人類怎麼有平等呢？天生人類本來也是不平等的」。這種說法，早已被近代心理學家和生物學家所承認。原來，宇宙萬物，始初為一元，但是：（一）在一定空間中，元子因波動次數之多寡及每次波動範圍的大小不同，造成環境的各種不同騷動狀態，遂生各種遲速大小及性能不同的動力（精神）；（二）在一定時間中，元子因愛力攝力及排列方式之不同，領有不同的空間而造成各級不同的均衡局勢，遂生各種大小的物質和形體。由這各種不同的精神和物質，或動力和形體，錯綜複雜結合而成的物體，當然絕不會相同，絕不會平等。

（三）人性進化論——從來學者論及人性，都在善惡兩字上兜圈子，誤認人性為一成不變；總理則根據他的宇宙進化論以解釋人性進化的道理。本來，最高尚的道德是經過人類努力的結果，所以人之性善，原是經歷長時期進化而來。近代社會學家對這個問題，也大多數抱有同樣的見解。

總理在《孫文學說》第四章裡分人性進化為物種進化與人類進化兩大時期：

甲、物種進化時期——由生物發生到人類開始形成，屬於這時期。這期間人和其他動物無異，純為「獸性」，沒有人性。他們各本其自私自利的慾望互相殘殺，完全被物競天擇的原則所支配。正如墨子所說：「古

---

[9]　陳立夫：《唯生論》上卷，第一講。

者民始生，……內者父子兄弟作怨惡，離散不能相和合；天下之百姓，皆以水火毒藥相虧害，至有餘力，不能以相勞；腐朽餘財，不以相分；隱匿良道，不以相教：天下之亂，若禽獸然。」（〈尚同篇〉）這時人同獸爭，其本性有惡無善，可稱為獸性一元。

　　乙、人類進化時期——總理在《孫文學說》裡說過：「人類初出之時，亦與禽獸無異，再經幾許萬年之進化，而始長成人性，而人類之進化，於是乎起源。此期之進化原則，則與物種之進化原則不同。物種以競爭為原則，人類則以互助為原則 。」從這時期開始，人類才產生人性，走上自己的道路。這時期又可分為三個階段：

　　（一）善惡二元階段——獸性惡，人性善，獸性的本質是愚蠢的，鬥爭的，乖戾的，散漫的；人性的本質是智慧的，和平的，公道的，合群的。人類進化的初期，人性成分不多，獸性大部殘留，成為善惡二元狀態如總理所說：「由動物變到人類，至今還不甚久，所以人的本源，便是動物，所賦的天性，便有多少動物的性質，換一句說，就是人本來是獸，所以帶有多少獸性，人性很少。」[10] 在《孫文學說》裡也說過：「人類本從物種進化而來，其入於第三期之進化，為時尚淺，而一切物種遺傳之性，尚未能悉行化除 。」摩爾（J. H. Moore）在所著《蠻性之遺留》（編者按：即 *Savage survivals: the story of the race told in simple language*）一書中也有這同樣的說法。這階段復可分為四期：（一）同人天爭時期；（二）人同人爭國同國爭，或這個民族同那個民族爭時期：（三）人民同君主爭時期；（四）善人同惡人爭，公理同強權爭或革命同反革命

---

[10]　《總理演講集・國民要以人格救國》。

爭時期。

（二）人性一元階段──人類進化到相當時候，獸性漸被淘汰，僅留人性，社會上便無惡行。這種沒有惡人的社會，我們仍不能認為滿足，因為這時候還存有兩種型態的人：一種是革命者（善人），一種是不革命者（無善無惡的人）。人類在這百尺竿頭，還須更進一步，走向最理想的階段。

（三）神性發生階段──最理想的性質是神性，人類的歷史使命便是要向這目標邁進，所以說：「依進化的道明推測起來，人是動物進化而成，既成人形，當從人形更進化而入於神性。」[11] 至於甚麼是神性？我們可以說，神性是「止於至善」的性質。神性發生之後，社會上一切都表現為真善美，而臻於「天下為公」的大同之世。

（四）進化的動力──總理認為歷史係依進化定律而演進，進化又是以爭生存為起點以爭生存為目的。就是說，由爭生存這個起點出發，演出人性進化的各種現象和事實，而在人性進化的事實中分演出人同獸爭，人同天爭，人同人爭，國同國爭，這個民族同那個民族爭，人民同君主爭，善人同惡人爭，公理同強權爭，或革命同反革命爭等種種現象，這樣便慢慢走向共同生存之路。所以人性進化的動力即是求生存的慾望。如果希望人性進步迅速，就要善於運用這種慾望；鍛鍊我們的人格，減少獸性，增多人性，走向神性！在〈國民要以人格救國〉一文裡總理說：「我們要人類進步，是在造就高尚的人格，就在減少獸性，增多人性。」又說：「次造成人格，必當消滅獸性，發生神性，那末，才是人類進步到了極點。」這都是指出人性的進化，應靠人為力的修養來推進；

---

[11]　同前。

就是其他社會組織，也須人力來改良，故又説：「社會組織之不善，雖限於天演，而改良社會之組織，或者人為之力尚可及乎！」因此我們可以説：一種偉大的政治學説之所以成其為偉大，即在其能以人為之力促進人性進步，使其能由獸階段踏上神性發生之途。

總理既然認定人性是求生存的，是天賦不平等的，是進化不已，並且可使之進化的，由是以這個理論根據，創設了他的偉大的政治哲學——革命民權説。

因為人性要求生存，故分演而成進化的事實；因為進化可用人為力促成，故產生可以促成人性進化的革命民權説；因為人性為天賦不平等，需要一種政治力量來加以適當的調濟，故產生可以防止人性畸形發展的革命民權説。

革命民權説不但在理論上有它必然成立的理由，也是政治思想歷史演進的必然結果。人性進化的第一個時期（即洪荒時期，米勒爾 F. Dr. Muller-Lyer 稱之為野蠻階段）係人同獸爭，沒有權的觀念發生，所以缺乏政治哲學；第二個時期（即神權時期，米氏稱之為半開化階段）係人同天爭，有了神權的觀念，所以發生神道設教的政治哲學；第三個時期（即君的時期，米氏稱之為文明階段）係人同人爭，需要以君權來代替神權，所以產生君權神授説：第四個時期（即民權時期的，米氏稱之為初發現的時代社會化階段）又可分為兩個階段，前一階段係人同君主爭，需要過度鼓吹人民的權力來打倒君權，非提倡天賦人權説不能撥去專制的雲翳而見民主的天日；後一階段則係革命同反革命爭，善人同惡人爭，公理同強權爭，而非尋常的階級之爭。這時以後，需要保障革命壓

倒反革命，政治哲學，故有推行革命民權說的必要。[12]

　　為適應歷史的需要，總理便在民國十三年一月的第一次全國代表大會宣言中特別提出革命民權說：

　　　　於此有當知者，國民黨之民權主義，與所謂「天賦人權」者殊科，而唯求所以適合於現在中國革命之需要。蓋民國之民權，唯民國之民乃能享之，必不輕授此權於反對民國之人，使得藉以破壞民國。詳言之，則凡真正反對帝國主義之個人及團體，均得享有一切自由及權利；而凡賣國罔民以效忠於帝國主義及軍閥者，無論其為團體或個人，皆不得享有此等自由及權利。

　　分析革命民權說，約有八論特質。自其理論上說：

　　（一）認民權由革命而來——十七、八世紀人士主張人權（rights of man）如人身自由，言論自由等為人類有生俱來的權利，他們也稱之為自然權利（natural rights）。這種說法，只是一種虛玄的論斷，而非直接或間接所能證明。事實上，在洪荒之世，人類老死不相往來，個人並無權利的觀念存在，及至人同天爭時期，人類需要互相聯絡來抵抗自然的侵襲，才有群己權界的觀念發生，而此後人類經過幾許奮鬥，權利經過幾許轉移，方得形成民權。所以《民權主義‧第一講》說：「權是用來奮鬥的」，民權既是由奮鬥而來，由革命而來，不是天賦，則反革命或不革命者不能享受民權，乃是很明顯的道理。

---

[12]　F. Dr. Muller-Lyer: *The History of social development* vol. 1 Ch.3.

（二）以民權後於國家而存在——原始人類進步到需要互相聯絡來抵抗自然侵襲時，便漸漸形成國家組織，發生國家主權，從而產生各分子的民權。洛克以為人民各種自由，係人民於締造國家時所保留，即認為民權先於國家而存在。但此說須以國家的起源係基於社約為前提，而近代公法學早已否定了社約說的真實性，故此說已成為空中樓閣，不攻自破。並且事實上人權是指以人類資格而享有的權利，民權是指以國民資格而享有的權利。現代的人類既然不能脫離國家而獨存，自然談不到絕對的人權。所以近代許多國家的法律已不復稱個人自由為人權，而加以國家的限制。如一八一四年法國憲法稱「法蘭西人的公權」（Droit public français），一八三〇年比國憲法稱「比國人民權利」（Des Droits des Belges），一九一九年德國憲法稱「德意志人民的基本權利」（Grundrechte der Deutscher）[13] 這些都指出憲法中列舉的民權，只是國民權而不是人民權，是後於國家而存在而不是先於國家而存在。故關於民權的範圍及涵義，國家可依公意變更或限制之。

（三）以憲法賦予國民民權為發展個人優性所必需——革命民權說以為國家之所以須保障民權，在使國民得以發展其智識道德與身體上的優性。據社會學者的觀察，國民在國家中有「社會聯立關係」（Solidarité sociale），人類所以結合為社會，乃因其一方面彼此有共同的需要，而形成「求同的聯立關係」（Solidarité' par Similitudes）；一方面彼此各有其個別的需要與個別的性能，而形成「有機的或分工的聯立關係」（Solidarité' par pivision du Trail）。如果要增進社會全體的幸福，則需使這種分工合

---

[13]　參看：王世杰、錢端升著：《比較憲法》第二編。

作贏得順利的進展，要使這種分工合作進展順利，又需使國民享有相當的民權，以便於發展其優性。故憲法應賦予國民以民權。[14] 憲法之所以賦予國民以民權，既係為發展個人優性，以應社會聯立的需要，則對於個人之不合社會需要的劣性，自然不須予以保障，相反的，卻應加以袪除。

（四）認國家是手段不是目的——過去學者如波馬納（Beaumanoir）、波丹（Bodir）、格老秀斯（Grotius）等人，皆主張人格化的國家主權説，認主權為絕對的權威。這一派的理論走到極端，便成為絕對的專制主義，過於偏向主觀。後來盧騷起來反對這種學説，以為「主權是『公共意志』（volonté générale, general will）的運用」，應歸屬於全體國民。[15] 盧騷這種説法雖然已把人格化的國家主權説推翻了，可是對於公共意志的解釋卻非常簡單含混，恰如柯爾（G. D. H. Cole）所説：「盧騷論公共意志比模糊不清還糟，簡直是自相矛盾。」在法學上，主權説一直到總理發明了革命民權説才得到正確的解答。總理從人類的天性和國家的起源上，判斷主權只是人民求生存的手段，人民組織政府是在便於奮鬥圖存。因此他説：「國家的責任，是設立政府，為人民謀幸福。」[16] 又説：「權的作用，簡單的作用，簡單的説，就是要來維持人類的生存，人類要能夠生存，就需有兩件最大的事，第一件是保，第二件是養。」[17] 胡漢民先生也説過：三民主義的立法，是以保護生存權發展生存權為目的的。[18] 因為國家不是目的，只是手段，故她對於國民負有積極的義務，

---

[14]　L. Duglit Trate' de droit Constitionnol.
[15]　盧騷（Jean-Jacques Rousseau）*Du contrat social* 第二編。第八章
[16]　《總理演講集·國民要以人格救國》。
[17]　《民權主義》第一講。
[18]　見《中華法學雜誌》第一卷第一期：〈社會生活之進化與三民主義的立法〉。

這種說法與近代學者如 Laski 等人的意見恰相脗合。[19] 根據總理的說法，國家為保障人民生存而負擔的積極義務，可分析如下：

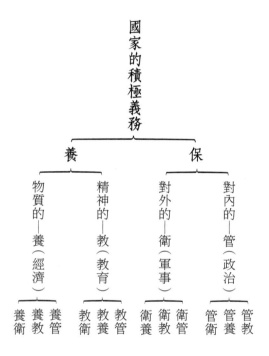

（五）提倡合理的自由——因民權係國家所賦予，憲法所創設，故民權不能超過國家主權；又因國家係為全體人民的生存而存在，故不能任一部分人民妨礙公共利益。由於這種推論，革命民權說所主張的個人自由便須遵守下列兩個原則：

甲、個人與個人間——須遵守「個人的自由，以不侵犯他人的自由為範圍」的原則。[20]

[19]　參看：Lasik: *Grammar of Politics*, 1925.
[20]　《民權主義》第二講總理所引彌爾（John Stuart Mill）語。

　　乙、個人與國家間——須遵守「個人不可太過自由，國家要得完全自由」的原則。[21]

　　這就是説，國家自由可以統率個人自由。其理由再可分析言之：（一）人類的天性要求生存，而「國家是人生死所在的地方」，國家生存，則多數人才能生存，國家滅亡，則少數人也無法倖存。為著保障多數人的生存而使少數人成仁犧牲乃是應該的事。總理所謂：「我死則國生，我生則國死」[22]便是這個道理。民約論者以為人民服從主權係由於過去的「諾言」，而忽略了人民不能離國家而生，民權不能離主權而存之理。所以休謨（David Hume）要加以批評，並且説：人民之所以要服從主權，「以不如此社會將無從而存在也」。[23]（二）國家自由為個人自由的先決條件。關於這一點，總理曾有明確的解説如：「國家造好了，大家才可以安樂，我們的子子孫孫才可以長幸享福」。[24]又如：「諸君是工人，是國民的一分子，要抬高工人的地位，便先要抬高國家的地位。」[25]（三）國家既然要替人民盡義務，人民自然也要對國家負責任。這就像總理所説的：「學生受先生的教育，知道對於學校有尊敬師長，愛護學校的責任：對於家庭有孝順父母，親愛家庭的責任：對於國家也有一種責任，這種責任是更大的，是四萬萬人應該有的責任。」[26]總而言之，革命民權説之主張重視國家自由，正是為著要獲取個人自由的普遍實現。更明顯一

---

[21]　《民權主義》第二講。
[22]　《軍人精神教育》。
[23]　David Hume: *Essays: Moral, Political, and Literary*, vol1, p.456.
[24]　《總理演講集・革命軍不可想升官發財》。
[25]　《總理演講集・中國工人所受不平等條約之害》。
[26]　《總理演講集・女子要明白三民主義》。

點說，它所主張的自由，「不是個人的自由，而是整個國家的大自由：不是絕對對無限制的自由，而是有限制的合理的自由。」[27]

（六）要求真正的平等——根據人類先天秉賦不平等和後天人為不平等的事實，革命民權說建立起獨到的「平天下」的理論體系來。民權主義本來就是平等主義，但我們所要求的不是聰明才智上平頭的假平等，而是要求政治地位上立足點的真平等。換句話說，革命民權說的平等不是機械的平等，而是機會的平等：不是保護與懲罰的「平」等，而是保護與懲罰的「分」等。十八、九世紀學者所主張的平等學說，已隨契約說與人權說之動搖而不能成立。近代多數學者已承認法律之行使應顧及人類天賦的差異，限制或保護特殊人民的權利，現今刑法學上的「處罰從人」主義即包含有這種意義，過去資本主義提倡不合理的自由，以致造成機會不平等的現象，而機會的不平等，復妨害人民一切自由。結果在國際上造成侵略者與被侵略者的對立，在政治上造成壓迫者與被壓迫者的對立，在經濟上造成勞資階級的對立。時至今日，資本主義的絕對主義勢不能不走上腐爛崩潰之途，而推源禍始，無不是個人主義下不合理的假平等所招致，目前世界立法，對於這種現象已稍稍顧及，如蘇聯憲法已加重對反革命分子的剝奪，德國憲法已增加「人類價值生活」的保障，都是以表現世界潮流傾向於革命民權說之實現。[28]

其次自革命民權說的效用上看，也有其特殊的性質：

（一）保障普遍民權——在革命進展的過程中，有民權的真實忠臣，

---

[27]　《總裁言論集‧總理遺教第二講：政治建設之要義》。

[28]　參看：薩孟武著《政治學與比較憲法》，頁 340-345。

效忠於革命,也不免有革命的叛徒,從中破壞民權。這時候,民權必予以嚴格的保障,庶不致被一般不革命或反革命分子偷竊濫用,而遭受阻礙,不能實現,總裁在《總理遺教‧第二講:政治建設之要義》中說:「總理所主張的民權,不能隨便賦予於不了解革命主義以及沒有誓行主義決心的一切人,這並不是國家對於民權有所靳而不予,乃是為實現真正的民權而設定此必要之條件,為之保障。所以本黨所主張的是革命民權而不是天賦人權。」即已顯明地指出革命民權保障民權的功效。

　　(二)促成人性進化——三民主義的人性論中既已說明人力可以促成人性進化,那末,政治上應該怎樣來達到這種促成人性化的任務呢?這就要靠民權的行使。關於這一點,總裁早已說過:「民權的作用,也就是要使一般國民能夠獲得美滿的生存,並達成進化的目的。」[29]革命民權說的特殊的歷史使命,在保障革命分子,剷除反革命與不革命分子,它所採取的方法,是以是否具備革命性為能否享受此權的標準,慾勝於情者,獸性已被克服,人性已經完備,這種人應受民權的保護;慾等於情者,獸性尚未根絕,人性未尚完成,這種人應受民權行使的訓練,以便促使其進步;慾勝於情者,獸性成分遺留甚多,人性成分甚微,這種人是革命的渣滓,不但不能享受民權,並且為著要使民權順利實施,須先將其掃除罄盡。所以建國的程序中,當反革命分子充斥之際,必要經過軍政時期,實施軍法立治,以掃除革命障礙;當不革命分子佔著廣大數目之際,必須經過訓政時期,實施約法之治,以訓練人民行使四權之能力;待反革命勢力已經消滅,不革命分子多數覺悟,然後才能踏進憲政

---

[29]　《總裁言論集‧總理遺教第二講:政治建設之要義》。

時期，實施憲法之治，以促進世界大同。這樣一來，人性自然可以完成，神性亦隨之而發生。社會上將只有義務觀念，沒有權利觀念，只有善，沒有惡。這就是革命民權説的完成，也就是它最偉大的使命。茲將三民主義人性論與革命民權説的關係，列表如下：

人性之因素	人性之進化	社會狀況之演進	政治哲學之演進	進化之時期	進化之原則
慾　　　　　　　　　　情	獸性一元	人同獸爭		洪荒時期（野蠻階段）	物競天擇（物種進化時期）
	善惡二元	人同天爭	神道	神權時期（半開化階段）	人類互助（人類進化時期）
		人同人爭	君權神授説	君權時期（文明階段）	
		人民同君主爭	天賦人權説	民權時期（初發現的時代社會化階段）	
		善人同惡人爭			
	人性一元	惡人不存	革命民權説		
	神性	天下為公			

　　總之，三民主義的人性論和革命民權説實含著一貫理論，前者是後者的理論根據，後者是前者的理論實施。從運用上看三民主義的人性論，三民主義的人性論是有方法的，是建設性的理論；從功用上看革命民權説，革命民權説是改進性的，是「合乎人類本性」的學説。如果我

們要在現階段達到促成人性進化的偉大目的，擔負起實現大同世界的歷史使命，就應該在對三民主義人性論的堅定信仰之下，努力貫徹革命民權說。

四、二七、一九四〇於小溫泉。

布丹的主權論

前言

　　主權（Sovereignty）的觀念，最早起源於亞里斯多德的《政治學》和羅馬法。後來十五世紀的法國法學家首先採用「主權」（Souverainete）的名詞，此字當由拉丁文的 Superanus 而來。但這時所謂主權，只是指君主個人的地位或權力，尚未當作國家的構成要素。直至一五七六年法國公法學家布丹（Jean Bodin, 1530-1596）公佈他的《國家六論》（*Six Books Concerning the State*）一書，才正式建立主權論的系統。

　　自布丹公佈他的主權論，政治學上起了巨大的影響。原來，政治學的目的在研究國家的性質與職能，而主權則是國家的意志表現。幾百年來，國家論成了政治學的中心，而主權論又成了國家論的中心；同時，近代奔騰澎湃不可遏抑的民族主義思潮，也以主權論為其重要的基礎：因此可說布丹所創立的主權論，已在政治學上起了很大的作用。

　　可是布丹主權論的要點究竟怎樣？他以為主權含有三種特性：（一）最高性，（二）永久性，（三）不可分性。主權可使政治權力發生效力或失去效力，且可創制法律。人民不能反抗主權，所以也不能反抗法律。至於君主，因他是主權者，故可不受自己的制定法約束，但是布丹主張

君主雖然不受制定法的約束，卻不能不受下面四種力量的限制：（一）神法和自然法，（二）契約，（三）國家的基本法，即憲法，（四）道德。個人的自由及私有財產權等，皆是根據自然法而發生的，君主不能侵害，故增稅權的行使，一定要得到人民同意。

　　這種絕對「一元主義」的主權論把抽象的主權人格化，現在看來，的確有許多漏洞和獨斷之處，近代的公法學者，早已有過詳細的批評；不過我們不可忽略這種學說在當時卻是十分切合環境需要的。中世紀時，歐洲大陸盛行封建制度，君主之上有神聖羅馬帝國皇帝和教皇，君主之下又有封建貴族，互相抗衡，弄得「王權凌替」，國家四分五裂。到了十五世紀末年，由於十字軍東征的結果，貴族勢力漸衰，東西交通頻繁，商業發達，市民階級逐漸抬頭，他們需要國家對內自由，對外獨立，以發展國內外市場，因而要與君主聯合，打倒封建貴族，建立新式的民族國家。

　　布丹生在這種時代，眼見貴族和平民，貴族和貴族，君主和貴族，及教皇和君主互相鬥爭，社會紛紛擾擾，攪做一團，不得開交，民生痛苦，達於極點。又鑒於民族國家的趨勢，已甚顯著。因極力為「統一」，「秩序」，「主權」等概念辯護。他這種主張，一面是代表市民階級的利益，一面是幫助君主對抗教皇和貴族，但是君主的權力提高，若能任意損害市民階級的利益，豈不是「過猶不及」？所以布丹在他的主權論裡，不可避免地發生了一種矛盾觀念，即一面主張主權最高，不受限制；一面又用自然法等觀念加以限制，以保障有產者的利益。

　　布丹的主權論雖然含有不可解的矛盾，和不嚴密之處，但它既切合

當時時代需要，故結果能發生很大的影響，轉移世界政治思潮於新的方向。政治學上本來沒有絕對的真理，唯切合時代需要者即為真理。所以布丹的主權論毫無疑義是有其不可磨滅的歷史價值而值得加以研究的。

　　要明瞭布丹的主權論，自然以披讀他的大著《國家六論》最為可靠，惟該書篇幅頗大，一般人不易得讀原文。茲選譯美國可克教授（F. W. Coker）所著《政治哲學名著節要》（*Readings in Political Philosophy*, 1914）一書的第十章，以饗讀者。以下前一節係可克寫在該章的導言，後一節即係節錄布丹的《國家六論》。這種節錄全係引用原文，故可看到布丹的真面目。

（二）布丹之生平及著作

　　十六世紀的政治理論多半局拘於一些流俗的爭論，或眼前的現實問題。凡是討論政體問題的著作，如「呼格羅」（Huguenot）（十六、七世紀時之法國新教徒——譯者）的小冊子之類，通常都是範圍很狹小的。即使如加爾文（Calvin）的《基督教義》（Institutes）那樣比較廣泛的著作，也只是把政治問題作為全部篇幅的附屬部分。但是這時代也還貢獻了一部極偉大的政治學著作，無論從他的綱領或內容看來，都可與亞里斯多德的政治學（Aristotle's Politics）和孟德斯鳩的法意（Montesquieu's *Spirit of the Laws*）先後媲美，這就是法國作家布丹的《國家六論》。這部書不但雄渾博大，而且體系井然。然而他的主要意思卻仍在忠實的反映現實。作者一面企圖發現一個廣泛的法律原理——這原理將暴露一種方

法，以拯救當時宗教和政治的動亂。一面又想構成一種政治理論體系，以適合國家和領土的主權，這種主權，當時在法國已是十分明顯的興起了。布丹對於這個事業，無論在學識上或經驗上都具有充分的準備。他起初在土魯斯（Toulouse）習法律，畢業後即在本校任法理學講師。後來又操律師業於巴黎。他對歷史、經濟學、及自然科學，都素養甚深，曾寫過一些關於財政問題的短論，和一篇廣博而可寶貴的歷史哲學論文。[1] 至於他的政治生涯，他當過市民階級（第三階級）的首席代表，參加布諾（Blois）的立法會議（Satesl General 一譯階級會議）（該會召集於一五六七年），並擔任過亨利第三（Henry III）和亨利第四（Henry IV）的宮庭顧問官。他在政府裡雖然是一個君主威權的有力支持者，但在政治學上，他的正常態度卻是主張相當的自由；並且不惜為宗教的寬容而辯護。他的作品有音節諧和之美；加以史實的旁徵博引，更使他的作品充溢著經驗的姿態。

　　布丹在政治學上最顯著的貢獻是他的主權學說。幾乎沒有一個政治哲學家的簡單概念，能如他的那樣影響於後世思想。依照他的定義，主權是國家內超越一切制定法的權力——是制定法淵源之所自；且其存在以任何固定社會的國家狀態為軌範。

　　以下各節係選自《國家六論》，[2] 包括作者的主權論，及其對國家之性質與目的，公民之意義等的緒論。（關於國家及公民的緒論譯文已刪

---

[1]　即《歷史易知法》（*Methodus ad facilem Historiarum Cognitionem, A Method for the Easy Understanding of History*），1566 年出版。

[2]　此書初用法文發表（*Les Six llivres de la republique*, 1576），後經擴充修正，用拉丁文發表（*De Republica Libri Sex*, 1586）。

去——譯者）布丹的革命學説，及氣候對政治的影響等見解，在政治哲學史上也佔有極重要的地位。但因篇幅有限，不能選入。他如關於政府之機構與職能許多問題，在這部書裡也有過系統的引論。

（三）布丹論主權之性質與職能 [3]

主權是在一切公民和臣民之上的最高權力，不受法律限制的。[4]………我們既然説國家是多數家族在其公共事務上合理的組織，具有最高的和永久的權力，那麼，所謂最高的和永久的權力是甚麼意義呢？現在應該加以説明。我們以為主權必須是永久的；因為統治公民的最高權力，可以暫時付託給一個人或數個人，迨付託的時期終了，權力即行消失。這些受託的人不能稱為主權者，他們不過於真正的主權者所許可的一定期間之內，管理主權而已。在這期間內，真正所有主權的君主或人民，可以撤銷所委託的權力，恰如物主把自己的物品租借或典當給別人而可以自由贖回一樣；這些真正的主權者雖然把裁判權和命令權于一定期間內賜給別人，或任意取回，絕不妨害他所有主的資格。所以法律家嘗説：「羅馬皇帝的總督委託其權力於地方行政長官。」至於所委託權力的大小，則可不計較；因為如果這種權力可稱為主權，那麼這種權力勢將可抗拒君主本身，而使君主成為一個空洞的頭銜；這就等於

---

[3] 節錄第一卷第八章及第十章。各章皆根據一六四一年法蘭克福（Frawkfort）版拉丁文本翻譯，參照最初之法文本，及一六〇六年羅爾斯（Richar d Knolles）根據法文版之英譯本。

[4] 原文為 "Maiestas est summa in cives ac Subditos legibusqve Soluta Potestas.,,"

説，奴隸可以命令主人，其荒謬可笑，莫此為甚（按氏所處之社會為封建社會，故有此種成見——譯者）。當威權給與下級官吏或私人時，君主的本身總不在這種威權統治之內。君主固然可以把自己的威權給與，但別人因主權關係，所給與的威權決不能比自己所保留的更大：而且他決不會剝奪自己的主權，以致不能用禁止，許可，或反對（Challenge, evocatione）的方法，監督自己所委託給部屬的事務：或竟致不能全部收回他給與部屬的權力。因此，諸如羅馬的執政官，來西底摩尼亞人（Lacedaemonians）的城邦統治者（harmosts），帖沙利區（Thessaly）的「厄西勒」（esymnet），馬爾他島（Malta）的民政官（Archons），或佛羅稜斯城（Florence）的古代地方執法官（bailly）（當此地實行平民政治時），或者在我們中的所謂攝政官（regents），以及任何地方長官與公務員，他們雖然承受最高權力，但不是永久時的——這種種官吏都不能稱為主權者。[5]

　　但是假如這種不受法律限制，不能抗辯或申訴的最高權力，由人民給與了一個人或數個人，我們便能稱這承受的人為主權者麼？因為他自以為在神之下無人比他更偉大，故他好像是主權者。不過照我看來，主權實屬於人民而不屬於這種人。這種人不過依據人民的意旨而掌握權力，一旦一定的期間終了，便要將威權交還人民。當人民將他們的不受法律限制的最高威權委託於一個人或數個人，只要這種委託係限於一定期間，或係出於人民的意思，那我們便不能説人民即已放棄了自己的權力；為甚麼？因為無論怎樣，這些掌握最高權勢的人，必須在其事務上

[5]　《國家六論》，頁 123-124。

向所有主權的君主或人民負責，而君主或人民則除對永生的上帝之外，是不向任何人負責的。假如最高權力出讓十年，例如雅典稱之為法官的民政官（archon），在他的管轄區域內權力非常優越，結果怎樣？國家主權還是不屬於他，他只是人民的管理者或代理人，不能不向人民負責。又如上述最高權力給與一個人或數個人，達一年的時間，而不附以向任何人負責的要件，結果又將怎樣？這種情形，例如來丁亞人（Cnidians）每年選出六十個公民，稱之為「阿密蒙」（Amymones）（意即超越任何約束或責罰的特權階級），然而這種人也不能所有主權，因為他們一到年終，非交還他們的特權不可。[6]

　　但是假如人民將最高的永久的權力終生授與任何個人時，又將怎樣呢？要是這權力的給與，不受法律限制，不用地方官吏、代理人、統治者，或保護人名義，而且這種給與不是任意的。那麼，我們自然承認主權的權利已讓與該承受人。在這種情形之下，人民已放棄他自己的威權，無條件的授與別人了；同樣的，任何個人也可將其財產所有權及佔有權作為純粹的禮物讓與別人；這種全部出讓，乃是無條件的。[7]

　　君主不但不受前人的法律限制，並且還不受自己制定的法律限制。因為人可以接受別人的命令，卻不能命令自己。龐坡尼亞（Pomponius）說：「自己對自己訂立契約，是無效的。」這就是證明君主決不受自己的法律與命令拘束。固然，依法律學家的意見羅馬教皇不能約束其自身，

[6]　同上，頁126。
[7]　同上，頁128。

其實即是最高的君主，甚至最低的地方官吏或私人，也是不能對自己發佈命令的。所以我們在每一件制定法後面都可看到「因吾人已滿意本法」的字樣，由此我們可以明瞭制定法的強制力不是由公平而來，乃是由制定者的意志而來。

至於神法和自然法，則君主和人民同樣受其束縛，所以那些企圖廢止或削弱神法和自然法的人，都不能逃出神聖主權的裁判。前面所述主權不受法律限制的理論，是不能適用於神法或自然法的。統治著一切基督教皇與君主的教皇，很能了解主權，他說：「誰能破壞法律（Ordinary law, Ordinario iuri）誰就有主權」；他所謂「法律」，我以為即是指國法（The laws of Country, Patriis legibus）而言。但君主如已宣誓遵守他國家的法律，是否便受限制？這就要有個區別了。如果君主是和自己宣誓，當然無效；因為他對自己所發的誓言，是不能約束自己的；恰如私人間訂約一般，雖則信誓旦旦，要是這契約不為法律所承認，那誓言自然也不能生效了。不過如果君主對另一統治者宣誓不廢止他自己或前人制定的法律，並且這法律有關於該統治者的利益，則君主即應遵守他的約言。……

同樣，君主向人民宣誓承諾，如這種承諾是合理的，君主也須遵守；不過這並不是因為君主已經宣誓，也不是因為他要受自己的制定法約束的緣故，而是因為任何人和別人訂立契約條款，不管是否發過誓言，只要這些條款對別人有利的話，他都得遵守。但進一步言，如果私人已蒙受詭計、欺騙、過失，或威脅等的陷害時，他便可減免自己的義務，君主亦復如此。不但在他的主權將受損害的情形之下，就是當他私

人的便利或家庭事務遭遇擾亂時，也可解除他的責任。[8]

　　所以我主張：君主可不須人民同意，逕自廢止、修改，或變成更他自己的制定法；只要這些行為是本於正義的要求，便是可以允許的；不過廢止、修改，或變更，絕不能流於欺蒙掩飾或曖昧不明，而應明白詳細的予以公佈。君主缺乏可信的理由，擅自廢止法律，即是違背了做善良君主的天職。不過無論如何，對於他自己的和前人給他的約束，他都可以不顧的。

　　我們絕不要把制定法與契約混為一談。制定法是根據君主的意思而成立以拘束其人民的，所以不能拘束君主本身。反之，君主和臣民訂立契約，則相互間都受有強制，非經雙方同意，不得任意違背；從這一點看來，除非因目的物已經消滅，君主可不再受他自己的制定法和誓言約束之外，他比臣民並不優越。因此精明的君主決不會願對人民訂立契約，使自己受制定法約束，因為君主一受制定決約束，他在國家內便不能保有最高的威權了。[9]

　　但君主對於有關國家最高權力[10]的法律，是不能廢止或修改的，因為這種法律，例如塞利法典（Salic law）第六世紀時塞利法蘭克族Salinas Franks 酋長克羅維斯 Clovis 所頒佈之法典，禁止女系繼承王位（一七〇〇年西班牙曾採用，德意志漢諾威亦用此法——譯者），係與授權給君主的主權聯合一起，廢止或修改它，便要動搖君主國的基礎。[11]

---

[8]　同上，頁 134-135。
[9]　同上，頁 136-137。
[10]　此字含義不甚清晰，參看但寧著《政治思想史》第二卷（Dunning, *Political Theories, from Luther to Montesquieu*）頁 100-103。
[11]　《國家六論》，頁 139。

　　君主的主權在下述事實中非常明顯，即是，當各種身份各種階級的人民向君主提出要求時，不是運用威權來命令，禁止，或批准，而是用謙卑的態度；君主則不然，他可用自己的判斷和意志逕行處理一切；他的一切意欲與命令，皆其有法律的力量。有些人在許多流行的書籍裡寫道：「君主應當服從人民的命令」，這種見解是荒謬絕倫的；為甚麼？這個見解不但可貽野心思逞者以革命的口實，並且可引起國家的變亂。為甚麼臣民應該管理君主呢？為甚麼權力應該屬於議會呢？這是毫無理論根據可言的。我以為，只有在君主未成年，瘋癲或不能行為的時候，才可由人民選舉執政官或攝政王，因為君主如要受議會的制度法或人民的命令約束，則君主的權力勢將成為廢物，而王家的尊號也將成為虛名了。[12]

　　制定法的批准與公佈，通常由議會或元老院行之，這並不能證明國家的主權即屬於該議會或元老院，那不過只是一種威權。如果沒有它，當君主去世的時候，或元老院行為尚屬公正的時候，君主所發佈的法律便要被人懷疑。所以照我的意思，君主雖然常常把不輕易賜給個人的東西慷慨賜給人民的集團，但君主的權力卻並未因議會或階級會議之時常召集而縮小；這乃是由於個人的呼聲不若群眾的呼聲易於察覺；或者因為，君主平時係以他人之耳目為耳目，唯有在議會裡，則可親自耳聞目見，於是或因羞恥之心理，宗教的恐懼，或因由衷的善意，慨然准許人民的請求。以上所說乃是主權不很重要的部分，至於主權最重要的效用，基本上還在於不須人民同意，即可給與個人和全體人民以制定法。[13]

---

[12]　同上，頁 139-140。
[13]　同上，頁 143-144。

我們認為國君如根據法權而繼承王位，則必須遵守對前王的契約與諾言，只要這種契約是為國家的利益而訂立的。如果這種契約曾經過全體人民或較大的議會裁決和同意，便更要遵守；因為人民所信賴的，國軍不但宜於遵奉，而且必須遵奉；縱使國家因此而蒙受損失，亦在所不惜。但當君主未得人民同意而與公民或外國人訂立有關國家事務的契約，而且因此契約的履行可使國家遭遇嚴重的損害時，則下一代君主當然可不遵守。至於這下一代君主之取得威權，若係由於人民或元老院的選舉，則更可不遵前王所訂的這種契約了。何以呢？因他的特權並非取自前王。另一方面，如果君主的威權由別人給與，情形自然不同，尚無特別例外，他必須受那給與者的約束。不過不管君主取得威權是由甚麼方式，法律也好，遺囑也好，人民選舉也好，抽籤也好，君主總得盡他的責任為國家謀福利。要不然，他就將專橫暴虐，違反自然法以損人利己了。君主固然要具有這種道德，不過只要國家尚未頻於危急存亡無法挽救的境地，人民對於君主的賢能總是應該始終其信的。……

也許有人要問，君主既然須受國法約束，為甚麼還必須有上述的區別呢？因為契約和遺囑都包括在國法之內。我們本來不能說國法能包括一切契約或遺囑，即令說能包括，也並不能以此斷定國法與君主自己的制定法不同，而能約束君主。至於國法如與神法及自然法相合，那當然例外，因為神法和自然法，君主必得遵奉。至於國法失去公平，君主自然可加以廢止，並禁上臣民奉行。關於這個，我們可看奴隸制度的情形；這種制度雖與各該國的法律相合，卻多半對國家有害無益，所以有些君主早已依照自然法下令把它廢除。其餘可由此類推。因為在整個理

論之下，每一制度都不是違反了神法或自然法還能行得通的。其實這種事情也不足為奇，要是公平是法律的宗旨，君主的命令即是法律，而君主又是神的象徵的話，君主的制定法當然應含有神聖法律的特徵。[14]

要之，主權的主要職能，在於制定法律給與全體人民或個別的公民，並且不須徵得高級人員，同級人員，或低級人員的同意。為甚麼？要是必須高級人員同意，君主豈不變成了臣屬？要是必須同級人員的同意，豈不有人瓜分了君主的威權？要是必須低級人員——人民或元老院——同意，那麼，君主豈不缺乏了最高的威權？……

反對者也許要說：習慣並非從君主的裁判或命令取得權力，卻含有幾乎與制定法相等的力量，可見君主雖是制定法的主人，卻不能不是習慣的臣屬。習慣係逐漸成為人民的性質，並由長時間的經歷而取得力量。反之，制定法則係由君主的命令立即作成，且常與受統治者的利益對立。所以克雷沙斯託（Chrysostom）（希臘教主，約生於三四七年，卒於四〇七年——譯者）把制定法比做暴君，把習慣比做賢王。進一步說，制定法的權力遠較習慣為大，因法律可勝習慣，而習慣則不能勝法律；恢復習慣所廢棄的法律的效力，乃是官吏職權分內之事。習慣並無賞罰；法律則不然，除是一種自由法，其作用只在使別的法律制裁無效之外，每種法律都是不賞便要罰的。簡言之，只有在君主簽字批准習慣成為法律的情況之下，習慣才能有強制力。

很明顯的，法律和習慣的力量都依賴國家最高主權者的意志，所以雖然君主或人民有時也把形成法律（legum Condendarum）的權力讓與某

---

[14]　同上，頁 166-167。

個公民，使他能如君主一樣作成法律，但主權的首要特徵仍是其不可出讓性。來西底摩尼亞人曾把這種權力給與來克古士（Lycurgus）（斯巴達政治家，約生於紀元前九世紀頃，其姪為國王，年幼，氏為攝政，制定法律，均貧富，斯巴達以之而強——譯者），雅典人曾給與索倫（Solon）（希臘七賢之首，約生於紀元前六七世紀，被舉為雅典執政官，創制憲法，打破門閥制度，實為民主政治之雛形——譯者）；他們二人都成為國家的代理人，不憑己意而隨人民的喜悅以完成他們的職責；他們的立法除經人民批准之外，不生任何效力。他們著作法律，記載法律，人民則制定法律，支配法律。

　　這種制定法律和廢止法律的最高權力，顯然包括了主權的其他一切職能；我們可以正確的指出：國家的最高威權就在——制定法律給與全體人民或個別的公民，而不受人民的任何限制。國家對外宣戰或媾和，似乎牽涉到與法律無關的方面，但其實不然，那還是法律所作成的，換言之，即是由最高權力的命令所作成的。此外，舉凡接受地方最高長官的請願，給與並收回高級官吏的威權，蠲免賦稅及其他義務，免除法律的制裁，運用生殺之權，規定貨幣的價值，名稱，及形式，強迫全體公民履行義務等，皆為主權的特殊權利，其屬性皆由最高的命令權及禁止權而來——這種最高權即是一種威權，可以將法律集體的或個別的給公民，除對上帝之外，不受任何拘束。這樣看來，公爵雖能向所有臣民頒佈法律，但須受皇帝，教皇，或國君的制定法拘束，或被同僚分享威權，所以他還是沒有主權的。[15]

---

[15]　同上，頁 240-243。

格老秀斯的國家論與主權論

格氏政治思想述評

歐洲十六世紀時，正當文藝復興的末葉，政治學隨著時勢推遷，有了一種重大的進步。由於民族國家的紛紛崛起，國際正常關係逐漸需要建立，從此政治學才明顯地滲入國際觀念，而擔負這個劃時代使命的政治學家即是荷蘭的格老秀斯（Hugo Grotius, Hugo De Groot, 1583-1645）。

格老秀斯的學說以自然法和國際法為中心，但這種學說的基礎卻是他的國家論和主權論，他申論國家主權的性質，推廣到國與國之間，比起在他之前的布丹侷於國內來，要算是進了一步。

在沒有討論格老秀斯的國家論和主權論之先，應明瞭他的根本思想。他的根本思想是甚麼呢？概括說來，便是一種理性說和契約說。他以為人類是理性動物，生來便是合群的天性，人之所以異於禽獸者，理性而已。理性即是神所賦與，而為統御人類生活的最高法則，它的實質，便是人類良心的本體。舉凡人類生活史上公共的準則，如權利義務的遵守，罪惡的報應等，無不淵源於此。這種說法，顯然是繼承著古代的希臘思想，亞里斯多德派即以為國家乃發生於人類的社會天性（Social instinct）。不過格老秀斯由此更進一步，採取了羅馬人的說法，認為人類在自然世界中，為謀共同的安全起見，訂立契約，構成國家。因此，

格老秀斯的國家起源論實建立在兩種基石之上，一種是認國家淵源於人類對社會生活的自然衝動的理性説，一種是認國家淵源於人類因自利而自由設定的契約説。

國家在這種起源論之下，她的含義便是「自由人為了法律利益之享受及公共幸福之獲取而結合的完全社會」。這定義和布丹所説的稍微有點區別，布丹説：「國家是被最高的權力和理性所支配的一群家族及家族公共財物的總結合體」。布丹注重理性和君主的統治力，格老秀斯卻注重理性尤其注重人民的契約，這是契約説的國家觀在思想史上進一步的表現。並且布丹認家族為國家的起源，格老秀斯卻進而認定自由人為國家的組成基礎，這種見解，對於十八九世紀以來的個人自由主義之蓬勃滋長，當不無影響。

人類在國家成立之前和國家成立之後，個人的權利已稍不同。在「自然世界」裡，人類只受自然法支配，人人有保持正義的權利，可是一到「人為社會」成立之後，為了保全公共的安寧秩序起見，這種權利便要受主權者法令的支配，受政治權力的支配，或直接的説，受主權的支配。

主權是甚麼呢？格老秀斯説：「凡行為不受別人的意志或法律支配的權力，就叫做主權」。從這一點看來，他所説的主權，與布丹所説的主權一樣，也具有最高性和不可分性。但是一討論到主權的歸屬問題時，便以為不是不可分了。他以為主權的歸屬，有廣狹二義，從廣義説，主權者是社會全體，從狹義説，主權者是君主一人或少數的執政官吏。主權的屬性與主權的歸屬迥然不同，主權的屬性雖是最高的，不可

分的，但主權的歸屬卻是可分的，可以轉讓的。因此主權者可以把主權的所有權分給他的屬僚，也可轉讓給別的君主，或遺傳給自己的子孫。這樣輾轉分裂轉移，卻絕不妨礙主權的最高性和不可分性。其次，主權有最高性，卻又不能不受幾種限制：（一）自然法，神法；（二）國際法；（三）主權者的誓言。主權是絕對不能違背上面三種約束的。

原來，格老秀斯把法律分為二種，一種是自然法，是人類理性的產物，一種是任意法（制定法），是人類意志的產物。任意法又可分做國內法和國際法，前者是個人和個人欲謀全體幸福而制定的，後者則是國家和國家欲謀全體幸福而制定的。照格老秀斯的意思，自然法乃是超越主權的最高準則，主權當然要受它的限制，國際法之於國家，一如國內法之於個人，個人的權利既然要受國際法的限制，則國家的權利（主權）當然也應受國際法的限制。至於主權者的誓言，可以影響到主權的歸屬，且可使主權者負有作為或不作為的義務，所以主權也不能不說是受了這種宣誓相當的限制，不過這種限制，在格老秀斯看來，是毫不損害於主權者的地位的。

格老秀斯對於主權的歸屬非常注意，他把主權當作一種「收益權」，可以永遠作為財產所有權享受，並且領土和臣民，也是主權者所私有，可以任意轉讓或出賣。關於這一點，他未免過於替專制君主辯護，剝奪了人民的自由；不過他曾把「人生自由」和「政治自由」分開。人民具有人身自由，不能任人出賣，成為奴隸；但是他們的政治自由卻可以喪失，成為不自由的公民，人民由這一主權者轉讓給另一主權者的時候，並不是人身的轉移，只是統治人民的權力的轉移。換句話說，主權者只

能束縛人民的政治自由，不能束縛人民的人身自由。

　　另一方面，格老秀斯擁護君權的論調是，不管君主的統治是否合理，人民總不能統治君主，在當初，國家開始成立，固然由於人民的自由意志，但是一旦成立之後，人民便應該服從。不過如果君主統治不正當，人民應不應該絕對服從呢？他以為在這種情形之下，人民也可以不服從，不過不服從並不就是強迫君主或統治君主。由於這個模糊的解釋，一般學者便說格老秀斯反對人民有革命權，其實既然可以不服從，與革命也只是程度的差別而已，而這種差別卻是不易看得出的。

　　這裡我們應該指出格老秀斯的政治學說和他的時代環境的關係，就是說，他那種思想為甚麼會產生。

　　第一格老秀斯的理性說可說是後來十七八世紀的唯理思想（Rationalistic Thought）或啟蒙（Enlightenment Or Clearing Up）運動的前驅。文藝復興期間，宗教戰爭始終未能免除，教會雖然設立種種規約，如「上帝的休戰」（Truce Of God），以阻止戰禍的蔓延，而終歸無效，各國天主教撲滅異教的殘忍，簡直令人懷疑人性和獸性究竟有甚麼區別。

　　自一六一八年起至一六四八年止的「三十年戰爭」是集殘酷手段之大成的人類悲劇。小孩被斫碎，婦女被姦死，活人被捆集焚化，德國全國人民被殺了三分之二，千里蕭條，人煙斷絕。這種慘絕人寰的大屠殺，究竟是為了甚麼？還不是為一個思想問題，也就是當時的宗教信仰問題。各宗教派別紛紜複雜，傾軋不已，政治見解也因而紛亂萬分。人們各任感情，各憑偏見，爭個不休，造成了政治的大混亂大騷動。相互慘殺的結果，使人與人間只有仇恨，沒有理性，只鬥爭，沒有秩序。

這樣強烈過度刺激之餘，社會上當然渴望著有人來建立規律和法則，恢復人類的理性。無論現實生活上，政治上或思想上，莫不一致要求統一和秩序，就是國與國之間，因戰禍的反響，也一致要求和平，要求戰爭的合法性，這種人心的大傾向，到十七八世紀時蔚為大觀，成為一種唯理思潮，如法國的莫里哀（Moliere）、柯奈耶（Corneille），英國的德萊登（Dryden）、頗普（A.Pope）在文學上倡導典雅、整齊、調和、藻飾等古典文學；英國的霍布士（Hobbes）、洛克（Locke），法國的笛卡兒（Descartes），德國的萊布尼茲（Leibniz），荷蘭的斯賓諾莎（Spinoza）倡導理智萬能的組織的系統的唯理學，甚至於說宇宙就是個大秩序，倫理就如數學公式，人類就如點線面積。凡此種種理性本位主義無不由於當時人類理性的湮沒，社會秩序的蕩佚所促成，而格老秀斯生於十七世紀初葉，首歷這種環境，故力倡理性說，企圖以理想的發揚消靡戰爭於無形，這種學說，實可說是上述唯理思潮的前驅。

其次，我們考察格老秀斯的政治學說，至少可以發現下面兩個很勉強的地方：（一）在國家起源論方面，他既繼承希臘思想說國家由人類天性而來，卻又接受羅馬思想說國家由訂立契約而來，這兩種說法固然不是十分衝突，但終是不一致的；（二）在主權論方面，他一面說主權最高，一面又說人民可將一部分主權保留，不交給君主；一面說主權不可分，一面又設法補救，說主權的歸屬則可分；一面說領土和臣民可轉讓或出賣，一面又加以限制，說這不過是君主有權支配人民的政治自由，並非有權支配人民的人身自由。這種相反意見的調和也是非常明顯的事實。為甚麼他的學說會有這種矛盾和勉強之處呢？

關於國家起源論的矛盾，其結論所及，是既承認主權在民，復承認主權非由人民而來；關於主權論的矛盾，其結論所及，是主權者可以支配人民，但不能使自由人做奴隸；人民應該服從主權者，但也可以自保其一部分權利，總而言之，目的不外：（一）提高君主對內統一權，（二）尊重各國對外獨立權，（三）保障自由民的基本權利。中世紀以來，民族國家紛紛建立，以商業為本務的市民階級要求封建勢力的崩潰，使主權提高，國家統一，以發展國外貿易，但主權提高後，君主不免對外盡量逞其野心，構成國際間的大混戰，結果慘狀環生，國外商業大受阻礙。因此人民除了要求提高君主對內的統一權之外，又不能不限制君主對外行動的過度自由，故希望建立國際法律，維護各國的獨立。這點，美國格特爾教授說得好：「格老秀斯的主權論大部分是引蘇雷齊（F. Suarez）與布丹的理論，不過他的觀念不大明白，不大邏輯。他解釋主權為最高的政治權力，主權乃是託付於那行為不受別人意志支配的人。可是他的觀念應用到實際的歐洲國際關係中，並不是前後一貫的，他有時承認主權有可分性與有限性。他所以發生這種見解，或者是因為受了當時一般半封建的君主想在他的國際理論的規制之下舉行戰爭的影響。格老秀斯所致力研究的是決定甚麼團體享有宣戰的權利。為想要維持當時的秩序與和平，他同時攻擊人民主權的理論，因為他認定這種理論對於當時的騷亂與黨爭應該負責。」同時，主權提高後，君主又不免要侵害人民的基本權利，市民階級為了保障自己的生命財產計，對主權者的最高權力，自然希望有相當的限制。換句話說，當時市民階級所處的地位有兩個矛盾：一面欲國家統一對外，同時又怕君主對外窮兵黷武，打破國

際秩序；一面欲利用君權以消滅封建諸侯勢力，同時又怕君主侵害自己
的身份和財產。格老秀斯和布丹相同，是代表當時市民階級利益政治學
家，故發出他那種不一致的國家起源論和自相矛盾的主權論，以適合於
事實的需要。

　　格老秀斯在政治學上的最大貢獻是把國家和主權的觀念加上國際的
意義，過去世界統一的大同主義，以個人的博愛為中心，現在的國際主
義（Internationalism）則以國際間的自主國家為單位。從前的世界主義現
在被國家主義所代替，中古帝國的統一觀念現在被國際結合與權勢均衡
的觀念所代替。此外他對獨裁君主和個人自由的辯護，我以為對於後世
的民主集中思想也不是沒有影響的。

格氏論國家與主權 [1]

　　我們已說過尚有第二種法律，即任意法或制定法，這種法律有時是
人為的，有時是神的。

　　首先我們來分析大家所熟知的人為法，人為法包括市民法、廣義
法、狹義法三種。市民法是由政治權力而來。政治權力即是統治國家的
權力，國家即是自由人為了法律利益之享受，及公共幸福之獲取而結合

---

[1]　本節譯自可克（Coker）《政治哲學名著節要》（*Readings in Political Philosophy*）中
所節錄格老秀斯著《戰爭與和平的法律》（*The Law of War and Peace, De Jure Belli ac
Pacis*,1625）第一卷第一章第十三至十四節；第三章第七至十四節；及第十六至十八節。
英文節錄是據一八五三年 whewell 編輯，劍橋大學出版之原文。whewell 之節譯附有原文，
節錄時是採活用方式，且有許多部分是逐句摘錄；為了明確和興趣起見，這樣的重譯是必
需的，格老秀斯的直接引用語和歷史引證多已刪去。

的完全社會，[2] 狹義法雖然須服從政治權力，但非由政治權力而來。這種法律有許多種，如父系的規律，主人的命令，以及其他相類的法律。廣義法即國際法——這種法律的拘束力是由一切國家或許多國家的意志而來，為甚麼說有時是許多國家而不是一切國家呢？因為除了自然法（一稱萬民法 Jus Gentium）之外，任何法律都是很難通行於一切國家的。國際法往往行於世界的某些地方，而不行於其他部分，例如當說及捕虜（Captivity）與戰後原狀恢復權（Postliminium）時，即可發見此種情形。

　　這種權力即叫做主權者（Sovereign, summa），他的行動不受別的法律的限制，不因任何別的人為意志而失效，所謂不因「任何別的」人為意志而失效，意思是說，行使這種權力者的本身是可以使他失效的，因為主權者不但可把地位任意讓與他的繼承人，使其享受同等的權利，具有同等的威權，而且可以變更自己的意志。至於主權的歸屬問題，有廣狹二義，譬如視力，從廣義言，屬於身體，從狹義言，則屬於眼睛。主權亦復如此，從廣義言，屬於國家，即上面所謂完全的社會。[3]

　　但是那些把自己交給別的民族統治的民族，如羅馬的屬地，則需例外。這些民族自己不曾組織國家，只是大國的組成分子，一如奴僕之為家庭的分子一般，當然不能所有主權。其次，有時也有下面的情形發生，就是有些民族雖然都各自組織成一個完全的社會，卻往往共有一個首領；因為在自然人，數個身體自然不能共有一個頭腦，但在道德人，則是可能的，因為他的身體有時可以另外當作其他各個體之間的頭腦，

---

[2]　原文為：〝Est autem civitas caetus Perfectus liberorum hominum, juris fruendi et communis utilitatis causa sociatus.〞

[3]　第三章。

關於這種情形，我們認為事實上，當統治的朝代滅亡時，他的統治權即分別歸還各個民族。所以數個國家可以密切聯繫於一個新邦國家的關係上，而形成一種制度，卻不失去其完全社會的地位。

根據上述理論，就廣義說來，主權所有者仍是國家。至於就狹義說，則主權所有者是按照各國的特殊法律與習慣，或屬於一個人，或屬於數個人。

有人以為，無論在甚麼場合，主權一律屬於人民，君主如濫用權勢，人民即可加以強制及懲罰，這種見解，我們必須排斥。因為他們引起或可能引起的壞影響，明眼人皆能見出。這種錯誤見解，我們可用下述理論來駁斥。個人自然隨自己的志願將自己作為別人的奴隸，例如希伯來和羅馬的法律所示。那末，民族為甚麼不能和個人一樣，把統治自己的權力轉讓給一個人或數個人呢？其實，我們假設民族可以自動服從於一個人或數個人，並不是我們的目的，因為問題不在於在可疑的情形下給予甚麼假設，而在於可以合法的做些甚麼。並且我們的目的也不在說如果不如此就要不便，因為我們無論採取甚麼形式的政體，都是無法免於不便的。

但是人民對於政體的形式與對於生活的方式相似，生活的方式有多種，優劣不等，每人皆可隨其所好，自由選擇一種生活方式，所以每個國家也如此，可依其志願任意採用何種政體；關於政體的意見，紛歧錯雜，故國家決擇政體，不能以所採用政體的優劣做標準，而應以國家的意志做標準。

至於一個民族為甚麼願意把統治自己的全權交給別的民族，其原

因也不難想像；例如這民族如遭遇到極大的危機或貧乏而不能用別的
方法解救時，即不能不自願歸別的民族統治。所以古代的凱佩尼安人
（Campanians）迫於貧窮，不能不服從於羅馬人；其餘許多民族雖欲歸
屬，卻不被收容。在同樣態度之下，一個民族要求服從於一個有力量的
個人，也往往遭受阻礙。大地主不論在任何條件下，常不許人民居在他
的領土內；擁有大量奴隸的貴族，只要奴隸們能作為他的臣屬而繳納租
稅，也是可以解放他們的。……

　　亞里斯多德說，有些人天生是奴隸，適於做奴隸的工作。推而廣
之，有些民族亦最宜於被統治而不宜於統治。所以當卡帕多細安人
（Cappadocians）拒絕羅馬人給予他們自由的時候，即已感覺並宣稱他們
不能缺少君主而生活。……[4]

　　進一步而論，政治權力或統治權力，和私有財產一樣，是可由合法
的戰爭而取得的。

　　以上所述，不僅適合於寡頭政治，而且適合於多頭政治的情形，但
不能適用於一般的人民。本來，世界上哪會有一個國家民主得連任何人
民如外國人、貧民、婦女、小孩皆能照顧周到呢？

　　有些民族服從於別的民族，一如服從於某些君主。因此發生下面的
問題：可拉蒂（Collatine）民族是否為自主的民族？就凱佩尼安人而論，
當他們服從於羅馬人後，一般人便認他們不自主了。……一切嚴正的和
通俗的歷史皆證明，許多君主，甚至於所有的君主，都是不服從人民的

---

[4]　第五段略去。

意志的。……[5]

關於君主應向人民負責的爭論，不難答覆。第一，所謂授權人較受權人優越的說法，只能用於那些永遠倚於其構成分子的意志而成的組織，才能真實，而不能用於起初由於自願，後來即為強迫而成的組織；例如婦女起初固然由於任意訂立契約接受男人為丈夫，但一經接受之後，便只得服從他了。……而且我們所假設的，一切君主皆由人民所建立，也是不真確的。關於這點，我們在上面已舉出地主在佃戶志願服從的條件下收容佃戶，以及民族因戰敗而受統治等例證，而說明過了。

另外一個爭論是由哲學家的格言而來，即所謂「一切統治皆為被統治者而存在，非為統治者而存在」；因此他們以為目的較手段貴重，故被統治者較統治者優越，但是一切統治皆為被統治者而存在的說法並不完全真確的，有許多種的統治，如家長管理家政，即是為了統治者的利益；因為奴僕的利益是外在的，附屬的，一如醫術中醫生的利益是外在的一樣。而另外的幾種統治如婚姻關係的成立則是為了相互的利益。所以有些君主政體可為君主個人利益而存在，一如君主由勝利而獲取的一般。這種政體不能誣為專制，因為我們現在所說的專制含有不正義的意思。同時，當人民遭受痛苦而依賴君主以解救的時候，有些政府也可同時謀取統治者和被統治者兩方的利益。

但是我承認，有許多政府是以被統治者的福利為目的，而且，如希西阿（Hesiod）希羅多德（Herodotus）和西塞羅（Cicero）等人所說，君主是為正義而設立的，我也不否認。不過我們的反對者根據這點便推論

---

[5]　第九至第十二段略去。

說，人民在君主之上，卻未免言之過當。因為保護者雖然為被保護者而存在，卻有統治被保護者的權力。至於有些人極力主張，保護者違反為被保護者謀福利的職責時，既然可以罷免，君主當然也不能例外。這種說法，我們也不敢苟同。為甚麼？這種說法，只能適用於保護者之上尚有優越者存在的情形上；至於政府，則不能有無窮等級的優越者存在，最後只能是最高的君主。這些君主，由於缺乏更高的裁判者，他們的違法行為，只能歸上帝處決，上帝認為該處罰他們時，就處罰，認為不該處罰時，就饒恕，讓他們來磨難人民。……

有人又說：「服從是相互的，君主統治正當，人民應服從君主，君主便要服從人民。」我則以為君主的命令如果真是很明顯的不正當，人民固然可以不服從；但是這種不服從的權利，並不包含人民強迫君主的威權或統治君主的權利在內。如果人民要如君主分佔統治權（關於此點，我們在下面還要論及），則雙方應有一限度，就是每一方面的地域、人員、事務，皆應有顯明的劃分。

但是一行為的好或壞，常成為極大的疑問，尤其是政治事件，往往沒有顯著的區別。因此君主與人民如欲判斷事件的好壞，勢非陷於極大的迷亂不可。這樣的混亂事態，據我所知，人民是從來不會想要提出的。

……[6]許多人以為主權與從屬權的區別須視其轉移的方式為繼承抑為選舉而定，由繼承而來的權力為主權，由選舉而來的權力則非主權。這種說法實不完全真確。何以呢？繼承只是表示已存權力的繼續，並非表示決定權力的性質。由全體選舉而成立的權力往往由繼承的方式而延

---

[6]　第一至第四段略去。

續；因此首先由選舉而來的權力繼承之後，它的性質仍然不變。例如來西底摩尼安（Lacedaemonian）（即斯巴達——策縱）君主的地位雖然低於五監察長官（Ephors），卻是由於世襲而來。而另一方面，羅馬皇帝雖是由於選舉，卻處於絕對超越的地位，可見權力轉移的方式，並不能作為區別主權與從屬權的標準。

其次，我們必須認清，說一件事物是甚麼，與說一件事物的歸屬是甚麼種類，乃是不同的兩件事情：這對於任何具體的或抽象的事物都是正確的。例如這件事物是一塊土地，一條道路，一件法案，或是一個通行權。那末這些事物的歸屬之種類，則可以是全部的所有權（in full right of property, Pleno jure），可以是終身的收益權（tenant for life, jure usufructuario），也可以是暫時的使用權（tenant for a time only, jure temporio）。例如羅馬執政掌握其統治權是暫時的；許多選舉的或繼承的君主則能終身行使這種權力；而有些君主，則能全部所有他的統治權，他們有這種權力，好像由合法的戰爭而取得，或是因人民可藉此免除一些極大的痛苦，所以自願絕對服從於他的權力之下一般。

有些學者們反對認主權可用所有權的方式而取得的學說，因為他們以為自由人不能當作可轉移的東西。不過恰如家族威權與王室威權不同一樣，人身自由（Personal liberty）與政治自由（Civil liberty）也判然有別；其一為個人之事，另一則為個人集團（groups of individuals, universorum）之事，⋯⋯人們可以有人身自由而致不為奴隸，然而也可以缺乏政治自由，而致不能為自由的公民。⋯⋯這裡的問題乃是民族的自由問題，與個人的自由是無關的。民族在這種公共的隸屬地位之下，

與私人的隸屬不同，通常稱之為 non sui juris, non Suae Potestatis.……

當人民由一主權者轉讓於另一主權者的時候，並不是人身的轉移，只是統治人民的權力的轉移；所以自由人被他的保護者作為遺產與傳給他的兒子時，所遺交的並非自由人而是拘束自由人的權力。

有人又以為君主開疆闢土，征服新的人民，全是他的公民的血和汗的代價，因此這些新的領土和人民，與其說屬於君主，不如說屬於公民。但是這種論調絕不能成立。因為君主可以用他自己的財產或王室的遺產供養軍隊。……因此我們可以說，君主享有統治人民的權力，與享有財產所有權相似，所以他能把這種權力轉讓給別人。……

但是有些王國裡，政權也可因人民的意思而轉讓，不過我們並不能因這種情形而臆斷君主之轉讓那種政權是完全依照人民的意志。……

主權歸屬的完整性，不足以作為主權的特質，這不僅因為許多主權不能全權行使，而且因為許多次於主權的權力反可以全權行使，所以侯爵與伯爵的出賣與遺交遠較王位為易。

第三，我們應注意，統治者有時雖然對他的臣民或上帝有所允許，甚至所允許的是有關政府形式的事情，也絕對無損於他主權者的地位。這裡我們所說的允許，並非指允許遵守自然法、神法、和國際法，對於這些法律，君主雖未允許也得遵守，我所指的只是那些非經過君主允許時便對他無拘束力的法規而言。這個理由和家長的情形相似，家長雖然應允許家族做某些關於家政的工作，但就家族的事務而論，並不減損他在家族中的最高權力，丈夫對妻子有所允許，也並不失去他丈夫的威權。

自然我們也不能不承認，有了允許之後，主權必然受相當的限制，

就是主權者或負有做某種行為的義務，或負有不行使某種權力的限制，如果違反前者，有行為的義務而不行為，便是不正當的行為。如果違反後者，無行為的權利而偏要行為，則因行為的權力之過失而歸於無效，不過我們不能因此便說受約人有最高權力，何以呢？在這種情形下，行為之認為無效，並非因為最高權力，而是因為自然法的關係。……[7]

但是假設有下面的情形，就是如果君主不遵約言，便要失去他的王位，又怎麼樣呢？其實他的主權也無所減損，只是變成一種為特殊情形所限制的所有狀態，與暫時的主權者無所軒輊罷了。……

第四，我們應注意，主權的組成部分，已如上述，他的本身雖是不可分的單一體，可不向別人負責，但是主權的歸屬則是可分的。例如羅馬帝國的主權雖然是一個，卻常常是分離的，一個君主統治東羅馬，另一個則統治西羅馬；有時甚至分為三部分。所以人民選擇君主的時候，也可為自己保留某一部分權力，而將其餘的委託給君主全權處理（Pleno jure）。這種事實，照我們前面所說的，並不能表示無論何時君主都要受某些約言的束縛。但是當上述權力的分離明顯地形成時，或一個自由的民族如加予君主以永久的自由時，或以任何事件附加於契約，而由此可見君主乃是可以被迫或被罰時，那末，上面的事實便會發生的。因為規則即是最高主權者的行為，最少在他所命令的事件上是如此。而強迫並不常是主權者的行為，譬如依據自然法，債權人即有強迫債務人之權；不過強迫也須隨被強迫者的性質而轉變而已。所以在這種強迫的例子裡，只是同等權力之產生與主權之分離。

---

[7]　第三段略去。

　　許多人說：「這種對立的主權是有很多妨礙的。」可是我們要知道，在政治上，原找不出一件全無妨礙的事來。而評判一種法律，並不能以其對於這個人或那個人方便為標準，而應以立法者的意志為標準。……上面所說的這種契約，不但在君主與人民間曾經訂立，就是在不同的君主和不同的人民間，以及君主和鄰國人民間，都曾經訂立，彼此互相保證，遵守契約。

　　有人以為如果君主允許他的某種行為若不經過元老院或別的議會批准即歸無效，那末主權便已分離，這種見解是十分錯誤的。我們知道在這種情形下，取消君主行為時，乃是君主自己的權力，君主為預防自己命令的錯誤起見，故採取這種謹慎態度。例如安條克三世（Antiochus The Third）頒布勅書給他的行政長官說，要是他自己命令了任何違背法律的事情，他們就應該不服從；又如君士坦丁大帝（Constantine）指示說，即使是皇帝的命令，也不能強迫寡婦和孤兒到皇帝的法庭受審判。

　　這種例子和立遺囑的情形相似，在遺囑中可以附帶聲明，以後的任何遺囑皆為無效；因為這種條款有一種效力，使後來的遺囑被當作不是出於遺囑的真意。不過這種附加的條款也可因遺囑者本人的說明和特殊表白而取消，所以君主的命令也可在這種相似的狀況下取消的。

政治離亂與集權主義的誤用[1]

（一）

　　自秦正式建立集權的統一帝國以後，兩千餘年來，中國歷史上許多政治雜亂的事蹟，可以說都由於中央政府與地方政府權力分配的不得當。換句話說，即是因為集權主義的誤用。

　　在秦以前的部落國家或封建國家時代，政治組織各自獨立分離，星羅棋布，離心的傾向甚為強烈，國家的構成單位，皆是自立自主自給自足的政治體。故當時尚未發生所謂「內外輕重」，「枝葉強弱」一類問題。也就是說，尚無所謂「集權」、「分權」、「統一」與「分裂」的政治爭辯或糾紛；至少，這問題在當時並不嚴重，並不重要。到了秦併六國，一四海，疆宇遼闊，中央應如何有效地控制指揮地方，地方應如何在中央提攜統籌之下有效地發揮其力量，遂適其發展，使「上下一體」，「內外不分」，使部分的地方全體的中央能融匯化合成為相通的有機體，便成為政治上急待解決的問題。一切地方制度問題或集權與分權的討論，只有在這時才真正發生。從此，中國歷代的大政治家都費了不少的心血，精心擘劃，以謀對這問題作適當的解決。但是歷史的事實告訴我們，這種

---

[1]　編者註：本文與張金鑑合著。

計劃和努力都不曾完全成功。

秦始皇大權獨攬。日理萬機，「躬操文墨，晝斷獄，夜理書，自程決事，日縣石之一」，「天下之事無大小，皆決於上，上至以衡石量書」，廢封建，立郡縣，徙豪富，實咸陽，一文字，同度衡，坑儒生，箝思想，專權不為不甚，用心不為不苦，滿以為「關中之固，金城千里，子孫帝王萬世之業。」豈知地方面積過於遼闊，一人之力不易專理，地方權力削弱過甚，遇事不能應付，一旦六國潛伏於各地的孽子孤臣，斬木為兵，揭竿而起，頭重腳輕的秦帝國便土匪瓦解，無法挽救了。這正是誤用集權主義為個人專制而引起的不良結果。

漢興，鑒於秦以「孤立」而亡（實在說，是個人專制過甚）乃採郡縣與封建並行之制，大封同姓與功臣。但是諸王侯的領土很大，「連城數十，地方千里」，擁有一切徵稅權，任免權，軍事權，紀年權，致使中央與地方的權力失卻平衡，國家名為統一，實際上卻是分裂，結果釀成七國之亂。文景之世，鑒於這次的喪亂，大削諸侯勢力，夷之於郡縣之列。武帝繼之，厲行中央集權，加強對地方的控制，設置十三部刺史，以監臨各郡，大量擴充軍隊以鎮壓地方，國營事業，相繼舉辦，財政大權，漸趨集中，經濟統制，分別實行，雄才大略，勵精圖治，固未嘗不想建立一強固有力，永久統一的大帝國。可是他只看見國家全部的周延的需要，而忽略了部分的地方的利益，犧牲了構成員而欲成全團體。結果，地方的，部分的即構成單位的力量，日趨虧竭，維持統一與集權的共同基礎，遂見動搖，武帝竟及身而見盜賊魅起，以致輪台下詔罪已。武帝以後，外戚權臣和宦官交相傾軋，爭鬥變亂，歷朝相循，中央政府的權

力與威信漸見削弱與低減。卒至王莽篡竊，王郎錮馬赤眉之徒，揭竿並起，漢祚遂告中斷。這是武帝對政治權力的分配，只知集不知分，能收不能放所造成的結果。我們與其說歷史現象是循環的，一治一亂的或「分久必合，合久必分」的，毋寧說，歷史告訴我們的最大教訓，就是我們不接受歷史所給予我們的教訓。

　　光武復興漢室，對始皇武帝集權主義誤用的教訓，並不能引為前車之鑒，懲前毖後，對中央與地方權力的分配上來一個均衡的處置、乃以「慍數世之失權，忿強臣之竊命」的緣故，又照樣來一套不顧地方利益的，以個人為中心的集權制度。國家宰執，擾而不用，機樞重任歸於私人所信賴的尚書令，三公成為專而不親之官，史所謂「事歸台閣，三公備員而已」。一究其用意，無非要建樹一強闖有為的中央政府以為保持國家統一的工具。然其結果，因人治的集權，則「人亡而政息」，欲以「重內」者，反以頭重腳輕而易顛撲，欲以「弱枝」者，反成尾大不掉。東漢自明帝以後，便是宦官與權臣相互搶奪的歷史，王室不過居中受擺弄，中央政府實不足以言控制與領導。至桓靈時州牧權重，變成地方割據的局面，歷三國與六朝，成長期的分裂。

　　隋承五胡十六國大亂之後，能重建統一大業，其勳功的偉大，實不亞於秦，至於文帝煬帝集權專制手段的高強，亦不在始皇之下，然而為時不久，群雄併起，共斬隋祚，亡國之速與秦相似，推其原因，亦在集權主義的誤用。

　　唐之承隋，極似漢之承秦，唐太宗雄才大略，勵精圖治，用種種方法以實現中央集權制度，想永保統一無失的國祚，用心不為不苦，致力

不為不勤；然因重人治輕法治，集權的基礎未建築在地方的協力上，其成就不過又是一個漢武帝。在中央則使尚書省中書省門下省三權分立，相互牽制，以遂皇帝個人的任意操縱；在地方則每道置巡察使以監臨之，後又改稱接察採訪使，與漢朝的部刺史約略相似。另制三司使，所謂「計相」者專掌天下財政，各地復遣派度支使，轉運使，鹽鐵使代表中央統制地方經濟。這樣的集權規劃，表面看來，似乎很有力量，但是地方的基礎不固，中央又繫於一人，於是開元天寶時，節度使得兼掌軍民及財政大權，事實上便成為地方強霸，其勢力幾凌駕於中央之上，以致演成藩鎮割據之禍，並延長而成為五代分崩離析之局。

宋太祖鑒於「唐季以來數十年間，八姓十三君僭竊相踵，兵革不息，生民塗炭」，復懲於守將擁兵，方鎮權重之禍；便收禁兵，罷節鎮，實行特派制度，而有「官」、「興」差的區分，「以文臣知州，以朝官知縣，以京朝官監臨財賦，又置運使，置通判」，皆所以加強中央的力量，剝奪地方的權力，做到了「朝廷以一紙下郡縣，如身使臂，如臂使指，無有留難，而天下之勢一。」但是地方過於無權，便不能應付內亂與外患。南宋以後，中央政府不明瞭外患之所以日烈，實由於地方防禦無力人民不能自動，反而變本加厲，一意削弱地方，強化中央，終致內亂外患，變本加厲，而無法救平。陳邦瞻以為：「當時務強主勢，矯枉過正，兵財盡裡京師，藩籬日削，故主勢強而國勢反弱。」可說是一針見血地點破了集權主義誤用的癥結。

元朝於路府之上，設行中書省，行御史台，行樞密院，以分理地方民政、監察、軍事、皆為中央分設於地方的監理相關，亦莫非想加強中央對地方的統治，但是後來行中書省長官，權力漸大，一省儼然成了一

國。這也是由於中央集權行之不善，結果自成了地方分權。

明太祖刻薄寡恩，貪權力，崇威勢，廢中書省，罷丞相而不設，析其權於六部尚書，而直屬於皇帝，蓋所以分散其力量，以便於個人操縱，對於行省，把元朝的行省丞相，平章等官一概撤廢，行省行台行院的組織也一併取消，每省只設布政使按察使分掌民財刑事，乃朝廷遣派的人員，並非封疆大史，和宋朝的特派制度，同一窠臼，目的全在削弱地方力量，實行中央集權。其後又有總督撫巡的設置，亦是在代表中央，監督並牽制布按二司，屬行中央集權。但督撫制度逐漸發展，仍弄成地方割據。明末三藩四鎮雄據一方，太阿倒持，終於使勤王的軍政陷於無法開展。清朝的政治制度幾完全因襲於明。滿清以外族入主中原，無非要借用明朝一套中央集權的現成工具，來有效的統治各地方和人民。但是總督權力甚大，「掌綜治軍民，統轄文武，考竅官吏。修飭封疆。」洪楊捻苗回諸亂以後，督撫權力益重，自練兵勇，擅留田賦，保舉要員，「省自為政，督撫欲如何則如何，部不得與聞」。庚子之役，江南諸省督撫竟公然倡局外中立之說，與外人協議互保東南，不以為怪。到了辛亥革命時，武昌舉旗而天下嚮應，清廷傾覆，這也是中央與地方權力分配不適當所演成的必然結果。

（二）

統觀中國兩千年來的歷史，執行的當局和襄贊政治的謀士，都懷著一個共同的理想，就是希望實現並永遠維持一個「大一統」的國家。中

國人在政治上的傳統觀念是「統一」。歷代的政治思想家如此，政治領袖更如此。孔子提倡「尊王」，孟子説：「天下定於一」，無非都是鼓吹統一運動。所以董仲舒對策的時候説道：「春秋大一統者，天地之常經，古今之通誼也。」秦始皇自以為「寡人以渺渺之身，興兵誅暴亂，賴宗廟之靈，六王咸服其辜，天下大定」，故不好不做到「海內為郡縣，法令由一統」。基於這種一統思想，便產生了積極的集權措施。但是歷史所昭承給我們的事實，則是集權的結果總是一個失敗。當開國之初，雄才大略的君主，常能建立起種種中央集權的辦法，對地方做到了有效的控制。可是到了後來，弄來弄去，終於弄到地方權力凌駕於中央之上，造成尾大不掉，分裂滅亡的結果。

這樣説來，難道統一和集權是不應該，或不可能的麼？這又不然。統一是任何國家謀生存和致強盛的基本條件，中國當然不能例外。中國的政治一樣宜於統一，把握統一的條件，是中國政治上不可少的努力。西漢和盛唐能夠建樹赫赫的武功，主要的原因還在於政治上有了統一之局，這是誰都知道的事實。不過好景不常，集權政策往往不能維持統一到相當長久的時期。這其間的原因不在於統一思想的本身，而在於集權政策的誤用，即在於中央與地方權力分配的不平衡，集權與分權觀念的誤會。分析起來，中國過去政治上對於集權主義或政策的誤用，有下列幾點：

第一、是統一與集權混為一談，以集權為統一的唯一手段，而又誤認專制便是集權。過去的中央政府皆以統一為政治的理想境界，以為要統一便必須集權，甚至認為集權即是統一，分權即是分裂。統一的唯一

辦法便在把一切政務完全收歸中央管理，中央對地方要有完全控制的權力，不使地方有自動自發的政治力量。國家若有不能統一的危機時，亦往往不究察實際的原因，而仍昧然鼓吹內重外輕之說，以削弱地方，為其挽救方法。殊不知統一與集權雖有關係，並不完全是一回事，集權固然可以統一，但絕對的集權，或不以地方為基礎的集權，反足以破壞統一，割據式的分權才形成分裂，分工式的分權則未始無補統一。況且集權與分權本如合作與分工，欲收合作之效，必須為分工之計。故欲集權，便須將權力作有計劃有條理有系統的合理分配，按其性質分別歸屬，應歸中央者劃歸中央，應予地方者給予地方，不略輕略重，不疏不擠，方能形成指揮如意，綱舉目張的集權體制。不然，不合理無體系的集權，難免成為權的擁擠或權的濫用。權力擁擠的結果是壅塞，內外不通，運用失靈；權力濫用的結果是專制，上下仇視，政治解體。

　　第二、統治權與管理權未能加以辨明而妥適劃分。統治權與管理權不同，前者是國家強制人民服從的權力，其作用在維持國家的存在與團結；後者是政府治事的能力，其作用在完成政府的功能，滿足人民的需要。簡單一點說，統治權的基礎是力量，其性質是強制的，在替國家管人；管理權的基礎是能力是知識，其性質是相互的在為人民服務。統治權是否完整，乃國家是否統一的尺度，國家無完整的統治權，則不能算作統一的國家，所以統治權不可分，應集中於中央。管理權則不然，政府行政，應因事制宜，分工合作，甚麼事權應歸中央，甚麼事權應歸地方，須視事實的需要如何而定，所以管理權須要合理的分配，而不宜完全集中於中央。如果把分權的理論用於統治權，國家將四分五裂，不能

統一；如果把集權的理論用於管理權，政治將成為無理的專制，行政將成為半身不遂，手足失靈，亦無效率可言。中國歷來的政治即犯了這個錯誤，地方分權，便分去了中央的統治權，中央集權，便獨占了地方的一切管理權，流弊所至，不是割據，便是衰弱。

第三、是法治精神未能確立，個人與機關混淆不清，政府集權則流為個人專制。過去政治上所説統一，便是「朕即國家」，所謂集權，便是把一切權力集中於皇帝個人。孟子所謂「定於一」，便是指定於天子一人。《春秋繁露‧上》解釋「一統」的意義也説：「一統乎天子」。可見古人所説的統一都只有個人的意義，而沒有制度的精神或法治的意義。因於這種集權統一，並不是集中權力於政府機關，而是集中於皇帝個人，所以事無大小，都要皇帝親自過問。秦始皇「以衡石量書，日夜有呈，不中呈，不得休息」正是缺乏組織與制度觀念的明顯例證。在這種情形之下，皇帝固然有時也派遣官吏去指揮監督地方，但這些官吏後來往往變成地方最高行政長官，不復是中央政府（其實就是皇帝）的代表。地方官吏對於中央也只是向皇帝個人負責。這種辦法，流弊很多。即是皇帝是個英明君主，能夠控制全國，但以一國的元首而「躬操文墨」，未免要應接不暇，疲於奔命。如果地方勢力稍稍增漲，則地方官吏心目中早已只有一個「今上」，地方「欲如何則如何，部不得與聞」。要是一旦皇帝是孤兒寡婦，或庸懦無能，地方官吏目中哪裡還有中央，中央各部哪裡還能監督指揮地方？這樣便非變亂不可了。我們固然不承認中國民族是一個「沒有政治天才」的民族，可是我們卻不能不承認我們的祖先的制度精神的不足和法治觀念的薄弱。我們前代的政治家和政論家，不但

沒有近代公法上所謂官署的觀念，簡直連機關是甚麼都認識不清。他們只知道有官吏和衙門，而衙門就是官吏，官吏就是個人，在那種狀況之下，當然建立不超恰當的中央集權與地方制度。

第四、是政權與軍權合一。中國過去的分權既然不是分管理的行政權，而是分統治的治權，把一切權限都交給地方，已經使地方易於割據；而且不止於此，在若干朝代，地方政府的一切事權又不分掌於數個地方官之手，卻統授於一個最高的地方官。在一切權力中間，民政權與軍事權都是很重要的權，中國政治史上地方政府幾乎很少不掌握這兩大權柄。固然也有不少的人士倡導過「兵民分治」，可是事實演變的結果，往往仍成「兵民合治」。兼握軍政大權的文官如變異思逞，固然已不像「秀才造反」的無力，至若將軍開府，武人干政，其禍害便更不堪設想了。漢末州牧兼理太守郡尉之職，漢室因而滅亡；晉代刺史都督諸軍，晉代亦因而滅亡；唐代節度兼領觀察，唐朝亦因而滅亡；清季督撫「統轄文武」，滿清亦因而覆滅。在這些昭彰的史實告訴我們，「兵民合治」下的地方分權無不引致分裂滅亡，而多少朝代竟都悲慘地蹈上了這個歷史的覆轍。

第五、是中央與地方的財政權未能適當劃分。中國過去的政治，對財政沒有釐然的系統，用錢無合法的制度可循，而最為混淆不明的便是中央和地方財政權的分劃。在封建制度之下，諸侯領土封戶，地方財權大部屬之地方官吏，即推行群國制的漢代，全部戶稅亦歸地方所有。但是有時候地方財權又往往全被剝奪。例如宋朝置轉運使，由中央派遣於各路，「掌一路財賦，而察其羨耗有無，以足上供及郡縣之費，歲行所

部，檢查儲積，稽考賑藉」。於是天下錢穀通通由中央支配，地方不復有過問的權力。因此地方不能自動舉辦應興的事業。又如滿清初年，地方全部賦稅盡數劃歸中央，地方沒有獨立的經費，省款除賑債外，非秦請中央許可，不得動用。中央控制全部財權的結果，使地方政務難於發展。可是到了洪湯亂後，督撫卻可擅自截留田賦；咸豐時，督撫截留海運漕糧，動輒數十萬百餘萬之多，中央於默認之後，甚且明令許可。地方官吏可以任意用錢，一報即可了事。於是地方財政濫用，中央則瀕於枯竭。這些例子都可看出過去對於國地財權劃分的畸輕畸重，無適當的標準，而影響政治的正常發展。

第六、是地方行政區劃的多少與大小未能劃分恰當。地方行政區劃的確定，應注意兩個基本要點：一是政治上易於控制，一是行政上便於管理。欲控制易則地方行政區域宜小，欲管理便則地方行政單位宜少。但是在同一大小的國土內，這兩個條件總是互相矛盾的。區域小則單位必多，故易於控制者必難於管理；單位少則區域必大，故易於管理者必難於控制。中國過去的地方制度往往忽視職權的劃分，而多半循環往復，專門在區域大小和單位多少的大矛盾內繞圈子。秦朝的地方最高行政區域是郡，全國共有郡四十個，就當時的領土而論，區域尚覺甚大，故控制頗為困難，不過始皇屬行專制，所以沒有割據的流弊。西漢的地方最高行政區域也是郡，但數目已增至一〇三，且參有諸侯王的封國，區域縮小而單位增多，控制雖易而管理實難。因此武帝時不能不添設部刺史，周行郡國以牧監督的效果，而補管理之不足。東漢末年，十三州部刺史改為州牧，於是州成為地方最高的行政區域，州的區域大而單位

少，情形與西漢相反，管理雖易而控制實難，故形成漢末三國割據糾紛亂之局。傳遞至晉，州仍為地方最高行政區域，為數十九，其弊與漢末相同，管理易，控制難。南北朝時，宋周二二，齊州二三，梁與齊同，陳州四二，宋齊陳領土日削而州數反增多，則州的區域必然已縮小。北魏州一一一，北齊州十七，北周州二一一，可見北朝的地方最高行政區域亦不大。南北朝的地方政治，就行政區劃的數量與大小論是控制易而管理難，應該不發生分裂割據的現象。但當時的地方軍人大都兼領數州，實際上一個地方長官全部兼領的土地才算一個地方行政區域。如此計算，南北朝時的地方最高行政區域實際上是單位少，面積大，所以結果仍是易於管理而不易於控制。隋朝鑒於過去之失，定地方最高行政區域為郡（或州），為數一九〇。唐初仍隋制，郡數二二八，地方單位多，區域小，故回復到西漢的流弊，就是控制雖易而管理實難，所以貞觀時不能不分天下為十道，唐末增為四十餘，大者領州十餘，於是單位雖少，區域卻大，不易管理的流弊雖已解除，難於控制的流弊卻又發生。宋朝的路不是地方行政區域，地方最高行政區域是州、府、軍、監四種。當時有州二五二，府十一，軍四六，監十三，共計三二二個單位，數目增多，區域須縮小，所以仍是控制易而管理難。元朝地方最高行政區域名目不一，單以路而論已有一八五個，單位多，區域小，和宋朝相似，其流弊——控制易，管理難——亦相同。明朝行省為地方最高行政區域，全國共有十三省。清朝內地分為十八行省，外加六個特別行政區，一共是二十四個單位。由此可見明清恰與宋元相反，地方制度是區域大，單位少，行政上是管理易，控制難，又回復到漢末、魏、晉、和

南北朝的弊病。從上述各代政府對於地方行政的區域與單位的變遷，可以看出過去政治上都曾把這件事當做一個大難題。區域大而單位少乎？區域小而單位多乎？都有其應得的流弊，得不到一個適當的調整辦法。不少的人都在這個區域和單位上兜圈子，不少的人都歸於失敗。因為他們急於求取並穩固統一，而且僅從區域的劃分上去求解決，求集權的成功，而不知從事權的適當劃分上去謀合理的解決，所以反復循環，終歸失敗而如出一轍。

　　我們仔細研究中國政治制度上的錯誤，便會發現其中最根本的原因，在於過去的人們對於中央和地方的權力缺乏一種正確的認識，和適當的劃分。更具體的說，便是集權主義的誤用。凡是過趨極端的行動，必產生相反的結果，乃「物極必反」的自然道理。他們不知道集權主義與分權主義作調和運用而建樹中和的均權制度，乃誤認統一與集權為一物，又誤認集權為專制，加以法治觀念的不清，政務性質辨識不明，集權以個人為中心而不求其制度化，統治權與管理權混為一談，軍事與民政併為一體，財政無分明的系統，區域無適當的區劃，遂致發生絕對集權主義的重大流弊。這極端的絕對的集權主義在中國歷史上不知引起多少的政治離亂，葬送了多少王朝。我們今後應該沉痛的誠懇的接受這重大教訓，切實有效地調劑集權與分權，而建立均權主義的地方制度。

水到渠成的均權主義

（一）

一制度的產生，莫不有其必然性。這個必然性包括時間和空間兩種因素，即是說，任何社會或政治制度的產生，必有其歷史根源與環境需要。均權主義也不能例外，它的產生，一方面是因為接受了兩千年來歷史的教訓，一方面則由於當前環境的急需，與客觀事實的可能。

過去中國政治的離亂，主要原因在於誤用集權主義，以秦皇漢武宋祖明太的雄才大略，大權獨攬，秦漢宋明四朝的結局，卒不能免於分崩離析。從這些慘痛的歷史事實中，我們對於地方制度，不難得到幾個可寶貴的教訓：

第一、就政治的原動力而論，自由與組織須保持平衡，不偏於中央集權，也不偏於地方分權，才能維持政治的平衡發展，而不致分崩離析。政治是管理眾人的事，政權是有管理眾人之事的力量。管理眾人的事有兩種方式：一種是趨向自由，一種是趨向組織；所以行使管理眾人之事的力度，也常流於兩種主張，一種是集權主義，一種是分權主義。分權主義是人類自由思想的表現，集權主義是人類組織能力的發展。這兩種主義產生於政治內兩種矛盾對立的思想，而這兩種矛盾對立的思想，卻都起源於人類固有的政治本能。

　　人類既不甘於離群索居，過孤獨的生活，故必須群居共處，形成集團的政治行動；但在集團生活裡，又不是完全泯沒愛好自由，自適其適的天性。人不能像獨往獨來的獅虎，也不能像機器上的螺絲釘，它在自由與組織之間，不能偏取偏廢。這個矛盾反映到政治上來，成為分權主義的對立而並存。羅素（Bertrand Russell）曾經以為自一八一四至一九一四年間政變的主因是自由與組織的對立與相制。其實豈止十九世紀的歷史是如此，整個人類的政治史，又怎麼不是這兩種力量的對立與相制呢？

　　在政治社會裡，過度的自由和極端的分權往往造成離析的局面；反之，過度的偏重組織和極端的集權則往往流為專制，結果也同樣不免成為分崩離析之局，歷史教訓我們的是自由與組織兩種力量必須平衡發展，才能維持政治的安定。

　　中山先生對於這一點認識得最深切，指示得也最清楚。他在《五權憲法》裡說：

　　　　政治裡頭有兩個力量：一個是自由的力量，一個是維持秩序的力量。政治中有這兩個力量，正如物理學裡頭有離心力和向心力一樣。離心力是要把物體裡頭的分子離開向外的，向心力是要把物體裡頭的分子吸收向內的。如果離心力過大，物體便到處飛散，沒有歸宿。向心力過大，物體便愈縮愈小，擁擠不堪。總要兩力平衡，物體才能夠保持平常的狀態。政治裡頭的自由太過，便成了無政府；束縛太過，便成了專制。中外數千年來的政治變

化，總不外乎這兩個力量之往來的衝動。

這裡所謂「維持秩序的力量」，也就是組織的力量。中山先生反對專制，也不贊成無政府，所以他提倡自由與組織兩力的平衡。

古希臘以城邦為政治單位，邦國大小事務，多由全體市民公決，這種政治傾向於自由的成分太多，後來外族入侵，政務日益艱鉅，便無法持續。中世以來，君橫擴張成為極度的專制，政治偏重於組織力量的發展，人民自由大受限制，下級政府機關的權力亦逐漸減削；結果引致現代民主政治的勃興。民主政治體制的基本原則在於實施「制衡原理」，使立法、司法、行政諸機關相對立牽制，其目的亦在於自由與組織兩個力量平衡發展。但是實行的結果，因流為政黨政治而自由仍只少數人能夠獲得，因權力的牽制而使政府組織力量不能發揮。於是又引起獨裁與專政的反動潮流，到了現在，許多國家在國內則加強組織，犧牲自由，在國際則任意自由，毫無組織。人在這種自由與認識二力失調的狀態之下，世界政治那能不弄到戰亂如麻，飄零無歸！

三民主義接受了這個歷史教訓，亟力謀政治的向心力與離心力平衡發展，從而創造一個「新制衡原理」。這個新制原理應該包含兩個意義：一個是權能區分，一個則均權主義，權能區分否定了三權制衡，均權主義則否定了集權益義和分權主義。所以均權主義的實現，是世界政治上的曙光。

第二、就政治的運用而論，中庸適度是最好的原則。每一種學說或制度，一用到其極端，必然不免發生若干大大小小的流弊，惟有用得其度，才能收到正面的效果，避免反面的弊害。

　　中山先生曾說他自己：「所持主義，有因襲吾國固有思想者，有規撫歐洲之學說事蹟者，有吾所獨見而創獲者。」均權主義可以說是他的創見，也正是他融會貫通古今中外正統思想而得來的結果。吾國固有思想與歐洲學說中，對於政治的運用問題，有一個很有力量的見解，就是中庸適度的原則。

　　中國的傳統思想實以一個「中」字為骨幹。宋儒所謂「道統」，堯傳授給舜的是「允執厥中」，舜傳授給禹的是「人心惟危，道心惟微，惟精惟一，允執厥中。」孔子對舜至為贊嘆，他說：「執其兩端，用其中於民，其斯以為舜乎？」由此可見他之所以贊嘆舜，是因為舜能「用其中於民」，換句話說，即是因為他能將中庸的道理用於管理眾人之事的政治上面。儒家的子思為了「傳授的孔門心法」，記下《中庸》一書，我們從這書裡可以看到孔子所說的：「君子中庸，小人反中庸」，「中庸其至矣乎」等稱贊中庸的話，數千年來中國人的政治哲學大都守著這個「天下之正道」的中的原則，而使政治上免去了不少的流弊。儒家所贊成的專制，只是開明的專制而不是專暴政治，所以能減少許多專制的禍害，但一到專制失去中道，走向極端的時候，政治的變亂便不能避免了。

　　不但儒家的思想是如此，就是道家的老子，也極力提倡中道。老子說：「多言數窮，不如守中。」他所謂「守中」，也就是他所說的：「聖人去甚、去奢、去泰」，即是不做到滿足的地步，不做到「盈」的境界。他為甚麼反對「盈」呢？因為事物一到極端便會變為相反的事物，「物極必反」，原是自然的定律，所以說：「天之道其猶張弓乎？高者抑之，下者舉之，有餘者損之，不足者與之。天之道損有餘以奉不足；人之道不然，

損不足以奉有餘。」天道既然不尚盈，做人行政，亦應該如此。他說：

> 古之善為士者，微妙玄通，深不可識。夫唯不可識，故強為
> 之容。豫兮若冬涉川；猶兮若畏四鄰；儼兮其若容；渙兮若冰
> 之將釋；敦兮其若樸；曠兮其若谷；混兮其若濁；孰能濁以靜
> 之徐清？孰能安以久動之徐生？保此道者，不欲盈。夫唯不盈，
> 故能蔽不新成。

這是說做人不要做到極端。他又說：

> 治人事天莫若嗇，夫唯嗇，是謂早服，早服謂之重積德，重
> 積德則無不克，無不克則莫知其極，莫知其極，可以有國，有國
> 之母，可以長久，是謂深根固柢，長生久視之道。

這是說政治上也不要做到極端。老子的政治論以他的「道」為基本原理，他的所謂道，是「沖而用之，又弗盈」，和儒家所謂「從心所欲，不逾矩」頗相似，都是一個中的道理。

中國人以中名國，中字原代表的立國精神，所以中國過去贊揚中道的人屈指難數。其實外國人亦很稱贊 Golden mean，意思即是中庸或適度。西洋政治學鼻祖亞里斯多德也認為：最理想的政治應依於最理想的生活，最理想的生活必須是合乎一種道德的生活，這種道德便是「中庸」（Mean）。他把中庸用在政治之上，有種種的含義：第一、從國家的組成分子看來，一切國家莫不具有三種分子，就是極富階級，極貧階級

和中等階級（Class in a mean）。富者驕奢淫佚，遊手好閒，謾藏誨盜；貧者卑賤怨嫉，愚昧無知，挺而走險；所以國內此兩種階級的人如太多，必容易引起變亂和革命。惟有中等階級不偏不倚，富於創造與安定的力量，所以中等階級佔多數的國家才是最理想的國家。第二、從國家的革命看來，統治力量能保持最久遠的國家，往往是統治者不把統治權行使到極點的國家。過去許多王國，都因王權過於強大，引起反感而釀成革命。馬洛斯人（Molossians）和拉斯德蒙族（Lacedaemonians）的政治所以能長期安定，即是因其能將君權做到適可而止的地步。第三、從國家內的教育看來，他更極力主張以中道教人民，即以音樂為例，他以為青年最宜教以杜令調（Dorian），因這種音調能使人心氣和平。至於一般國民學習音樂應止於何種程度為好？他以為只要對高尚的音樂已有相當根柢能夠欣賞，而比之於專家表演與競賽時的技術又有所不足時，即最合理想。因此他在《政治學》（*The Politics*）一書的最後說：「教育的三個基本原則應是：中庸的，可能的，適度的，如此而已。」不但亞里斯多德對於中庸適度的政治道理如此心焉嚮往，在他之前，如福希力慈（Phocylides）也說：

Many things are best in the mean; I desire to be of middle condition in my city。

（世間一切，中庸最好；願我國家，永保此道。）

由此可見西洋政治思想中對於中庸適度的理想亦很重視。

　　中西政治思想雖然都重視中庸的道理，但這個道理卻很少被人應用到中央與地方職權劃分的問題上來。中山先生推而廣之，避去集權專制與分權離散的偏執之見，創造了均權主義，使中央與地方權力的劃分，得其中道，可以說是把這個中外政治思想的精華加以發揚光大，而具體化起來。

　　第三、就政治的本質而論，中央政府與地方政府原為一體，只有分工的目的，沒有對立的性質。

　　過去的人們誤用集權主義，不但弄不清官署的意義，毫無公法觀念；而且把中央和地方分成對立的兩件東西。他們以為中央是代表國家政府方面的。地方則是代表一地方的人民或各個小集團的。因為中央與地方有此性質上的迥異，當利害關頭，便不免有中央與地方之爭，中央要統一，地方卻要割據稱雄。這種看法完全是一種錯誤，其錯誤的癥結，便在於不明白中央與地方本是一體。

　　國家設立政治機關，本來是為這個國家全體人民辦理公務的，而不是為一部分人民辦理公務的，所以政治機關原是屬於全國人的所有，而不是屬於部分人的所有。政治機關之所以分為中央與地方，乃是因為：（一）國家面積很大，人口很多，一個機關無法管理這麼寬的區域和這麼多的人民，不得不分設許多機關來管轄；（二）一國的政務很繁，政務的性質不盡相同，且這些政務對於各種地方和各種人民都有不同的利害關係，不得不分別來加以處理；（三）政務的推行，必須分工，要有些機關偏重設計的工作，有些機關偏重指揮監督的工作，有些機關偏重執行的工作。有了這許多原因，國家便不能不在中央機關之外，分設許多地方

機關。所以中央與地方的劃分，並非機關本質上的劃分，而只是機關能運用上的劃分。

中山先生常常把機關比成機器，他說：「機關就是機器，……所以行政機關，就可以說是行政機器。」這個比喻是很恰當的，我們由此推論，也可以看出中央與地方不是截然可分的兩件東西。因為機關之分為中央與地方，就某些方面而論，亦如機器之分大大小小各種不同的機件，這些機件的機能與工作範圍雖有不同，但其屬於此機器的一體則並無二致。這些機件相互間的關係應該是分工合作，決不是互相對立或互相妨害，即使其間有或種制衡的作用，但就機器的全體而言，則仍是協同而非對立。中央與地方亦很如此，決不是兩個全體，而只是全體中的數個部分。

不過就中央與地方的真實含義而言，如中山先生所說：「欲劃分中央與地方之行政，須先明中央與地方之區別。中央為全國主體，即中央政府是也。地方為一區域之行政主體，而在中央下者二：（甲）地方官治行政主體，即地方官；（乙）地方自治行政主體，即地方自治團體。」由此可見，「地方」一詞不僅含有地方的政府機關一個意義，而且含有地方自治團體的意義；而中央則只是指中央的政府機關，而沒有自治團體的意義在內。這樣說來，似乎中央與地方不能算為一體了；但其實不然。官治自治雖有性質上的差別，但官治的事務與自治的事務，同是國家政務的一部分，自治行政並不能絕然與官治行政劃分而毫不相關，所以中央與地方含義範圍的不同，並不能否認其為一體。

中央與地方既為一體，但過去一般人則多視之為對立，所以總不能

找出中央與地方間適當的關係來。今後我們要解決這問題，必須認清中央與地方不可分割的本質，從機能的運用上去確定其功用，職權與地位，才是正當的辦法。

（二）

中山先生對於上面所說的歷史教訓完全接受了。但是單有這些歷史教訓，還不能產生均權主義來，均權主義的產生，還有其環繞的急需。

當滿清末年，一方面有個腐敗的專制皇帝，想維持中央的威權，一方面有若干實力派的強大督撫，想擴充地方的勢力；政治上集權與分權的矛盾已是十分的嚴重了。民國成立承其遺緒，地方制度與集權分權的政治問題便隨之而惹起軒然大波。袁世凱當政的時候，國內政黨或主集權，或主分權，議論紛然。進步黨竟為袁氏專制野心而張目，堅倡中央集權，而他們所謂集權，仍不免落於過去所謂「一統乎天子」或「個人專制」的窠臼。是要把權力集中於元首一人，而且統治權與管理權不分。〈增修臨時約法經過〉一文道：

查中國有歷史數千年，治亂興亡之述，代各不同；然無論何種時期，其國家之能治不能治，率視政權之能一與不能一以為衡。是以春秋著「大一統」之文，孟子垂「定於一」之訓，微言大義，深入人心，此與最近世紀憲法學家之統治權惟一不可分之原則，實為先後同符。歷稽史乘，斷未有政權能一，而其國不治，

亦未有政權不一，而其國不亂且亡者。方今共和成立，國體變更，而細察政權之轉移，實出於因，而不出於創，故雖易帝國為民國，然一般人民心理，仍責望於政府者獨重，而責望於議會者尚輕。使為國之元首而無權，即有權而不能完全無缺，則政權無由集中，群情因之渙散，恐為大亂所由生。

由袁氏這篇文章中，可以看出他有下面幾點錯誤：（一）以為統一就是集權；（二）把管理看做統治權；（三）以為中央便是元首，機關與個人分不清。這些錯誤觀念也是中國政治史上傳統的謬誤。

袁氏極力提倡集權，其實骨子裡只是一片專制皇帝的野心慾念。這種錯誤觀念和專制野心引起當時國人的反感，群起而反對集權。護國軍的四條誓言，其中一條是：「劃定中央與地方權限，圖各省民力之自由發展。」於是集權分權之爭，正式見於軍事行動。其實當時有識之士之所以反對集權，並非反對正確意義的集權，而是反對軍閥專制式的錯誤觀念的集權，並非為反對集權而反對集權，而是為反對「洪憲帝利」而反對集權。但可惜一般人不明此義，因噎廢食，從此以後，連集權也不敢提起了。

民九以後，大家對於統一運動大覺失望，率性提倡分權主義的「聯省自治」，這個運動一直鬧到民國十三年，各省軍閥贊成「聯省自治」或「分治合作」者，目的全在為自己留割據的地步。而霸佔中央，做著「武力統一」迷夢的直系軍閥，則又反對「聯治」，以期鞏固自己的統治勢力。無論贊成反對，他們的目的實在是只為自己打算，根本不在謀地方政制的解決。

　　至於實際的政制方面，在辛亥革命以後，由於軍事的動亂不定，地方制度即失去釐然的系統，而且變動無常。民初各省多以都督為首長，兼理軍政與民政，成為「兵民合治」的局面。又感於府道的無用，便廢除三級制，而行省縣二級制。此時省自為政，組織至不統一；直至民國二年，公佈「劃一各省地方行政官廳組織令」，於各省設立民政長，才分去都督的民政權，但有些省份民政長仍未設立，都督的權力依舊。這時省縣二級制又恢復為省道縣三級制。民國三年，袁世凱改內閣制為總統制，頒行省道縣三種官制，省設巡按使，為地方行政長官。民國五年，改巡按使為省長，其權力頗龐大。國民政府成立以後，又廢除道而恢復民元的省縣二級制。省設主席，縣設縣長以為其行政長官。從此種遭變上，我們已很容易看出民國以來地方制度的變亂無常。而事實更不止此，因為上面所說的只是法令的變動，實際上當時中央政令，不出都門，各省軍閥自為制度，不相統屬，其零亂的狀況，是難於想像的。即以民國五年到十五年這十年之間而論，國內大小軍閥，分裂割據混戰做一團。其間牽動到全國的大變亂，有所謂直皖之戰，直奉之戰，及國民軍之役，至於規模較小的戰亂，如省與省間或一省之內的軍閥戰鬥，更舉不勝舉了。在這種混亂的局勢下要談地方制度，要談分權與集權，自然是一件萬分困難的事情。

　　中國國民黨處在這種惡劣的環境下，奮力苦鬥，初則反對袁氏的集權專制，繼又反對各省督軍的分權聯治。黨內人士不惜時而反對集權，時而反對分權，「不惜以今日之我攻擊昨日之我」，實具有一番苦心，企求國家的統一。然而這樣頭痛醫頭，腳痛醫腳的對策，終究不是辦法。

在革命建國的過程中，地方制度的建立，必需一種長治久安的根本原則。

　　此時不但需要一種久遠的地方制度的原則，而且這個原則，必須合乎現代政治的特殊需要。現代政治已由消極的進而為積極的，政府的功能亦隨之擴張改變，由權力的政治擴張到服務的政治。換句話說，現代政府的管理與統治權幾乎同等的重要，因為政府存在的理由，尚不在統治全國國民，而尤在於替全國人民服務，替全國人民管理公共的事務。這些公務，不只是消極的應付，而且要積極去開展；在過去，政府只須對人民沒有苛政，與民安息，便盡了政府的本分，政府好像只是為了統治人民而設立的。現在便不同了，現在的政府必須積極為人民謀福利，因為它要替人民服務，所以它要統治，它的管理是目的，統治是手段，它的治事是目的，管人是手段。固然目的和手段有時也不可分離，但是管理公務的目的是政府存在的一切理由中最主要的理由，則無疑義。所以現代的人民有充分的權力可以要求政府為人民作正當的服務，美國的人民因市區公路上的積雪跌傷時，他就可以向法庭控告政府的失職，這件事在過去的政治觀念之下會當成笑話，而在現代的政治觀念之下則不以為奇。政府任務既然已大量增加，政府職權便不能像過去一樣，可以籠統劃分了事；而必須加以精細的分析，視事務的繁簡、大小、難易和人民的需要狀況等，而分配於中央或地方。我們的地方制度原則，不能不適應這種特殊的政治需要。

　　其次，我們要考慮，適應這種特殊政治需要的原則，是否有實現的可能。自十九世紀以來，由於科學和工業的進步，政治上行政上逐漸有了一個新的發展，就是政策的科學化和工商管理演化為行政管理。現代

政府不但因為利用科學發明的新工具而發揮了極大的效率，而且因為採用了工商管理上分工合作的原理，而使整個政治組織與運用，為之改觀。分工合作原理的實現，必須建立在科學的分類方法之下，現代行政能利用科學的分類方法，實施職位分類與分級，實施政府功能的劃分，已是個極可能的事情，再加以設備工具的方便，分工合作原理的應用自然更不成問題。這種進步，正可以促使由職權，確立中央與地方關係的均權主義的實行。

　　由上面的分析，二千年來的歷史教訓使我們痛感中央與地方的關係必須中平適度，而客觀環境又急需且可能建立一種新的原理，於是中山先生對於地方制度乃提出所創立的根本原則──均權主義。

　　中山先生的均權主義的思想，很早便露端倪，他在辛亥革命時曾首倡自治學說，並於〈臨時大總統就職宣言〉中指出：「今者各省聯合，互謀自治，此後行政，期於中央政府與各省之關係，調劑得宜，大綱既挈，條目自舉，是曰內政之統一。」民國元年八月，他在〈國民黨宣言〉中又說：「從來中央與地方官，權限多不明晰。權限亟應劃分，行政始可著手。」因而列舉某種權力應歸中央，某種權力應歸地方，詳述地方自治與地方分權的區別。他所謂中央與省的關係要「調劑得宜」，所謂中央與地方「權限亟應劃分」，與按權限性質以定其中央與地方之分屬，以及地方自治之強調，都可說是他的均權思想的雛形。民國十年他更提出「分縣自治」的主張。至十一年發表〈中華民國建設之基礎〉時，便明白指出：「權之分配，不當以中央或地方為對象。而當以權之性質為對象。」又說：「事之非舉國一致不可者，以其權屬於中央；事之應因地制宜者，

以其權屬於地方。」這時均權思想已經成熟。到了民國十三年一月發表
〈中國國民黨第一次全國代表大會宣言〉及〈建國大綱〉時，便正式提出
「關於中央及地方之權限，採均權主義」的主張，是為均權主義思想體系
的完成。

政治與衝動——羅素政治思想述評之一：政治目的論

一

批評家常常批評羅素（Bertrand Russell）道：「他有時觀察社會人生，因為過於數學的，遂使那問題陷於簡單化。」這批評不免有幾分正確，如果所謂「簡單化」並不完全意味著「錯誤」。

斯賓諾莎（Spinoza）說：「我論人類，如論點、線、面、體。」在這一點上，甚至在許多哲學家的觀點上，羅素和斯賓諾莎是相似的。我們要明瞭羅素的政治思想，不要忘了他是一個高深的數理哲學家，當他站在劍橋或哈佛的講台上，講數的概念的時候，他會把那些繁贖的數學公式演到兩三個黑板那麼長。他滿腦子裡是數學的公式，要他論政治而完全忘掉那高深的理想和機微的公式，大約是不可能的，或者是不容易的。因此有人說：羅素是一個「有腳的公式」。

羅素的政治學說往往是一種概念的政治理想。概念的政治理想和具象的政治理想同樣可以鼓舞人類的行動，促使社會政治的進步。詹姆斯（William James）採取傅理葉（Fourier）的「觀念動力」（idea-force）說而認定概念有動人的力量，懸想在人的腦中的概念，即是行動的開始。而

且我們知道，理想常是行動的淵源與南針。如果人類並非毫無自由意志
的昆蟲，那末，政治理想便可以促進社會的進步，而不是像馬克思派的
決定論所說，社會主義的實現，乃是社會進化的必然順序。此因像羅素
所倡導的概念的政治理論，在實際政治上也是不是沒有影響的。其實羅
素自己也曾說過：「人類的政治行為往往根據於完全謬誤的理想，想要
使這種行為不復為痛苦、殘忍和罪惡的淵源，唯一的辦法是完全改變那
些謬誤的理想。」[1] 又說：「探討有益於時代的政治理想，正無須乎發見
一個烏托邦，只是要發見最好的運動方向。」[2]

　　現在，我們且把他所說的「運動方向」作為一種「政治的目的」來加
以扼要的述評。

二

　　近代政治思潮的根基多是人本主義（Humanism）。羅素的政治思想
和他的社會改造論亦復如此。他認為研究或從事於政治，無非是為求減
少人類生活的痛苦，而增進他們的幸福和快樂。所以他說：

　　　　無論甚麼人如果以一種理想為標準去考察世界——不論他
　　所要求現實的是智慧，或是藝術，或是愛情，或是渾樸的快樂，
　　或兼有以上各點——他對於人類並非不能免去的種種罪惡，必然

---

[1]　《政治理想》（*Political Ideals*, 1920），第一章：政治理想。
[2]　《社會改造之原理》（*Principles of Social Reconstruction*, 1915），第八章：今當何為。

非常悲悼，倘若他是一個精力很強壯的人，他的心中一定抱有一種急切的志願，要引導人類向實現善良境遇的途徑走，這就是鼓勵他創造理想世界的原動力。[3]

又説：

世間只有少數非常的人，對於人類具有一種博愛之心，因此，他們看見世間許多罪惡和痛苦，不論和他們自己的生活有無關係，他們總是不能忍耐的。此等少數人為一種同情的痛苦（sympathetic pain）所驅策，起初就運用他們的思想，後來乃實行動作，去尋找一條逃避的道路，找出一種社會的新制度，使人類的生活，比現在要豐足些，快樂些，而又更少種種阻礙進步的罪惡。[4]

又説：

政治理想係根據於個人生活的理想。故政治目的應當在於力謀個人生活的幸福。因為世界之所以成其為世界，由於有男人女人和兒童，此外別無政治家所當注意之事。政治問題就在求調節人與人間的關係，使人人的生活皆能有充分的幸福。欲討論此問題，我們應先研究個人生活的幸福是甚麼。[5]

---

[3]　《到自由之路》（*Roads of Freedom*, 1918），緒論。
[4]　同上註。
[5]　同註 1。

　　羅素以為個人生活的幸福是「充分發展個性」。但是要發展個性，便要先對人類的個性有正確的認識。

　　人類活動的源泉，即是最基本的個性，因此要明瞭人類的個性，又須先考察其活動的源泉。羅素以為人類活動的源泉是甚麼呢？

　　他以為：「人類一切活動發生於兩種源泉──衝動與慾望。」，「而且從來的政治哲學，已經差不多完全立足在『慾望是人類行為的源泉』的上面」但是照羅素的意思，人類行為的主要源泉並不是慾望。「慾望只能支配人類行為的一部分，而且它所支配的，並非最重要的，乃是較有意識的，明瞭的，開化的一部分。」而另一方面，「人類性質中有一部分，更高於本能性，在這一部分上，我們受衝動的支配去做某種行為，並非受支配於有某種目的的慾望。」慾望和衝動的區別是，慾望是有目的的，衝動則是無目的的。「兒童跑跳叫喊，並非因為他們有實現某種尊行的意向，乃是因為他們對於跑跳叫喊有了直接的衝動，狼狗吠月，並非因為他們想著吠月有何等利益，乃是因為他們受了吠這個衝動的驅使。飲食、喜愛、口角、誇炫等行為，都是單純的衝動，並非發動於某種目的。」人類有許多行為都違背他們自己的目的，就是因為他們有時不得不受衝動的支配，才這樣去做。所以「衝動是我們行為的根本，比慾望還重要些。」[6]

　　但是衝動也分為兩種：（一）佔有衝動（possessive impulse），（二）創造衝動（creative impulse）這兩種衝動恰與貨物的兩種相應，佔有衝動以獲得並維持私人獨佔的貨物為目的，由是發生財產衝動（impulse of

---

[6]　均見《社會改造之原理》，第一章。

property）。它所能佔有的多為實體貨物，即是可以佔有的貨物，例如衣服和食物，我多花費便要損及別人，我的佔有衝動的暫時滿足，往往就是別人幸福的慘痛犧牲。而且可供佔有的不止財產，一切制度的另一種憑藉——權力（power），也可作為佔有的對象。至於創造衝動則是以不能秘密，又不能佔有的貨物，即精神貨物，公諸社會，並使其作有效的使用。創造衝動不是把創造的對象佔為私有，所以創造的愈多，人類全體所獲的幸福也愈多，創造的愈少，人類全體所獲的幸福也愈少。例如張三研究某種科學而有所發明，絕不會妨害別人的研究，只會對別人的研究有助益。李四寫了一首好詩，畫了一張好畫，他決不妨害別人作畫與賦詩，而反可以助長詩畫的良好空氣。又比方我對別人滿懷善意，並不能說我的善意愈多別人的善意便會愈少，相反的，我的善意正可以增進別人的善意；增進整個人類的善意。所以創造衝動與佔有衝動的藉口雖然都能給個人以快樂，但創造衝動更能給人類全體以更大的快樂，而佔有衝動除了有時能給佔有者暫時的滿足以外，便要損害人類全體的快樂。

不僅如此，佔有衝動在某些方面還要妨害創造衝動的進行。因為佔有衝動往往附帶帶來給人們一種妒嫉心，以自己的佔有為快意，以別人的創造與佔有為不快意，因而總是希望別人失敗。這種心理學將阻礙人類文明的進步，引起許多乖戾與罪惡。

佔有衝動有排他性，因而發生侵略的衝動和抵抗的衝動，於是引起無窮的殘酷的戰爭。在戰爭中，求死的衝動往往戰勝求生的衝動。人類許多殘忍醜行，悲慘命運，都因佔有衝動的高漲而瀰漫全世界。

從上所述，可知人類行為的主要源泉是衝動，也就是說人類最基本的個性是衝動，而衝動又可分為佔有衝動和創造衝動兩種。羅素既然認為政治的目的在增進個人生活的幸福，個人生活的幸福又基於個性的自由發展，那麼在發展個性當中，便不能不有所區別，究竟我們要充分發展的個性是兩種衝動中的哪一種，必須有所抉擇，因為這兩種衝動是多少有點矛盾性的。

三

無疑的，羅素所提倡的個性發展，是指創造衝動的充分發展。所以他說：「最美的生活是創造衝動能盡量增多，佔有衝動能盡量減少的生活。」[7]

為甚麼要發展創造衝動的個性，減少佔有衝動的個性？我們試一想起上面說過的創造衝動和佔有衝動性質的差異，便會明白，如果再加分析，則有下列幾種原因：

（1）佔有衝動引起人類許多不善良的行為，亦為戰爭的根本原因，正如他所說的：「佔有衝動是戰爭的禍胎，也是政治上一切罪惡的根源。因此我們只有減少佔有衝動在日常生活上的勢力，新的制度才能為人類謀永久的幸福。」[8]關於此點：在上面已說得很清楚了。

（2）羅素以為人類生活的快樂不僅在於物質的滿足，更重要更有意

---

[7]　同註 1。
[8]　同註 1，第二章：資本主義與工銀制度，第一節。

義的是智識的追求，心靈的慰安，精神的滿足。他固然不主張脫離社會本能的心靈玩好，如南達（M. Naguet）所說的：

　　　集合生活的真目的是學習、發現、和了解。吃、喝、睡眠、度日，一言蔽之，不過是生活的附屬品罷了。若單就附屬作用而論，我們真與禽獸沒有分別。生活的目的即是智識。倘使現在有兩種人間世讓我挑選：一是有物質的快活，和羊群在草地上放青一般飽食無憂；一是辛苦災患的生活，但在辛苦災難之中發生出永久的真理來，我是要選後一種的。[9]

但羅素所「要求的世界」卻與南達的理想很相似，就是「在這種世界裡面，必然情感有自由的動作的餘地，愛情不含喜歡攬權的本能，而幸福和創造生活，予生活以知識上樂趣的種種本能自由發達，並已經驅除了殘暴和嫉妒之心。」[10]這裡顯然注意著心的生活比注重物的生活為甚。而且在許多地方，他只承認品質生活的公共管理，不贊成精神思想學術的公共管理，也可看出他的著重點是在精神生活。但如精神生活的幸福必賴創造衝動的發展，佔有衝動不但不能有助於精神生活，反足以使精神生活萎縮墮落。

　　（3）法律和武力固然也可能禁止人類許多暴行和壓力，但對於那些違法的行動不能根本杜絕和嚴密防範。欲減少實際壓力，只有靠鼓勵

---

[9]　見《到自由之路》，第七章：在社會主義之下的科學和藝術所引，原註：《無政府主義與資產主義》頁 114。

[10]　同註 3，第八章：能夠造成的世界。

創造衝動，不能靠佔有衝動。我們相戒不去行竊，並非因為行竊是違法的，而是因為我們沒有行竊的慾望。假如人類習於創造衝動較習於佔有衝動為多，則反抗別人或強加干涉別人的自由的慾望必隨之而減少。

發展創造衝動減少佔有衝動既然有許多好處，可是衝動是否可以減少卻是一個問題。

衝動是人類的不能，這種本能是不能因抑制而排去的，過度的抑制，一方面是使生活苦惱，另一方面則可能引起新的不良病態的衝動，甚至於只是「壓迫衝動去找尋別的洩口」。羅素説：

> 不管道德家怎麼説法，不管經濟上怎樣必要，依賴意志去完全抑制衝動，是可以不必的。排去衝動，用目的與慾望統御著的生活，真是苦惱的生活。這種生活消耗活力，到後來，使人對於他所追求的目的亦冷淡了，若有一國國民，都用此種態度去生活，此國國民必流於萎靡，沒有充足的氣力去認識慾望前面的障礙物，而加以排除。[11]

同時指出：

> 過度的節制，每每引起殘忍與破壞的衝動，尤甚的是來自外界的節制；此即軍國主義何故在國民品性上發生惡影響的一種理由。如果自然的衝動不能得相當的發洩，所產生的結果，不是

---

[11]　同註 2，第一章：生長的原理。

活氣的缺乏，即是暴戾的戕生的新衝動的橫決。[12]

他更進而説明用懲罰的方法也不能劃除有弱點的衝動。他説：

> 社會想抑制衝動，常常用懲罰的方法。懲罰的方法很有缺
> 點，不能劃除衝動的存在，只能防止私利的衝動之放縱。此種方
> 法既不能劃除衝動，恐怕只是驅迫衝動去找尋別的洩口（在處分
> 直接成立時亦是如此）。[13]

衝動既然不能抑制與排除，那麼人類的品性豈不是不能改造？照羅
素的意思則並不如此，「信仰，物質的情形，社會的情形，以及各種制
度，都能變化品性。」一個獨身者的本能和一個有配偶者的本能便大不
相同。

能變化人類性質的原因，可分為兩類：一是純粹的物質，一是支配
物質界的能力。純粹的物質如氣候地理，與政治關係較小，可以不論。
至於支配物質界的能力，便是許多經濟組織和社會制度，對於人類的性
質則有著極大的影響。制度之所以能影響人類的本能，乃是由於其誘導
本能的方向，和發展某些對立的本能以收抑制之效。這就是説，以衝動
去抑制衝動，而不全賴理性與意志去抑制衝動。因為「只有感情可以抑
制感情，只有相反的衝動（或慾望）可以抑制衝動。因襲的道德家所傳
佈的理性實在太消極太無生氣，不足以造成善良生活。」[14]

---

[12]　同上註。
[13]　同上。
[14]　同上。

因為衝動不可用外力抑制，不可排除，而且唯衝動方能抑制衝動。
所以改造人類的本能最好方法在於發展與佔有衝動相反的創造衝動，以
期減少佔有衝動。──這，便是政治的最重要而直接的目的。

「人類生長，像樹一般，需要適宜的土地與充足的自由。政治的組
織能幫助生長，亦能妨害生長。」良好的政治應該遵循它正確的目的與
原理，發展人類優良的個性，減少人類敗壞的本能。然而過去的政治卻
往往不能具備這些條件，如羅素所說：

> 在政治上，在個人生活上，至上的原理應該是：「促進一切
> 創造的衝動，減少佔有性的種種衝動與慾望」。現代的國家，是
> 佔有衝動之偉大的表現：對內，他保護富人而妨害貧民；對外，
> 他用眾勢力去侵略劣等民族以與別國相競爭。我們經濟的全部，
> 都只是有關於佔有的。[15]

資本主義與金銀制度這「一對雙生怪物」。儘量鼓勵人們注意於實體貨
物之掠取，充分發展人類佔有的衝動，財產固然成為佔有的具體表現，
即使本來是與創造衝動相應的愛情、婚姻、宗教、藝術、科學等，亦無
不變佔有衝動的對象了。

自然，過去政治的這種缺點在羅素的觀點上是十足的罪惡。正確的
政治目的不應過於注重經濟的佔有，而應根據人類根本的需求，發展其
創造本能。因為「人類所需要的，不是較多的物質，乃是較多的自由，

---

[15] 同註 2。

較多的自我指導，較多的創造之發洩，較多的娛樂機會，較多的願意與協力，減少為別人的不願意的服役。」根據這種推論，羅素對於社會主義亦有所評說：「包醫百病的社會主義，據我看來，好像陷入了此種謬誤，因為他相信只要經濟情形一經改善，人類就可獲得幸福。」[16]

　　判斷政治制度的良否，要著眼於政治的目的，羅素的理想政治怎樣呢？他說：「理想政治制度往往用兩種方法使傾向武力與權力的衝動日見薄弱：（一）增加創造衝動的機會，並改造教育使保持創造衝動；（二）減少佔有衝動的出路。」[17]至於經濟制度目的，則可分為四種：（一）改進技術，得最大數量的生產；（二）使分配公平；（三）使生產者安定生活；（四）解放創造衝動，減少佔有衝動。而據羅素的意見，「四者之中，以第四種最為緊要。」不但政治經濟如此，就是人類一切制度，也莫不如此，人類之所以需要組織與制度，在於能使人類更為向上進步，制度的消極條件是須能取有個人生活的安寧與自由，制度的積極條件是鼓勵人們創造的精力。

　　總之，羅素以為過去的政治為產業主義所蔽，排除衝動，使人類皆依目的以為生活，人類的一切行為都做了佔有慾的奴役，結果使人與人間的衝突增加，使人的生活源泉日益枯竭。然而衝動雖有其流弊，衝動的本身究竟是可貴的：「雖說引導戰爭的衝動釀出許多破壞的行為，然而有此等衝動的國民，比一切衝動都如死灰的國民，究竟還有希望些。衝動是生命的發現，衝動存在，還可望從死之方向轉到生之方向；若無

---

[16]　同註 12。
[17]　同註 1。

衝動，則是死亡，從死亡不能產生何種新生命。」[18] 因為衝動究竟是可貴的，政治的目的不在排除衝動，而在發展善的創造衝動，減少不善的佔有衝動。而在現社會之下，由於資本主義與金銀制度的鼓勵佔有慾，於是人生三種力——戀愛、建設的本能、生之歡樂——都受了妨害的萎縮。未來政治的任務便在針對這種流弊，加以補救。使人類的行動不復專門去為了別人的目的，而應發於「無所為而為」的欣悅的創造衝動。使人類親愛的本能增加，嫌惡的本能減少，從而獲取共同的志向，改進個人間善良的關係，謀取人類全部的幸福。這才是政治的終極目的，這才是政治的正當方向。

為了要走向這個正確方向，達到這個終極的目的，有兩種普遍原理必須遵守：

（一）個人與社會的生長及活力，應該盡是促進。

（二）個人與社會的生長，應該極力不以別人或別的社會為代價。

上面的第二個原理適用於個人的關係上，即是「尊敬原理」（principle of reverence），適用於非個人的政治上，即是「自由原理」（principle of liberty），這個原理知識消極的要人不去做甚麼，如果政治論不完全是一個破壞論，便需要第一個原理來補充。

但是要使這兩種原理都能實現，便必須做到「統一整齊而不犧牲個性」，個人生活，團體生活，社會生活，甚至於全人類生活都不應是一簇分裂的斷片，而須成為一個整體（a whole）。簡單的說，就是個人與個人，個人與團體的生活調和。

---

[18] 同註 12。

　　要使個人與個人，個人與團體的生活調和而無衝突，必須大家都沒有佔有的慾望，無意識地走向共同的生活或共同的目的。而要實現這種境界，便不能不依賴於發展創造衝動，因為創造所拓展的地盤是廣漠無窮的，是公開無私的，與人無損，與人無爭，自然可以走向整體調和而不相妨礙。「拿破崙自己所選擇的職業，決不能得眾人的允許，然而他可去做美洲西部的開拓者。」創造領域便是一個供人開拓的荒原，一個寶藏無限的天國。

　　因為上面所說的理由，羅素以為政治以「增加人類的創造衝動，減少人類的佔有衝動」為其直接的目的，不僅有許多好處，而且是不得不如此了。

四

　　羅素的政治思想固然不是個人主義（Individualism）的，也不是極端社會主義（Socialism）的。我們可以說他是一種個人的社會主義（Individual Socialism）。現代的極端的社會主義，有社會，無個人，在團體的範疇裡，消滅了個人，在社會的意志種，泯滅了個性。我們可以這樣說，十八九世紀的個人主義「只見樹木不見森林」，二十世紀的社會主義則「只見森林不見樹木」。羅素對於這兩種看法都是不贊成的。他以為為了少數人而犧性多數當然不合理，但反轉來為了多數人而犧牲少數人，也同樣是不合理。寡頭政治與暴民專政都是政治之病。

他很注重個人自由，以為近代社會主義者一提起個人自由便聯想到曼徹斯特學派（Manchester School）和放任主義而皺眉，乃是大可不必的。離開男人、女人和小孩，便沒有社會可言。因此他主張發展個性，使社會上所有的個人都能過著他自己自由快樂的生活。一般的社會主義目的在達到資本制度，只不過取消了財產的佔有慾，而權力的佔有卻依然如故。「受壓迫的人一經得著自由，即變為壓迫別人的人，正如他們從前的主人一樣。」

羅素在這方面的眼光算是很遠大的。他要調和人與人的一切衝突，解決政治上的根本問題，因而主張政治的目的應在於增多人類的創造衝動，減少人類的佔有衝動。在理論上，這種看法實在是超人的遠見，無可非議。

然而羅素確是把他研究數理邏輯的方式用在社會科學之上了，確是以「絕對多元論」為出發點來建立政治論了。哲學論的講台與政治社會之間終於不免有一條寬廣的鴻溝。

在事實上，創造衝動和佔有衝動是不易分開的。佔有慾的發生，幾乎可說是與自我發現以俱來，人類知道有我與非我之後，便知我所有與非我所有，在我與非我的觀念未嘗消滅之前，所有的觀念是決不能消滅的。資本主義與社會主義的究極區別本來在於前者有私有財產制，後者沒有私有財產制，但進步的社會主義即已知道完全廢除私有財產制的不可能，那更進一步想要根本取消佔有制度和佔有慾當然更是不可能的。不過我們也知道，羅素的意思並不是奢望根本消除佔有衝動，只是從積極方面增多和從消極方面減少的問題。

政治之存在，本來以性惡為基礎，因為人性根本不能百分之百的成為善而永無轉向惡的可能，所以永遠需要政治來管理，這也就是無政府主義之所以不能完全實現的有力的理由，羅素是不贊同無政府主義的，所以對於佔有衝動減少的程度也不應過於理想，儘管那些理想是十分美麗的。

然而我們也並不是說，現實如此醜惡，故理想不必如此美麗。羅素所設的政治目的在理論上究竟是值得我們去追求的。我們所要批評的不在這個政治目的的本身，而在如何方能達到這個目的。

三十二年四月於小澄泉

索先生與賽先生——中國現代化的兩大途徑

　　中國必須現代化才能生存，這是很容易了解的問題，但是中國應該怎樣現代化，如何才能完成現代化，卻是不容易解答的。我們要解答這個問題，必須先明白現代化的內容，和中國現在最缺乏的究竟是甚麼東西。

　　「現代」二字的意義，粗淺一點說就是「時髦」或「摩登」（modern），時髦，摩登都不是壞的意思，因為就人類歷史流進的大處而論，時代總是進步的，現代究竟是大部分勝過古代的。我們說「現代化」（modernization），意思是要趕上時代的進步，也就是所謂「迎頭趕上」，最低限度，在各方面都能與並世各國並駕馳驅。

　　現在世界各先進國家進步到這個程度，使我們望塵莫及，好像他們的進步早就比我們快些，其實不然，他們的進步也是近兩百年來的事。正當兩百年前，中國是乾隆時代，國運興隆，比當時各國並不壞。自那時以後，西洋文明飛速猛進，而我們卻一切墨守成規，結果落伍很遠。所以我們現在要趕上歐美，主要的就在於趕上他們近兩百年來的進步。

　　西洋文明在近兩百年內最大的進步是甚麼呢？這我們不能只看表面，而要看世界文明進步的主因和動向。

　　文明進步的主因可說是根據人類的慾望或衝動而來。人類的慾望或衝動，主要的有兩種，一種是創造衝動，一種是佔有衝動，這兩種衝

動，錯綜複雜，演成人類的文明史。歷史進步的動向，即是朝著發展創造衝動和節制佔有衝動的方向而前進。近兩百年來，歐美各國文化的進步，主要的即由於這兩方面有迅速的進展所致。他們發明科學，以加強創造的能力，採取社會平等的原則，以謀佔有合理的解決。因此我們也可以說，近兩百年來西洋文明最大的進步在於採取了科學的方法和社會的原則，更具體一點說，就是由於「賽先生」（Science）和「索先生」（Socialism）的緣故。

提到「賽先生」，他的大名早已為國人所熟識，自五四運動以來許多人即提倡「德先生」（Democracy）和「賽先生」，我們知道輝煌燦爛的近代西洋史，實開始於一七八〇年左右英國的產業革命，而產業革命則完全依靠科學的發明，從機器的應用，科學管理的發達，以至於思想的科學化，表示「賽先生」在西洋文明中無孔不入。「賽先生」在西洋發達的結果，使經濟上的生產力增加了千百倍，使政治上的效率也增加了好些倍。現在我們不必把生產增加的數字來列舉，單就科學工業發展後人的壽命和能力的增加而論，已有驚人的數字。德國自一八〇七年至一九三四年是工業化加速發展的時期，德國人的平均年齡，在一八〇七至一八八〇年間尚只有三十六歲，到了一九三四年即增至六十歲，就是說，科學創造了人的壽命一倍左右。美國由於高度科學化的結果，一個工人的生產力平均起碼等於三十個中國工人的生產力。這無形中說明科學如何幫助發展人類的創造衝動。

至於，「索先生」，這名詞雖然生疏，但事實上我們早已受到他的影響。當十六世紀時，歐洲陷於內亂與宗派戰爭時代，封建社會內階級森

嚴，人類的平等觀念尚未建立。到了十八世紀法國大革命時期，啟蒙思潮才奔騰澎湃。十八世紀末年，即中國的乾隆道光時代，法國有聖西門（Saint Simon）、傅立葉（Fourier）、蒲魯東（Joseph Proudhon），英國有邊泌（Jeremy Bentham）、穆勒（John Stuart Mill）、歐文（Owen）等，他們起來反對社會的不平等，主張以平等的分配原則來合理解決人類的佔有衝動，或者從根本取消私人的佔有。事實上，這時候的社會主義者和社會改良主義者，與那些經濟自由主義者同樣，懷著解放社會的不平等不自由，與承認人類個性尊嚴的理想。從這個時期以後社會化的原則逐漸成為進步人們的共同信條，「索先生」也就成為近百多年來極「摩登」的人物了。

固然在封建社會崩潰的時候，隨著而來的是資本主義的興起，但伴著資本主義的發展即已有社會主義的生長，同時，社會主義的若干原則在資本主義社會裡亦已被承認。到了最近，即使最高度的資本主義社會也有趨向社會改良或社會主義化的可能，倒不一定如馬克斯主義所說必須經過暴力的社會革命才能進展到社會主義的社會。

而且我們要知道，雖然那些專制君主與大資本家面對著「索先生」時要戰戰兢兢，但是「索先生」的本質卻是並不可怕的，我們更不要把他和「苦迭打」（Coup d'état）（編者按：即法文「政變」）或暴力的流血革命混在一起。因為社會主義和社會改良主義包含著許多不同主張，隨著時間與環境的不同而攝取不同的方式和方法，至於以無產階級專政為手段的共產主義。那不過是社會主義中的一部分，共產主義不能輸出至世界一切國家，也正如費邊社會主義（Fabian Socialism）或基爾特主義

（Guild Socialism）不能輸出於世界一切國家一樣。現代世界各國對於接受社會主義的方式和程度，固然各有不同，例如在經濟原則方面，有些已採取平等原則及合理主義，有些則是以在贏利原則之下求其適度的平等。在經濟組織方面，有些是以資產公有為起點，有些則在私有制下採節制的手段。在經濟技術方面，計劃經濟，統制經濟的差別已很細微。總之，社會平等的原則已為大多數人所公認了。社會平等原則固然並不就是社會主義，不過一切社會主義的共同目標卻都是建立在社會平等的原則之上的。「索先生」解決佔有問題的鑰匙即是這個社會平等的原則。

　　我們說近兩百年來西洋文明進步的主流是「索先生」和「賽先生」，這一點在百多年前聖西門早就看到了一部分而加以提倡。他的思想上兩個重要主張，第一，他認為社會生活的改善必須要自然科學的進步，未來的世界文明必須是自然科學的。其次，他鼓吹社會主義，認為社會生活的改善必須使多數民眾即勞動者地位的提高，勞動者地位的提高須講求平均分配生產之道。事實上近代的歷史也正朝著這條大途徑而演進。因為科學只能發展創造本能，而創造以後如果不能合理分配，徒為少數人所佔有，則社會大多數的民眾仍然不能得到幸福，所以「賽因斯」和「索奢利」須同時並進，才能圓滿解決人類的生存問題。十八世紀以來世界之所以朝著這兩大方向前進，自有其內在的需要。金子馬治於檢討歐洲近代思潮時說：

　　　　廣義上的社會主義的傾向，與科學知識的進步，乃現時思潮發生之最初的特徵。（縱按氏謂最近代的歐洲思想主流為「現實

思潮」。)自然科學與社會主義,是最近代思潮的兩個根本傾向,最近代思潮,可看作這兩傾向所結合的特產物。所以自然科學與社會主義(更廣義點說,社會改良主義)是極親密的,離開了以自然科學為基礎的產業,社會主義就不成其為社會主義,同時,遺忘了社會改善的目的,那種自然科學也就完全沒有意義了。因此,自然科學與社會改善主義,也可說是產生十九世紀文明的「母胎」。

這樣指出廣義的社會主義與自然科學為現代文明的主潮,及其不可分的關係,可說是十分恰當的。

　　現代世界的特徵既如上述,中國需要怎樣的現代,也就不言可喻了。我們反省近百年來中國的歷史,覺得我們所缺乏的和所需要的正是賽先生和索先生兩位。更明確一點說,中國現代的兩大途徑就是「科學化」(Scientificalization)和「社會化」(Socialization)。

　　中國自與西洋文明接觸後,吃了許多苦頭,一八四〇年鴉片一戰,中國大敗虧輸,士大夫階級尤其痛心疾首,發憤要學「夷人」的「船堅炮利」,李鴻章就曾「深以中國軍器遠遜外洋為恥」,以為「中國欲自強則莫如學習外國利器」。胡林翼見了當時西洋的科學利器,甚至嚇得吐血,據說他在安慶時:

　　　　馳至江濱,忽見二洋船,鼓輪西上,迅如奔馬,疾如飄風,文忠(即胡)變色不語,勒馬回營,中途嘔血,幾至墜馬。閻丹

初尚書向在文忠幕府，每與文忠論及洋務，文忠輒搖手閉目，神
色不怡者久之，曰，此非吾輩所能知也。

他們自一八六一年以後努力洋務，但是他們努力的範圍還止於國防現代
化。他們只想學人家科學中的應用部分，就是所謂「物質文明」，他們沒
有想到應該從根本上學人家的科學方法和科學精神，更談不到學社會制
度。固然像薛福成等人也知道中國變法，無論工礦、巧工、製造、商業、
交通、軍事、外交等都要變，但是在頑固守舊的社會裡，大家相信「立
國之道，尚禮義不尚權謀，根本之圖，在人心不在技藝」，於是我們在科
學上始終還未摸著門徑，甲午一役，前功盡棄，庚子拳變，更鬧出許多
笑話。直至民國十二年「科玄論戰」時，大家對於科學還不能有十分正
確的認實。當時提倡玄學的主將張君勱先生，對於賽先生的不信任，真
有如胡適之先生所說：

我的朋友張君勱近來對於科學家的跋扈，很有點生氣。他一
隻手撫著他稀疏的鬍子，一隻手向桌上一拍，說道：「賽先生，
你有多大的手心！你敢用邏輯先生來網羅『我』嗎？老張去也！」
說著，他一個觔斗，就翻出松坡圖書館的大門外去了。

但是結果呢，他還是「不曾跳出賽先生和邏輯先生的手心裡。」科
玄論戰現在已經是「往矣」了，國人也由於提倡科學進而提倡科學化了。
現在誰也不敢說聲「老張去也」就縱身入雲而去了，賽先生總算有了吐
氣揚眉的一天。但是中國科學化的事實究竟怎樣？只要看看我們的「滑

桿」，再想想人家的「直昇飛機」，仍然使我們如冷水之澆背的。

　　再說社會改善，本來中國社會的階級並不森嚴，分配佔有，也不像有的西洋國家的不合理。甲午戰後，一般士大夫階級即曾憬然於制度的改革。而中山先生倡「一次革命論」，採取正確的社會主義原則，企求畢民族革命，政治革命，社會革命於一役，可說是合於中國需要的最正確的建國方策。他在《民報》發刊辭裡說：「夫歐美社會之禍，伏之數十年，及今而後發見之，又不能使之遽去。吾國治民生主義者，發達最先，覩其禍害於未萌。誠可舉政治革命社會革命，畢其功於一役。還視歐美，彼且瞠乎後也。」他不但指明民生主義的目的在一舉完成社會革命，還說過三民主義可以包含社會主義。可是他早已採取了社會主義的原則，合理的倡行於中國，但是我們必須承認，三十年來三民主義中有關社會主義的特質，可說並未充分發揮其作用。換句話說，民生主義一直尚未完全實行。抗戰以來，土地逐漸集中，官僚資本的發達，為不可否認的事實，戰爭增加了投機的機會，使社會畸形發展，增加不平與乖戾。我們為了拯救這個危機，唯一的辦法莫過於加緊實施民生主義，發揮三民主義社會主義中的特性，讓「索先生」合理的運用於中國，不要任危機生長，以至於不可收拾。

　　時代的齒輪無情地向前輾進，中國應該趕快遵循賽先生和索先生的兩大途徑，大踏步猛進，達到充分現代化的目標，以圖生存。

七，六，一九四五，於重慶。

周策縱作品集
周策縱歷史哲學論文集

作　　者：周策縱
編　　者：王潤華　黎漢傑
責任編輯：王芷茵　司徒仲賢　阮曉瀅　黃晚鳳
封面設計：Kaceyellow
法律顧問：陳煦堂　律師

出　　版：初文出版社有限公司
　　　　　電郵：manuscriptpublish@gmail.com

印　　刷：陽光印刷製本廠

發　　行：香港聯合書刊物流有限公司
　　　　　香港新界荃灣德士古道 220-248 號
　　　　　荃灣工業中心 16 樓
　　　　　電話 (852) 2150-2100 傳真 (852) 2407-3062

臺灣總經銷：貿騰發賣股份有限公司
　　　　　電話：886-2-82275988 傳真：886-2-82275989
　　　　　網址：www.namode.com

版　　次：2023 年 3 月初版
國際書號：978-988-76544-5-2
定　　價：港幣 168 元　新臺幣 640 元

Published and printed in Hong Kong